테마소설집

남해,
바다가 준 선물

임종욱

도서출판 | 문

보물섬
남해 관광지도

출처 : 남해군청 http://www.namhae.go.kr

신선의 고장
남해에서 만날 수 있는
다양한 풍경들

소설의 배경이 된 순서대로 수록했다

〈바다가 준 선물〉 : 독일마을에서 바라본 물건마을과 물건항

〈눈물의 이별여행〉 : 남면 가천마을에 있는 암수바위

〈유배 귀신이 나타났다!〉 : 남해유배문학관 전경

〈유배 귀신이 나타났다!〉 : 남해유배문학관을 이끌고 가는 사람들
왼쪽부터 박현숙 해설사, 손성준 청원경찰, 신정옥 매표 담당, 김임주 학예사, 박영란 해설사

〈송 노인의 나무 심기〉 : 가직대사 삼송 가운데 첫 번째 소나무(제1송)

〈무지개 꽃이 피었습니다〉 : 남해초등학교 교정에서 뛰노는 아이들

〈어떤 자원봉사〉: 남해여자중학교에서 바라본 망운산

〈사랑은 기타 선율을 타고〉: 상주 은모래비치 해수욕장 전경

〈착한 사람을 위한 낙원은 없다〉: 거북바위에 새겨져 있는 서불과차 암각화(일명 양아리석각)

〈구두 이야기〉: 남해바래길 탐방안내센터

〈우리 인생의 만루홈런〉 : 남해스포츠파크 야구장 전경

〈길은 갈라져도 다시 모인다〉 : 천년고찰 용문사에 딸린 암자인 염불암과 호구산

〈아, 선생님!〉 : 해질 무렵의 남해국제탈문화예술촌 전경

〈양 네 마리〉 : 양모리학교에서 한가롭게 풀을 뜯고 있는 양떼들

〈어서 오시다!〉 : 서면 남상마을 모습

〈형제는 우애로웠다!〉 : 출입구 방향에서 본 대국산성 성벽

〈몽유화전〉: 김구 선생을 기리는 유허비(노량 충렬사 입구 언덕에 서 있다)

〈남해 공양미 삼백 석〉: 하루의 피로를 씻어주는 선술집이 있는 남해읍 뒷길

〈어디서 무엇이 되어 만나리〉 : 창선면 왕후박나무 전경

〈용가리 통뼈〉 : 창선면 가인리 공룡 발자국 유적지 앞바다

〈절망의 끝은 시작이다〉 : 물미해안도로를 따라가노라면 만나는 마안도

〈밀장〉 : 호구산 정상에서 바라본 앵강만과 노도

〈부치지 않은 편지〉 : 고려대장경이 판각된 장소로 추정되는 고현면 포상리 일대

〈산책하는 사람들을 위한 풍경〉 : 맑은 물이 사시사철 흐르는 오동뱅이 골짜기

〈봄날의 기도〉: 금산 자락에서 바라본 보리암 모습

〈오월의 여심〉: 길현미술관 저녁 풍경과 이순신 장군상

남해, 바다가 준 선물

차례

바다가 준 선물
물건항과 방조어부림에서

아직 해는 뜨지 않았다. 해무가 수줍게 밀려오는 중이지만 물건항의 아름다운 풍경을 가릴 정도는 아니었다. 실타래에서 풀려나오는 올이 가는 실처럼 안개는 시계를 아슴푸레하게 만들었다. 몽돌 해변의 고운 자갈들을 쓸고 지나가는 물결 소리가 한여름 새벽의 더위를 씻어냈다. 물결 소리는 현악기의 멋진 하모니처럼 상큼했다.

부부는 몽돌 자갈을 하나씩 골라 해면을 향해 열없이 던졌다. 남편이 던진 돌이 멋진 물수제비를 이루며 튀어나갔다. 의기양양한 태도로 웃는 남편을 향해 아내가 박수를 보냈다. 부부는 다시 손을 잡고 해변을 걸었다.

"정말 오길 잘한 것 같아요. 당신도 그렇죠?"

아내의 말에 남편이 손에 한껏 힘을 주며 대답했다.

"그래. 당신이 싫다 할까 봐 걱정했는데, 맘에 든다니 정말 기쁘군."

"내가 언제 당신 하자는 일 싫다 한 적 있었나요?"

"물론 그렇지. 하지만 여기는 우리가 여생을 보내기로 한 곳이잖아. 그래서 반대하리라 생각했거든."

"그럴 리 있나요. 당신이 만족한다면 전 어디든 좋아요."

남편의 얼굴로 더욱 기분 좋은 미소가 번져갔다. 아내가 손으로 항구 쪽을 가리켰다.

멀리 방파제 쪽에서 어선 한 척이 물결을 가르며 입항하고 있었다. 고물 쪽에는 성급한 어부 몇몇이 나와 손을 흔들며 만선이라는 신호를 보냈다. 배를 본 사람들이 포구로 하나둘 모여들었다.

"자, 우리도 늦기 전에 갑시다. 싱싱한 물고기를 놓칠 수는 없지."

남편이 아내의 손을 끌어당겼다.

"뭘 서둘러요. 갓 잡아온 고긴데 다 싱싱하겠죠."

"그래도 난 제일 싱싱한 놈을 당신이 먹게 하고 싶거든."

호호 웃으며 아내는 즐겁게 남편의 손이 이끄는 대로 몽돌 해변을 달렸다.

남편은 40년 동안 고등학교에서 지리 교사로 근무했다. 올봄에 정년 퇴직하자 남편은 번잡한 도시를 떠나 시골에 가서 살고 싶어 했다. 그것도 산보다는 바다가 있는 곳을 원했다. 젊을 때나 지금이나 왕성한 의욕을 자랑하는 남편은 교직보다는 해양 스포츠를 더 사랑했다. 교사로 있을 때도 짬이 나면 낚시 도구며 스킨 스쿠버 장비를 차에 싣고 바다로 떠났다. 방학 때면 아예 갯가에 나가 살았다.

아내는 물을 무서워했다. 어렸을 때 수영장에서 쥐가 나 혼이 난 뒤로 물이라면 소름부터 돋았다. 혼자 집에 남아 외롭게 주말을 보낼 아내를 생각해 남편은 늘 함께 가자고 성화를 부렸지만 아내는 막무가내였다. 그 때문에 가끔 실랑이를 넘어선 갈등을 겪기도 했다.

그러나 그것도 다 지난 시절의 이야기였다. 남편의 의지를 꺾을 재간이 없었던 아내는 주말을 홀로 보내는 데 익숙해졌다.

남편이 퇴직하면 한적한 곳에 아담한 집을 짓고 살자고 했을 때 아내는 머릿속으로 공기 좋고 바람 시원한 계곡에 자리한 예쁜 집을 떠올렸다. 그동안 알뜰하게 모은 저축이며 지금 사는 집을 팔고 퇴직금까지 합하면 텃밭도 있는 널찍한 대지에 유럽풍의 집을 장만할 수 있으리라 여겼다. 애들도 장성해 손자들도 벌써 여럿이었다. 자신이 가꾼 푸성귀로 손자들에게 몸에 좋은 음식을 먹일 생각을 하니 가슴이 부풀어 올랐다.

그랬으니 남편이 바닷가를 돌면서 살 곳을 알아보자고 했을 때 뜨악해질 수밖에 없었다. 아내의 얼굴이 싫은 표정으로 물들자 남편도 속으로 뜨끔했다. 남편은 아내를 진심으로 사랑했고, 아내가 물보다는 산을 좋아한다는 것도 잘 알고 있었다. 눈 질끈 감고 아내의 소원을 들어주고 싶었다. 하지만 아내를 늘그막에까지 과부 신세로 지내게 하고 싶지는 않았다.

바다를 좋아하는 자신이 산골에 처박혀 물을 잊고 살지는 못할 터였다. 시도 때도 없이 집을 떠날 것이고, 직장이라는 울타리도 없는 처지라 집을 떠나는 시간은 더욱 길어지리라. 아내를 두고 바다로 간들 무슨 재미가 나겠는가. 아내가 물을 좋아했으면 하는 바람이 이처럼 간절했던 적은 없었다. 어떻게 하든 아내를 설득해야 했다.

"우선 남해안 바닷가 쪽을 쭉 한번 돌아봅시다. 적당한 곳이 없으면 다음엔 산을 살펴보고. 당신이 좋다면 산도 나쁘진 않을 거야."

마지못해 아내는 승낙했다. 바다에 호감을 갖도록 만들고 싶어 하는 남편의 속내를 못 읽은 것은 아니었지만 장난감을 탐내는 어린애처럼 어리광을 부리는 남편이 귀여웠다. 그래도 이번엔 양보가 없다면서 속으로 마음을 다잡았다. 여름이 올 때까지 기다렸다가 길을 나서기로 했다.

남편은 남해안 지도를 꺼내놓고 이곳저곳을 훑으면서 바다를 만날 일에 잔뜩 들떴다.

그 사이 부부는 집을 내놓았고, 시골서 살면 건강이 제일 걱정이라는 며느리의 성화에 못 이겨 요란하게 건강 검진도 받았다.

"서울 공기가 어디 사람이 마실 것이더냐. 남해는 공기가 좋아 폐암으로 죽은 사람도 벌떡 일어난다더라."

남편은 어울리지도 않는 농담을 해가며 며느리를 놀려댔다.

아직 뭍이 낯설어 펄떡거리는 우럭이며 농어 몇 마리를 싸 들고 부부는 펜션으로 돌아왔다. 펜션을 관리하는 할머니가 새벽에 항구에 나가면 괜찮은 횟감을 싸게 살 수 있다고 엊저녁에 알려주었다.

동해를 따라 보금자리를 물색하던 여정은 남해 섬까지 이르렀다. 몇 군데 마음에 드는 곳이 없지는 않지만, 부부의 성에 차지 않았다. 남편은 해양 스포츠를 즐기기 좋은 곳만 고집했다. 그러다 보니 이게 좋으면 저게 부족했다. 아내는 이미 무슨 핑계를 대든 퇴짜를 놓을 작정을 하고 있던 터였다. 남편의 불만을 조금 부추기기만 하면 남편은 냉큼 차에 올라 지도를 뒤척였다.

길을 달리는 동안 남편은 새로운 장소에 대한 희망으로 휘파람을 불었지만, 아내의 얼굴은 그리 밝지 못했다. 시간이 지날수록 얼굴에는 피로한 기색이 역력해졌다. 서울을 떠난 지도 벌써 보름이 되어갔다.

남편이 슬쩍 아내를 쳐다보고는 능치듯 물었다.

"내 당신 속셈을 모를 줄 알고."

아내가 시큰둥하게 말을 받았다.

"저한테 무슨 속셈이 있다는 거예요?"

"바닷가는 다 마음에 들지 않는다 하고는 날 산으로 끌어들일 속셈 아니오?"

아내가 피식 웃었다.

"그렇게 제 마음을 잘 읽으면서 어찌 그동안 그리도 제 속을 썩였나요?"

아내의 표정이 너무 어두워 남편의 말문이 막혔다. 아픈 곳을 제대로 찔린 기분도 들었다. 그 긴 시간 아내를 홀로 두고 바다를 떠돌았던 자신이 순간 몹시 미워졌다.

남편은 슬그머니 한 손으로 아내의 두 손을 잡았다.

"미안하구려. 항상 내 욕심만 앞세웠지. 앞으로는 당신 뜻을 따르도록 하리다."

지그시 바라보는 남편의 눈길을 아내는 야단스럽게 피했다.

"그만둬요. 징그러워요. 당신은 전생에 바다거북이었을 거예요. 그러니 바다를 떠나 어찌 살겠어요."

"당신은 인어공주였겠군 그래. 아주 예쁘고 참한."

남편이 낄낄거렸다. 아내가 얄밉다는 듯이 남편의 손을 탁 쳤다.

사천 방면에서 남해로 들어와 창선을 지나 물건마을 입구에 들어섰을 때 부부는 탄성을 질렀다. 길을 경계로 위편에는 연홍색 지붕을 인 집들이 적당한 거리를 두며 그들을 반겼다. 아래로 펼쳐진 바다는 더욱 매혹적이었다.

양편으로 산이 불쑥 뻗어나가 만을 이루고 있는 항구는 물결이 잔잔해 편안했다. 그리고 방파제 너머로 제법 거센 물결이 일렁이는 넓은 바다가 펼쳐졌다. 항구에는 하얀 돛을 올린 요트도 몇 척 눈에 띄었다.

"저 방파제에 올라 낚시를 하면 고래도 낚겠는걸. 요트 좀 보구려. 당장이라도 저놈을 타고 나가 바다에 뛰어들고 싶어지잖아!"

남편은 바다를 처음 보는 산골 소년처럼 감격해서 흥분을 감추지 못했다.

아내의 눈에도 항구는 아름다웠다. 그보다 더 아내의 마음에 들었던 것은 해변을 따라 푸른 띠처럼 이어진 숲이었다. 수령이 수백 년은 족히 되어 보이는 고목들이 짙은 녹음을 자랑하듯 이파리를 흔들면서 그들을 향해 손짓하고 있었다.

핸들을 꺾어 해변 쪽으로 내려가니 숲은 더욱 장관이었다. '물건어

부방조림'이란 안내판이 숲 앞에 서 있었다.

"이 나무들 좀 봐요. 이런 숲에서 숨을 쉬면 당신 말대로 죽은 사람도 살아날 것 같아요."

아내의 얼굴이 점점 더 환하게 피어났다. 밝은 웃음을 보는 남편의 표정도 덩달아 별처럼 반짝거렸다. 두 팔을 벌려 공기를 흠뻑 마셨다.

"우리 이곳으로 정해요."

아내가 흡족한 미소를 지으며 자신의 결심을 남편에게 알렸다.

"당신이 마음에 든다면 나도 좋지. 하지만 너무 서두르진 맙시다. 한 며칠 지내면서 꼼꼼히 살펴보자고. 나중에 마음에 안 든다고 물릴 수도 없는 일이니까."

그래서 펜션에 여장을 풀었다. 며칠 동안 부부는 어부림과 몽돌 해변, 독일마을, 원예예술촌, 해오름예술촌 등 주변 곳곳을 돌아다녔다. 어느 곳 하나 마음에 들지 않는 곳이 없었다.

아내는 바닷가 쪽에 집을 지을 만한 곳을 구하자고 재촉했다. 그러나 남편의 생각은 좀 달랐다.

"그렇게 서두를 거 뭐 있소. 조금 미룬다고 이 경치가 어디 달아날까. 천천히 잘 살펴봅시다."

아내는 공연히 애간장이 탔다.

펜션 앞마당에 있는 수돗가에서 남편은 도마와 칼을 꺼내 들고 우럭과 농어를 다듬었다. 껍질을 벗기고 투명한 속살이 드러나자 조심스럽게 회칼을 써서 고기를 발라냈다. 흰 접시 위에 먹음직스런 회가 가지런히 차려졌다. 그 사이 아내는 채소와 겨자, 간장, 초고추장을 준비했다.

"자, 당신이 먼저 시식해보구려. 40년 동안 갈고 닦은 내 실력을 평가해줘야지. 내 사랑과 존경이 듬뿍 담긴 회야."

아내는 얼굴을 살짝 붉히고는 상추와 깻잎을 포갠 뒤 회 몇 점을 올렸다. 남편이 겨자와 초고추장을 젓가락으로 발라주었다. 아내가 두 눈을 감고 회가 든 상추쌈을 입안에 넣었다. 남편은 잔뜩 긴장한 눈빛으로 아내를 바라보았다.

"아, 정말 맛있어요. 그동안 당신 혼자 이 맛을 보았군요. 나쁜 사람."

마침내 감탄이 아내의 입에서 나오자 남편은 강아지처럼 꼬리라도 칠듯 기뻐했다.

"그렇지? 다음엔 내가 직접 낚시로 잡아 제대로 맛을 보여주리다."

"이젠 당신도 먹어봐요."

"그럼 나도 먹어야지."

남편이 회를 집어 올리자 아내가 손짓을 하며 만류했다. 남편이 눈을 크게 뜨고 아내를 보았다.

"잠깐 기다려요. 뭔가가 빠졌어요."

방 안으로 들어간 아내가 잠시 후 술을 한 병 들고 나왔다. 술병에 붙은 라벨을 보더니 남편이 깜짝 놀라 입을 쩍 벌렸다.

"아니, 발렌타인 30년산이잖아. 이게 어디서 났소?"

"놀랐죠? 길 떠나기 전에 친구한테 부탁해서 얻었어요. 당신 술 좋아하잖아요. 맨날 소주만 마셨는데, 이젠 이 정도 술을 마실 자격이 있다고 생각해요."

"허허, 술만 마시면 치를 떨더니, 내일은 해가 서쪽에서 뜨겠는걸."

부부가 활짝 소리 내어 웃었다.

남편은 아내가 따라주는 술을 두 손으로 받고는 기분 좋게 음미하며 마셨다. 어느새 해무도 걷혔고, 해도 제법 짱짱한 높이로 떠올랐다. 펜션을 타고 넘으며 이름 모를 새 두 마리가 쌍쌍으로 지저귀었다.

서울을 떠나기 전 아내는 종합검진을 받은 병원으로부터 연락을 받았다. 아내는 남편 몰래 혼자 병원을 찾아갔다.

의사는 남편의 발암 사실을 전했고, 한 해를 넘기기 어렵다는 흉보를 알려주었다.

아내는 남편에게 그 사실을 말하지 않았다. 그리고 얼마 남지 않은 시간이지만, 남편과 함께 바닷가에서 지내면서 남편의 마지막 길이 쓸쓸하지 않도록 해주어야겠다고 다짐했다. 어부림의 싱싱한 나뭇잎을 보면서 이곳에 살면 저 나무들처럼 남편도 건강을 회복해 새 생명을 얻을 수 있으리라 기대했다.

남편의 밝은 웃음을 보면서 아내는 자신의 결정이 옳았음을 알고서 기뻤다. 이제 이곳은 부부의 사랑스럽고 길었던 인생여정을 아름답게 마감할 장소가 될 터였다.

불길한 예감이 들었던 남편은 친구와 약속이 있다는 핑계를 대고 따로 병원을 찾았다. 그리고 이미 아내가 병원에 다녀간 사실을 알았다. 남편은 의사에게 나중에 아내가 묻더라도 자신은 모르고 있다고 말해주기를 당부했다.

귀가하여 남편은 며칠 바닷바람 좀 쐬고 오겠다며 길을 나섰다. 그리고 여러 곳을 돌다 남해를 찾아왔고, 고현면 남치마을 쪽 골짜기를 찾아냈다. 숲이 울창하고 바람 시원하면서 전망이 트인 땅이었다. 남쪽으로 멀리 대국산성이 보였고, 차를 타고 서쪽으로 달리면 이순신 순국유허지도 나왔다. 그곳에 남편은 아내가 꿈에 그렸던 모습대로 아담한 집을 지었다. 텃밭도 마련했다.

며칠 더 지나면 그 집이 완성될 터였다.

아내의 놀란 얼굴과 기쁨에 찬 표정을 그리면서 남편은 어느 때보다 환한 미소를 지었다.

물건항과 방조어부림

물건항은 남해군 삼동면 물건마을 앞바다에 있는 항구다. 양편이 산으로 둘러싸인 만으로 방파제가 설치되어 물결이 잔잔하다. 방파제 밖은 바람이 세고 물결이 높아 요트를 타기에도 적합하고, 방파제에서 낚시를 즐길 수도 있다. 이른 아침이면 밤새 고기잡이를 한 어선이 들어와 작은 어시장이 열리는데, 싱싱한 생선들을 소량으로 구입해 먹을 수도 있다.

물건방조어부림은 5백여 년 전에 해풍을 막기 위해 심은 나무숲을 일컫는데, 울창하게 해변을 따라 심어져 있다. 숲 안에 데크가 설치되어 나뭇잎에 스치는 바람소리를 들으며 산책도 할 수 있고, 몽돌 해변으로 내려가 잔잔한 물결을 감상할 수도 있다. 1962년 천연기념물 150호로 지정되었다. 길이가 1,500미터에 폭이 30미터에 이르며, 1만여 그루의 나무가 해풍을 막아주고 있다. 인근에 다양한 민박집과 펜션, 호텔이 있어 숙박이 용이하고, 독일마을과 파독기념관, 해오름예술촌, 원예예술촌 등이 있어 함께 돌아봐도 좋을 것이다.

눈물의 이별여행

가천 암수바위와 다랭이논에서

나는 남자 친구에게 결별을 선언하려고 이곳 남해에 왔어. 가엾지만 그는 아직 이 사실을 모르고 있지. 그래서 마냥 즐거운 표정이야. 아마 즐거운 상상에 빠져 엉뚱한 희망에 들떠 있겠지. 정말 꿈도 야무지다고 말해주고 싶지만, 헤어지는 마당에 그렇게 잔인한 짓은 하고 싶지 않아 꾹 참고 있는 중이야.

나는 그와 4년째 사귀고 있어. 백 일만 사귀어도 파티다 뭐다 난리를 떠는 요즘 4년이라니, 무려 천 일하고도 5백 일을 훌쩍 넘겼다고. 이쯤 되면 춘향 아씨도 울고 갈 열녀지 않나? 춘향 아씨가 정절을 지켰다지만, 따지고 보면 한 해도 넘기지 않았잖아. 그런데도 정경부인이 되었고! 그런 점에서 나는 영부인이 되어도 마땅할 여자지 뭐.

대학에 입학하자마자 난 전도가 유망 창창한 사내를 낚는 일에 목숨을 걸었지. 내가 입학한 대학은 세칭 지잡대 수준은 면했지만 삼류 대학이라 손가락질해도 할 말 없는 레벨이었어. 그러니 돈도 잘 벌고 명예도 빛내줄 남자를 잡는 일이야말로 당연히 중요한 과업이지 않겠어. 물론 우리 대학 안에서는 눈길 한 번 주지 않았고. 이런 삼류 대학에 무슨 전도가 유망 창창한 애가 있겠냐고.

어느 날 같은 과 애들이 미팅을 가자고 하데. 정말 촌스러. 미팅은

80년대 최루탄 날리는 시절 때나 한 원시 사교 모임이잖아. 난 그때 태어나지도 않았다고. 단박에 거절했지. 그랬더니 너 같은 미인이 있어야 물이 좋아진다나, 자기 체면이 선다나, 어쩌고 하면서 한사코 사정하는 거야. 그 자리에서 퇴짜를 놔도 좋대. 그래서 불쌍한 중생 하나 구제해 준다 생각하고 나갔지. 난 참 인정도 많아.

역시나 그 나물에 그 밥. 나가보니 남자애들 역시 간신히 지잡대를 면했더군. 무슨 고등학교 동창들이라나. 유유상종이라고 꼭 공부도 못하는 애들이 패거리는 잘 지어요. 뭉쳐야 산다 이거겠지.

나를 택한 애는 그 중에서도 상품 가치가 훌쩍 떨어지는 치였어. 뚱뚱한데다 두꺼운 뿔테 안경까지 착용하고 실실 웃는 웃음하며 정말 목불인견이었지. 그냥 자리를 박차고 나올까 하다가 용케 참았네. 빨리 헤어지는 게 수다 싶어 남은 애들끼리야 만리장성을 쌓든 말든 얼른 카페를 나왔어.

그런데 말이야. 호프집에 들어가 얘길 나눠보니 이게 물건 중의 물건이었던 거야. 동창이긴 한데 학교가 달랐어. 내로라하는 일류대학 재학생이었고, 학과도 회계학과. 열심히 공부해 회계사가 되겠다는 근사한 포부도 가지고 있더군.

더 볼 거 뭐 있나. 그 날로 꽉 물었지. 그는 3학년이었어. 연말이면 입대해서 군대 문제 해결하고 졸업 전에 회계사 시험에 합격하겠다고 불철주야 도서관과 집만 오가는, 나무랄 데 없는 신랑 후보였지.

난 정말 몸과 마음을 다 바쳐 뒷바라지를 했어. 우리 학교보다는 그의 학교에서 살다시피 했지. 꼭 회계사 시험에 합격시켜 달라고 절에 가면 치성을 드렸고, 교회에서는 통성기도를 올렸고, 성당에서는 동티나게 하지 않으려고 고해성사도 뻔질나게 해댔지.

그런데 그놈의 회계사 시험이 그렇게도 어려운 건가? 응시할 때마다 줄줄이 떨어지는 거야. 자기보다 후진 대학 애들도 떡떡 잘도 붙더구만 얘는 무슨 마가 끼었는지 줄기차게 물만 마셔대더군. 내가 무슨 사법고시 합격을 바래 대기업 입사를 바래? 고작 회계사 되어달라는 건데 그것 하나 뜻대로 못해주나.

내 인내심도 한계에 왔어. 나도 벌써 졸업반이야. 내 젊음이 평생 갈 것도 아니고, 한 미모 한다지만 갓 입학한 애들만 하겠어. 그동안 투자한 게 아깝긴 하지만 장세가 내리막길이면 재빨리 말을 갈아타는 게 현명한 처사지. 그렇게 생각하니 얘가 하는 짓이 족족 못마땅한 거야.

언제 폭탄을 안겨줄까 눈치만 보고 있는데―난 구질구질하게 양다리 걸치는 타입은 아니거든―얘가 갑자기 여행을 가자더군. 심기일전하고 싶다나. 잘 됐다 싶더군. 서울보다는 입을 떼기가 쉽겠다 싶어서 승낙했지. 폭탄을 안겨주고 서울로 돌아오면 그만이니까. 걔야 엉엉 울든 술을 퍼 마시든 알아서 할 테고.

그런데 가자는 곳이 아득히 멀기도 먼 남해야. 지도를 펼쳐보니 부산보다도 더 멀대. 더구나 섬. 다리가 놓였다고 해도 섬이 어디 가나. 차라리 제주도라면 관광도 하고 돈 좀 있는 애들이라도 후려 볼 만할 텐데, 보나마나 산과 바다밖에 없을 그곳에서 대체 뭘 하겠냐고. 헤어질 때까지도 정말 매너는 꽝이지 뭐야.

그래도 난 인정이 많은 애라 그러자 했어. 남부터미널에서 버스를 타니 다섯 시간 걸려 도착하더군. 혼자 밤에 올라올 생각을 하니 기분이 참 더럽데. 그는 뭐가 좋은지 마냥 싱글벙글이고. 그래 지금 많이 즐거워해라, 해 떨어질 때쯤이면 지옥 문턱에 들어설 테니.

멀긴 했지만 남해대교는 제법 볼만했어. 다리 아래로 아찔하게 바다가 가로놓였는데, 떠다니는 배하며 하얗게 부서지는 물결이 어딘가 엘도라도나 마추픽추 같은 신비한 세상으로 들어가는 기분이더군. 금산 보리암에 가서 기도하면 한 가지 소원은 들어준다는 친구의 설명엔 귀가 쫑긋해지더군. 제발 이놈 떨어내주시고 킹카 한 놈 잡게 해 주소서!

흐뭇한 소원 성취지 뭐야.

그래서 보리암으로 가나 했더니, 동상이몽이었나? 터미널에 내리더니 가천 가는 버스표를 끊는 거야. 관광 안내도를 살펴보니 가천은 보리암과는 완전 반대편이고, 섬 왼쪽 맨 끝에 붙어 있는 바닷가더군. 거기에 뭐 볼 게 있나?

가천의 다랭이논은 우리나라에서 유일하게 볼 수 있는 절경 중의 절경이고, 기묘하게 생긴 암수바위도 있다면서 친구는 열심히 설명해 줬지만, 나로서야 쇠귀에 경 읽기. 가천에서 읍내로 들어오는 막차 시간을 외우는 데 온 정신을 쏟았지. 내심 정 안 되면 택시 타고 진주로 와서 심야버스를 탈 작정이었어.

해안선을 따라 달리는 버스에서 보는 경치는 어쨌거나 멋지데. 잠시 내가 왜 남해에 왔는지도 잊게 만들 정도였어. 산허리에서 처음 대면한 다랭이논은 눈부시게 아름다웠지. 초록 브로콜리를 갈아 빚어놓은 맛있는 크림 케이크가 차곡차곡 쌓여있는 것 같더군. 앞뒤로 펼쳐진 설흘산과 응봉산도 웅장했고 말이야. 상록수가 우거진 푸른 설흘산과 바위가 삐죽삐죽 솟구친 하얀 응봉산의 콘트라스트도 볼만했거든. 산이 너무 가까이 보여 마치 내게로 쏟아져 내리는 것 같더라니까. 아! 이게 이별여행이 아니라 달콤한 신혼여행이있다면 얼마나 좋았을까. 갑자기 기분이 울컥해졌어.

그런 내 심사를 아는지 모르는지 옆자리서 열심히 차창 밖을 기웃거리던 얘가 속주머니에서 책을 한 권 꺼내더군. 페이지를 들척이더니 내게 넘기는데, 읽어보라는 눈치였어. 시가 적혀 있더군. 이별시 한 수를 읊어야 하는 나로서는 옳다구나 받아 들었지. 거기엔 이런 시가 얌전히 앉아 있었어. 임채섭이란 시인의 작품인데, 제목은 〈다랭이마을〉이었어. 제목 아래 '－바래길 유배기행1'이란 설명이 작게 붙어 있더군. '바래길'은 뭐고, '유배'는 또 뭐야? 내가 의문을 담뿍 담아 저를 쳐다보니 열심히 설명질을 시작하데. 들어보니 딱 제 처지를 판박이처럼 이마에 붙인 설명이었어. 잘코사니, 너 여기서 개고생하면서 혼자 살아봐라 싶더군.

얼마를 더 올라가야 하늘에 가 닿을까
일백여덟 계단 위에 백팔층탑 쌓아 봐도
여전히 아득하여라,
앞도 뒤도
아찔
단애

우리네 어제오늘도 그러구러 허튼층쌓기
가파른 생의 제단 막돌 한 장 올려놓고
온몸에 주름이 잡힌 파도소리나 듣는 것

천둥지기 다랑논을 한 발 한 발 톺아가다
지층의 나이테를 제 몸에 새긴 사람들
팽나무 늙은 가지가
밥무덤*에 절을 한다

바람이 쌩쌩 부는 이 바닷가에 살던 사람들의 고생담과, 그래도 현실을 긍정하며 살고자 하는 그네들의 염원이랄까, 이런 게 마음에 와 닿더군. 내가 이놈에게 그간 들인 정성과 희생이 생각나 갑자기 가슴이 뭉클해지데.

---

* 밥무덤 : 경남 남해군 남면 홍현마을에 있는, 동제(洞祭)를 지낸 뒤 제삿밥을 묻어두는 곳. 햇곡식과 제사가 끝난 뒤 과일이나 생선 등으로 정성스럽게 상을 차려 제삿밥을 한지에 싸서 밥무덤에 묻어둔다. 여기 말고도 남해 여러 곳에 밥무덤은 있다.

버스에서 내린 우리는 바다 쪽으로 난 내리막길을 걸어 내려갔어. 친구는 벌써 계획이 다 서 있는 듯 막힘이 없더군. 그래 오늘은 어딜 가든 네 뜻대로 다 해주마. 해풍이 시원하게 불어와 그나마 기분을 달래주더군. 길을 조금 내려가다 살짝 도니까 친구가 말하던 암수바위가 나타났어.

허! 그놈 참 특이하게 생기긴 했네. 난 정숙한 여자라 암수바위의 모습을 적나라하게 설명할 순 없어. 남녀의 성기 모습을 빼다 박듯이 닮은 바위는 괜히 가슴을 울렁거리게 하데. 도대체 날 여기까지 끌고 온 친구의 저의는 뭐야!

암수바위를 몰래 훔쳐보면서 안내판을 읽었어. 암수바위가 세상에 얼굴을 드러낸 유래가 자세히 적혀 있데. 까마득한 옛날 영조 임금 때인 1751년에 남해 현령의 꿈에 한 노인이 나타났다네. "내가 가천에 묻혀 있는데, 그 위로 소나 말이 다녀 몸이 불편하니 꺼내 주면 필시 좋은 일이 있을 것이다."란 말을 했는데, 가천에 가서 땅을 파보니 이 두 바위가 있더라는 거야. 그래서 지금도 이 바위를 발견한 10월 23일마다 제사를 지내면서 안전 항해와 풍어를 기원한다는군.

분수에 넘치는 역사 공부도 하고 역시나 남해를 오긴 잘 왔다는 생각이 들어 감개무량. 친구가 바위에 기대더니 사진을 찍어달라고 하데. 내 폰으로 찍어 다시 만날 빌미를 남기면 안 되니 당연히 사양했지. 자기 폰을 내밀기에 거기까지야 거절할 순 없었지. 친구가 바위에 손을 대고 문지르라고 하면서 하는 말이 오늘의 압권이었어.

"이 바위에 함께 손을 대면 영원히 헤어지지 않는다는 전설이 전한다더군."

이 무슨 천인공노할 사기꾼의 발언. 내가 안내판을 안 읽어본 줄 아나. 득남한다는 구절은 있었지만, 백년해로한다는 말은 없었다고. 눈 질끈 감고 만져줄까 하다가 공연히 긁어 부스럼 낼 필요가 있나. 저질러 찜찜한 일은 안 하는 게 최고지.

"됐다고 봐. 혼자나 열심히 문지르셔."

아쉬워하는 기색이 역력하더군. 이번엔 함께 사진을 찍자는 거야. 거절하기도 승낙하기도 애매한 부탁이었어. 발가벗고 함께 사진도 찍은 사이에—아, 그 사진 반드시 없애야 돼!— 대수롭지 않은 일이지만 이 마당에 무슨 청승이야.

찍어줄 사람이 없다는 궁색한 변명을 준비 중인데, 그때 마침 산신령(?)께서 나타나시더군. 밀짚모자를 쓴 아가씨 한 사람이 바위 앞으로 입장해 주시는 거야. 모자 때문에 얼굴이 가려 나이를 가늠하긴 힘들었지만 수수한 옷차림에 샌들을 신고 있는 폼이 이 동네 여자인 듯 보였어. 난 재빨리 그 아가씨를 불렀지.

"저희들 여기 처음 놀러왔거든요. 이것도 기념인데, 두 분이서 함께 사진 찍는 건 어때요?"

아가씨는 조금 놀란 시늉을 했고 친구는 머쓱해 했지. 내가 조금 억지를 부리는 건 알아. 아가씨야 싫다고 가면 그만이었고, 그럼 찍어 줄 사람이 없어져 나도 감사할 일이지.

그런데 이 아가씨 무슨 배짱인지, 나와 친구를 번갈아보더니 웃으며 고개를 끄덕이지 뭐야. 밀짚모자를 벗는데, 검은 머리는 치렁치렁하고 살결도 꽤 곱더군. 제법 미인형이었어.

친구와 묘령의 아가씨는 바위에 기대더니 몸을 은근히 밀착시키더군. 살짝 질투가 나려는 참인데, 놀랍게도 손을 들어 바위를 만지는 거야. 그것도 함께!

어안이 벙벙해져 있는데, 친구가 빨리 찍으라며 재촉질까지 해. 아가씨도 마다하지 않고. 하는 수 없이 난 친구의 폰으로 사진을 찍었어. 아가씨도 제 폰을 내게 주더니 한 장 더 부탁한다는 거야. 폰도 최신형이더군. 시골 촌구석 아가씨가 무슨 돈이 있어 이런 최신형 폰까지?

그 다음부터는 시간이 어떻게 지났는지도 모르게 흘렀어. 갑자기 세 사람으로 불어난 일행은 바닷가로 내려가 바다 구경을 했고, 구름다리를 건너 야호! 하고 바다를 보며 외쳤고, 해안산책로도 거닐었어. 아름다운 경치가 눈에 하나도 들어오지 않았지. 남해에 와야 제 맛을 볼 수 있다는 멸치쌈밥을 먹으면서도 난 모래알갱이를 씹는 기분이었어. 둘은 무슨 얘긴지 시시덕거리며 아주 깨가 쏟아지고.

마침내 해가 저물어가데. 드디어 찰거머리 같은 여자를 뗄 기회가 온 거지. 서울행 심야버스는 이미 잊은 지 오래고, 이 재수 없는 여자를 어떻게 내 시야에서 사라지게 할까 맹렬히 고민하던 참이었거든.

다시 큰길 가로 올라왔어. 어스름이 깔려 사방이 희미하더군. 시간을 핑계 삼아 가까운 펜션에라도 들려고 눈치를 보는데, 남자 친구가 여자를 저만치 떼놓더니 내게로 슬금슬금 다가오더군. 눈동자에서는 묘한 기운이 불타오르고 있고 말이야.

'그래. 네 놈도 음심이 동하겠지. 오늘밤 평생 잊지 못할 황홀한 경험을 시켜주마.'

이렇게 내심 칼을 갈고 있는데, 친구의 말이 내 칼을 돌도끼로 만들어 버렸어.

"서울 가는 버스는 끊어졌을 거레. 하지만 택시를 타고 진주에 가면 심야버스가 있다더군. 이거 택시비야. 저분이 폰으로 택시 부른다니까 먼저 올라가. 난 아예 남해에 정착할까 싶어. 저분 아버지가 읍내에서 꽤 큰 병원을 하신다는데, 회계를 맡을 사람이 필요한가 봐. 내일 소개해 주겠다는군."

그래서 나는 뭐라 말도 못 하고 냉큼 달려온 택시에 쑤셔 박혔어. 심야버스는 신나게 서울을 향해 질주하더군.

이게 뭐야. 분명 내 소원은 이뤄진 것 같은데, 눈물을 질질 짜고 있는 건 왜 남자 친구가 아니고 난 거지? 아, 재수 없어! 정말……

가천 암수바위와 다랭이논

가천마을은 남해군 남면 남쪽 해안가에 자리해 있다. 마을 양쪽으로 응봉산과 설흘산이 우뚝 솟아 등산을 즐기기에도 좋다. 땅은 경사가 심해 농사를 짓기가 척박한데, 오래 전부터 마을 사람들이 지혜와 수고를 더해 돌을 쌓고 흙을 얹어 논을 일구었다. 이를 일러 '다랭이논'이라 하는데, 자연과 어울리면서도 생활의 방편을 찾았던 옛 사람들의 놀라운 인내와 활기를 느낄 수 있다.

암수바위는 가천마을의 민간신앙으로 숭배되는 자연석 바위다. 1990년 경상남도 민속자료 제13호로 지정되었다. 숫바위는 높이가 5.8미터고 둘레는 2.5미터며, 암바위는 높이가 3.9미터고 둘레는 2.3미터쯤 된다. 주민들은 두 바위를 숫미륵과 암미륵이라고도 부른다. 해마다 음력 10월 23일에 음식을 차려 놓고 풍농(豊農)과 풍어(豊魚)를 비는 마을 제사를 올린다. 1751년(영조 27)에 발견되었다고 전하는데, 아이를 낳지 못하는 여인들이 몰래 와 숫바위 밑에서 치성을 올리면 득남을 한다 하여 다른 지방에서까지 많은 여인들이 찾아 왔다고 한다.

가천마을과 암수바위는 바닷가에 바로 붙어 있어 드넓게 펼쳐진 남해 바다를 한눈에 볼 수 있는 즐거움도 누릴 수 있다. 식당과 펜션들도 있어 숙식을 해결하는 데도 어려움이 없다.

유배 귀신이 나타났다!

남해읍 남해유배문학관에서

1

꽤나 이슥해진 어두운 밤이었다. 남해읍 중심가에서 서남쪽으로 떨어져 있는 유배문학관에도 어김없이 밤은 왔다. 문학관 건물 뒤편으로 검은 윤곽을 드러낸 호두산해발 188미터과 제석산해발 219미터에서 이름 모를 새들이 간간히 울어댔다. 문학관은 어둠 속에서도 희미하게 제 모습을 세상에 보여주고 있었다. 몇몇 지시등이나 보안등이 어둠을 몰아내고자 애썼지만 인적이 끊긴 문학관의 고즈넉함을 털어내지는 못했다.

문학관 정면으로 드넓은 광장이 펼쳐져 있고, 그 앞은 남변 사거리였다. 이따금 심야의 자동차들이 시끄러운 엔진 음을 내면서 이동면이나 서면, 읍내나 외곽도로를 향해 질주했다. 그러나 그것도 저녁을 지나 자정으로 치달을 시간이 되니 사람들이 깊은 잠에 빠진 것처럼 자동차들도 덩달아 숨을 죽였다. 이제 남해읍에 깨어 있을 사람은 저물녘 부지런히 얼굴을 내미는 별의 숫자보다 적어졌다. 아직 깨어 있다면 몸이 몹시 불편하거나 큰 근심에 시달리는 사람일 것이다.

그렇게 산새들도 졸음을 이기지 못해 둥지에서 버석거릴 무렵 문학관 뒤편을 따라 흐르는 봉천鳳川 도로변으로 자동차 불빛 하나가 먹빛 어둠을 가르며 나타났다. 자동차는 봉천교를 지나 도둑고양이처럼 살

금살금 문학관 뒤편 도로를 서행했다. 그러다가 전조등을 끄더니 문학관 후면 주차장 쪽으로 숨죽이며 방향을 틀었다.

전조등이 꺼지자 갑자기 사위는 더욱 어두워졌다. 때 아닌 손님의 성가신 방문 때문에 몇 차례 묵직한 울음을 토해내던 부엉이도 불빛이 사라지자 다시 곤한 잠을 청했다.

자동차는 주차장 가장 안쪽 후미진 곳까지 가서야 조용히 시동을 껐다. 그리고 실내등이 켜졌다. 실내등의 흐린 불빛으로도 앞좌석 양편에 두 남녀가 나란히 앉아 있는 것이 보였다. 운전석에서 덩치가 커 보이는 사내가 몸을 뒤척이더니 커피병과 일회용 컵을 두 개 꺼내들었다. 조수석에 앉은 여인네는 영 마뜩찮은 몸짓과 두려움이 배어나는 표정으로 연신 주변을 두리번거렸다.

"걱정 마소. 개미 새끼 한 마리도 얼씬거리지 않네요."

종이컵에 커피를 따르면서 사내가 여인네를 향해 힘주어 말했다. 여인은 믿을 수 없다는 시선을 사내에게 보냈다.

"빨리 실내등 꺼요. 누가 보면 우짜려고."

실내등을 끄면서 사내가 심술이 난 듯 목청을 돋우었다.

"여기엔 야간 경비원도 없어요. 값비싼 물건이 있는 것도 아니고, 거금의 현찰을 쟁여둔 곳도 아닌데, 어떤 정신 나간 작자가 이 시간에 여길 오겠소." 그렇게 토닥이더니 자신도 한심한 듯 목소리가 항변의 어조로 바뀌었다. "아니, 그래. 누가 또 보면 어떻소. 우리가 뭐 죽을 짓을 하나. 역적질 모의를 하나. 어디 따질 놈 있으면 나와 보라 그래요. 경비원 나오라 그래!"

혼자 주먹을 불끈 쥐며 허공에 대고 삿대질을 하자 여인네가 망연해진 얼굴로 하릴없이 웃었다.

"하긴. 들어보니 그렇네. 그래도 남해는 워낙 바닥이 좁으니까 만사 불여튼튼이죠. 소문이라도 나면 이게 무슨 우사일까."

사내가 섭섭한 듯 커피를 홀짝이는 여인을 쳐다봤다.

"우사라니! 듣자하니 거 기분 나쁘네. 내가 처자가 있어 불륜을 저지르는 것도 아니고, 그 짝이 남편이 있어 정조를 깨는 것도 아닌데, 무슨 우사요, 우사는!"

"그래도 남사스럽죠. 이 나이에. 그리고 그쪽도 처는 없어도 아들애는 있고, 내도 남편이야 진즉 죽었지만 딸년이 두 눈 시퍼렇게 뜨고 있는 걸 몰라요?"

치받으면서 하는 말이지만 말의 끝자락에 가자 아낙의 어투는 거의 응석으로 떨어졌다. 사내가 실없이 웃으며 차문을 내리더니 사방을 휘휘 살피며 조금 높인 목청으로 외쳤다.

"아이구, 두 눈 시퍼렇게 뜬 딸애야 어디 숨어있나, 어여 나와보래이. 니 어미가 여기서 외간 남자랑 정분 트고 있다이."

그러자 여인이 화들짝 놀라며 사내의 굵은 팔뚝을 맵게 내리쳤다. 그 바람에 조금 남은 커피가 엎질러졌다.

"이 양반이 미쳤나. 아예 신문에 광고를 내지. 읍내 사람들 다 알게."

사내가 팔뚝을 문지르며 맥없이 말했다.

"차라리 그러고 싶은 심정이요. 이게 도대체 무슨 청승이요. 이몽룡과 성춘향도 아니고, 로미오와 줄리엣도 아니고, 허구한 날 남의 눈을 피해 한밤중에만 삐죽 만나고 부리나케 헤어져야 하니, 사람 애간장이 다 녹는구먼. 내가 이러다 복장이 터져 죽지."

아낙도 사내의 장탄식에 고개를 떨어뜨렸다.

"그러니 어쩌면 좋아요. 보아하니 우리 지숙이가 그쪽 아들이랑 서로 친하게 지내는 모양인데, 우리가 이렇게 된 걸 알면 까무러쳐 거품을 토할지도 몰라요. 어휴!"

사내가 뜻밖의 말에 눈을 부라리며 다그쳤다.

"지금 뭐라 했소? 그짝 딸하고 내 아들놈이 연애질을 한다는 게요?

이런 다리몽둥이를 부러뜨릴 놈이 있나. 어린놈이 공부는 안 하고 무슨 얼어 죽을 연애질이야, 연애질은. 내 이놈을 당장 가서……."

아낙이 다시 팔뚝을 잡았다.

"아서요. 눈치가 그렇다는 거지, 누가 진짜랍니까. 그저 가만히 시치미 떼고 계세요. 진짜 평지풍파 일어날라."

사내도 말로만 허장성세였지 맥이 빠지기는 마찬가지였다.

잠시 차 안에는 어색한 침묵이 흘렀다. 두 사람은 서로의 말 못한 고민을 삭히면서 몸을 꼼지락거렸다. 조금 뒤 사내가 마음이 가라앉았는지 슬쩍 아낙을 곁눈질했다.

"보소, 아까운 시간을 그런 일로 허비해서야 쓰겠소. 이리 와 보구려."

사내가 게슴츠레해진 얼굴로 아낙의 어깨를 잡아끌었다. 아낙이 앙탈을 부리면서도 싫지 않은 듯 몸을 기대왔다. 서로 마음을 연지 오랜 사람처럼 두 사람이 자연스럽게 몸을 밀착시켰다. 사내가 뜨거운 입술로 아낙의 목을 훑었다. 가벼운 신음이 아낙의 입에서 새어나왔다. 소리에 자극을 받은 사내가 손을 젖가슴 사이로 밀어 넣었다. 그 바람에 블라우스 단추가 하나 떨어졌지만, 누구도 신경 쓰지 않았다.

사내가 더욱 대담해져 젖가슴을 만지던 손을 빼고 샅 사이를 더듬거렸다. 사내의 입술에 몸을 맡기고 있던 아낙이 헛! 하고 짧은 신음을 삼켰다.

"그만, 그만해요."

아낙이 몸을 뒤로 물리자 얼굴이 벌겋게 달아오른 사내가 아쉬운 듯 입맛을 쩍쩍 다셨다.

"그러니까 내가 러브호텔이라도 가자는 거 아니요. 거기가 뭔 감옥소라도 되나."

아낙이 깜짝 놀라 손사래를 쳤다.

"그런 말일랑 뻥긋도 말아요. 차 안에서 만나는 것도 사람 눈이 무서운데, 그런데 갔다가 사진이라도 찍히면 정말 얼굴 못 들고 다녀요."

사내가 입을 삐죽 내밀었다.

"아니 언놈이 사진을 찍는단 말이요. CCTV는 보안을 위해 단 거지. 사람 감시하는 게 아니라니깐."

"어쨌거나. 난 절대 그런 곳엔 안 가요! 생각만 해도 얼굴이 화끈거리네."

아낙이 새침하게 말하자 사내가 심통 사납게 대거리했다.

"이러다 내가 피 말라 죽지. 뭐 좋은 방법이 없나? 에구 시간이 늦었소. 어여 이리 와요."

사내가 잡아끌자 티격태격하던 때는 저만치 사라지고 다시 두 사람은 한 몸으로 엉겨 붙었다. 차가 잠시 덜컥거리자 졸던 부엉이가 불만스럽게 황소 눈을 떴다. 부엉이는 끝까지 두 사람의 밀회 장면에서 눈을 떼지 않았다.

잠시 후 차에 시동이 걸리더니 올 때와 마찬가지로 조심조심 자동차는 주차장을 빠져 나갔다. 이번에는 반대편으로 빙 도는 방향을 택했다. 자동차 불빛이 사라지자 남해유배문학관에는 다시 평온이 찾아왔다. 한참 뒤 저 너머 강진만으로 아침 햇살이 비치자 문학관은 다시 새로운 하루의 호흡을 내쉬기 시작했다.

2

김덕구金德九와 한순심韓順心. 서로 생면부지였던 두 사람이 이상야릇한 관계로 발전한 것은 어느 일요일 제각기 남해유배문학관을 찾은 뒤부터였다. 김덕구는 미조항 주변 가두리 양식장에서 일을 보는 사십을 조금 넘긴 홀아비였다. 한순심은 읍내에서 작은 식당을 운영하고 있는 사십을 바라보는 나이의 과부였다. 새벽바람에 미조 일터로 출근해야 했고, 아침부터 손님 받기에 분주한 두 사람이 대면할 기회는 좀처럼 없었다. 남해가 아무리 두 다리 건너면 친인척이 된다지만, 모르는 인연은 긴 세월을 살아도 생판 모른 채 지낼 수도 있었다. 두 사람은 후자에 속했다.

김덕구는 일이 끝나면 집에 와 아들 밥 챙겨주기 바쁘거나 친구들 만나 술추렴으로 하루를 마쳤다. 한순심은 그녀대로 아침 손님, 낮 손님, 저녁 손님 받기에 분주해 식당과 시장을 오가면서 한눈 팔 시간이 없었다. 워낙 술 마시는 일로 날밤을 새는 김덕구이기에 중신을 자청하는 사람도 없었고, 젊어 남편 떠나보내고 10년 남짓 오직 딸 아이 키우는 일에만 전심전력하는 한순심을 두고는 열녀란 말은 나왔어도 재혼을 거드는 이는 나타나지 않았다. 어쩌다 한숨 돌릴 시간이 생기면 이래저래 두 사람은 자신의 외로운 속내가 드러날까 조마조마하면서 한숨을 쉬었다.

그러던 어느 날 김덕구는 남해에 내려와 글을 쓰고 있던 누군가가 번역해 내놓은 김만중의 문집 『서포집』을 읽게 되었다. 물론 자발적인 일은 아니었다. 학교를 마치고 온 아들놈이 난데없이 김만중에 대해 아느냐고 물어왔다. 먹고 살기 바쁜 그가 자세히 알 턱이 없었다.

"거, 남해에 유배와 죽은 조선시대 선비 아니냐? 그 사람이 왜?"

"응. 국사 선생님이 숙제를 내주셨는데, 조상 가운데 훌륭한 분의 업적을 조사하라시잖아. 우리가 광산 김씨 맞지? 검색해보니까 김만중이 나오더라고. 이곳 남해에서 『구운몽』이랑 『사씨남정기』 같은 소설을 쓴 분인데, 유배 와 여기서 돌아가셨대. 그래서 아빠가 혹시 아나 했지. 이게 그분 문집이래."

자신은 비록 바닷물과 뙤약볕에 꺼멓게 탄 얼굴을 하고 살지만 뼈대 있는 집안 출신임에 자부심을 느끼던 김덕구는 아들의 한 마디에 기가 팍 꺾였다. 명색이 아버지가 되어 조상의 행적도 가물가물했으니 망신이었다. 아들 몰래 『서포집』 번역을 읽었는데, 도통 무슨 소린지 까마득했다. 그래서 일요일 쉬는 날 큰 맘 먹고 남해유배문학관을 찾았다. 김만중에 대해 샅샅이 조사해 아들놈에게 큰 소리 칠 심산이었다.

한순심의 경우도 엇비슷했다. 반은 달랐지만 같은 남해제일고등학교에 다니는 딸애도 같은 숙제를 받았다. 김덕구의 아들보다 훨씬 똑소리 나는 한순심의 딸은 밀양 박씨 조상 가운데 남해에 유배를 왔다 돌아가면서, 있는 내내 많은 시를 남긴 박성원의 유배시집 『남천록』 번역을 읽었다. 딸애는 아예 엄마를 팍 무시하면서 이런 분이 우리 조상이라며 책을 펼쳐놓고 가르치려 들었다.

"엄만 장사만 할 줄 알았지 시댁 조상은 관심 밖이지. 우리 밀양 박씨에 훌륭한 분들이 많더라고. 글쎄 엄마, 이분이 한양으로 돌아가셔서는 어릴 때 정조 임금을 가르치셨대요. 아무나 임금 될 애를 가르칠 수 있었겠어."

자의 반 타의 반으로 열녀 소리를 듣는 그녀로서는 딸애의 지청구를 한 귀로 흘려버리기 어려웠다. 그래서 식당이 쉬는 날 큰 맘 먹고 유배문학관으로 나들이를 나선 것이었다.

"흥! 너보다 더 많이 알아내 코를 납작하게 만들어주마."

일요일 늦은 오후 문학관은 비교적 한산했다. 몇몇 사람들이 로비와 전시실을 오가면서 여기저기 전시물들을 살피고 있었다. 남해가 고향인 김덕구는 무료로 입장할 수 있었다. 안내 데스크를 봤는데, 마침 사람이 아무도 없었다. 어디로 가야 김만중의 생애를 알 수 있나 서성이는데, 사무실에서 김임주 학예사가 나왔다. 고향 선배로 안면이 있기에 손을 흔들며 인사했다.

"아니, 덕구 아닌가? 웬일이야?"

"아, 그게 말이죠."

사정을 얘기하자 김임주 학예사가 싱글벙글 웃으면서 그가 원하던 곳으로 안내했다.

"아들 덕분에 덕구가 조상 공부도 하게 됐군. 역시 자식은 잘 가르치고 볼 일이야. 자주 와서 열심히 배워서 권위 좀 세워보라고. 허허허!"

김임주 학예사가 웃음을 길게 남기며 사무실로 돌아갔다. 김덕구는 그의 뒤통수에 반쯤 절을 하고는 전시실로 들어갔다. 학구열에 불타는 그의 손에는 볼펜과 노트가 들려 있었다.

문학관 입구로 들어서면 왼편에 있는 전시실은 향토문화관과 함께 유배와 관련된 다양한 자료들이 전시된 공간이었다. 유배를 당했던 문인들이 지은 시들이 아크릴 판에 새겨져 있었고, 세계 각국에서 있었던 유배에 얽힌 사연들도 알기 쉽게 전시되어 있었다. 거기다 유배 체험관과 유배에 따른 여러 절차 등등이 소상하게 안내되어 있어 우리나라 유배의 역사를 한눈에 살펴볼 수 있었다. 김덕구의 볼펜이 자료를 요약하며 바쁘게 움직였다.

그렇게 김덕구가 로비에서 사라지고 얼마 뒤 뒤이어 한순심이 입장했다. 안내 데스크에는 박현숙 해설사가 대기하고 있었다. 박현숙 해설사는 죽산 박씨였지만 같은 성씨라 해서 남편이 살아 있을 때 많이 챙겨주곤 했었다. 한순심이 들어오는 것을 본 박현숙 해설사가 두 눈을 동그랗게 뜨며 반갑게 나와 그녀의 손을 잡았다.

"이게 얼마만이야. 장사는 잘되고? 힘들지?"

"뭘요. 그간 잘 지내셨어요. 변변히 인사도 못 드리고 죄송해요."

"무슨 말이야. 혼자 애 키우랴 살림하랴 정신이 없을 텐데. 내가 미안하지."

박현숙 해설사의 도움을 받아 『남천록』도 한 권 샀고, 전시실에 있는 박성원 코너에서 그분의 내력도 꼼꼼히 읽었다.

공부가 끝난 뒤 한순심과 박현숙 해설사는 로비 책상에 앉아 커피를 마시며 도란도란 이야기를 나누었다. 그때 역시 열공에 빠져 있던 김덕구가 노트에 적은 글을 되새김질하면서 두 사람 앞을 지나갔다. 박현숙 해설사가 아는 척했다.

"김덕구 씨잖아. 여긴 웬일이에요?"

박현숙 해설사가 김덕구와 한순심을 번갈아보더니 빙그레 웃으며 인사를 시켰다.

"생전 발걸음이 없던 두 사람이 이렇게 한날 우리 문학관을 찾다니, 이건 하늘의 계시가 분명해."

이렇게 해서 두 사람은 때 아닌 유배문학 탐구를 하다가 첫인사를 나누게 되었다. 김덕구는 첫눈에 소박한 인상의 한순심에게 폭 빠졌고, 배짱만은 두둑했던 김덕구가 요령 좋게 추파를 날렸다. 처지가 비슷했던지라 두 사람은 급속도로 가까워졌다. 그리고는 마침내 남의 눈을 피하는 게릴라 데이트에 열을 올렸다. 밤늦게 으슥한 곳이거나 때로 남해 밖으로 나가 서로의 애정을 다지곤 했다. 그러나 오랜만의 연애가 생소했고, 남의 이목을 과장되게 의식하는 한순심의 조바심 때문에 좀체 진척이 없었다.

3

그 날도 두 사람은 몰래 읍내에서 만나 이곳저곳을 빙빙 돌다가 차를 유배문학관 뒤편 주차장으로 몰았다. 그러나 차를 대려고 들어와보니 둘이 늘 머물던 자리에 보지 못한 자동차 한 대가 서 있었다. 김덕구도 가슴이 철렁 내려앉았고 한순심은 김덕구의 팔을 빠져라 잡으며 호들갑을 떨었다.

"덕구 씨. 빨리 차 돌려요."

"이거야 원!"

죄지은 것도 아닌데 두 사람은 경찰에 쫓기는 수배범처럼 다급하게 차머리를 돌려 문학관을 빠져나왔다. 나와 보니 갈 곳이 없었다. 이 넓은 남해군에 두 사람이 조용히 만날 장소가 마땅히 떠오르지 않았다.

"군민공원에라도 갑시다."

밤이면 문학관보다 군민공원이 더 한적했다. 터도 넓고 이동면 면사무소에서도 뚝 떨어져 있어 한결 마음이 편할 터였다. 그러나 자라 보고 놀란 가슴 솥뚜껑 보고 놀란다고나 할까, 한순심은 생각의 결이 거기까지 미칠 여유가 없었다.

"그 아래 우리 일가붙이가 산다고요. 그냥 집으로 돌아가요."

말은 그래도 한순심도 헤어지기 싫은 기색이 가득했다. 김덕구는 마음도 가라앉힐 겸 강진만 해안도로 쪽으로 차를 몰았다. 낮에도 오가는 차량이 없는 해안도로는 밤이면 토끼가 모여 놀아도 될 만큼 으슥해졌다. 가끔 간이 주차시설도 있어 바다를 보면서 이야기를 나누기에도 적당했다.

"어디 가는 거예요?"

한순심이 두 눈을 휘저으며 불안스럽게 물었다.

"매일 보는 것도 아닌데, 어찌 그냥 갑니까? 바닷바람이나 쐬면서 다니자고요."

한순심이 픽 웃으며 대꾸했다.

"남해에서 부는 바람에 바닷바람 아닌 게 있나요. 사람 참 실없다."

듣고 보니 맞는 말이었다.

"역시 순심 씨가 나보다 똑똑하네. 이참에 하동으로 나가 산바람이라도 쐴까나?"

한순심이 김덕구의 어깨를 툭 쳤다. 배시시 웃는 모습에 혼이 팔려 하마터면 차가 바다로 곤두박질칠 뻔했다. 지족 부근까지 갔던 차를 다시 돌려 읍으로 향했다. 둘 다 아쉬운 마음을 안고 멀리 바다 너머 보이는 읍내의 불빛에 눈길을 주었다.

해안도로를 빠져나와 큰길로 올라왔다. 소입현 언덕을 지나자 왼편으로 어둠에 잠긴 문학관 건물이 누운 거인처럼 묵직하게 눈에 들어왔다. 이런저런 생각을 골똘히 하던 김덕구가 문학관 뒷길로 핸들을 꺾었다.

"뭐하는 거예요?"

"이판사판 아니요. 한 번 더 가 봅시다. 아직도 그놈의 차가 있으면 헤어지고, 없으면 좀 있다 가지 뭐."

김덕구가 반말 투로 대답했다. 늘 같은 장소에서 만나다 보니 두 사람에게 문학관 뒤편 주차장은 살림집 같은 친근감이 있었다. 이심전심인지 한순심도 아무 투정이 없었다. 천천히 차를 몰면서 곁눈질로 주차장을 살폈다. 희미한 보안등 아래 주차장은 비어 있었다. 빈 공간이 한겨울 뜨뜻한 아랫목처럼 느껴졌다. 김덕구의 얼굴로 만세삼창이라도 부르고 싶은 듯한 화색이 돌았다.

"역시 사람은 관성의 동물인기라. 확실히 여기가 편하지."

김덕구가 공연히 뻐기면서 목청을 높였다. 두 사람은 차 안에서 뒷좌석으로 몸을 옮겼다.

"사람 마음이 이래서 간사하다나 봐요."

한순심도 고개를 끄덕이며 김덕구의 굵은 팔뚝을 두 손으로 감았다. 따뜻하면서 간살스러운 손 기운이 어깨를 타고 김덕구의 오장육부를 데웠다. 저도 모르게 콧구멍으로 뜨거운 훈김이 뿜어져 나왔다. 한순심을 덥석 안으며 김덕구가 뇌까렸다.

"순심 씨. 이러지 말고 후딱 집을 합칩시다. 남들 눈치 보다 고대 늙어 죽겄소."

김덕구의 입김을 받아 몽롱한 표정을 지으면서도 한순심은 고개를 저었다.

"잘 알면서 왜 자꾸 그래요."

말발보다는 몸 쓰는 일에 익숙한 김덕구는 더 재촉하지 않았다. 설득은 내일 하더라도 오늘 밤은 그녀의 몸을 더듬고 싶었다. 김덕구의 손이 한순심의 몸 곳곳을 찾아 바쁘게 움직였다. 한순심의 입이 벌어지고 희고 가지런한 치아가 입술 새로 번져 나왔다.

그렇게 얼마 쯤 시간이 지났다.

김덕구가 더 이상 흥분을 참지 못하고 허리띠를 풀었다. 한순심도 호응하여 허리를 들었다. 마음이 급한 김덕구가 자꾸 헛손질을 했다. "한두 번 풀어보나. 뭐 그리 더듬어요." 잔뜩 달아오른 한순심이 채근하면서 실눈을 떴다.

그때였다. 살그머니 뜬 시야 너머로 뭔가 허연 물체가 어른거렸다. 처음에는 김덕구의 옷자락인가 싶었다. 그러나 김덕구는 벌써 웃통을 벗고 내의까지 내던진 참이었다. 어둠 속에서 김덕구의 잘 익은 근육이 꿈틀거렸다.

'헛것을 봤나.'

손을 들어 김덕구의 등을 훑었다. 짜릿한 쾌감이 명치를 타고 올라왔다. 가벼운 신음과 함께 다시 눈이 떠졌다. 차창 밖으로 분명히 뭔가 어슬렁거렸다. 헛것이 아니었다. 허연 옷자락이 바람결에 나비 떼처럼 나부꼈다. 사람이었다. '아이고! 들켰구나!' 정신이 번쩍 들었다. 황망중에 김덕구의 몸을 확 밀었다. 어디서 그런 힘이 나오는지 김덕구의 큰 덩치가 실내등 달린 지붕까지 붕 날았다.

"아이쿠! 이 여자가 사람 잡네." 뒤통수를 만지면서 김덕구가 한순심에게 고통을 호소했다. "싫으면 싫다고 그냥 말을 하지. 잘하면 낭심 차것소."

흥이 깨진 김덕구가 여자를 째려보는데, 한순심의 눈길은 엉뚱하게 차 밖을 향하고 있었다. 무심코 눈길을 따라가던 김덕구의 눈에도 이상한 물체가 춤을 추었다.

"헉! 뭐여? 사람이여, 귀신이여."

바닥에 떨어진 옷가지를 주섬주섬 챙기면서 김덕구가 숨 삼키는 소리를 냈다. 벌써 한순심은 손으로 얼굴을 감싼 채 등을 돌린 차였다. 그래도 사내인 김덕구가 심장은 더 튼실했다. 손으로 얼굴을 한 번 훑고 허연 물체를 응시했다.

물체는 뒤로 물러가는 듯했다. 멀어지자 어둠 속에서 물체는 약하게 빛을 내뿜는 것처럼 보였다. 빛이 조금 더 밝아지더니 다시 물체는 날듯이 차로 접근해왔다. 마치 공중에 떠 있는 느낌이었다. 사람이었다.

사람인데, 하얀 도포 차림이었고 머리에는 큰 갓까지 쓰고 있었다. 얼굴은 검은 물감을 바른 듯 검었지만 굴곡을 따라 빛이 반사되고 있었다. 입은 꽉 다물었고, 눈은 불그스름한데 김덕구를 잡아먹을 듯이 노려보았다. '말로만 듣던 귀신이구나.' 숨이 턱 막혔다. 김덕구가 기절하지 않은 것은 오직 여자 앞에서 쓰러지면 개망신이라는 알량한 자존심 때문이었다. 김덕구는 한순심을 몸으로 막으면서 뒷걸음질 치듯 다리를 뻗대면서 반대편 구석으로 파고들었다.

이게 무슨 날벼락인가. 여기는 남해유배문학관. 고려시대와 조선시대를 거쳐 수백 명의 유배객이 남해로 내쫓겨왔다고 들었다. 그 중엔 끝내 이곳을 떠나지 못하고 죽어 불귀의 객이 된 사람도 있다고 했다. 분명 억울하게 죽은 원혼 가운데 하나일 게 분명했다. '그렇다 한들 우리한테 악심을 품을 일은 아니잖아?' 와중에도 그런 생각이 스쳤지만, 귀신의 굳은 표정은 찢어죽일 원수를 만난 듯 원한이 넘쳐흘렀다. 귀신의 몸에서 뿜어 나오는 빛의 세기가 더 커졌다. 눈이 부실 지경이었다.

"아이고, 귀신님. 아이고, 귀신님!……"

한순심은 좌석 시트에 코를 박고 두 손을 올려 싹싹 빌면서 같은 소리만 가래떡 뽑아내듯 나불거렸다. 김덕구도 마땅히 할 말이 떠오르지 않았다. 머릿속이 점점 더 하얘져 갔다. 벌린 입술 사이로 침이 뚝 떨어졌다.

귀신의 얼굴이 쑥 다가오더니 다시 허리를 세웠다. 뒷짐을 졌던 오른손이 앞으로 나오더니 엄지를 땅으로 꽂으며 아래위로 흔들었다. 옛날 로마 황제가 하던 손짓이었다. '너희들 다 죽었다는 소린가?' 눈앞이 흐릿해졌다. 김덕구가 어린애처럼 고개를 도리질 쳤다. '뭘 어쩌라구?' 그러나 여전히 귀신은 계속 엄지를 아래위로 움직였다. 심호흡을 크게 했다. 자세히 보니 귀신의 눈이 밑 쪽 어딘가로 향해 있었다. 시선을 따라갔다. 창문을 내리는 페달이었다.

'뭐야? 창문을 열라는 건가?'

엉겁결에 김덕구는 손으로 페달을 가리켰다. 귀신이 고개를 가볍게 끄덕였다. 김덕구는 한 손은 페달로 향하면서 다른 손으로 한순심의 어깨를 툭툭 쳤다. 귀신의 별 해코지가 없자 한순심도 고개를 돌려 빠끔히 가자미눈을 뜨고 귀신을 훑어보았다.

창문이 반쯤 열리자 귀신의 손놀림이 멈췄다. 김덕구도 돌리던 페달에서 손을 떼고는 한순심을 껴안았다. 우리도 유배 왔던 조상님들의 후손인데 설마 해치랴 싶었지만, 귀신이 그런 세상 인연을 알 것 같지 않았다.

귀신은 한동안 아무 말이 없었다. 도포 자락에서 흘러나오던 희미한 빛은 점점 약해져 갔다. 분노가 가라앉았나 싶었다. 그러나 곧 두 눈에서 붉은빛이 굶주린 호랑이 눈깔처럼 활활 타올랐다. 부르르 온몸을 떠는 찰나 귀신의 굳게 다물렸던 입이 열렸다. 붉은 입술이 움직이자 뭔가 분명치 않은 소리가 동굴에서 박쥐 떼가 휘치며 나오듯 울렸다. 구천九泉 아득한 곳에서 울려 퍼지는 메아리처럼 음습했다.

"너희 연놈이 저지른 짓을 내 다 보고 들었노라. 이승의 번뇌를 잊고 조용히 쉬고 싶었건만, 내 머리맡에서 이런 추잡한 짓거리를 자행한단 말이냐? 비록 죄인의 몸으로 이 땅에 버려졌으나 너희들의 망동은 결코 좌시할 수 없구나. 기필코 너희 연놈들의 음행을 세상에 널리 까발기리라."

그 소리에 김덕구보다 한순심이 용수철 튀어오를 듯 벌떡 몸을 일으키며 외쳤다.

"귀신님, 그것만은, 그것만은 안 됩니다. 다시는, 다시는 안 만날 테니 그저, 그저 용서해 주십시오. 아이고, 귀신님!"

김덕구의 머리카락이 삐쭉 섰다. '날 다시는 안 만나겠다고? 이 여자가 지금 제 정신이야!' 김덕구가 한순심의 어깨를 흔들었다. "이보소, 지금 무슨 말도 안 되는 소릴 하는 거요! 안 만나겠다니."

한순심이 얼굴이 하얗게 질려 소리치듯 말했다.

"귀신님이 세상에 다 알리시겠다잖아요."

"그래도 그렇지……."

더 뭐라고 토를 달아야 하는데 맞춤한 말이 떠오르지 않았다. 그러자 귀신의 결기가 더욱 시퍼레졌다.

"귀신은 두 소리를 않는 법이다. 다시는 남해에서 얼굴을 들고 다니지 못하게 할 게야! 홀아비 과부가 된 게 무슨 역적질이더냐. 떳떳이 밝히고 만나면 될 것을, 누가 처신을 그 따위로 하랬더냐. 귀신은 두 소리를 않는다."

마지막 말을 끝으로 갑자기 가로등 불이 꺼졌다. 삽시간에 사방에 칠흑 같은 어둠이 안개처럼 뒤덮였다. 귀신이 허연 도포 자락을 획 쳐올렸다. 몸을 뒤트는 듯했는데, 눈을 한 번 감았다 떴더니 귀신은 감쪽같이 사라지고 없었다.

귀신의 위협에 질린 두 사람은 서로 껴안고 벌벌 떨 뿐 텅 빈 어둠

속을 똑바로 쳐다보지도 못했다. 한순심이 훌쩍거리며 칭얼댔다.

"이제 어떡해요. 꼼짝없이 남해를 뜨게 생겼네."

김덕구도 연신 한순심의 머리를 쓰다듬었지만 뭐라 달랠 말은 떠오르지 않았다.

4

발 없는 말이 천리를 간다고 했다. 며칠 새 읍내에 흉흉한 소문이 가시덤불 퍼지듯 뻗어나갔다.

"유배문학관에 귀신이 나타났다며? 그게 뭔 소린가?"

"맨날 술 처먹고 해롱대며 쏘다니는 사진쟁이 공씨 있잖우. 그 작자가 밤에 봉천 둑길을 걷다가 봤다네. 배불뚝이하고 같이."

"앵? 그럼 믿을 게 못 되네. 그 화상 허튼 소리하는 게 하루 이틀인가. 배불뚝이야 날도둑놈이고. 더구나 술 마시고 본 거라며? 더 말 할 게 뭐 있나."

"아니, 그 날은 맨 정신이었다던데. 지 말이 거짓말이면 손가락 다섯 개를 다 지지겠다고 너스레를 떨었다던걸."

"아, 그래 됐어. 헌데 유배 귀신이 왜 나타난 거여? 남해 생기고 유배 귀신 본 사람 있으면 나오라 그래. 사뭇 나타나지 않던 귀신이 갑자기 나타났다면 까닭이 있을 거 아닌가?"

"그게, 그 귀신님께서 뭔가 못 볼 꼴을 보셨대요."

"못 볼 꼴? 그게 뭔데?"

"그게 말이 분분해서 아리송하네. 누가 상피를 붙었대나 동성애를 했대나? 좌우간 음양의 이치를 어기는 무도한 짓을 보셨다네요."

"허허! 여기까지 유배 온 양반이면 큰 유학자였을 테니, 그 꼴을 보고 곱게 넘기진 못했겠네. 그게 누구라던데?"

"아직 그것까진 모른데요. 그 귀신님께서 한 번 더 납셔서 상편지 동성앤지 한 작자들 정체를 밝힌다니까, 조만간 알게 되지 않겠어요?"

"참! 세상 말세다. 비단처럼 고운 우리 남해에 이런 해괴한 일이 터지다니. 말세다, 말세!"

"그나저나 유배문학관 귀신 보겠다는 사람으로 밤마다 미어터지겠네. 평소에 좀 가지, 쯧쯧쯧!"

"이거 혹시 노이즈 마케팅 아냐?"

"노이즈 뭐? 그게 뭔데?"

"아, 악소문 퍼트려 유명세 타는 것도 몰라. 문학관 김임주 학예사하고 해설사들이 군민들 구경 오라고 머릴 굴렸다는 말씀이지."

"김 학예관이? 사람이 점잖던데, 설마 그런 잔꾀를 부리려고."

"하긴 그렇네. 쩝!"

좌우간 그날 이후 유배문학관의 귀신 소동은 남해에서만 떠도는 정도를 넘어서 발 빠르게 방송까지 탔다. 덕분에 문학관을 찾는 방문객 수가 급증했다. 문학관 앞 그 넓은 주차장이 부족해 증축해야 한다는 여론까지 돈다는, 믿거나 말거나 한 소문까지 읍내를 휘돌았다.

5

이곳은 군민공원. 새벽별만이 반짝이는 한밤중이다. 다람쥐 한 마리 지나다니지 않는 야심한 시각인데, 저쪽 구석에 차 한 대가 덩그러니 내버려진 고아처럼 서 있다. 차 안에 있는 커플은 당연히 오늘의 주인공 김덕구와 한순심이다.

"어쩌면 좋아요. 그 유배 귀신님이 이제 우리 일을 다 불어버리실 텐데."

한순심이 어린아이처럼 훌쩍였다. 갑자기 관광객이 늘어 밤늦게까지 식당 문을 여는 바람에 이 시각에야 두 사람은 만났다.

할 말을 잃은 김덕구는 차창을 열어놓고 뻐끔뻐끔 담배만 줄곧 씹어 댔다. 완전히 귀신에 홀린 꼴이었다. '그러고 보니 진짜 귀신에 홀렸구나.' 담배 맛도 나지 않아 반쯤 핀 담배를 차창에 비벼 껐다.

"보소. 순심 씨. 내가 곰곰이 좀 생각해 봤는데 말이요. 달리 방법이 없겠소."

평소와 다르게 신중한 목소리로 운을 떼자 한순심이 울음을 멈추고 흘겨보았다.

"헤어지자고요? 그때 그 말은 제가 정신이 없어서 한 소리예요. 진심으로 받아들인 건 아니죠?"

김덕구가 어이없는 표정으로 한순심을 쏘아보았다.

"참나 그게 무슨 해결책인가? 자폭책이지. 순심 씬 나하고 헤어져 살 자신 있소?"

물끄러미 한순심이 김덕구를 쳐다보았다. 그러더니 두 볼을 살짝 붉히면서 말했다.

"거야 당연히 이젠 못 살죠."

샐쭉거리며 웃는 모습이 김덕구의 눈에 더없이 귀여웠다. 김덕구의 눈에서 저도 모르게 눈물이 찔끔 나왔다.

"그러니 말이요. 내도 순심 씨 없이는 못 사요. 차라리 앵강만에 뛰어들어 물귀신이 되고 말지."

그 말에 한순심이 김덕구를 대견한 듯 바라보며 대꾸했다.

"덕구 씨 물귀신 되면 저도 따라 물귀신 될 거예요."

"으히그! 이 여우!"

잠깐 두 사람이 포개졌다가 떨어졌다. 김덕구가 결심한 듯 비장한 목소리로 말했다.

"그러니 이제 우사를 면할 방법은 하나밖에 없소. 딱 이 방법!"

"남해를 떠나 살자고요?"

"미쳤나. 그깟 귀신 때문에 내 고향 남해를 뜨다니 말도 안 되는 소리지."

"그럼 어떻게……?"

김덕구가 주저하는 한순심의 손목을 꽉 잡았다.

"왜 쓸데없는 고민을 하나. 유배 귀신께서 까발리기 전에 우리가 먼저 자수하는 거요. 아는 사람들 몇 모아놓고 우리 둘이 그동안 눈이 맞아 사귀고 있었다, 그걸 유배 귀신님께서 보시고는 노여워 하셔서 으름장을 놓으셨다, 우리는 죄를 진 게 아니니 두려울 게 없다, 이제부터는 당당하게 세상에 알리고 사귀겠다, 아니 곧 결혼하겠다. 이러는 거요. 어떻소?"

한순심이 미심쩍은 얼굴로 김덕구를 쳐다보았다.

"그랬다가 유배 귀신님께서 더욱 역정을 내시면 어떡해요. 안 그래도 골이 잔뜩 났던데. 그때 그 시퍼런 눈 못 봤어요. 으휴! 아직도 소름이 돋네."

그 말에 김덕구도 켕기기는 했다. 귀신을 욕보여 좋을 일은 없을 것이다. 그때 문득 묘안이 떠올랐다.

"이렇게 합시다. 기왕 자수하는 거 유배문학관 주차장에서 하는 거요. 그것도 밤중에. 그리고 잔칫상을 크게 차려 우리가 한 몸이 되었으니 제발 그간의 허물은 용서해 달라고 유배 귀신님께 치성을 올리는 거요. 그러면 인자한 귀신님께서 죄를 사해 주시지 않겠소?"

두 귀를 쫑긋 올리고 듣던 한순심의 얼굴이 환하게 피어올랐다.

"그거 정말 좋은 생각이네요. 잔치 음식은 제가 준비할 게요. 덕구 씨는 어장에서 횟감이나 듬뿍 장만해 와요. 기왕이면 사람도 많이 부르죠 뭐. 어차피 알리는 마당에 한 사람이라도 더 알게 해야죠."

김덕구가 엄지와 검지를 두 번 똑똑 소리 내며 한순심의 입술을 더듬었다.

"역시 순심 씨는 나보다 똑똑해! 똑똑!"

군민공원의 밤하늘에 더욱 별들이 밝게 빛나기 시작했다.

6

"아니, 이게 뭐야?"

월요일은 유배문학관의 정기휴일이었다. 일상 업무를 마친 김임주 학예사는 잠시 짬이 나자 오랜만에 유배문학관 안팎에 설치된 CCTV를 점검할 마음이 생겼다. 고가의 유물을 소장하지는 않아 도난을 염려할 정도는 아니었다. 보안도 튼튼했다. 다만 워낙 문학관이 읍내에서 떨어진 곳에 있어 가끔 엉뚱한 일이 일어나기도 했다. 문학관 관리를 맡은 사람으로서 신경 쓰지 않을 수 없었다.

데이터를 넘기던 중, 후면 주차장이 찍힌 화면에서 심상찮은 상황이 목격되었다. 늦은 밤 시간 자동차 한 대가 들어오더니 구석진 곳에 주차했다. 앞좌석에서 뒤채는 두 사람의 모습이 잡혔다. 안경을 벗어 닦은 뒤 화면을 클로즈업시켰다.

두 남녀가 소곤소곤 이야기를 나누더니 조금은 낯 뜨거운 장면이 연출되었다. 읍에서 마땅히 갈 곳이 없는 연인들이 야밤이면 으슥해지는 문학관 뒤편에 와서 밀회를 즐기는 일이 있기는 했다. 가끔 부부싸움의 뒤풀이를 하는 치들도 있었다. CCTV까지 의식 못한 사람들이 대놓고 감정을 드러내는데, 김임주 학예사는 대개 모른 척하고 넘어갔다. 사람들이 문학관을 선용善用한다고 애써 위로했다. 그런데 이번 화면에 나온 인물들은 어딘가 낯이 익었다.

그는 곧 두 사람이 김덕구와 한순심임을 알아차렸다. 두 사람의 처지와 형편을 잘 알고 있는 그였다. "저렇게 갈 곳이 없었나?"

젊은 청춘들의 불장난도 아니었고, 진지하게 사귀는 두 사람으로 보였다. 남의 눈이 무서웠을 뿐이지만, 화면만으로도 두 사람의 간절한 마음을 읽을 수 있었다. 공연한 분란을 피하려는 심정이야 이해는 갔다. 그러나 선남선녀가 마음이 맞아 인연을 맺는다는데 누가 트집을 잡겠는가? 순진하면서도 그들로서는 난처했을 현재를 모면하려는 애처로운 몸짓이었다. 잠시 화면을 보면서 생각에 잠겼던 김임주 학예사가 무릎을 쳤다.

"그래. 중이 제 머리 못 깎는다고 했지. 내가 두 사람의 인연이 잘 엮이도록 도와야겠군."

창고에 가서 지난 번 행사를 치를 때 썼던 소품과 장비들을 살폈다.

"요놈들을 잘 활용하면 연분 맺기에 딱이겠어. 흠! 내가 잠시 유배 귀신이 되어야겠군. 연기를 잘 할 수 있을까 걱정인걸."

창고 문을 닫으면서 김임주 학예사가 회심의 미소를 지었다.

남해유배문학관

　남해유배문학관은 경남 남해군 남해읍 남해대로 2745(전화 055-860-8888)에 자리한 국내 유일의 유배 관련 전문 공간이다. 국내 최초 및 최대 규모의 문학관으로, 유배와 유배문학에 관한 종합적인 정보습득을 위한 전문공간으로 기능하고 있다. 주제별 전시관을 통해 유배문학에 대한 체계적인 이해를 도모하고, 다양한 체험전시와 학습프로그램을 통해 관람객이 흥미를 느낄 수 있도록 구성되어 있다.

　유배문학관은 사람, 자연, 문학이 공존하는 공간으로 야외 전시, 영상, 모형 등 3차원적이며 현대적 개념의 매체를 통해 전시실에 생명을 불어넣고 있다. 또한 주제별 전시관 사이에는 관람객이 휴식을 취하거나 관람 주제에 따른 자기 성찰의 시간을 가질 수 있도록 다양한 휴식문화공간이 마련되어 있다.

　이곳은 유배의 역사와 문학에 관한 교육의 장이 되고 있으며, 지역을 대표하는 문학관으로서 지역민들의 자부심 향상에도 기여하고 있다. 또한, 남해의 풍부한 관광자원과 연계시켜, 체계적이고 종합적인 정책 개발과 더불어 지역사회 문화관광의 거점이 되고 있다.

　이러한 개관 취지를 살리기 위해 문학관은 다양한 자료를 연중 전시하고 있으며, 이를 문학적으로 승화시키기 위해 매해 가을 '김만중문학상'을 공모하고 있다. 매주 월요일과 국경일, 명절 때는 휴관이다.

송 노인의 나무 심기
가직대사 삼송에서

　오늘 송 노인은 여느 때보다 조금 일찍 일어났다. 어제 비료를 나르느라 무리를 했는지 아직도 어깨며 허리가 뻐근했다. 농협 창고에서 집까지 싣고 오는 일이야 경운기가 대신해 주지만 움막에 넣어두는 일은 손을 빌릴 데가 없었다. 게다가 요즘은 비가 잦아 한데에 함부로 방치하기도 찝찝했다.

　두 팔을 몇 차례 휘둘러보았다. 벌써 일흔을 넘긴 나이라 하룻밤 쉬었다고 피로가 가시지는 않았다. 계속 몸을 놀리는 게 건강을 지키는 일이라 송 노인은 생각했다.

　옆방 문을 열어보니 손자 두 놈은 누가 업어 가도 모를 만큼 곤하게 잠에 빠져 있었다. 연년생이라 얼핏 보면 누가 형이고 동생인지 구별도 잘 되지 않았다. 두 놈은 이불을 걷어찬 채 얼싸안고 있었다. 애들을 보니 묵직했던 어깨가 한결 가벼워졌다.

　큰길가로 나왔다. 노란 보안등이 띄엄띄엄 길을 밝히고 있긴 해도 어둠은 물러갈 기미를 보이지 않았다. 멀리 망운산도 짙은 어둠을 베개 삼아 해가 뜨길 기다리고 있었다. 일출이 오기엔 아직 이른 시간이었다.

　길 건너편에서 가지를 쭉쭉 뻗은 소나무가 송 노인을 반겼다. 수령이 2백 년도 더 된 소나무는 나이에 어울리게 촘촘한 솔잎을 자랑했다. 기분 좋은 솔향기를 머금은 바람이 코끝을 간질였다.

소나무는 돌로 쌓은 축대 위에 낮은 목책을 두르고 서 있었다. 송 노인은 곁으로 난 계단을 올라 소나무로 다가갔다. 새벽바람이 제법 시원했지만 인기척은 없었다.

송 노인은 한 손에 들고 있던 포대와 호미를 조심스럽게 땅에 내렸다. 그리고 두 손을 모아 정성스럽게 합장하고 고개를 숙였다. 긴 묵상에 잠긴 그의 어깨가 가볍게 떨렸다.

기도가 끝나자 송 노인은 소나무 둘레를 한 바퀴 돌았다. 그리고 소나무 밑동에 천천히 귀를 댔다. 당연하게도 소나무에서는 아무 소리도 들리지 않았다. 송 노인에게는 그 사실이 마치 큰 축복처럼 느껴졌다.

송 노인이 귀를 댄 소나무는 250여 년 전 이 마을에서 태어나 출가하여 고승대덕으로 법력을 떨친 가직대사可直大師, 1747~?가 손수 심은 것이라고 알려져 있었다. 망운산에 있는 화방사에서 공부를 하고 스님이 된 가직대사는 가는 곳마다 소나무를 심었다. 사시사철 푸른 소나무. 그 소나무가 지금까지 생명을 잃지 않고 마을의 수호신으로 제 역할을 다하고 있는 것이다.

가직대사의 소나무가 뿌리를 내린 곳은 남상 마을 말고도 두 군데 더 있었다. 큰길을 따라 북쪽으로 4백 미터쯤 가면 나오는 중리 마을에 두 번째 소나무가 길 오른편에서 시원한 그늘을 드리웠다. 거기서 다시 2킬로미터를 더 올라가면 노구마을이 나오고, 마을을 넘어가는 언덕에서 세 번째 소나무가 위용을 뽐냈다. 뿌리를 내린 지 2백 년이 훨씬 지났지만, 소나무들은 어떤 위협에도 휘둘리지 않은 채 푸르고 굳센 자태를 자랑했다.

하긴 얼마 전 지나간 태풍에 남상 마을에 있는 소나무의 큰 가지 하나가 모진 바람에 꺾여 나가긴 했다. 그때 마을 사람들은 흉조라면서 몹시 불길해 했다. 목책을 두르고 석축을 단단히 다진 것도 그 무렵의 일일 것이다.

무슨 큰 재앙이라도 내릴 듯이 요란을 떠는 사람들을 보면서 송 노인은 속으로 썩 달갑게 여기지 않았다. 재앙이란 게 자신만 조심하면 피할 수 있는 것이지 어찌 소나무 때문에 동티가 날까 싶었다. 소나무 덕분에 마을의 풍치가 좋아지고 풍문을 들은 관광객이 이따금 찾아와 호젓한 마을에 떠들썩한 사람 소리도 들리긴 했다. 그런 점에서 영물이라 여겼지만 사람의 운명을 좌우한다니 터무니가 없었다. 그 일이 있기 전까지 송 노인은 그렇게 믿고 살았다.

세 해 전 일이었다. 그해 따라 장마가 몹시도 길고 지루했다. 두어 달 동안 해를 본 게 며칠인지 손가락으로도 헤아릴 수 있을 정도였다. 비가 잦아지자 송 노인은 아침저녁 논의 물꼬를 살피는 일로 하루를 다 보내야 했다. 가뭄 끝은 있어도 큰 물 끝은 없다는데, 가직대사 소나무에 정성을 올려 청우제晴雨祭를 지내야지 않겠냐면서 동네 사람들이 수군거렸다.

"그런 쓸데없는 궁리할 시간이 있으면 저수지 수문이나 한 번 더 챙겨 보라고. 때가 되면 어련히 비가 그칠까. 치성을 올려 비가 그치기도 하고 오기도 한다면 가뭄 홍수가 왜 생기겠어? 해마다 풍년이지."

그때도 송 노인은 이렇게 핀잔을 주었다. 송 노인의 서슬이 워낙 시퍼래 사람들도 더 이상 말을 꺼내지 않았다.

장마가 길어지자 해마다 여름휴가에 맞춰 고향을 찾던 아들놈의 귀향길이 자꾸 늦어졌다. 장사를 하고 있는 서울서 남해까지 차를 몰고 오자면 그것도 고된 일이었다. 더구나 빗길을 뚫고 오는 일은 송 노인이 극구 만류했다.

그러다 얼마 만인지 장마가 며칠 소강상태를 보였다. 구름이 완전히 걷히진 않았지만 여우비 사이로 햇살이 시원하게 구름을 가르며 내리

쪼였다. 아들과 며느리가 그때를 놓치지 않고 내려오겠다고 연락을 해 왔다.

늦게 본 외동아들이라 송 노인은 아들을 금쪽같이 귀하게 키웠다. 엄하지 않으면 자식을 망친다고 속으론 다짐했지만 몸은 따로 놀았다. 고맙게도 아들은 튼튼하고 올곧게 잘 자라주었다. 빨리 손자를 보고 싶은 마음에 결혼도 대학을 마치자마자 바로 시켰다. 며느리도 양순하면서도 야무진 성격이라 송 노인의 마음을 흡족하게 했다. 그리고 떡 두꺼비 같은 손자를 연이어 둘이나 낳아 주었다.

아들은 설날과 추석, 그리고 여름휴가 때면 어김없이 고향을 찾아왔다. 그러다 40년을 해로한 아내가 덜컥 죽고 난 뒤부터는 휴가 때만 내려오도록 했다. 명절 때 집안이 식구들로 떠들썩하면 아내 생각이 더욱 간절해져 참을 수가 없었다. 차라리 아내의 흔적이 전혀 없는 서울로 가서 차례를 지내는 게 속편했다.

아들은 그만 시골 전답을 정리하고 서울로 올라오라며 볼 때마다 재촉했다. 워낙 자손이 적은 집안이라 대대로 남해에서 살았지만 가까운 일가도 없는 송 노인이었다. 아들의 성화가 심할 때마다 문득 그럴까 하는 생각이 들기도 했다. 하지만 평생 등을 붙이고 산 동네를 떠나기란 말처럼 쉽진 않았다. 이 마을을 벗어나면 꼭 허공을 떠다니는 기분이 들 것 같았다.

"네 조상님들과 어미 무덤까지 여기 있는데, 어찌 여길 버리겠노? 나 죽거들랑 네가 다 정리해 올라가거라. 내가 농살 지어야 너희들한테 쌀도 올려 보내고, 애들도 가끔 내려와 시골 공기도 쐬지."

빈말 참말 반반씩 섞어 송 노인은 그렇게 속내를 숨겼다.

아들은 저녁 장사를 마치고 밤길을 도와 내려오겠다고 했다. 애들은 마침 학교에서 가는 캠프가 있어 올해는 함께 못 온다고 했다. 아쉬웠지만 남들 다 가는 캠프에 애들만 빠지라고 하고 싶지는 않았다.

그날 밤 송 노인은 평소보다 일찍 잠자리에 들었다. 아들 내외가 집에 왔을 때 허둥대는 꼴을 보이고 싶진 않았다. 이부자리를 깔고 불을 껐지만 쉽게 잠이 오지 않았다. 한참을 뒤척이다가 겨우 잠이 들었는데, 꿈에 가직대사의 소나무를 만났다.

몇 리씩 떨어져 있는 소나무가 한 자리에 다 나타났다. 바람이 몹시 불었고 비가 세차게 내리는데, 송 노인의 귀에는 바람 소리도 빗소리도 들리지 않았다. 그저 소나무들이 입을 맞춘 듯 흥흥 울리는 소리만 귓전을 따갑게 때렸다. 소리가 너무 사나워 귀를 막아도 울림만 커질 뿐 종내 소리는 가셔지지 않았다. 그곳을 벗어나려고 두 발을 놀렸지만, 몸은 말뚝처럼 꼼짝도 할 수 없었다.

잠에서 깬 송 노인은 마음이 안정되지 않아 밖으로 나갔다. 꿈과 달리 소나무는 건재했고, 비도 바람도 불지 않았다. 하늘엔 별이 총총해 눈이 부실 지경이었다. 그러나 들뜬 마음은 쉬 가라앉지 않았다.

다음 날 아침 해가 망운산에서 떠올라 마을을 환하게 비출 때까지도 아들이 모는 차는 도착하지 않았다. 오랜 장마로 약해진 지반이 갑자기 가라앉는 바람에 아들의 차가 골짜기 밑으로 굴러 떨어지는 사고를 당했다. 아들과 며느리는 그 길로 이승을 떠나고 말았다.

부모를 잃은 것이 뭔지도 모르는 두 손자를 데리고 장례를 치렀다. 모든 게 끔찍했고 지옥과 같았다. 세상이 온통 새하얗게 보였다. 여기서 자신이 넋을 놓아버리면 천애고아나 다름없는 손자들은 어떻게 사나 싶어 간신히 기운을 차렸다. 마을 사람들도 집안일처럼 십시일반으로 거들고 도와주어 그럭저럭 흐트러진 마음을 수습할 수 있었다. 고통은 빨리 잊는 게 수였다.

서울 아들 집을 서둘러 정리하고 내려와 손자 둘을 십 리 떨어진 서상에 있는 초등학교로 전학시켰다. 철없는 아이들은 곧 새로 사귄 친구들과 어울려 산으로 들로 해변으로 뛰어다니며 즐거워했다. 그것이 또 너무 고마웠다.

그 이후로 가직대사의 소나무를 볼 때마다 가슴이 뜨끔거렸다. 자신이 소나무에 불경한 소리를 해서 이런 재앙이 내렸나 생각하면 가슴이 미어졌다.

'가직대사께서는 중생의 번뇌를 제도하고 원융한 화엄세상을 이루고자 소나무를 심으셨을 터인데, 네가 어찌 그 깊은 뜻을 모르고 그런 흉한 소릴 했을까. 나중에 죽어 무슨 면목으로 아들놈과 며느리 얼굴을 볼꼬.'

그 날 이후로 송 노인은 아침에 일어나면 남상과 중리, 노구에 있는 소나무까지 순례하는 일로 하루 일과를 시작했다. 허위허위 길을 따라 걷다 소나무를 만나면 조용히 머리를 조아리고 아들 내외의 극락왕생을 빌었다. 그리고 손자들이 다 자랄 때까지 이 몸도 건강하게 살게 해 달라고 기구했다.

때로는 소나무 밑동에 귀를 대고 훙훙 울리지나 않는지 귀를 기울이기도 했다. 다시 그 소리가 들리면 필시 자신의 몸에 재앙이 내릴 조짐이라는 생각이 들어 몸서리가 쳐졌다. 소나무는 조용했다.

송 노인의 간절한 기원이 통했는지 아이들에게도 자신에게도 마을에도 흉사는 일어나지 않았다. 오히려 이런저런 경사들이 연이어 일어나 마을에는 웃음소리가 떠날 날이 없었다. 송 노인은 이 모두가 가직대사가 심은 소나무의 음덕이라 믿어 푸른 하늘을 향해 힘차게 가지를 뻗어 올린 소나무를 가슴 벅차게 올려보곤 했다. 가직대사의 소나무는 그렇게 송 노인의 마음을 하나로 모아나갔다.

그런데 며칠 전부터 다시 소나무들이 꿈에 보이기 시작했다. 첫 날엔 흐릿한 안개 속에서 하느작거리는 모습으로 소나무는 송 노인의 눈에 들어왔다. 거슴츠레한 두 눈을 비비며 송 노인은 희미한 물체를 응시했다. 다음 날 꿈에 그것은 좀 더 선명해졌다. 또 다음 날 그것들이 소나무라는 사실을 깨닫자 가슴이 철렁하고 내려앉았다. 송 노인은 자지러져서 그 자리에 주저앉고 말았다.

'내 한 몸 죽는 거야 뭐가 두렵겠소. 허나 저 어린 것들을 생각하신다면 이럴 수는 없는 일이외다!'

꿈속에서 송 노인은 절규했다. 두 눈에서 흐르는 눈물이 뺨을 타고 흘러 내렸다. 소나무는 외침소리가 들리는지 마는지 묵묵히 송 노인 앞으로 다가왔다. 갓 타낸 솜털처럼 부드럽고 따스한 기운이 느껴졌다. 그제야 송 노인은 소나무가 예사롭지 않다는 사실을 깨달았다.

세찬 바람소리도 없었고 거센 빗소리도 들리지 않았다. 하늘은 구름 한 점 없이 맑았고, 땅은 물기로 촉촉하게 젖어 있었다.

송 노인은 두 눈을 크게 떴다. 눈앞으로 싹을 틔운 지 얼마 되지 않는 어린 소나무 묘목이 푸르게 나타났다. 한 그루도 두 그루도 세 그루도 아니었다. 점점 넓게 펼쳐지는 꿈속 세상은 온통 어린 소나무들로 뒤덮여 있었다.

송 노인은 어안이 벙벙해져 눈물을 닦지도 못했다. 소나무들은 하나하나가 활짝 웃는 어린 아이의 얼굴을 닮아갔다. 거기에는 두 손자의 얼굴도 뚜렷이 보였다. 그제야 송 노인은 꿈의 의미가 무엇인지 알았다. 눈물범벅인 채로 송 노인은 황소처럼 헛헛하게 큰 웃음을 쏟아 냈다.

소나무에서 귀를 뗀 송 노인은 곁에 내려둔 포대와 호미를 집어 들었다. 아가리를 여니 새벽잠에서 깨지 않은 싱싱한 소나무 묘목들이 서로 몸을 기댄 채 하늘을 올려보고 있었다.

"요놈들. 너희들은 미래의 가직대사 소나무들이야. 남해의 산과 골짜기마다 뿌리를 쭉쭉 내려 우리 손자들처럼 씩씩하게 자랄 거지?"

이슬에 젖은 소나무 묘목이 크게 기지개를 켰다.

가직대사 삼송

가직대사 삼송은 서면 남상리에서 태어난 가직대사가 심었다는 세 그루의 소나무다. 소나무도 서면 서쪽 해안을 따라 심어져 있다.

소나무를 심은 가직대사는 법명이 가직(可直)이고, 호는 송학당(松鶴堂)이다. 1747년(영조 23) 지금의 남상리 전주 이씨 가문에서 태어났다. 어릴 때부터 화방사에서 불도를 배웠는데, 불교계의 거성으로서 언행이 신기하고 묘술을 보여 세상 사람들이 비범하다고 칭송했다고 한다. 길을 지날 때마다 소나무를 심었는데, 남상리와 중리, 노구리 고개에 소나무를 심으니, 이름하여 삼송이라고 했다.

항상 우뚝하게 서 있어서 지나가는 마을 사람이나 오가는 나그네들이 쉬어가지 않는 이가 없었다고 하는데, 지금도 가지를 넓게 펼치면서 그늘을 만들어 여름철 쉼터가 되고 있다.

첫 번째 소나무는 서면 남상리 도로변에 있는데, 〈가직대사삼송비〉가 세워져 있어 읽어봐도 좋다. 두 번째 소나무는 북쪽으로 400미터 떨어진 서면 중리마을 동쪽 도로변에 있고, 세 번째 소나무는 다시 북쪽으로 2킬로미터 떨어진 서면 노구마을 고개 왼쪽 언덕에 서 있다. 수령은 세 그루가 모두 250여 년 정도 된다. 나무는 인근에서 보기 드문 위용을 자랑하면서 가지가 용이 몸을 틀듯이 옆과 위로 뻗어 올라 보기만 해도 시원한 느낌이 들게 만든다.

무지개 꽃이 피었습니다

남해읍 꽃집에서

    은지는 밤이 이슥하다 못해 자정을 넘겼는데도 아직 잠자리에 들지 않았습니다. 아니 집에조차 들어가지 않았어요. 물론 집에서 아주 가까운 곳에 있긴 하지만, 부모님이 아신다면 크게 꾸지람을 들을 일이었습니다.

    은지는 지금 자기 집이 빤히 바라다 보이는 곳에 몸을 숨기고 있어요. 시장이 가깝다지만 오가는 사람도 없고 이따금 집 없는 고양이들만 먹이를 찾아 어슬렁거릴 뿐이었습니다. 멀리 가로등 불빛만 외롭게 켜 있었습니다. 은지는 불빛이 미치지 않는 구석에 앉아 자기 집 문에서 잠시도 눈을 떼지 않았습니다. 은지는 왜 밤늦은 시간에 이런 이상한 행동을 하는 걸까요? 그 계기는 일주일 새 은지네 집 가게에서 일어난 희한한 사건 때문이에요.

    은지 아빠는 작은 꽃집을 경영하고 계십니다.

    꽃집은 은지네 가족이 살고 있는 집 1층에 있어요. 사람들 만나랴 나무를 옮기고 심으랴 꽃을 배달하랴 아빠는 바쁘셔서 꽃집은 주로 은지 엄마가 꾸려나가고 있답니다.

    살림에 바쁜 엄마를 도와 은지도 가끔 학교가 끝난 뒤에는 꽃집에서 일을 한답니다. 초등학교 2학년인 은지가 뭘 얼마나 돕겠어요. 꽃이 시들지 말라고 물을 주거나 포장용 비닐을 가위로 자르는 정도의 일을 거들 뿐이죠. 더구나 요즘은 한동안 비가 오질 않아 꽃에 물을 주는 일에 정성을 들인답니다.

"자르려면 반듯하게 잘라야지. 이렇게 구겨진 것을 어떻게 쓰니. 친구들하고 놀이터에 가서 노는 게 엄마를 돕는 거겠다."

이렇게 핀잔을 듣는 일이 더 많답니다. 그래도 자기하고 오빠를 키우시느라 고생하는 아빠와 엄마를 그냥 지켜볼 수만 없는 착한 은지랍니다.

은지가 다니는 초등학교는 집에서 큰 길을 건너 조금 올라가야 있습니다. 한 반에 스무 명 남짓한 친구들이 옹기종기 모여 수업을 듣지요. 오빠는 4학년인데, 수줍음이 많아 평소 조용한 편이었지만 공부는 아주 잘한답니다. 은지는 반대로 수다스럽습니다. 호기심도 많아 궁금하면 어떻게 하든 까닭을 알아내지 않으면 직성이 풀리지 않았죠.

"어쩜 사내하고 계집애 성격이 반대니? 서로 바꿔 태어났으면 딱이었겠다."

잠시도 가만히 있지 못하는 은지를 두고 엄마는 이렇게 푸념을 늘어놓기도 해요. 하지만 타고난 성격을 어쩌겠어요. 그런 말을 들을 때마다 은지를 혀를 쏙 빼물고는 엄마를 놀려줍니다.

"오빠처럼 내숭 떠는 건 질색이야. 난 커서 탐험가가 될 거거든. 그러니 지금부터 열심히 돌아다녀 버릇해야지, 엄마."

당돌한 은지의 대꾸에 엄마도 할 말을 잊었는지 혀를 끌끌 차신답니다.

바지런한 은지는 학교에서도 항상 골목대장 노릇을 합니다. 틈만 나면 친구들을 데리고 바닷가에서 조개를 고르거나 산에 올라 조약돌을 주워오는 게 일이었지요. 붙임성도 좋아 친구들도 다들 은지를 좋아해 잘 따릅니다. 그래서 공부는 신통찮았지만 순전히 친구들의 지지로 부반장에 뽑혔어요.

명색이 부반장이라 친구들에게 무슨 일이 생기면 항상 앞장선답니다. 감기에 걸린 애가 있으면 호들갑을 떨면서 보건실로 데려갔고, 울상을 짓는 친구를 보면 무슨 사정인지 물어보기도 하죠.

요즘 은지는 민영이에게 신경을 많이 쓰고 있어요. 민영이는 학기 초에 전학을 온 아이예요. 가정 형편이 썩 좋지 못해 민영이 부모님은 밤늦게까지 일을 하십니다. 은지와 마찬가지로 오빠가 있는데, 반은 다르지만 은지 오빠와 동급생입니다. 원래 대도시에 살았는데 사정이 있어 남해로 이사를 왔답니다.

민영이는 몸이 약했어요. 깡마른데다 혈색도 좋지 못해, 보면 어딘가 아픈 기색이 완연했습니다. 수업 때도 조용히 선생님 말씀만 귀담아 들었고, 쉬는 시간이면 말없이 책만 읽었어요. 아니면 책상에 엎드려 선잠을 자든가요. 꼭 더위 먹은 병아리처럼 풀기가 없었습니다. 활달한 은지가 이런 꼴을 그냥 두고 볼 순 없었죠.

"민영아. 우리 수업 끝나면 남산에 놀러갈 거거든. 같이 갈래?"

이렇게 꼬드기면 민영이는 그저 맥없이 웃으면서 고개를 저었습니다.

"아니, 피곤해. 집에 가서 쉬고 싶어."

백 살 먹은 할머니나 할 소리를 민영이는 천연덕스럽게 늘어놓습니다. 속으로 울화통이 터졌지만, 싫다는 애를 어쩌겠어요.

"너 좋을 대로 하렴. 하지만 그렇게 집에만 있다간 병난다."

말이 씨가 되었을까요. 가끔 결석을 하더니 요즘엔 아예 드러누워 학교에 나오지도 못하고 있습니다. 착한 은지는 걱정이 되어 시간이 나면 민영이네 집엘 찾아가 병문안을 했습니다. 민영이네 집은 햇빛도 잘 들지 않는 골목에 있었어요. 네 식구가 사는 방 둘에 부엌과 화장실이 전부인 민영이네 집은 은지의 눈으로도 초라하기 짝이 없어 속이 상했습니다. 민영이 걱정을 잊으려고 은지는 더 열심히 꽃집 일을 도왔습니다. 이렇게 은지는 아주 마음씨 착한 아이였습니다.

"거 참, 이상한 일도 다 있네."

아침에 학교엘 가려는데, 꽃집 문을 열던 엄마가 고개를 갸우뚱거리며 혼잣말을 하셨습니다. 이상한 일이라면 밥을 먹다가도 뛰쳐나가는 은지였습니다. 기다렸다는 듯 책가방을 내팽개치고 엄마한테로 조르르 달려갔죠.

"무슨 일인데 그래, 엄마?"

두 눈을 똥그랗게 뜨고 은지가 다그치듯 물었습니다.

"가게 앞에 둔 꽃이 밤마다 없어지는구나."

은지네 꽃집이 아주 작은 것은 아니었지만 꽃이나 나무를 전부 가게 안에 놓아두기에는 비좁았습니다. 그래서 일부는 가게 앞에 진열대를 만들어 사람들이 지나가면서 볼 수 있게 했습니다. 값비싼 꽃들이 아니라 밤에 가게 문을 닫을 때에도 얇은 천으로 덮어둔 채 그대로 두었습니다.

그런데 그 꽃들이 하나둘 없어진다는 것이었어요.

왈가닥 은지는 성격도 활달했지만 의협심도 남달랐습니다. 살기 좋고 평화롭기로 둘째가라면 서러운 우리 남해에 좀도둑이 있다니, 이 무슨 부끄러운 일이냔 말이에요.

"도대체 뭐가 얼마나 없어진 거야?"

의분이 넘쳐나는 은지와는 달리 엄마는 대단찮다는 표정이었습니다.

"별거 아니란다. 꽃모종 있잖니. 그게 며칠째 하나씩 없어지는 거야. 비싼 것도 아니고 해서 밤에 동네 개가 물어갔나 싶었는데, 그게 끊이질 않네. 세상에 별일도 다 있구나."

그러고는 엄마는 꽃집 안으로 들어가 버렸습니다. 탐험가 기질 못지않게 탐정 기질도 주체 못하는 은지였어요. 이대로 학교로 간다면 하루 종일 궁금해 견디지 못할 것은 당연했죠. 그림자처럼 은지는 엄마 뒤꽁무니를 따라갔습니다.

"어떤 모종들이 없어졌는데?"

엄마의 설명에 따르면 없어진 꽃모종은 종류도 제각각이었습니다. 장미하고, 앵초, 복수초, 옥잠화, 난쟁이붓꽃 등이었어요. 오늘 아침에 없어진 것은 옥잠화였답니다. 날마다 열심히 물을 주던 은지였지만 이름도 생소한 꽃이 많았어요.

"우리 집에 그렇게 꽃모종이 많았어?"

"네 아빠가 좀 별나니. 잘 팔리지도 않는데, 예쁘다면서 저렇게 주르르 갖다 놓았구나."

아빠 흉을 볼 기회다 싶었는지 엄마가 진열대를 가리키면서 얼굴을 찡그렸습니다. 과연 진열대에는 이런저런 꽃들이 아침 햇살을 받으며 활짝 웃고 있었습니다. 은지는 진열대 앞에 쭈그려 앉아 꽃모종을 하나하나 살폈습니다. 빨간색, 주황색, 노란색, 보라색 등등 색깔도 앙증맞게 각지각색이었습니다.

"아휴! 예뻐라. 나라도 탐이 나긴 하겠다."

은지가 감탄하자 엄마가 은지를 보면서 인상을 썼습니다.

"혹시 네가 방 안에 들고 간 건 아니지?"

"어머, 날 뭘로 보고. 이래봬도 난 우리 반 부반장이야 엄마."

은지는 새빨갛게 토라져서 책가방을 집어 들고 학교로 달려갔습니다.

하지만 학교에서 수업은 하나도 귀에 들어오지 않았습니다. 도대체 누가 밤마다 하나씩 꽃모종을 훔쳐가는 걸까? 비싼 것도 아니고 그것도 달랑 하나씩. 아무리 생각해도 답이 떠오르지 않았습니다. 방과할 때쯤 은지는 마음을 굳혔습니다.

'그래, 오늘 밤에 몰래 숨어서 감시해야지. 범인은 항상 현장에 다시

나타나는 법이라니까.'

은지는 어느 드라마에서 들은 대사를 마치 자기가 지어낸 말처럼 연신 중얼거렸습니다. 그래서 은지는 이 깊은 밤에 자기네 집 앞 으슥한 구석에 숨어 누가 오는지 살피고 있는 중이랍니다.

사실 저녁을 먹고 난 뒤 오빠에게도 귀띔을 했습니다. 오빠는 심드 렁해했지만, 동생이 걱정되었는지 함께 살펴봐 주겠다고 약속했습니다. 그런데 열 시가 좀 지났는데 오빠는 침대에 눕자마자 곯아떨어지고 말았습니다.

"이런 오빠를 믿고 내가 어떻게 세상을 살아가냐구."

은지는 사납게 눈을 흘겨주고는 혼자 집을 나섰답니다.

용기는 대단했지만 시간이 지나자 은지도 조금씩 졸려왔습니다. 눈을 비비면서 연신 하품을 해댔죠. 시계를 보니 벌써 한 시가 가까웠습니다. 아마 오늘은 범인이 안 나타날 모양입니다. 그만 집에 가서 자고 싶어졌습니다.

바닥에 둔 물병을 집어 들려는데 부스럭거리는 소리가 들려왔습니다. 은지는 급히 몸을 낮추고 주위를 살폈습니다.

과연 골목 저편 전봇대 뒤에서 누군가 이쪽을 엿보고 있었습니다. 은지는 숨도 쉴 수 없을 만큼 긴장했습니다. 막상 일이 닥치자 겁부터 덜컥 난 거죠. 아빠, 엄마, 오빠가 너무 보고 싶어졌습니다.

이런 은지의 처지는 아랑곳 않고 어둠 속 그림자는 슬금슬금 은지네 꽃집을 향해 걸어왔습니다. 비명이 나올 것 같아 은지는 제 손으로 입을 막았습니다. 두 손은 부들부들 떨리고 있었죠. 초여름인데도 등골에서 찬바람이 지나갔습니다.

그림자는 꽃집 앞 진열대에서 멈췄습니다. 진열대 천을 들추더니 이리저리 살피는 기색이었습니다. 그 뒷모습이 어딘가 낯익었습니다.

'설마!'

그림자는 꽃모종 하나를 들더니 조심스럽게 품 안에 넣었습니다. 그리고는 엉거주춤 일어나 오던 길을 따라 떠나갔습니다. 두려움보다 용기가 백 배 충전된 은지는 멀찌감치 떨어져 그림자를 쫓았습니다. 한참 뒤 은지는 집으로 돌아왔고, 방에 들어오자마자 세상모르게 잠에 빠져 버렸습니다.

다음 날은 햇볕이 쨍쨍거리던 게 언제였냐는 듯 하루 종일 비가 내렸습니다.

은지는 담임선생님을 찾아가 귓속말로 속삭였습니다. 은지의 말을 다 들은 선생님은 깜짝 놀라시며 은지의 손을 잡고 교무실을 나가셨습니다.

비는 밤새 내리다가 다음 날 오후가 되어 활짝 개었습니다.

은지는 꽃다발을 가슴에 안고 친구들과 함께 남해병원으로 갔습니다.

입원실에는 민영이가 링거주사를 팔에 꽂은 채 누워 있었는데, 커튼이 쳐져 있어 방 안은 조금 어두웠습니다. 민영이 옆에는 민영이 오빠와 담임선생님이 서 계셨습니다.

"어서 와. 걱정하게 해서 미안해."

"무슨 소리야. 빨리 나아야지. 그렇게 아팠으면 말이라도 했어야지. 아휴! 깍쟁이 같으니라고."

꽃다발을 풀어 화병에 꽂고 난 뒤 은지는 커튼을 힘차게 걷었습니다. 입원실 안이 갑자기 환해졌습니다.

"민영아, 창밖을 봐. 뭐가 보이니?"

창밖에는 맑은 하늘이 펼쳐졌고, 한가운데 멋진 일곱 빛깔을 자랑하며 무지개가 큰 원을 그리며 떠올라 있었습니다.

민영이가 감격에 겨운 탄성을 자아냈습니다.

"비가 그치면 저렇게 무지개는 뜨는 거야. 괜히 네 오빠한테 무지개가 보고 싶다고 투정해서 밤마다 그 고생을 시켰잖아. 자, 이젠 마음껏 보라고."

민영이 오빠가 머리를 긁으면서 겸연쩍게 웃었습니다.

무지개가 길게 드리워진 창가에는 무지개 색깔을 닮은 꽃모종 화분들이 사이좋게 줄지어 앉아 있었습니다.

남해읍 꽃집

남해에는 유독 꽃집이 많다. 남해의 옛 이름으로 화전(花田, 꽃밭)이란 명칭이 있을 정도로 남해는 예로부터 경치가 아름다운 곳으로 알려져 왔다. 남해에 유배와서 13년을 살았던 자암(自庵) 김구(金絿, 1488~1534) 선생이 남해의 풍광과 흥취를 노래한 경기체가를 쓰면서 제목을 〈화전별곡(花田別曲)〉이라 붙일 정도로 그 명성이 자자했다.

남해 사람들은 각박한 자연 환경 속에 살면서도 자신보다는 남을 먼저 생각하는 아름다운 마음을 가졌다. 그래서 이웃에 즐거운 일이 있거나 안타까운 일이 일어나면 제 일처럼 기뻐하고 슬퍼했다. 이런 마음을 그들은 꽃으로 즐겨 표현했다. 남해의 수려한 경치를 닮은 남해 사람들의 마음은 이처럼 꽃으로 승화되었던 것이다. 남해읍을 거닐면서 골목마다 문을 열고 있는 꽃집을 순례해 보는 것도 뜻있는 경험이 될 것이다.

어떤 자원봉사

망운산에서

한 주일 내내 지치지도 않고 퍼부어대던 장맛비가 그쳤다.

오늘은 일요일. 날씨만큼이나 심술궂은 연구소 소장의 마수에서 벗어나 느긋하게 늦잠을 잘 수 있는 유일한 날이었다. 남들은 다 쉬는 토요일에도 이 고약한 영감은 학교에 나왔고, 그 날은 어김없이 조교도 연구소를 지켜야 한다고 주장했다.

눈치 빠른 연구원들은 주중에 주머닛돈을 풀어 술집에서 영감의 환심을 샀다. 좋은 안주를 곁들인 값 비싼 술에 거나하게 취한 영감은 연구원들의 이런저런 핑계에 대단히 너그러워졌다. 하지만 알량한 조교의 주머니는 털어봐야 먼지밖에 나오지 않았다.

그래서 나는 지금 망운산 등산로 입구에 서 있다.

이 고약한 성질머리의 영감에게 취미가 있다면 바둑과 등산이었다. 주중에도 강의시간 외에는 영감의 손에서 바둑알이 떨어지지 않았다. 그리고 일요일이 되면 어김없이 만만한 인간들을 불러 모아 산을 올랐다.

한때 교내 산악부 지도교수까지 지냈던 영감은 자신이 길러낸 알피니스트들의 이름을 들먹이면서 산악의 기후 변화나 지형지물 식별하는 법, 등반할 때의 주의사항 따위를 끝도 없이 뇌까려댔다. 조교가 된 이후 매주 산을 오르면서 빌어먹을 영감의 허세와 헛소리로 귀에 딱지가 앉을 지경에 이르자 학교가 산비탈에 있는 것조차 넌더리가 났다.

하늘이 도왔는지 몇 주 동안 주말마다 억수같이 장대비가 쏟아졌다. 제 몸 챙기는 일이라면 물불을 가리지 않는 영감인지라 폭우를 무릅쓰고 산에 가자는 말은 꺼내지 않았다. 덕분에 나도 하숙방 침대에 누워 달콤한 휴식을 취할 수 있었다. 그런데 오늘 이렇게 날씨가 청명해지다니. 일기예보를 확인한 영감은 연구실에서 등산장비를 손질하며 일요일이 오기만 목 빠지게 기다렸다.

약속시간이 가까워지자 함께 등반할 사람들이 하나둘 모여들었다. 다들 벌레 씹은 표정이었고, 축 처진 어깨는 패잔병이나 다름없었다. 오직 영감만 전의에 불타 씩씩하게 산 정상 언저리를 흐뭇한 표정으로 올려보았다.

오늘은 늘 끌려오던 멤버 외에 낯선 사람이 하나 더 끼었다. 학교에서는 자주 보던 학생이었으니까 생면부지의 인물은 아니었다. 다만 이 등반대에 얼굴을 들이민 것이 낯설었다.

어렸을 때 교통사고를 당한 후유증으로 그는 한쪽 다리를 절룩거렸다. 목발을 짚을 정도는 아니었지만, 강의실로 올라가려고 휘청대는 그를 볼 때마다 내 자신이 외줄타기를 하는 것처럼 가슴이 조마조마했었다. 그런 그가 등산이라니!

"오늘은 이놈 훈련 좀 시켜야겠어. 그깟 다리 하나 불편하다고 사내대장부가 기죽어 지내서야 쓰겠나. 그래서 어떻게 이 세상 살려고."

영감의 호의에 감격했는지 녀석의 얼굴에는 자신감이 흘러넘쳤다. 새로 장만한 것이 분명한 등산화의 끈을 조이면서 연신 고개를 끄덕였다. 녀석의 해맑은 웃음이 나를 더 불길하게 만들었다.

"오늘은 등반 루트를 바꿔 보자고."

등산로에 들어서 얼마 걷지도 않았는데, 영감이 호기를 부렸다. 잘 정비된 산길을 놔두고 인적이 끊어진 샛길로 들어섰다.

"저런 길은 백 번 올라봐야 이놈에게 도움이 안 돼. 맨땅을 꾹꾹 밟고 올라가야 흰 젓가락 같은 다리에 근육이 붙지."

샛길은 오래 묵은 낙엽들이 그대로 남아 있었다. 게다가 빗물을 흠뻑 머금어 미끄럽기까지 했다. 땅조차 습기에 젖을 대로 젖어 있어 반죽처럼 녹아내렸다. 밟을 때마다 썰매를 타듯 흙이 밀려나갔다. 정상인도 걷기에 녹록찮은 길이었다. 나는 아슬아슬한 심정으로 그를 돌아보았다.

녀석은 그래도 꿋꿋하게 비탈길을 걸어 올랐다. 여름 뙤약볕에 빗물이 증발해 습도는 마구 올라갔고, 등줄기로 땀이 줄줄 흘렀다. 30여 분을 걸었을까? 결국 녀석의 의지에도 한계가 왔다.

서덜이 깔린 얕은 개울을 건너다 힘에 부친 녀석의 다리가 겹질려졌고, 두 팔을 버둥거리더니 맥없이 앞으로 고꾸라졌다. 옆에서 걷던 내가 서둘러 몸을 잡아채지 않았다면 앳된 얼굴이 만신창이가 되었을 것이다.

'이건 미친 짓이야!'

부아가 치밀었다. 나는 녀석을 일으켜 세우며 화난 표정으로 영감을 쳐다보았다. 하지만 영감의 얼굴은 담담하기 그지없었다. 혀를 끌끌 차더니 내게 손가락질을 하며 말했다.

"저렇게 약해빠져서야. 네가 부축해 올라가."

"아무래도 내려가는 게 낫지 않을까요?"

나는 겁에 질린 녀석의 얼굴을 보며 용기를 내 말했지만, 영감은 고집을 꺾지 않았다.

"고작 이런 일로 하산하면 무슨 훈련하는 보람이 있나. 오늘은 첫날이니 올라갈 땐 네가 도와준다. 하지만 하산할 땐 제 발로 내려와야 해."

더 이상 항변하다가는 그나마 등록금을 대주는 조교 자리마저 위태로워질 터였다. 나는 녀석의 겨드랑이 사이로 손을 집어넣고 힘을 주었다. 녀석의 몸은 허수아비처럼 내 어깨로 기울어졌다. 말이 허수아비지 바윗덩어리 하나가 어깨에 얹힌 기분이었다. 몸 하나 지탱하기도 힘든 판에 이 무슨 날벼락 같은 재앙인가.

일행은 나를 힐끔힐끔 보더니 종종걸음으로 영감의 뒤를 따라가 버렸다. 나와 녀석은 점점 뒤쳐졌다. 이마에서 땀이 비 오듯 흘러 앞도 잘 보이지 않았다.

올라갈수록 길은 점점 더 가팔라졌다. 녀석도 어떻게 하든 땅을 디뎌보려고 애썼지만, 버티는 한쪽 다리 때문에 내게로 더 큰 하중만 쏠렸다. 멀리 구름이 흐르는 산 정상의 모습이 지옥으로 가는 열명길처럼 보였다. 그냥 직장이나 잡을 걸 대학원은 왜 들어왔는지, 주제 파악도 못한 내 결심이 저주스러웠다. 정신은 점점 더 몽롱해졌고, 나는 완전히 악으로 산길을 올랐다.

나도 로봇 태권브이는 아니다. 도저히 견딜 길이 없어 잠시 쉬기로 했다. 주저앉아 물통의 물을 벌컥거리며 마시는데, 녀석이 고개를 두 다리 사이로 떨어뜨리더니 중얼거렸다.

"형. 죄송해요."

그제야 나는 녀석에게는 물통이 없다는 사실이 떠올랐다. 친절하게도 영감이 녀석의 배낭을 낚아채 갔던 것이다.

"별소리 다 한다. 너도 마셔라."

나는 이마의 땀을 닦아내면서 물통을 넘겼다. 물통을 쥐는 손목이 가늘게 떨렸다.

"역시 무리였나 봐요. 교수님께서 제안했을 땐 좋은 기회라고 생각했거든요. 버스나 지하철을 탈 때마다 이 다리가 너무 끔찍했어요. 등산을 해서 힘을 기르면 남들에게 불편을 주지 않겠지 기대했는데, 정말 한심한 생각이었죠?"

녀석이 고개를 절레절레 흔들었다. 참담한 속내가 그대로 얼굴에 드러났다. 땀인지 눈물인지 모를 물방울이 눈두덩을 따라 흘러내렸다. 뭐라고 해줄 말이 없었다.

"전에 애들과 야구를 한 적이 있어요. 마침 선수가 부족해 저더러도 한번 쳐보라고 하더군요. 바보짓인 줄 알면서도 타석에 들어섰죠. 눈 딱 감고 휘두른 배트에 공이 맞더니 유격수와 3루수 사이로 빠져나가는 거였어요. 어이가 없어 그냥 멍청하게 서 있었죠. 그랬는데 애들이 빨리 뛰라고 소리치더군요. 깜짝 놀라 절뚝거리면서 1루를 향해 뛰었어요. 그런데 1루까지 그렇게 먼 줄 몰랐어요. 죽을힘을 다해 달렸지만 반도 못 가 죽었죠. 참 나!"

나는 무심결에 녀석의 다리를 보았다. 반쯤 걷어 올린 바지 사이로 걷기도 힘들 것 같은 볼썽사나운 다리가 보였다. 멀쩡한 다리로 엄살을 부리던 나 자신이 부끄러워졌다.

"그래. 생각보다 그게 먼 거리긴 하지."

이 정도로밖에 나는 대꾸할 말을 찾지 못했다.

"그런데, 제가 죽으니까 애들이 뭐라는 줄 아세요? '야, 병신아, 그것도 못 뛰고 죽냐!'는 거예요."

내 얼굴에서 핏기가 가셨다. 연민이나 울분보다는 안타까운 마음이 밀려 올라왔다. 나는 물통을 빼앗듯 받아들고 거칠게 물을 마셨다.

"애들도 나중엔 실수한 것을 알고 미안하다고 하더군요. 하지만 전 고마웠어요. 절 자신들과 똑같은 사람으로 생각해준 거잖아요. 그때 전 결심했어요. 다리 힘을 길러 다음번에 안타를 치면 꼭 1루까지 달려가겠다고요. 보란 듯이 힘차게 1루까지 달려보겠다고요. 그래서 오늘 정말 힘들지만, 제가 멍청하다고는 생각하지 않아요. 그렇죠?"

녀석은 나를 보며 실없이 웃었다. 그러나 웃음 뒤에 도사리고 있는 결연한 의지를 나는 읽을 수 있었다. 나는 물통 뚜껑을 힘껏 돌려 닫고 일어섰다. 그리고 밝게 웃으며 녀석에게 손을 내밀었다.

"그럼. 누가 널 멍청하다고 하겠니. 넌 강하고 아주 똑똑한 놈이야. 가자. 기다리겠다. 1루가 아니라 홈까지 달려가야지."

녀석이 내 손을 잡더니 벌떡 일어나 다시 내게 몸을 기댔다. 깃털 하나가 얹힌 것처럼 녀석의 몸은 가뿐했다.

산등성이를 돌았다.

일행이 저쪽에서 웅성거리고 있었다. 몇몇이 우리를 보더니 계곡 아래쪽을 가리키면서 다급하게 손짓했다. 나는 잰걸음으로 다가갔다.

"무슨 일입니까?"

녀석을 바위에 앉히고 사람들을 둘러보았다. 영감이 보이지 않았다.

"교수님께서 저 밑으로 굴러 떨어지셨네. 아무래도 다리가 부러진 모양이야. 지금 119에 연락했어. 어쩐지 자신만만하게 걷더라니, 참!"

잡초가 무성한 계곡 아래를 내려다보니 영감이 다리를 움켜쥔 채 잔뜩 얼굴을 찌푸리고 있었다. 겉보기에도 심상찮아 보였다.

속으로 자업자득이라며 쾌재를 부르려는데, 걱정스런 표정으로 다리를 움직이면서 힘을 줘보려는 녀석이 눈에 들어왔다. 나는 계곡 아래로 시선을 돌리면서 생각을 고쳐먹었다.

'저 고집불통 영감이라면 불구가 되더라도 등산을 포기하지는 않겠지. 육중한 체구의 영감을 들춰 매고 매주 산을 오르자면 체력부터 단단히 길러야겠군. 사서 고생이라 해도 괜찮아. 암, 누군가를 돕는 건 즐거운 일이니까.'

계곡 아래에서 시원한 바람이 불었다. 장마도 이젠 끝인 것 같았다.

망운산

망운산(望雲山)은 남해군 서면 일대에 자리하고 있는데, 해발 786m로 남해에서 가장 높은 산이다. 남해읍에서 서쪽으로 바라보면 길게 이어진 산을 한눈에 볼 수 있다. 정상에 올라가면 멀리 서편으로 점점이 떠있는 섬들을 볼 수 있고, 남쪽으로는 남해에 있는 또 하나의 아름다운 산인 호구산의 산줄기가 눈에 들어온다. 동쪽으로는 푸른 강진만이 아득하게 펼쳐지고, 그 너머 남해의 영산 금산이 신령한 모습을 보여준다. 특히 5월이 되면 철쭉군락지의 꽃들이 만발해 절경을 이루는데, 빼놓을 수 없는 장관이다. 산길이 가파르지 않아 등산객들이 즐겨 산을 오른다.

망운산에는 유서 깊은 사찰 화방사와 망운사가 있어 등반을 하면서 들려 봐도 좋다. 또 산 정상에는 해방 직전 임무를 마치고 돌아가던 미군 폭격기가 추락해 승무원 전원이 전사한 사실을 기리는 전공비도 세워져 있어 남해의 옛 역사를 되새기게 해준다.

사랑은 기타 선율을 타고
상주 은모래비치 해수욕장에서

오랜만에 진우는 벽장에 처박아둔 기타를 꺼냈다. 한동안 거들떠보지 않은 탓인지 기타 케이스에는 먼지가 옅게 내려 앉아 있었다. 수건으로 먼지를 닦아내면서 진우는 가볍게 한숨지었다.

어렸을 때부터 진우의 성격은 내성적이었다. 꽤 이름난 보컬그룹의 기타리스트였던 아버지와 그 그룹의 리드싱어로 활약했던 어머니의 이력으로 본다면 아들인 진우의 성격은 뜻밖이었다.

세상에서의 인기를 뒤로 하고 일찌감치 남해로 내려온 두 사람은 한적한 해안가 마을에 둥지를 틀었다. 그리고 거기에 자그마한 횟집을 차렸다. 나이가 40대에 접어들었어도 두 사람은 여전히 외향적이어서 매사에 활동적이면서 쾌활했다.

진우 아버지는 기타보다 낚시를 더 즐겼다. 사방이 탁 트인 바닷가에서 힘 좋은 물고기들과 힘겨루기 하기를 좋아했다. 씨알이 어지간해서는 성에 차지 않았다. 낚시를 파장할 무렵 아이스박스를 열어보면 아예 고기가 없거나 한두 마리가 퍼덕거리고 있을 뿐이었다.

"자넨 상어라도 낚아야 직성이 풀리겠구먼."

잔챙이들이나 낚고도 기고만장한 강태공들이 핀잔을 늘어놓아도 아버지는 무사태평이었다.

"아, 이놈들도 평균 수명이 있을 텐데 제 손으로 그걸 줄여서야 되겠습니까. 나 좋자고 고기들의 요절을 기뻐하면 쓰나요."

폭발적인 가창력보다는 섬세하고 맵시 있는 음성으로 청중을 매료시켰던 어머니는 횟감을 앞에 두면 무서울 게 없는 아마조네스로 변했다. 아버지가 잡아온 싱싱한 포획물은 어머니의 손을 거치면 보기만 해도 군침이 넘어가는 회로 변신했다. 달빛에 젖어 소주잔을 기울이면서 두 사람의 사랑은 영글어갔다.

두 사람이 몰래 한 사랑 놀음이 그룹 멤버들에게 들통 나면서 위기가 찾아왔다. 팀원들은 금기를 깼다며 섭섭해 했고, 시기를 넘어 불화로 치달으면서 음악적인 견해에까지 영향을 미쳤다. 그때 아버지는 그룹이 해체되는 파국을 막고자 과감하게 탈퇴하는 결단을 내렸고, 어머니는 말없이 연인의 뒤를 따랐다. 모아둔 얼마간의 돈을 들고 낚시와 바다를 원 없이 만끽할 수 있는 장소를 찾다 남해를 발견했다.

아버지는 낡은 통통배를 사서 수리해 횟집에 필요한 고기를 잡으러 나갔고, 어머니는 〈어부의 노래〉를 흥얼거리면서 저녁 손님을 맞을 차비를 했다. 남녘의 따가운 햇볕에 검게 그을린 데다 작업복과 월남치마를 입은 두 사람이 한때 서울서 꽤 알려진 가수였다는 사실을 알아보는 사람은 거의 없었다. 갓 잡아 올린 자연산 회가 맛있다는 소문은 알게 모르게 알려져 단골손님들이 심심찮게 찾아올 뿐이었다.

손님들이 권하는 술잔에 취기가 오르자 아버지는 기타를 꺼내 즉흥적인 선율을 연주했고, 앙코르가 쏟아지면 어머니가 노래로 답례했다. 그런 부모의 일상을 요람에 있을 때부터 듣고 자란 진우가 기타에 관심을 가지고 노래에서도 재능을 보인 것은 당연한 일이었다.

공부를 썩 잘하지는 못했지만 진우는 조용하고 단정한 학생으로 성장했다. 나서기를 좋아하지 않고, 뒷전에서만 맴돌았다. 읍내에 있는 중학교와 고등학교를 다녔던 터라 진우는 아침 일찍 버스를 타고 등

교했다가 이른 시간에 끊기는 버스를 놓치지 않고자 부랴부랴 귀갓길을 서둘러야 했다.

2층 공부방에서 아버지의 기타를 만지작거리다 줄을 튕기면서 기타와 친해졌다. 처음에 아버지는 하나밖에 없는 아들이 딴따라 흉내를 낸다면서 탐탁찮아 했다. 하지만 진우가 곧잘 소리를 내자 저녁 때 시간을 내 연주하는 법을 가르쳐 주었다. 손님들도 다 가고 파도 소리만 창문을 두드리는 시간에 진우네 세 식구는 모여 작은 음악회를 열면서 하루를 마감했다. 그럴 때 진우는 무척 행복했다.

진우에게 첫사랑의 열병이 찾아온 것은 고등학교에 입학하고 난 뒤였다.

진우가 다니는 남해제일고등학교는 남녀공학이었다. 남학생반과 여학생반이 따로 나눠져 있었고, 낯가림이 심한 진우인지라 여학생들과 어울릴 기회는 거의 없었다. 그러다 자칭 시인임을 자처하는 국어 선생님이 문예반을 만들어 운영했을 때 어쩌다 보니 진우도 그 자리에 앉아 있게 되었다. 쉬는 시간에 공책을 펼쳐 놓고 이런저런 글을 쓴 것을 눈여겨 본 국어 선생님이 반은 우격다짐으로 입회시킨 덕분이었다. 거기서 만난 아이가 연희였다.

단발머리에 꽃무늬가 있는 원피스를 즐겨 입는 연희는 새침데기는 아니었다. 교복도 잘 어울렸지만 원색 계통의 몸에 착 달라붙는 티에 몸매가 훤히 드러나는 청바지를 입고 나타나 학생들의 시선을 사로잡기도 했다. 합평회를 할 때도 제 할 말을 딱 부러지게 해서 아이들을 주눅 들게도 했다. 웃을 때마다 하얀 치아가 드러나는 연희를 몰래 훔쳐보면서 진우의 심장은 사정없이 뛰놀았다. 연희를 생각하면서 잠 못 드는 밤이 점점 길어졌다.

하지만 그뿐이었다. 마음을 표현할 배짱도 없었을 뿐더러 영리하게 감출 능청스러움은 더더욱 없었다. 자신의 속마음이 드러날까 봐 시를 써서 내야 할 때도 얼토당토 않는 구절을 주섬주섬 엮어내 부원들에게 '난해시인'이라는 별명까지 얻었다.

"네 시는 완전 쉬르레알리즘이야. 깔깔깔!"

연희마저 비웃듯이 그의 시에 악평을 내리자 진우는 참담한 절망에 빠졌다. 얼굴이 벌겋게 달아오른 진우는 쥐구멍이라도 있으면 숨어버리고 싶었다. 부모님이 왜 하필이면 남해로 내려와 자길 낳았는지 원망스럽기까지 했다. 2학년이 되고 여름방학이 올 때까지 그렇게 진우의 외로운 사랑에는 빛이 들지 않았다.

부모님도 곤히 잠든 신 새벽에 진우는 기타를 들고 집 뒤편에 있는 야트막한 언덕에 올랐다. 달은 기울었고 새벽 별만 초롱초롱 진우처럼 잠들지 못하고 있었다. 목청을 몇 번 가다듬은 진우는 조용히 기타 줄을 뜯었다. 그의 입에서는 예전에 눈물을 찔끔거리며 본 영화 〈첨밀밀〉에서 들었던 노래 한 곡조가 흘러나왔다. 등려군이라는 중국의 여가수가 부른 〈웨량다이피야오워더신月亮代表我的心〉이었다.

당신은 내게 물었죠. 얼마나 당신을 깊이 사랑하느냐고
내가 당신을 얼마나 사랑하는지
내 마음은 진실이에요, 내 사랑도 진실이에요.
달빛이 내 마음을 대신해요.
부드러운 입맞춤은 내 마음을 울리게 하고
아련한 그리움은 지금까지 당신을 그리게 하는군요……

어머니를 닮아 낮고 가녀린 음색으로 진우는 제 마음을 노래에 풀어 놓았다. 별똥별 하나가 길게 꼬리를 남기며 바다 아래로 스쳐지나갔다. 갑자기 눈물이 나오려고 했다. 자신이 듣기에도 노래는 청승맞기 이를 데 없었다.

그 즈음 진우를 더욱 힘들게 만든 것은 강력한 연적(?)이 나타났기 때문이었다. 녀석은 해성고등학교 축구부 주장이었다. 전국적으로 축구 명문으로 유명한 학교의 주장이었으니 축구 실력이 뛰어난 것은 말할 필요도 없었다. 게다가 잘 생기기까지 했고, 재력이 넉넉한 집안 출신이었다. 졸업하면 유명 프로팀에 스카우트가 될 것이고, 머지않아 해외로 진출할 것이란 소문이 파다했다.

그런 녀석이었으니 인기는 하늘을 찌를 듯했다. 남해에 사는 여학생뿐만 아니라 서울에도 팬클럽이 생겨 주말이면 여학생들이 떼 지어 남해로 내려왔다. 운동선수에 걸맞게 거친 면도 있었지만 녀석은 매너도 좋았고 예의마저 반듯하게 갖추었다. 그런 녀석이 뭐에 씌었는지 연희에게 호감을 보이는 것이었다.

문예부 선생님이 글을 쓴다고 나약해져서는 안 된다며 해성고등학교 축구부가 연습 게임을 하는 운동장으로 부원들을 끌고 간 게 화근이었다. 연희는 여느 여학생들처럼 환호성을 치며 녀석을 응원했는데, 게임이 끝나자 녀석이 문예부가 있는 곳으로 왔다.

"고마워. 너희들 응원 덕분에 우리 팀이 이겼네."

녀석은 연희를 보며 눈을 찡끗하더니 자신의 사인이 담긴 축구공을 그녀에게 던져 주었다. 주변에서 비명 소리가 터져 나왔고, 연희도 싫지 않은 듯 친구들에게 축구공을 보이며 환하게 웃었다.

'망했다!'

진우의 머릿속에서 뇌세포가 다 찌그러드는 듯한 괴성이 울려 퍼졌다. 난공불락의 요새 앞에 서서 휘하의 오합지졸을 둘러보는 장수처럼 진우의 사랑은 비참한 종말을 향해 치달았다. 싸우나마나 승패는 이미 판가름나버린 것이었다.

그리고 여름 방학을 코앞에 둔 어느 날 녀석이 문예반 교실에 나타났다. 지난 번 응원에 답례할 겸 상주해수욕장으로 여러분들을 초청하겠다고 녀석이 정중하게 제안했다. 자기 아버지 별장이 근처에 있으니 하룻밤 신나는 시간을 가질 것이라며 은근히 제 자랑도 잊지 않았다.

속셈이 빤히 보이는 수작이었지만 이 초청을 마다 할 사람은 아무도 없었다.

그래서 오늘 진우는 오랜만에 아버지의 소중한 기타를 꺼내들고 줄을 맞춰보는 참이었다. 저녁 때 캠프파이어를 벌인다니 그때 연희 앞에서 자신의 기타 솜씨를 자랑해 볼까 하는 마지막 몸부림이었다. 정말 그 시간이 왔을 때 기타를 칠 수 있을지조차 자신할 수 없었다.

녀석은 운전사를 대동한 채 연희를 옆에 태우고 진우를 데리러 횟집으로 왔다. 왁스칠을 해 번쩍대는 최고급 승용차였다. 녀석에게 그럴 의도는 전혀 없었겠지만 진우는 야코가 죽을 대로 죽었다. 허둥거리다 기타도 두고 나왔는데, 어머니가 챙겨주어 겨우 뒤 트렁크에 실을 수 있었다. 아버지와 어머니가 힘차게 손을 흔들며 아들을 배웅했다.

"너희 부모님 바닷가에 아주 자~알 어울리신다 야!"

녀석의 별 뜻 없는 말도 어딘가 뼈가 있게 들렸다. 연희도 의아한 표정을 숨기지 않았다. 진우는 오늘 모임이 악몽이 될 것이라는 불길한 예감에 휩싸였다.

햇볕은 상주해수욕장의 은모래 해변을 뜨겁게 달구고 있었다. 아이들은 저마다 수영복으로 갈아입고 바닷물에 뛰어들었다. 녀석은 체격마저도 당당해 여학생들의 탄성을 자아냈다.

상주해수욕장은 길이 2킬로미터에 너비만 해도 60미터에서 150미터로 펼쳐진 백사장과 울창한 소나무 숲, 수온이 적당하고 수심이 얕아 전국에서도 알아주는 해수욕장이었다. 모래알이 고와 은가루를 뿌려 놓은 듯하다 해서 '은모래비치'로 불렸다. 명성에 어울리게 해변은 헤아리기 어려울 정도로 많은 사람들로 복작거렸다.

그때 누군가 해변에 있는 석조 조각물을 보더니 소리쳤다.

"어, 저게 뭐지?"

다들 소리 나는 곳을 주목했다. 진우도 덩달아 고개를 돌렸다. 그것은 '밤배 노래비'였다.

가수 '둘 다섯'이 남해에 와서 금산에 오른 적이 있었는데, 〈밤배〉는 금산에서 바라본 해수욕장의 밤풍경에서 영감을 얻어 작곡해 크게 히트한 곡이었다. 이를 기념해 악보와 가사를 돌에 새겨 해변에 세웠다는 말을 전에 아버지에게 들은 기억이 났다.

노래비를 보던 진우가 무심결에 목청을 높여 말했다.

"삐꾸네!"

석조물의 외양은 기타를 칠 때 울림을 살리기 위해 쓰는 플라스틱 삼각 판을 본떠 만든 것이었다. 아버지는 그것을 항상 '삐꾸'라고 불렀다.

그 말에 아이들이 다들 어리둥절한 표정으로 진우를 쳐다보았다. 잠시 후 한 녀석이 놀리듯이 감자바위를 먹으며 외쳤다.

"야, 삐꾸가 뭐냐. 삐꾸가. 저건 픽pick이라는 거야. 누가 촌놈 아니랄까봐 혼자 남해 망신 다 시키네. 이 삐꾸야."

모두가 합창이라도 하듯 낄낄거렸다. 그 아이들 속에 연희도 섞여 있었다. 진우의 얼굴이 확 달아올랐다. 쥐구멍이라도 있으면 파고들고 싶은 심정이었다.

밤이 왔다. 모닥불을 둘러싸고 문예부 부원들과 축구부 선수들이 진을 쳤다. MR에서 신나는 음악이 쾅쾅거리자 모두가 자리에서 일어나 몸을 흔들며 노래를 따라 불렀다. 이미 흥이 깨질 대로 깨진 진우는 슬그머니 자리를 빠져 나왔다. 노랫소리는 점점 멀어졌다. 외로웠다. 입맛조차 씁쓸했다.

'이런 걸 두고 군중 속의 고독이라고 하나.'

숙소로 정한 녀석의 아버지 별장으로 돌아왔다. 아무도 없었다.

진우는 구석에 애물단지처럼 덩그러니 놓여 있는 기타를 집어 들고 밖으로 나왔다. 소나무 숲이 끝나는 곳에 나무의자가 진우를 기다리고 있었다.

진우는 낮에 본 〈밤배〉의 악보와 가사를 떠올리며 기타줄 위에 손을 올렸다.

검은 빛 바다 위에 밤배 저 밤배
무섭지도 않은가봐 한없이 흘러가네.
밤하늘 잔별들이 아롱져 비칠 때면
작은 노를 저어 저어 은하수 건너가네.
끝없이 끝없이 자꾸만 가면 어디서 어디서 잠들 텐가.
음— 볼 사람 찾는 이는 없는 조그만 밤배야~

악보와 가사는 다 생각이 나는데 목이 메어 노래가 잘 나오지 않았다. 슬프기보다는 몸에서 피가 다 빠져나가버린 기분이었다. 진우는 선율만 기타로 뜯으면서 차마 가사를 음성에 싣지 못했다.

그때 누군가 뒤에서 진우가 못다 한 가사를 나직한 목소리로 이어나갔다. 흠칫 놀란 진우가 뒤를 돌아보았다.

연희가 서 있었다. 진우의 손은 얼어붙은 듯 굳어졌다.

"계속해. 아름다워. 너 기타 정말 잘 연주하는구나."

나쁜 짓을 하다 들킨 아이처럼 진우는 창피해졌다. 연희가 나무의자 가까이 오더니 진우 옆자리에 앉았다.

"네 부모님 예전에 '선샤인 보이스'에서 기타리스트와 리드싱어로 활동하신 분들 맞지? 나 깜짝 놀랐다."

"우리 아버지 어머니를 안단 말이야?"

자신도 모르게 목소리가 떨려 나왔다.

"그럼! 우리 또래들은 거의 모르지만 나 '선샤인 보이스' 엄청 좋아하거든. 앨범도 다 가지고 있어. 네가 그분 아들이라니, 어쩐지 좀 비범해 보이더라고. 역시 내가 사람은 잘 알아본다니까."

진우는 할 말을 잃어버렸다. 넋 놓고 연희의 얼굴을 바라보는데 연희가 채근했다.

"뭐해. 기타 치라니까. 노래는 내가 할게."

곧 기타 소리와 노래 소리가 조용한 소나무 숲을 싱그럽게 채워 나갔다.

연희의 머리가 진우의 어깨 위로 드리워졌다.

은모래비치 해수욕장

한 폭의 수채화 같은 상주 은모래비치 해수욕장은 남해군 상주면에 있다. 남해에서 가장 **빼어난** 풍경을 자랑하면서 일급 해수욕장으로서 갖춰야 할 모든 조건을 다 갖추고 있는 곳이다. 부채꼴 모양의 해안 백사장과 해안가에 펼쳐진 작은 섬들은 바다를 호수 느낌으로 감싸주고 있다. 조선을 건국한 이성계가 백일기도를 드려 건국의 성업을 이루었다는 금산을 배경으로 일렁이는 파도가 눈을 시리게 한다.

이곳은 여름 한철에만 100만 명의 관광객이 찾아오는 곳이다. 여름뿐만 아니라 사계절 언제나 아름다운 풍광을 보여줘 어느 때 찾아와도 풍성한 볼거리가 사람들을 맞이한다. 겨울철에는 전지훈련을 오는 운동선수들, 봄과 가을에도 수련활동을 갖는 학생들과 연인들의 발길이 끊이지 않는다.

반월형을 그리며 전개되는, 2킬로미터에 이르는 백사장의 모래는 마치 은가루를 뿌린 듯 부드러워 주단 위를 걷는 감미로운 감촉을 느끼게 해준다. 더욱이 백사장을 감싸고 있는 1만여 그루의 푸른 소나무 숲은 하얀 물결과 완벽한 조화를 이루는 해수욕장의 자랑이다. 국민가요 〈밤배〉의 작곡 배경이 되기도 해 이를 기념하는 노래비도 서 있다.

착한 사람을 위한 낙원은 없다

상주면 서불과차에서

조남철 씨는 착한 사람이다. 그는 남해군 상주면 양아리 두모 마을에서 태어났다. 위로 형과 누나가 하나씩 있었다.

그가 태어났을 무렵 그의 집안은 몹시 가난했다. 대대로 농사를 지었던 아버지는 성실하고 선량한 사람이었지만 농사를 지을 땅이 없었다. 그래서 농토에 여유가 있는 집 땅을 빌려 농사를 지었다.

집은 가난했어도 아버지는 집안을 화목하게 이끌었다. 어머니와 형, 누나와 함께 아침 일찍부터 부쳐 먹는 자투리땅에 나가 별을 볼 때까지 열심히 일했다. 초등학교를 마친 형과 누나는 더 이상 상급학교로 진학하지 못하고 아버지를 도와야 했다.

남철 씨는 마흔이 훌쩍 지나 보게 된 늦둥이였다. 조남철 씨가 태어나자 식구들은 복덩어리가 들어왔다며 기뻐했다.

아버지는 성장한 두 자식을 앉혀놓고 말했다. 모두 볕에 검게 그을려 있었다.

"내가 못나서 너희들을 제대로 건사하지 못한 것이 평생 한이었다. 이놈만은 보란 듯이 번듯하게 키워 우리 집안의 대들보로 만들자꾸나."

옹알이를 하는 남철 씨를 둘러싸고 식구들은 그렇게 다짐했다. 식구가 하나 늘었지만 그들은 희망에 부푼 채 들에 나가 더욱 부지런히 일했다.

가족들의 염원을 들었는지 조남철 씨는 어릴 때부터 영특한 짓을 곧잘 했다. 반쯤 부서져 굴러다니는 주판을 보자 여린 손가락으로 주판알을 만지작거리며 제법 셈을 하는 시늉을 했다.

"이놈은 나중에 장사꾼이 될 모양이구나. 너희들에게 산과 바다가 한눈에 들어오는 멋진 집을 한 채씩 지어줄 게 분명해."

"아버지 어머니가 편히 지낼 집부터 먼저 지어줘야 도리죠."

손가락 마디마다 굳은살이 밴 맏이가 손사래를 치며 말했다.

어느 해 설날, 몽당 크레용을 조막손으로 쥐고 벽에 아버지와 어머니, 형과 누나가 함께 윷놀이를 하는 그림을 그렸다.

"훌륭한 화가가 되려나 보다. 사람들이 이놈이 그린 그림을 보려고 줄을 설 게 분명해."

"아빠, 사람들이 대처로 나갈 필요도 없을 거예요. 남철이는 착해서 집집마다 그림을 나눠줄 테니까요."

남철 씨의 작은 머리를 쓰다듬으며 크레용을 다시 쥐어주더니 딸아이가 말했다.

어느 날에는 밭에서 돌아와 시원하게 등목을 하고 방에 들어오니 남철 씨가 농사 관련 책을 펼쳐놓고 골똘히 쳐다보고 있었다.

"역시 내력은 속일 수 없나보군. 이놈도 애비 뒤를 이어 농부가 되려는 게 아닌가?"

아버지가 실망한 빛을 감추지 못하며 퉁명스럽게 남철 씨를 흘겨보았다.

"아니에요. 애는 지금 책을 읽고 있는 거예요. 훌륭한 학자가 될지도 모르죠."

어머니의 대답에 아버지의 표정이 조금 밝아졌다.

"하긴 7대조 할아버님은 초시에 오르셨고, 입남조入南祖셨던 5대조께서는 진사에 급제했다고 너희들 할아버지가 말씀하시긴 했지. 그러고 보니 우리 집에 책다운 책이 별로 눈에 띄지 않는구나."

어느 날 아버지는 읍내에 다녀오다가 서점에 들러 책 몇 권을 샀다. 어떤 책이 도움이 될지 몰랐던 아버지는 서점 주인에게 이렇게 말했다.

"머리 좋고 총명한 사람이 읽을 만한 책 좀 부탁합시다."

이렇게 우리의 남철 씨는 집안사람들 모두의 관심과 후원을 한 몸에 받으면서 무럭무럭 잘 자랐다.

착한 남철 씨는 사람들의 기대를 저버리지 않았다. 초등학교에 입학하자마자 반에서 일등을 놓치지 않더니, 이런 기세는 고등학교를 마칠 때까지도 변함이 없었다.

대학에 진학하게 되었을 때 남철 씨는 신문방송학과를 택했다. 식구들은 그게 뭘 배우는 동네인지 의아해 했지만, 학교 때 줄곧 방송반에서 활동했던 남철 씨로서는 당연한 선택이었다.

대학에서도 남철 씨는 한눈을 팔지 않고 학업에 매진했다. 어려운 집안 형편을 누구보다 잘 알고 있었던 터라 4년 내내 장학금을 받았고, 1학년을 마치자마자 입대해서 부모님의 부담을 덜어주었다. 등록금 외의 생활비도 아르바이트를 하여 충당했다.

"이런 효자는 다시없을 거구만요. 아 글쎄 집안 돈을 축내기는커녕 애비 담뱃값 하라고 달 걸러 한 번씩 용돈도 보내줍니다요."

이젠 육십을 훌쩍 넘긴 아버지는 동네 어른들과 술추렴을 할 때마다 담배를 맛있게 피우면서 아들 자랑에 여념이 없었다. 누구보다 남철 씨의 착한 심성을 익히 알던 동네 사람들도 잊지 않고 추임새를 넣어주었다.

"봄가을 농번기 때 고향에 와서 자네 농사 거드는 대학생 자식은 그놈밖에 없을 거여. 자네 자식 농사도 참 잘 지었네."

농번기가 아니더라도 남철 씨는 자주 고향에 내려와 며칠 지내다 올라가곤 했다.

그런 남철 씨가 졸업한 뒤 서울에 있는 좋은 신문사에 들어갔다가 한 해도 지나지 않아 때려치우고 남해로 내려와 지역신문사에 취직했을 때는 다들 깜짝 놀랐다. 무엇으로 비교해도 성에 찰 리 없는 궁색한 자리였기 때문이었다. 사람들은 남철이가 뭔가 큰 잘못을 저질러 회사에서 잘린 게 분명하다며 쑥덕거렸다.

"서울 사람이라면 끔찍해요. 다들 경쟁에만 혈안이 되어 있지 대화를 나눌 생각은 눈곱만큼도 없는 걸요."

아버지가 남철 씨를 불러 삿대질에 가까운 추궁을 하자 그가 한 대답이었다. 난데없는 냉소적인 반응에 아버지는 어안이 벙벙해졌다.

"이놈아, 어쨌거나 사람이 제 구실하려면 서울 물을 마셔야 하는 거여. 무슨 꿍심인지 모르겠다만 어여 마음 고쳐먹고 서울로 가거라. 네가 뭐가 아쉬워 이런 촌구석에서 썩어."

답답한 속내를 감추면서 아버지는 고작 이런 말밖에는 할 게 없었다.

사실 남철 씨의 머릿속에는 오래 전부터 남들에게는 대놓고 말하지 않았던 꿈이 있었다. 다름 아닌 두모 마을에서 금산으로 올라가는 산기슭 바위에 새겨진 기이한 문자의 정체를 밝히는 것이었다.

남철 씨가 초등학교에 갓 입학했을 무렵 아버지는 금산 산기슭에 있는 묵정밭을 빌려 농사를 지었다. 지대도 높았을 뿐만 아니라 잡석이 많아 다들 농사짓기를 꺼리던 곳이었다. 덕분에 소작료가 엄청 쌌다.

"나도 없는 셈치고 버려둔 땅인데, 농살 지어보겠다니 대단하구만. 자넨 원체 부지런하니 알곡을 수확할 거구만. 잘 해봐."

활수한 땅 주인은 아버지의 의지를 칭찬하면서 세 해 동안 소작료를 받지 않겠다고 했다.

그때부터 온 식구가 묵정밭 개간에 달려들었다. 남철 씨도 학교가 끝나면 책가방을 둘러매고 산으로 올라갔다.

아버지는 주변에 흩어져 있던 돌을 주워 모아 석축을 쌓고 기름진 흙을 가마니에 담아 지게로 져 날랐다. 그 난리를 한 달 가까이 치르자 묵정밭은 제법 그럴듯한 논이 되었다. 석축 옆으로 맑은 계곡물이 흘러 논에 물을 대는 일도 걱정할 필요가 없었다.

그해 가을 논에서 거둔 소출은 집안에 적잖은 수입을 안겨 주었다. 아버지는 수확한 쌀로 떡을 빚어 땅 주인과 동네 어른들을 대접했다.

집안 식구들이 땅을 개간하는 동안 남철 씨는 너럭바위에 앉아 책을 읽었다. 뙤약볕에 무료해지면 주변 산 이곳저곳을 서성거렸는데, 그때 그 미지의 무늬가 새겨진 바위를 발견했다. 그로서는 한 번도 본 적이 없는 희한한 문양이었다. 그림 같기도 했고 글자인 듯도 했다.

"아버지. 이게 대체 뭐예요?"

잠시 쉬고 있는 아버지의 소매를 끌어당겨 바위 앞으로 데려갔다.

"어, 이거 말이냐. 글쎄 나도 잘은 모른다만 아주 옛날 서불이란 사람이 동남동녀 수천 명을 데리고 중국에서 왔는데, 그때 새겨놓은 글자라고 하더라. 하늘이 낸 사람이라야 그 뜻을 안다더구나."

아버지는 담배를 뻑뻑 태우면서 바위 위에 새겨진 글자를 꼬나보았다.

이런 대답으론 감질만 난 남철 씨는 서툰 솜씨로 그 모양을 공책에 그려 넣었다. 다음 날 등교하자 남철 씨는 담임선생님을 찾아갔다.

"녀석 오지랖도 넓구나. 이건 어디서 봤어?"

남철 씨가 그려온 그림을 유심히 살펴보던 선생님이 실없이 웃으면서 의문을 풀어주었다.

"보통 서불과차徐市過此라 부르지. 진시황이 천하를 통일하고 오래 살고 싶은 욕심이 생겨 방사方士를 시켜 불로초를 구했다더라. 그때 서불이란 사람이 동해 바다 너머 삼신산이 있는데, 거기에 불로초가 있다고 말했단다. 동남동녀 삼천 명을 주면 캐와 황제의 소원을 이루게 하겠다고 다짐했지. 그 말을 믿은 진시황이 사람과 배를 마련해 성대한 잔치를 베풀고 서불을 출항시켰다는구나. 서불이 처음 닿은 땅이 이곳 남해고, 여기서 얼마 동안 지내다 다시 거제와 제주를 거쳐 멀리 일본까지 갔다고 전해지지."

선생님의 설명을 다 이해할 수는 없었지만, 남철 씨의 호기심을 자극하기에는 충분했다.

"그럼 서불이 여기서 불로초를 찾아낸 건가요. 선생님?"

선생님은 고개를 주억거렸다.

"글쎄다. 그건 나도 모르겠구나. 일본 가서 죽었다는 걸 보면 못 구했다고 봐야겠지. 그걸 먹었다면 지금도 팔팔하게 살아 있어야 하지 않겠니?"

의문은 끊이지 않고 계속 일어났다.

"그런데 왜 서불은 바위에 이런 걸 새겼나요? 이게 또 무슨 뜻인가요?"

선생님이 혀를 끌끌 차면서 말했다.

"남철이는 책을 많이 읽더니 알고 싶은 것도 많구나. 왜 새겼는지는 나도 모르겠지만, 뜻이라면 이런 말이 전해진단다. 한동안 아무도 그 뜻을 몰랐지. 그러다 조선시대 말에 오경석吳慶錫, 1831~1879이란 학자가 이 글자를 탁본해서 중국에 갔더란다. 거기서 금석문 학자인 하추도何秋濤, 1824~1862란 사람에게 보여줬다지. 그 사람이 보고는 '서불기례일출徐市起禮日出'이라고 풀었대. 뜻은 두 가지로 볼 수 있지. 하나는 '서불이 해가 뜨는 것을 보면서 일어나 예를 올렸다'고, 따른 하나는 '서불이 일어나 예를 올리니 해가 떴다'야. 어느 게 맞는지는 나도 모르겠구나."

착한 남철 씨는 똑똑한 아이였다.

"하지만 선생님, 그쪽은 금산 서쪽이라 해가 뜨는 게 보일 리 없잖아요?"

"그러고 보니 네 말이 맞구나. 당시 사람들이 소망을 그렇게 표현한 걸까? 아무튼 그 비밀은 네가 공부해서 밝혀보도록 하렴. 네가 알아내면 대발견이 될 거다."

그 뒤로 남철 씨는 틈만 나면 바위로 올라가 그 글자를 유심히 살펴보았다. 멀리서 보면 거북이 모양이라 바위는 거북바위로 불렸다. 글자는 거북이의 등껍질 뒤편 왼쪽 언저리에 새겨져 있었다. 손으로 글자들을 어루만지며 남철 씨는 깊은 상념에 잠겼다.

"서불이란 사람은 어떻게 남해에 불로초가 있다고 믿었을까? 불로초가 있었다면 어디에 있었을까? 어쩌면 이것은 글자가 아니라 그림일지도 몰라. 불로초가 자라고 있는 곳을 지도처럼 그려놓은 게 아닐까? 이 그림을 따라가면 불로초가 자라고 있는 곳에 닿는 걸까?"

그래서 거북바위는 남철 씨의 놀이터가 되었다. 바위에 누워 구름이 흘러가는 푸른 하늘을 우러러보기도 했다. 구름은 때로 사람 얼굴로 바뀌기도 했고, 어떤 때는 서불이 찾았다는 불로초가 되기도 했다.

중학교에 들어가 중국의 역사를 다룬 책을 읽어보고 진시황이 지독한 폭군이었다는 사실을 알게 되었다. 애꿎은 사람들을 많이 죽였고, 북쪽 오랑캐를 막겠다면서 만리장성을 쌓아 백성들을 엄청나게 괴롭혔다고 했다. 그런 사람이 불로초를 먹어 혼자 불로장생하겠다는 꿈을 꾸다니, 왠지 진시황에게 정나미가 떨어졌다. 서로 돕고 의지하면서 살지는 못할망정 진시황은 지독하게 이기적인 사람으로 여겨졌다.

"서불은 진시황의 포악한 정치에 신물이 나 새로운 세상을 찾아 남해로 온 것은 아닐까? 이곳이 지상낙원, 무릉도원이라고 생각한 게 틀림없어. 그래서 천진난만한 아이들을 데리고 남해로 온 거지. 남해가 얼마나 살기 좋고 아름다운 곳인지, 서불은 벌써 알았던 거야."

그런 생각이 들자 남철 씨는 자기 고향의 나무 한 그루, 풀 한 포기,

돌 하나가 모두 정겹게 느껴졌다.

고등학교에 올라가서도 남철 씨의 서불과차 사랑은 여전했다. 공부가 힘들거나 기분이 울적할 때면 남철 씨는 거북바위에서 위로와 기쁨을 얻었다. 아버지도 이젠 많이 늙어 애써 개간한 논도 주인에게 돌려주었다. 남해에 사람도 많이 줄어들었고 농사를 짓겠다는 사람이 없어 논은 예전의 황폐한 묵정밭으로 돌아가는 참이었다.

형과 누나는 결혼을 하더니 인근 도시로 나가버렸다. 집에는 아버지와 어머니, 남철 씨만 남게 되어 집안은 몰라보게 쓸쓸해졌다. 멍멍이만 집 안팎을 들락거리며 왕왕 거려 고맙게도 정적을 깨 주었다.

고등학교 때 방송반 활동을 하면서 서불과차 바위를 테마로 한 특집 방송을 기획하기도 했다. 남철 씨는 캠코더를 들고나가 거북바위로 올라가는 길이며 주변 풍경을 영상에 담았고, 암각화에 얽힌 이야기들을 차근차근 수집해 대본을 썼다. 목소리가 좋지 않은데다 카메라 울렁증이 있어 내레이션은 방송반 여학생에게 맡겼다. 호응이 제법 괜찮아 군청 홈페이지에 영상물이 소개될 정도였다.

고향에서 멀리 떨어진 서울로 올라와 대학을 다닐 때도 서불과차는 남철 씨의 마음속에 친구처럼 남았다. 대학을 다니자 거리도 멀어졌지만 아르바이트하랴 학과 공부하랴 바빠져 서불과차 탐구는 별로 진척되지 못했다. 대신 자주 남해에 내려왔고, 아버지의 일손을 거들면서 짬이 나면 거북바위로 달려갔다. 그때마다 거북바위와 서불과차 암각화는 반갑게 그를 맞아주었다.

내성적인 성격이라 친구가 많지 않았던 그에게 바위와 암각화는 남철 씨가 유일하게 마음을 터놓을 수 있는 말동무였다. 졸업한 뒤 입사한 언론사를 한 해만에 그만두고 남해로 내려온 데에는 여러 가지 이유가 있었지만, 오랫동안 밀렸던 서불과차에 대한 빚을 갚기 위해서였다. 본격적으로 서불과 암각화에 대한 공부에 불을 붙이고 싶었다.

지역신문사에 들어가자 암각화에 관심을 가진 사람들을 자주 만날 수 있었다. 그들은 보물찾기에 나선 탐험대처럼 두 눈을 반짝이며 흥분해서 서불과차에 대한 생각을 털어놓았다. 남철 씨는 더욱 행복해졌다.

　남철 씨의 일상에 먹구름이 드리운 것은 아버지가 덜컥 병상에 누운 뒤부터였다. 평생을 소작일로 살아온 아버지는 나이가 들자 조금씩 몸에 균열이 오기 시작했다. 뼛속까지 골병이 든 아버지의 몸은 점점 여위었고, 기력은 하루가 다르게 빠져 나갔다. 병원에서도 뭐라 진단을 내리지 못했다. 의사는 명쾌하지는 않지만 확실한 치료법을 제시했다.

　"쌓였던 피로가 한꺼번에 터져 나온 거지요. 물 풍선이 팽창만 거듭하다 더 이상 유입되는 물을 견디지 못하고 터져버린 상황이라고 할까요. 장기간의 요양 생활이 필요합니다."

　아버지는 의사가 권해준 노인 요양병원에 입원했다. 치료비가 만만치 않았다. 형과 누나가 돈을 보탰지만, 큰 힘이 되지 못했다. 자신을 공부시키느라고 탈진해버린 아버지를 이제는 남철 씨가 돌봐야 했다. 지역신문사의 월급은 치료비에 턱없이 부족했다. 다시 고향과 서불과차 암각화를 떠나야 할 때가 왔다.

　아버지가 평생 피땀을 흘려 지은 집을 팔고 어머니를 그 돈과 함께 형님에게 보냈다. 자신은 부산으로 몸을 옮겼다. 월급을 많이 주겠다고 해서 출판기획 회사에 들어갔다. 사무실은 사장과 남철 씨, 그리고 편집 오퍼레이터까지 달랑 세 사람뿐이었다. 이런 조그만 회사에 무슨 일거리가 있을까 의아했는데, 그것이 기우였다는 것은 금방 드러났다.

　매일 술을 퍼마셔 술독으로 얼굴이 시꺼멓고 배불뚝이인데다 심통스러운 눈매를 가진 사장은 사업 수완이 좋았다. 시장과 도지사가 당선될 때 사장은 선거 캠프를 지휘했고, 그 덕에 시도에서 발주하는 사업에 다리를 들이밀고 쏠쏠하게 일감을 따왔다.

나쁜 쪽으로만 머리가 열린 사장은 덩치가 큰 사업에는 끼어들지 않았다. 서울에 있는 사립대학 사학과를 나왔다는 사장은 수의계약이 용이한 홍보책자나 사업 관련 자료집 출간을 독점하다시피 했다. 입찰이 필요할 경우에는 친인척의 이름으로 마련해둔 유령회사를 동원했다. 그렇게 회사로 떨어진 일감의 내용을 채우는 일은 온전히 남철 씨의 몫이었다.

휴일도 없이 자료를 읽고 정리하고 써댔다. 남철 씨는 받는 월급의 몇 배가 되는 분량의 일을 감당해야 했다. 아버지의 병원비를 이체하고 어머니에게 생활비를 보내고 나면 한 달 넘기기에 빠듯한 돈만 수중에 떨어졌다.

그런 생활이 일 년쯤 진행되었을 때 사장이 도에서 건립한 작은 연구원의 원장으로 발탁되는 희한한 일이 벌어졌다. 착한 남철 씨가 보기에도 터무니없는 인사발령이었다. 선거 비자금의 운영 내역을 속속들이 틀어쥐고 있던 사장이 윗선을 을러 따낸 자리라는 소문이 그 바닥 사람들 사이에서 파다하게 퍼졌다.

그러거나 말거나 남철 씨와는 아무 관련이 없을 듯했지만, 사정은 그렇게 돌아가지 않았다. 어느 날 사장이 넌지시 남철 씨를 밖으로 불러냈다. 시내 뒷골목 으슥한 곳에 숨어 있는, 사장의 단골 술집이었다.

"네 이름 좀 빌려야겠다."

딱따구리처럼 제 자랑에 침이 마를 새 없던 단짝인 인쇄소 사장은 자리에 없었다. 뿔테 안경 사이로 단추 구멍보다 작은 눈을 반짝이며 침을 혀에 묻힌 채 사장은 탐욕스럽게 입을 놀려댔다.

"내가 이번에 관장으로 가게 된 거 알지? 썩 내키지는 않지만 다들 내가 적임이라니 어쩔 수 없이 승낙했지. 문제는 말이야. 내가 회사 사장으로 관장직을 병행할 수는 없다는 거지. 그깟 관장질한다고 돈이 몇 푼이나 나오겠어. 하지만 일거리를 만들기에는 짭짤한 자리긴 한데 관장이 되어 내 회사에 일감을 몰아줄 수는 없잖아."

사장은 주둥아리를 쉬지 않고 나불거렸다. 이미 이런 너스레에 익숙한 남철 씨는 묵묵히 얘기를 듣는 둥 마는 둥 소주잔만 기울였다. 마침내 사장이 속셈을 드러냈다.

"그래서 네가 임시로 사장 자리에 앉아라. 회사 이름도 바꾸고 말이야. 넌 그냥 예전처럼 내 지시에 따라 일만 하면 돼."

그런 수작을 부릴 줄은 남철 씨도 짐작은 하고 있었다.

"눈 가리고 아옹 하는 거 아닌가요? 사람들은 다 알 텐데요?"

"알면 대수냐? 절차에 문제가 없는데, 지들이 어쩌겠어."

그래서 남철 씨는 팔자에도 없던 사장 감투를 쓰게 되었다. 사장의 호언대로 달라진 것은 아무 것도 없었다. 심지어 월급조차 그대로였다.

사장이 사업비를 착복하는 방법은 단순명료했다. 사업비 가운데 인쇄비를 높이 책정해 똘마니나 다름없는 친구 인쇄소 사장에게 결재를 해주는 식이었다. 인쇄소 사장은 입금된 인쇄비 가운데 상당 부분을 떼어 사장에게 넘겨주었다. 사장은 뒷돈을 챙겨 좋고, 인쇄소 사장으로서는 일감이 떨어지지 않는 데다 수입도 나쁘지 않으니 감지덕지했다. 사장의 되지도 않는 설레발을 들어줘야 하고 술값을 꼬박꼬박 내야 했지만, 그로서는 전혀 손해날 게 없는 거래였다. 악어와 악어새 같은 관계였지만, 사장은 인쇄업자를 제집 종처럼 휘둘렀다.

한 가지 바뀐 것은 있었다. 박물관을 경유해 들어오는 사업의 최종 결재권자는 남철 씨가 되었다. 사장이 만들어준 지출 결의서에 남철 씨는 두말없이 사인을 해줘야 했다. 사인을 하자 사장은 남이 볼 새라 날름 앗아가 버렸다.

눈앞에서 번연히 부정과 횡령이 난무하는 꼴을 지켜보는 일은 생각보다 고통스런 일이었다. 세금이 이런 식으로 흙탕물 속으로 쓸려가는 현장에서 그는 무력했다. 착하면서도 머리가 좋은 남철 씨는 자신이 할 수 있는 작은 행동은 취해 보았지만, 그것은 여전히 휴지조각에 불과했다.

인쇄비를 줄이기 위해 책은 부실하게 만들어졌고 내용은 최대한 생략되었다. 사장은 허접한 자료들을 들고 와 적당히 짜깁기하라며 윽박질렀다. 사장의 손아귀에 들어가면 금덩어리도 쇳덩어리가 되어[以金成鐵] 나왔다.

괴로움에서 도저히 헤어날 수 없을 때면 남철 씨는 고향 남해로 차를 몰았다. 이제 남해에 가족은 아무도 없었다. 변함없이 그를 맞아주는 것은 금산의 서불과차뿐이었다. 남철 씨는 후줄근하게 땀에 젖은 양복을 벗어 옆구리에 끼고 금산을 올랐다. 계곡은 말라 있었고, 바람마저도 시원하게 느껴지지 않았다.

"서불은 부정과 부패가 없는 세상을 꿈꾸었던 거야. 그런 정의로운 세상을 이곳 남해에 이루고 싶었던 거지. 서불이 찾았던 불로초도 바로 그런 세상이었어. 새 세상에서 밝게 떠오를 태양을 이 바위에서 기다렸던 거지. '서불기례일출'은 바로 그런 뜻이었어."

바위에 몸을 내려놓은 남철 씨는 굵직하게 바위를 파고 들어간 글자에 손을 올려놓고 넋이 나간 사람처럼 중얼거렸다. 동의한다는 듯이 글자의 획이 그의 손바닥 위로 꿈틀거리는 느낌이 들었다. 까닭 모를 눈물이 남철 씨의 뺨을 타고 흘러내렸다. 거북 바위 옆에 있는 큰 바위 위로 올라갔다. 저녁 해가 쓸쓸하게 고향 두모 마을 앞바다를 붉게 물들이면서 저 멀리 설흘산 아래로 저물어 갔다.

다람쥐 쳇바퀴 도는 듯한 생활은 이후로도 몇 해 동안 지속되었다. 사장의 파렴치한 횡령 행각은 점점 더 대담해져 갔다. 뻔뻔하기로 사장 못지않은 위인인 인쇄소 사장마저 염려할 정도였다.

"박 관장이 너무 대놓고 털어먹는 거 아닌가? 뒤에서 수군거리는 소리가 내 귀에도 들린단 말이거든. 자네가 좀 어떻게 해보지?"

회사 사무실에 들러 커피를 마시던 인쇄소 사장이 남철 씨를 떠보았다. 사장의 비리 덕에 배가 부른 인쇄소 사장의 얼굴에서는 개기름이 줄줄 흘러내렸다. 그 꼴이 보기 싫어 얼굴을 모니터에 처박고 대꾸를 하지 않았다.

"어이, 말을 하면 듣는 척이라도 해 보라고."

인쇄소 사장이 남철 씨의 어깨를 툭툭 건드리며 채근했다. 바퀴벌레 한 마리가 기어든 것 같이 소름이 돋았다.

"저는 일개 직원이고 사장님은 친구지 않습니까? 매일 갖는 술자리서 한번 말씀해 보시죠?"

"박 관장 그 인간이 어디 사람 말을 들어 먹는 놈인가. 완전 닭대가린 걸. 지 생각만 다 옳다고 우기는 놈이거든. 전번에 무슨 일이 있었는지 아나? 아 정약용의 유배지가 전라도 해남이라는 거야. 그래서 아무래도 이상해 그거 강진이 아니냐고 했더니, 나더러 뭘 아느냐면서 박박 우기는 거 있지. 지가 사학과 출신이라 잘 안다면서 무식하면 아가리 닥치라잖아. 교수들이 대학원에 남아 교수가 되라는 걸 쫀쫀한 인간들 상종하기 싫어 뿌리치고 나왔다나. 제길, 교육대학원에서 잠시 낮짝 비비다 나온 걸 갖고 지가 대학자의 길이라도 걸었던 것처럼 유세를 떨잖아. 그런 허튼 소리로 야부리 박사나 딸까? 무슨 얼어 죽을 대학 교수. 지나가던 똥개가 웃겠다."

남철 씨의 입을 믿는지 인쇄소 사장은 은근히 사장의 험담을 늘어놓았다.

"스마트 폰으로 검색하면 유배지야 금방 확인되지 않습니까?"

"아, 그럴 수야 없지. 박 관장 그 인간 꼴에 자존심은 세요. 뜯어 먹으려면 똥구멍도 핥아줘야 할 판에 뭐 하러 내가 긁어 부스럼 만들어. 좌우간 박 관장 이 인간 연구원에서도 일만 벌여놓고 수습은 뒷전이라 직원들도 골머리를 앓는다더군. 정작 해야 할 일은 나 몰라라 내팽개

쳐두고 말이야. 도청 쪽에서도 이 인간 본색을 슬슬 파악한 모양이던데, 된서리 맞기 전에 나도 몸 좀 사려야지. 자네도 조심해. 그럼 난 가네."

인쇄소 사장이 나간 뒤 일이 손에 잡히지 않았다. 뭔가 조짐이 좋지 않아 보였다. 그 날 밤 남철 씨는 그간 정리해 두었던 서류들을 챙겨 집으로 가지고 돌아왔다.

그해 가을이 끝나갈 무렵 남철 씨 아버지는 세상을 떠났다.

"남철아, 난 네가 훌륭한 사람이 될 거라고 믿는다. 그 자랑스런 모습을 보지 못하고 죽는 게 한없이 안타깝구나."

아버지는 뼈만 남은 손으로 남철 씨의 손을 잡으면서 그렇게 마지막 말을 남기고 숨을 거두었다.

주민등록을 말소하고 아버지가 이승에서 남긴 자취들을 하나씩 지워가면서 남철 씨는 깊은 상실감에 빠졌다. 그가 악머구리들의 소굴 같은 세상에서 좌초하지 않고 버틴 것은 오로지 아버지라는 존재가 있었기 때문이었다. 아버지보다 자신이 먼저 쓰러지면 안 된다는 집념이 그를 버티게 해 주었다. 이제 그 버팀목은 사라져 버렸다.

상실감을 추스르기도 전에 우려했던 일이 기어이 터졌다. 도 감사실의 추계 감사에서 사장이 저질렀던 비리와 횡령이 적발된 것이다. 도지사의 눈 밖에 난 사장이 표적 감사의 희생물이 되었다는 소문은 사실로 드러났다. 감사실은 사장의 회사를 사업 비용 부정 지출 건으로 검찰에 고발했고, 곧이어 검찰 소속 수사관들이 들이닥쳐 회사 서류 일체를 압수해갔다. 남철 씨는 이제야 일이 올바로 잡힐 것이라며 내심 기뻐했지만 불똥이 자신에게 튈 줄은 짐작도 못했다. 명목상이었어도 출판기획 회사의 사장은 남철 씨였고, 모든 서류의 결재는 그의 이름으로 집행되었다.

졸지에 그는 검찰과 경찰로부터 쫓기는 인물이 되었다. 부랴부랴 필요한 짐만 챙겨 원룸 집을 나왔지만 그에게 갈 곳이 없었다. 남철 씨는 착했지만 소심했고 결정적인 순간에는 방향타가 부서진 배처럼 흔들렸다. 형이나 누나 집으로도 수사관이 파견되었을 테고, 찾아가 그들을 괴롭히고 싶지도 않았다.

마지막 순간에 그가 의지할 수 있었던 곳은 고향이었다. 부산 사상 버스터미널에서 남철 씨는 남해로 가는 막차에 몸을 실었다. 밤늦게 읍내 모텔에 투숙한 뒤 그는 밤새 고민했다. 자수하여 사실을 밝히면 책임을 면할 수는 없더라도 억울한 일을 당하지 않을 듯도 했다. 남철 씨는 회사에 근무하면서 만약의 경우에 대비해 꼼꼼히 정리해 두었던 서류들을 꺼내 보았다. 사장의 지시를 녹취해 보관한 USB도 이상이 없었다. 이것이라면 사장의 죄상은 백일하에 드러날 것이었다.

남철 씨는 자신이 강을 거슬러 올라와 알을 낳고 죽어가는 연어와 같다고 생각했다. 몸과 마음이 모두 지쳐버렸다. 남철 씨는 연어의 귀소본능歸巢本能이 머릿속에 떠올랐다. 사람도 결국 처음의 그 자리로 돌아오게 되어 있었다. 밤새 남철 씨는 노트에 연어를 수십 마리 그려 넣었다. 새벽이 되자 남철 씨는 자신이 그린 연어가 점점 거북바위를 닮아가고 있음을 깨달았다. 거북이의 엉덩이 왼쪽에 남철 씨는 자신이 알고 있는 가장 신비한 무늬를 그려 넣었다.

다음날 아침 남철 씨는 읍내 우체국에서 자신이 정리한 서류 일체를 박스에 넣어 지방검찰청으로 보냈다. 저 알들이 어떤 모습으로 부화할지는 이제 하늘만이 알 것이다. 그때 문득 남철 씨의 뇌리에 어릴 때 처음 서불과차를 발견하고 아버지를 바위 앞에 세웠을 때 아버지가 한 말이 스쳐 지나갔다.

─하늘이 낸 사람이라야 그 뜻을 안다더구나.─

아직까지도 거북바위에 새겨진 글의 뜻을 모르는 자신은 하늘이 낸 사람이 아닌 것을 절감했다. 그래도 남철 씨는 실망스럽지 않았다. 언젠가 하늘이 낸 사람이 나타나 이 바위의 비밀을 풀어줄 것임을 그는 믿고 있기 때문이었다.

우체국 밖으로 나오니 늦가을의 햇살이 제법 따가웠다. 남철 씨는 남해의 청명한 하늘을 올려다보며 활짝 웃음 지었다. 미조로 가는 버스에 올라 고향 두모 마을 앞 도로에서 내렸다. 금산은 단풍으로 옷을 갈아입어 눈부시게 빛났다.

아버지가 일구었던 묵정밭에는 잡목들이 자라났다. 석축이 아니라면 거기 논이 있었던 것을 알 수 없을 지경이었다. 하지만 거북바위는 변함없이 제자리를 지키고 있었다. 남철 씨는 어렸을 때처럼 거북 잔등 위에 몸을 뉘었다. 구름은 미소 짓는 가족들의 얼굴이 되어 그의 시야에 머물러 있었다.

"거북바위와 서불마차. 너는 희망의 메시지야. 네가 있어서 나는 행복했어. 앞으로도 너는 그런 존재로 남아줘. 비록 내가 네 곁을 떠나 자주 오지 못하더라도 말이야. 너만은 끝까지 더럽혀지지 않고 순수하게 남아 있어야 해. 난 이 세상이 싫어졌어. 남해를 낙원으로 믿었던 서불이 있는 세상으로 가볼까 해.

서불은 남해를 정거장처럼 스쳐간 게 아니야. 서불은 이곳에 둥지를 틀고 살았던 거야. 아직도 서불은 이곳에서 살고 있어. 이 글씨는 그가 살고 있는 주소일 거야. 물론 서불은 다른 모습으로 살고 있겠지. 나무일 수도 있고 풀일 수도 있고, 남해에서 태어나고 자란 우리 모두일 수도 있겠지. 그러니 그들의 삶에 축복을 내려주렴."

남철 씨는 가만히 눈을 감고 두 팔을 벌려 바위에 몸을 붙였다.

서불과차

서불과차 암각화는 남해군 상주면 양아리 금산 산기슭에 있다. 이곳에 올라보면 남해 바다가 시원하게 펼쳐져 전망이 아주 좋다. 만들어진 연대는 정확하지 않은데, 청동기 시대로 보기도 한다. 전하는 말로는 중국 진시황 때의 방사 서불(徐市)이 불로초를 찾기 위해 우리나라에 왔다가 남해 섬에 올라 새겼다고도 한다.

그림(또는 글씨)은 남해 바다를 바라보는 금산 언덕, 길게 누워 있는 넓은 바위에 새겨져 있다. 양아리 부근에는 이와 유사한 암각화들이 몇 개 더 있는데, 후대에 이 암각화를 본받아 만든 것으로 보고 있다. 형태를 알 수 없는 추상선각인데, 일부는 사람처럼 보인다. 배를 타고 고기를 잡는 그림으로 보는 견해도 있다. 조선시대부터 알려져 있었는데, 근래 이 암각문양이 선사시대 암각화의 하나임이 밝혀졌지만 자세한 내용은 알 수 없다.

최근 남해군에서는 이곳을 찾는 사람들을 위해 인근 도로에 주차장을 설치하고 등산로를 정비했다. 또 장기적으로 일대를 공원화하여 고대 동아시아 문화교류사의 현장으로 보존하려는 사업을 진행하고 있다.

구두 이야기

바래길에서

이 이야기는 바래길을 걷다 어느 한적한 숲길 모퉁이에서 찾아낸 낡은 구두 한 켤레에게서 들은 고백을 옮겨 적은 글이다. 구두는 한려해상국립공원의 전경이 한눈에 들어오는 언덕길에 있었는데, 웃자란 풀 때문에 눈에 잘 띄지 않았다. 며칠 전에 내린 비를 맞았는지 구두는 광택이 벗겨지고 먼지가 묻어 상당히 추레해 보였다. 나는 쪼그리고 앉아 이 희한한 구두를 한참동안 살펴보았다.

그랬더니 구두의 앞창이 스리슬쩍 꿈틀거리더니 내게 말을 거는 게 아닌가. 워낙 세상 별일을 많이 겪어본 나인지라 크게 놀라지는 않았지만 심장 박동이 조금 빨라지기는 했다.

구두는 낡은 외양에 어울리게 쓰는 어투가 유장했고 고답적이었다. 더구나 겪은 일이 워낙 가슴에 찡하게 다가와 그만 나도 모르게 남해의 푸른 바다를 바라보면서 그의 애틋한 이야기를 다 듣고 말았다. 구두가 무슨 말을 하느냐고 뜨악해 하실지 모르지만, 눈을 감은 채 마음을 열고 귀를 기울이면 우리는 삼라만상이 내는 모든 소리를 다 들을 수 있다. 의심스러우면 직접 남해의 산과 들로 나가 체험해 보시길 바란다.

에헴!

구두는 어떤 주인을 만나느냐에 따라 운명이 달라지지요. 지금 제 몰골은 너덜너덜해져 보기에 흉악하나 이 몸도 처음 태어났을 때는 소가죽으로 만든 최고급 수제 신사화였소이다. 때깔이 얼마나 번듯했는지 다들 탐낼 만한 제품이었어요. 함께 진열된 동료들도 저를 똑바로 보지 못하고 가자미눈을 흘기며 부러워했습니다. 저 또한 품격을 잃지 않으려고 거만한 자세로 응대했고요.

그랬으니 웬 허름한 차림새의 중년 남자가 저를 사겠다며 들어왔을 때 실망이 적지 않았소이다. 양화점 사장님께서도 당연히 마뜩찮은 표정을 숨기지 않았지요. 그러나 어쩝니까? 제 값 주고 저를 사겠다는데 무작정 거절할 수도 없지 않겠습니까? 더구나 나를 원하는 그 간절한 눈빛이라니. 동료들이 속으로 부르짖는 쾌재 소리를 찜찜한 기분으로 삭이며 저는 포장이 되었습니다.

구두 박스 안에 들어가 있어 더 이상 새 주인의 행색을 살필 수는 없었지만, 발자국 소리만 들어도 그가 그렇게 잘 나가는 사람이 아니란 것쯤은 짐작이 되었지요. 저로서야 그저 잠시 액운이 낀 사람이기를 빌 따름이었습니다.

거리 여기저기를 걷던 주인은 어느 골목에선가 걸음을 멈추더니 잠시 주저하는 눈치였습니다. 집이 아닌 것만은 분명했지요. 그러더니 계단을 오르더군요. 삐그덕 문이 열리고 안에서 누군가 어서 오라는 말이 들렸습니다.

주인은 목소리를 죽인 채 그 사람과 흥정을 하는 듯했소이다. 주인은 주머니에서 이런저런 물건을 늘어놓는 모양입디다. 절그럭 거리는 소리로 보아 시계나 귀금속 따위가 아닐까 여겨졌지요. 헌데 그리 좋은 금을 쳐주지 않나 봅니다. 주인은 힘없이 한숨을 쉬더니 돈을 받아 세었습니다.

정체가 묘연한 가게를 나온 주인은 지하철을 탔습니다. 열차가 흔들리는 바람에 저는 잠시 졸았습니다. 몸이 흔들리기에 깨었는데, 이번에 주인은 버스를 타려는가 봅니다. 어디 멀리 떠나려는 듯했지요. 역시 버스는 몇 시간을 쉬지 않고 달렸습니다.

대한민국 땅이 그리 넓지 않는 것쯤이야 이 몸도 알지요. 나 같은 고급 수제 신사화는 먼지 하나 없는 대도시의 거리를 활보하고 다녀야 제 값을 하지 않겠습니까? 부산이나 광주라면 몰라도 꼴을 보아하니 그런 귀티를 뽐낼 만한 도심지로 버스가 가지는 않을 듯해서 살짝 불쾌해지더군요.

한 다섯 시간이나 달렸나? 드디어 버스가 정차했고, 주인은 내렸습니다. 속으로 저는 빨리 나를 발에 신겨 주었으면 하고 바랐답니다. 구두야 발을 담고 있어야 제 역할을 하는 것이고, 그보다 당도한 이곳이 어딘지 궁금해서 밑창이 다 달아오를 지경이었거든요.

아, 그런데 이 양반 무슨 꿍꿍인지 거기서 또 버스를 타는 게 아닙니까. 이번엔 숨 한 번 쉴 때마다 버스가 정차합디다. 사람들이 오르내리는 소리가 들리는데, 결코 젊은 사람들의 목청이라 하긴 어렵더군요. 게다가 말투도 아주 이상했지요. '어서 오시다', '잘 가시다' 어쩌고 하는데, 이게 당최 존댓말인지 반말인지 분별하기도 힘들대요. 저야 오롯한 서울내기가 아닙니까?

이쯤 되면 저도 포기할 때가 되었다고 여겼지요. 제가 그리 도량이 좁은 구두가 아니거든요. 버스에서 내린 주인이 터덜터덜 길을 걷는데, 박스 사이로 먼지가 스미는 것으로 보아 아니나 다를까 시골길이 분명했습니다. 어딘가에서 잠시 멈추더니 몸을 홱 틀더군요. 귀를 쫑긋 세우고 있던 저는 박스에 얼굴이 부딪쳐 하마터면 흉이 생길 뻔했지요. 아 참 고약한 주인이었습니다.

얼마 뒤 저는 드디어 고대하던 세상 구경을 할 수 있었습니다. 인적이 뜸한 흙길 위였는데, 멀리 새소리도 들리고 바람이 귓전을 맴도는 것이 늦가을의 정취가 시심을 자극하더군요. 더구나 길 아래에서 물결 소리가 멀어졌다 가까워졌다 하기에 눈을 크게 뜨고 보니 일망무제 시원하게 탁 트인 바다였습니다. 태어나서 처음 바다 구경을 했으니 우물 안 개구리가 아니더라도 얼마나 가슴이 후련했겠습니까?

어허! 이 양반 몰골은 흉악해도 제법 낭만이 있는 인사로구먼!

제 값어치로 따져 그곳이 전혀 어울릴 장소는 아니었으나 색다른 세상을 구경해 견문을 넓히는 것도 그리 나빠 보이진 않더이다. 그래야 나중에 늙어서 손자 놈 궁둥이 두드리며 들려줄 이야기가 있지 않겠습니까? 일생일멸一生一滅하는 구두 주제에 웬 손자 타령이라 타박하신다면, 뭐 할 말은 없습니다.

"자, 너도 보이지. 이곳이 내가 태어나고 자란 고향이란다. 고등학교 때 외지로 나간 뒤 20년이 넘도록 한 번도 찾진 않았지만, 눈 감고도 여기가 어디고 저기가 어딘지 다 아는 게 고향 아니니. 정말 아름다운 동네지?"

주인은 목말을 태우듯 저를 들어 머리 위로 올리더니 한 바퀴 빙 돌면서 웃음을 머금은 채 말했습니다. 공치사란 것이 뼈대 있는 선비가 할 소행은 아니나 주인 말마따나 경치 하나는 징말 일짐신도一點仙島 해동제일경海東第一景이라 할 만합니다. 도시와는 비교도 안 되는 유리알 같은 햇살하며 청명한 하늘, 길 따라 피어난 코스모스의 울긋불긋한 꽃빛깔이 죽기 전에 꼭 한 번은 와봐야 할 절승이었습니다. 고개를 끄덕이며 동의하지 않을 수 없더군요.

주인은 구겨지긴 했으나 깨끗하게 세탁한 양복을 입고 있었습니다. 고급 모직으로 만든 옷이라 풀을 먹이고 제대로 다렸다면 저와 마침맞게 어울릴 복식이었지요. 깃의 모양새며 단추의 배열이 최신 유행을 따르지는 않았지만 누가 봐도 기품 있는 신사가 애용할 만한 제품이었습니다.

드디어 저는 주인의 발속으로 들어가게 되었습니다. 저어한 대로 제가 조금 크기는 했지만 남의 눈에 띌 정도는 아니었지요. 약간 헐렁거리자 주인은 주변에서 넓적한 풀잎을 몇 장 따더니 틈새에 끼워 넣었습니다. 어허! 이것은 또 무슨 봉변인가? 풀냄새를 바로 코앞에서 맡자니 그것도 고역인데, 움직일 때마다 즙이 배어나 제 어깨며 옆구리를 물들이는 게 아닙니까? 고급 소가죽 수제 신사화가 받을 대접이 아니었지요.

그러나 그것은 앞으로 겪을 일에 비하면 조족지혈이었습니다. 세상을 등진 선지식도 아닐 터인데, 이 양반 무슨 억하심정인지 오른편은 바다요 왼편은 숲이나 산인 외통길을 주야장천 걷는 게 아닙니까? 해가 떨어지고 달이 뜨고 별이 보일 때까지도 주인의 걸음은 멈추지 않았습니다. 며칠 밤낮을 그렇게 돌아다니는 거였어요. 걷는 데 무슨 포한이라도 난 사람 같았지요. 영문을 알 리 없는 저로서야 누군가 지나가다 주인에게 속사정을 물어주기만 기다렸습지요.

"바래길은 원래 사람들이 많이 다니는 길인데, 며칠 새 영 뜸하구나. 나로서는 다행이지만, 넌 좀 심심하겠다."

주인은 내가 사람 말귀를 좀 알아듣는다는 사실을 눈치챘는지-그럴 리야 없겠지요. - 이따금 지친 다리를 멈추고서 바위에 걸터앉아 저를 보며 말했습니다. 등산화도 아니고 조깅화도 아닌 신사화를 신고 바닷길을 걷자니 주인도 덧정이 없었을 겁니다. 제 궁둥이 쪽으로 주인의 뒤꿈치에 잡힌 물집의 물컹한 느낌이 느껴지더이다. 이제 저는 행색보다도 주인의 사연이 궁금해 얼굴에 먼지가 끼고 날것들이 묻는 것도 아랑곳하지 않게 되었습니다.

"내게는 어머니가 한 분 계셨단다. 참으로 지극정성으로 나만 키우시면서 평생을 사신 분이시지. 이 못난 자식이 뭐가 그리 소중했는지 틈만 나면 보리암 부처님 전에 나가 자식이 잘 되기만 비셨단다. 어머니는 정말 미련한 분이셨어."

주인은 저를 향한 것인지 바다를 향한 것인지 모를 곳으로 눈길을 주며 회한이 가득한 표정으로 넋두리를 늘어놓더군요. 저로서야 궁금증을 씻어낼 수 있다면 무슨 상관입니까. 행여 주인의 토로가 멈출까 조심하면서 귀를 열어 두었습니다.

"우리 아버지는 어부셨다고 해. 내가 어머니 뱃속에 있을 때 바다에 나갔다가 영영 돌아오지 못하셨다더구나. 시신도 건지지 못해 평소 입던 옷을 넣어 장사를 치렀다지. 아버지처럼 나도 한 번 고향을 등지니 다시 발 들일 일이 없어지더구나. 이런 걸 두고 인생유전이라 하나? 휴!"

언제 챙겼는지 주인이 주머니에서 소주 한 병을 꺼냅디다. 듣는 저도 술 한 잔이 그리울 판인데 당사자야 오죽했겠습니까? 주인은 매정하게도 제게는 한 잔 권하지도 않고 꿀떡꿀떡 잘만 삼키더군요. 서운했지만 그러려니 했습니다.

"어머니는 그리운 남편을 따라 세상을 하직할 작정이었는데, 연로한 시부모님이 살아 계시고 뱃속에 든 나 때문에 포기하셨단다. 그리고 세상의 낙을 체념한 사람처럼 그저 일에만 매달리셨지. 일 년 내내 입을 꾹 다물고 일만 하시더니 딱 하루 산 위로 올라가 목놓아 펑펑 우셨어. 아버지가 바다에 나가 돌아오지 않은 그 날 말이다. 난 어머니 등에 업혀 그 소리를 다 들었지."

목석이 아닌 다음에야 어찌 이런 참담한 경우를 접하고 망극해 하지 않을 수 있겠소이까? 저로서야 누굴 부모라 할지 요령부득이지만─수제화 장인인가? 논밭을 갈던 우공牛公인가?─ 주인의 목소리에는 눈물이 촉촉이 젖어 있었지요. 주인의 어깨를 툭툭 쳐주면서 기운을 내라고 격려해 주고 싶었으나 제 깜냥으로는 분수에 안 맞는 일이겠지요.

"넌 바래가 무슨 뜻인지 아니? 누굴 바래다줘서 바랜가 보다 여길지 모르겠다만, 바래에는 우리 남해 아낙네들의 기구한 운명과 인내, 피눈물이 옹이처럼 박혀 있단다. 이 길을 파보면 지금도 그때 흘린 땀방울이 샘물처럼 솟을 거야.

어머니는 바로 지금 우리가 걷는 이 길을 따라 갯가며 산언덕을 다람쥐가 제 집 드나들 듯 오가셨단다. 썰물 때면 갯가에 나가 멍게며 해삼, 굴, 조개 등속을 캐내 오셨고, 산언덕 밭에서는 시금치며 마늘, 가지, 오이, 상추 따위를 거둬들이셨지. 단 하루도 쉬지 못하고 말이야. 사람들 말로는 그 고생 때문에 어머니가 이른 나이에 허리가 휘셨다는데, 난 딱 한 번 먼발치에서 지켜봤을 뿐이야. 난 짐승만도 못한 놈이었어."

주인이 다시 소주병을 기울입니다. 찡그린 표정이 마치 극약이라도 마시는 사람 같아 보였지요. 주인은 입가로 흐르는 소주를 닦아내면서 한동안 발 아래로 화선지처럼 펼쳐진 바다를 바라보았습니다. 참으로 처연합디다.

"그런데 난 이 동네가 정말 싫었어. 왜냐고? 내가 어릴 때 동네 애들한테 제일 자주 들은 말이 뭔지 아니? 바로 '호로 자식'이란 소리였어. 주먹질하며 싸우다가도 그 말만 들으면 나는 힘이 쭉 빠져버렸지. 어머니는 억척스럽게 일하며 자식의 앞길을 열려 했지만, 나는 솔직히 고향이 미치도록 싫었단다. 이곳에서는 아무리 잘나도 나는 호로 자식일 뿐이었어. 그래서 꿈속에서도 이 동네를 빠져나갈 궁리에 사로잡혔지."

주인은 빈 소주병을 아무렇게나 던지더니 일어났습니다. 또 걸을 참인가 보더군요. 저야 주인의 발바닥을 건사하는 게 소임이니 좀 더 쉬며 얘기나 들려 달라 할 처지는 아니었지요.

그 날 밤 주인은 바다가 보이는 언덕에 있는 펜션이 들어갔습니다. 성수기가 지난 펜션은 한가했지만, 개업한 지 얼마 안 돼 시설은 아주 훌륭했습니다. 주인은 그리 덥지도 않은 날씬데도 에어컨을 최저점까지 낮춰 틀더군요. 비록 제 몸이 가죽이긴 하나 추워 혼났습니다. 이 양반이 얼어 죽을 작정인가 의심을 들 정도였다니까요.

주인은 TV를 켰습니다. 마침 뉴스 시간입니다. 뭐 뉴스야 항상 그렇지 않습니까? 정치가들의 비리 아니면 기업의 횡령, 사람들 사이의 암투, 가난한 자들이나 억울한 사람들의 비명. 모두 살 맛 떨어지는 일들뿐이었죠. 주인은 넋 놓고 앵커의 보도를 듣는 둥 마는 둥 하더니 어느 순간 볼륨을 높였습니다. 저도 한창 졸린지라 그만 눈을 붙여볼까 했는데, 그 소리에 잠이 달아나고 말았습니다.

서울의 모 종합병원에서 벌어진 의료사고에 대한 보도였습니다. 잘 나가는 외과의사가 있었는데, 수술 중에 그만 실수를 저질러 환자를 죽이고 말았답니다. 대개 이런 사건이 터지면 병원에서는 오리발부터 대령하지 않습니까? 그런데 이 외과의사는 자신의 실수를 모두 인정해버렸고, 병원에서는 책임을 발뺌하면서 의사 개인의 과실로 몰아붙였답니다. 의사는 자신의 전 재산을 죽은 환자의 가족에게 위자료로 내놓고 자취를 감추었는데, 아직도 종적이 묘연하다는 소식입니다. 보도가 끝나자 주인은 TV를 끄더니 리모컨을 침대 위로 던져버렸습니다.

"저 외과 의사가 누군 줄 아니? 바로 나란다. 난 사람을 죽인 살인자야. 실수긴 했지만, 업보라 생각해. 죄를 졌으니 죄 값을 치르는 게 당연하지만, 더 큰 죄 값을 치르지 않고는 세상에 나설 수가 없어. 어제 오늘 걸었던 바래길은 그 죄 값을 치르기 위한 발버둥이었지만, 용서를 받을 수 있는진 나도 모르겠구나."

주인은 다시 소주병을 깠습니다. 조금 음주가 과하다 싶었지만, 지금 무슨 말을 한들 주인의 귀에 들어가겠습니까?

"난 내가 남해에서 벗어날 수 있는 유일한 길은 공부를 잘 하는 것밖에 없다는 사실을 깨달았어. 그래서 죽으라고 공부만 했단다. 그래서 수재들만 간다는 고등학교에 떡 합격했고, 한국의 최고 명문대 의대에 입학했지. 그 다음부터는 전도양양 순탄한 길이 펼쳐졌어. 외과의 자격증을 따고 인턴과 레지던트 코스도 질주하듯 마친 다음 배경 좋은 집안의 딸을 아내로 맞이했지. 바로 저 종합병원 원장의 외동딸 말이야. 장인이 은퇴하면 병원장이 되는 것은 시간문제였지……."

주인은 한동안 말이 없었습니다. 아마 그 장밋빛 시간들을 곱씹는 중이겠지요. 어쩌다 이런 끔찍한 구렁텅이에 빠졌는지 운명을 저주하면서 말입니다. 이젠 신세 한탄이나 들어야 하나 싶었는데, 주인의 이야기는 행로가 달랐습니다.

"어렸을 때 우리 집은 지독하게 가난했어. 아버지의 뱃일에 생계를 걸었는데, 그렇게 세상을 떠났으니 뭐가 남았겠니? 어머니의 바래일이 유일한 생계 수단이었지. 난 친구도 없는 외톨이라 어머니가 바래일을 오갈 때 따라다니곤 했어.

어머니는 맨발로 갯가와 산길을 걸어 다니셨단다. 나도 다 떨어진 고무신을 질질 끌면서 다녔지. 어머니는 함께 길을 걸을 때마다 이렇게 말씀하셨단다.

'진구야. 너 나중에 출세하면 이 길을 번쩍번쩍 빛나는 구두를 신고 다녀야 한다. 네가 대학에 들어가면 멋진 구두 한 켤레를 사 주마. 그래서 동네 사람들 보란 듯이 으스대며 이 길을 걷거라. 장한 내 아들 진구는 꼭 그렇게 될 거야. 암.'

의대에 합격한 뒤에 어머니는 약속대로 구두를 사 주셨지만, 난 거들떠보지도 않았어. 고작 구두 한 켤레 얻으려고 독하게 공부한 게 아니었거든. 난 고향 땅을 깡그리 사고도 남을 만큼 돈을 벌 생각이었으니까. 그만한 돈을 벌기 전엔 고향 땅 흙을 밟지 않을 결심이었지. 날 호로 자식이라 비웃은 놈들을 전부 내 발 밑에 꿇어앉히고 말이야. 자갈길을 맨발로 걷게 만들어야 직성이 풀릴 것 같았거든.

결혼을 했을 때도 난 어머니에게조차 알리지 않았어. 장인에게는 건강이 좋지 않아 올라오지 못한다고 둘러댔지. 억만장자인 장인에게 유일한 아쉬움이 있다면 딸 말고는 재산을 물려줄 사내자식이 없었다는 거지. 난 장인이 원한다면 내 성도 갈아치울 수 있었어. 실력도 좋고 떨거지들도 없고 충성심까지 갖췄으니 장인이 흡족해 했을 것은 당연했지.

하지만 아내는 생각이 좀 달랐어. 좋아하던 남자가 있었는데 장인의 강권 때문에 마지못해 나와 결혼했으니 살가운 정이 있을 리 없었지만, 현명한 여자라 내 어머니에 대해 가끔 묻더군. 고향서 모시고 올라와 함께 살아야지 않겠냐고 말이야. 난 단호하게 거절했어. 매달 생활비야 보냈지만, 궁기에 절은 허리가 휜 노인네를 내 어머니로 내세우고 싶진 않았거든. 그래서 난 부모가 없는 사람을 자처했지.

몇 년 전인가 어머니가 아무 연락도 없이 불쑥 서울로 올라온 적이 있었어. 어떻게 주소를 알았는지 아파트로 찾아왔고, 아내가 잔뜩 당황한 목소리로 내게 연락을 했더군. 당장 택시를 대절해 내려 보내라고 했지. 아내는 그럴 수 없다며 하룻밤 재우겠다더군. 그러거나 말거나, 그 날 밤 나는 집에 들어가지 않았어. 지금 생각해보면 그건 죄책감 때문이었을 거야.

다음 날 아침 난 몰래 아파트 앞으로 갔어. 아내가 자기 차에 어머니를 태우고 길을 나서는 게 보이더군. 지팡이를 힘겹게 짚으면서 걷는 어머니는 예상보다 훨씬 초라했어. 내 자화상을 보는 것 같아 나는 눈을 감아버렸지. 그 일이 있고난 뒤부터 아내는 내게 눈길조차 주지 않게 됐지."*

---

* 이 이야기는 전에 인터넷에서 읽은 내용을 조금 각색한 것이다. 원래 출전을 밝히려고 찾았는데 확인이 되지 않았다. 이 점 양해 바란다.

주인은 마지막 남은 소주 한 방울까지 다 입에 털어 넣습니다. 세상에 이런 고약한 화상이 또 어디에 있겠습니까? 제 어미가 창피해 얼굴도 비추지 않았다니! 벼락을 맞아 죽어도 시원치 않을 위인이 아닙니까? 에어컨 바람에 얼어 죽으면 그건 호상이지요.

제 저주를 아는지 모르는지 주인은 그 길로 꿈나라로 가버렸습니다. 가끔 뒤척이긴 했지만 잘도 자더군요. 열불이 난 저만 밤새 잠을 이루지 못했지요.

다음 날 주인은 부석한 얼굴로 일어나더니 또 길을 걷기 시작했습니다. 주인이 말하는 바래길이 아니라 어느 동네로 가더이다. 거기서 누굴 만났는데, 얼굴은 검게 타 나이가 꽤 들어보였지만 주고받는 말투로 보아 주인과 친구인 듯했습니다.

"이제라도 찾아왔으니 다행이지. 가거든 어머니를 잘 위로해 드리게나. 아침이라도 먹고 가지 그래?"

"됐네. 고마우이."

주인은 한 마디 말만 던지고 돌아섰습니다. 동네에서 멀어지자 주인은 길가에 핀 들꽃을 꺾더니 신문지에 둘둘 말았습니다. 사람은 꼭 액운이 닥쳐야 제 잘못을 깨닫는다더니 주인도 크게 벗어나지 못하는 사람이었습니다. 거 기왕 용서를 빌러 갈 양이면 향기 좋고 값나가는 꽃다발을 마련할 것이지 이게 무슨 청승인가 싶긴 하더군요.

주인은 다시 바래길에 올랐습니다. 산지 며칠 되지 않은 저는 꼬라지가 그야말로 만신창이였습지요. 구두 팔자 주인 만나기 나름이란 격언을 실감했습니다. 주인은 점점 외딴 곳으로 발걸음을 옮기더군요. 돈도 제법 벌었다더니만 좀 좋은 곳에 모시지 이런 산골짜기에 처박아 두다니, 다시 주인이 망종이란 생각이 치솟았습니다.

"어머니가 그렇게 집을 다녀가신 뒤 얼마 지나지 않아 어머니의 부음을 들었단다. 아까 그 친구가 알려줬지. 그냥 바닷가에서 사라지셨다는 거야. 아침에 집을 나섰는데 저녁이 되어도 돌아오지 않기에 동네 사람들이 찾아 나섰다지. 하지만 종적은 어디에도 없었고, 젊은 시절 바래 나가던 바닷가에 어머니가 벗어놓은 신발만 덩그렇게 남아 있었다더군.

그 소식에도 나는 담담했어. 그저 내 궁색했던 유년 시절의 흔적이 이제야 사라졌다고 자위했지. 장례랄 것도 없었고, 친구 놈이 대신 실종 신고만 했지. 그리고 얼마 전에 법원으로부터 사망 판결을 받았어. 그렇게 어머니는 내 곁을 영영 떠나가신 거야. 어머니는 원하던 대로 그리운 아버지 곁으로 가신 거야."

솔직히 나는 주인의 발을 내팽개쳐버리고 달아나고 싶은 심정이었습니다. 구두의 혈통으로 따지자면 제가 성골은 아니라도 진골까지는 되는 몸 아닙니까? 저를 만든 장인은 이태리까지 가서 공부하고 온 사람이라 합디다. 그런데 이런 개망나니의 발걸음이나 거드는 신세로 전락하다니요. 너무나 분했습니다.

"그 외과 수술. 내가 밥 먹듯이 한 수술이었어. 외과부장인 내가 맡을 수술도 아니었지. 그런데 무슨 마가 끼었는지 담당 의사가 아침에 출근하다 교통사고가 나 앰뷸런스를 타고 떡 납신 거지. 뭔가 홀린 듯이 내가 수술실로 들어가게 되었는데, 수술대에 누운 환자 얼굴이 꼭 내 얼굴 같더라고. 얼굴이 창백하다 못해 무슨 석고상 같더군. 백태라도 낀 것처럼 눈앞이 어찔거리는데, 누가 옆에서 조종이라도 하는 것처럼 나는 메스를 움직이고 있었어. 그리고 정신을 차려보니 환자는 죽어 있었지.

죽은 환자의 가족이라곤 늙은 노모밖에 없더군. 허리가 휘고 얼굴이 주름살로 가득한 노인네가 내 옷을 잡고는 '내 자식 살려내라. 그놈이 어떤 자식인데, 네가 죽여. 가난하고 못 배웠어도 하늘도 감동할 효자였던 놈이다. 어서 당장 착한 내 자식 살려내라.'고 엉엉 울면서 악을 쓰더군. 그 얼굴에서 난 어렸을 때 아버지 제삿날 밤에 산에 올라가 목 놓아 울던 어머니를 보았어. 난 어머니를 죽인 것도 모자라 다른 어머니의 효성 지극한 자식까지 죽이고 만 거지."

그 대목에서 주인의 다리가 휘청거렸습니다. 하마터면 밑창이 달아나는 줄 알았지요. 그제야 전 주인의 마음속에 응어리져 있던 깊은 상처를 조금은 이해할 수 있었습니다. 너무나 가엾어 보였달까요.

주인은 더 이상 말이 없었습니다. 그저 앞만 보며 걸음을 옮겼지요. 전들 무슨 할 말이 있었겠나요? 망연히 주인의 길을 따를 뿐이었지요.

마침내 한적한 언덕길까지 왔습니다. 지금 선생께서 저를 발견한 이곳까지 말입니다. 날씨가 지랄 맞게도—상소리를 써서 송구합니다.—맑았습니다. 주인은 걸음을 멈추더니 저 아래 바다를 내려다보았습니다. 파도가 잔잔히 일었고, 어디선가 갈매기 몇 마리가 까옥거리며 날았습니다. 꽃다발을 든 주인의 손이 떨렸습니다. 그 떨리는 손을 내밀더니 멀리 바다를 가리켰습니다.

"저기 어머니가 보이네. 어머니가 그렇게 바라던 멋진 구두를 신고 이 길을 걸어 왔는데, 어머니는 등지고만 계시네. 나 좀 봐 주시지. 장한 아들 진구가 출세해서 돌아왔는데…… 어머니는 내가 반갑지도 않으신가 봐. 어머니! 어머니!"

주인은 꽃다발을 떨어뜨리고는 목놓아 어머니를 외쳤습니다. 제 눈엔 아무 것도 보이지 않는데 말입니다.

그리고 그 다음 일은 제가 굳이 말을 하지 않아도 짐작하시겠지요.

주인은 저를 벗어 숲길 옆에 가지런히 놓더니 맨발로 언덕을 내려갔습니다. 이 비탈진 언덕을 말이에요. 어머니를 외치는 소리는 들리는데, 주인은 보이지 않았습니다. 영영 사라진 것이지요……. 거 참!

자, 선생께서 저를 발견했으니 저도 제가 겪은 기구한 이야기를 하지 않을 수 없었습니다. 구두로서는 참으로 짧은 인생을 살았지만, 아주 잘못된 삶이라곤 하고 싶지 않네요.

　부탁이 있습니다.

　괜찮으시다면 저를 그냥 여기 두고 가주시겠습니까?

　저는 기다리고 있을까 싶습니다. 주인이 분명 어머니를 모시고 다시 언덕을 올라올 것만 같거든요. 그때 맨발로 이 바래길을 걷게 하고 싶진 않습니다. 좋으나 싫으나 제 주인이지 않습니까?

　이렇게 속을 털어놓으니 후련합니다. 역시 사람이나 구두나 말을 하고 살아야 하나 봅니다. 주인도 진즉에 흉금을 털어놓았더라면 저도 이 고생길을 걷진 않았을 텐데 말입니다. 그렇지요? 허허허!

바래길

　남해 바래길은 아름다운 남해를 천천히 걸으면서 감상하고 체험할 수 있는 여행길이다. 남해군 전역의 해안선을 따라 조성되고 있으며, 현재까지 14개 코스 가운데 10개가 정비되어 걷기를 좋아하는 관광객들을 맞이하고 있다. 다소 험한 산길 구간도 있고, 평탄하고 완만한 해변 구간도 있으며, 남해 명물 가운데 하나인 고사리밭을 걷는 구간도 있다. 2010년에는 문화광광부로부터 '이야기가 있는 문화생태탐방로'로 선정되기도 했다.

　'바래'의 뜻은 예전부터 남해 섬 해안가에서 고기잡이 나간 남편을 기다리며 여러 가지 해산물을 채취하던 아낙들의 일에서 나온 말이다. 개설된 10개 구간의 이름을 소개하면 다음과 같다.

제1코스 ： 다랭이지겟길 (평산항~다랭이마을, 16Km / 5시간)

제2코스 ： 앵강 다숲길 (다랭이마을~벽련마을, 18Km / 6시간)

제3코스 ： 구운몽길 (벽련마을~천하몽돌해수욕장, 15Km, 3시간 30분)

제4코스 ： 섬노래길 (천하몽돌해수욕장~송정솔바람해변, 15Km / 5시간 30분)

제5코스 ： 화전별곡길 (천하마을~물건방조어부림, 17Km / 6시간)

제6코스 ： 말발굽길 (삼동면 지족 어촌체험마을~적량성, 15Km / 5시간)

제7코스 ： 고사리밭길 (적량해비치마을~동대만휴게소, 14Km / 4시간 30분)

제8코스 ： 진지리(잘피)길 (동대만휴게소~창선삼천포대교, 10Km / 3시간)

제13코스 ： 이순신호국길 (남해대교~남해관음포이충무공유적지, 6Km / 2시간 30분)

제14코스 ： 망운산 노을길 (남해스포츠파크~노구마을, 10Km / 3시간)

　2013년 11월에 남면 신전마을 해안가 공원에 바래길 안내센터가 준공되어 바래길을 찾는 많은 이들에게 각종 편의를 제공하고 있다.

우리 인생의 만루 홈런

서상 스포츠파크에서

오늘은 남해군수기 쟁탈 영·호남 야구대회 결승전이 열리는 날이다. 장장 5개월 동안 펼쳐졌던 레이스가 오늘로 마무리된다. 결승전은 오전 11시에 열릴 예정이다. 새벽부터 일어난 인호는 서상에 있는 야구장으로 갈 준비로 분주했다. 설레는 마음이 쉽게 가라앉지 않았다.

남해군은 경상남도의 서쪽 끝에 있는 섬 고장이다. 전라남도 여수시가 손을 뻗으면 닿을 만큼 가까운 곳에 있다. 체력 좋고 기술을 갖춘 사람이라면 헤엄을 쳐서도 건너갈 만한 거리다.

이렇게 오래 전부터 이웃사촌으로 사이좋게 지내던 사람들이 원하지도 않는데 마음속에 서로 앙금을 지닌 채 살게 되었다. 몇 해 전 서로 자주 보면서 우정을 다져 이런 갈등을 풀자는 차원에서 남해군의 뜻있는 사람들이 영·호남 사회인 야구대회를 만들었다.

대회의 의의에 걸맞게 인근 영·호남에 있는 야구팀들이 많이 참여했다. 해마다 주말마다 모여 던지고 치고 달리며 야구를 즐기다 보니 이제는 제법 교분도 두터워졌다. 경조사가 있을 때면 찾아가 축하하고 위로할 만큼 허물없는 사이가 된 것이다. 역시 사람들 사이의 갈등은 몸을 부대끼며 푸는 게 정답이다.

인호는 남해가 고향은 아니었다. 아내가 남해 사람인데, 간호학과를 나와 이곳 보건지소에서 근무하고 있었다. 인호는 대학을 졸업하고 남해 인근 조선회사에서 선박제조 설계와 감리를 맡아 근무 중이었다. 그러다 회사 동료 가운데 남해 사람이 있어 지금의 아내를 소개해 주었다.

고향이 충청도인 인호는 회사 근처에 하숙을 얻어 지내고 있었다. 주말마다 고향 부모님을 찾아뵙는 것도 슬슬 짜증이 나기 시작할 무렵 아내를 만났다. 부모님은 찾아뵐 때마다 언제 결혼할 색시를 데려올 거냐며 닦달하셨다. 위로 누나만 둘 있는 외동아들이긴 했지만, 결혼을 서둘 만큼 나이가 든 것도 아니었다. 누나들은 다들 시집을 가 외손자도 여러 명 품에 안겨드렸다. 그 재롱을 만끽하시니 은퇴 생활이 적적할 리 없었다.

사정이 바뀐 것은 아버지가 종합 검진을 받다가 암 판정을 받은 뒤부터였다. 다행히 조기 발견이라 수술만 하면 완치는 큰 걱정거리도 아니었다. 의사 역시 건강관리에 신경 쓰고 예후만 잘 지켜보면 천수를 누리실 것이라 장담했는데, 아버지의 마음은 그렇지 않은 듯했다. 갑자기 인호의 결혼이 다급한 일로 떠올랐고, 그 심정은 고스란히 인호에게 압력이 되어 돌아왔다.

처음 아내를 소개받았을 때 외모며 성격도 마음에 들었지만, 솔직히 그녀가 간호사라는 점에도 끌렸다. 아버지가 암 환자 행세를 하는 판이니 며느리가 간호사라면 아버지에게도 큰 의지가 될 듯했다. 아버지도 아내를 보더니 흡족해 하셨다.

아버지는 고향에서 큰 농장을 경영하고 계셨다. 아버지는 결혼하면 둘 다 직장을 그만두고 고향으로 와서 농장 일을 맡으라고 딱 못을 박으셨다. 인호도 아버지의 심경을 고려해 그러리라 작심했는데, 의외로 아내가 고집을 부렸다. 보건지소 근무는 다들 꺼리는 직장이라 경험 많은 간호사가 태부족한 형편이었다. 노년층이 많은 남해군의 특성상

주민 한 분 한 분의 건강 상태를 잘 아는 사람의 손길이 아쉬운데, 그분들을 두고 떠날 수는 없다는 것이었다. 인호는 조금 난감해졌다.

그러나 아버지의 손을 잡고 차근차근 아내가 설명을 하니 돌부처 같던 아버지도 금세 이해를 하며 흔쾌하게 승낙을 해 주셨다. 대신 주말이면 꼬박꼬박 찾아와야 한다는 다짐은 잊지 않으셨다. 인호는 두말없이 고개를 끄덕였다.

하지만 막상 결혼을 하고 남해에 신혼집을 차리니 상황이 마음먹은 대로 돌아가지 않았다. 조선소가 있는 곳까지 매일 출퇴근을 하면 주말에 그 먼 고향까지 차를 몰 엄두가 나지 않았다. 아내도 한 주 걸러 주말마다 보건지소에 일이 생겨 자리를 비우기가 어려웠다. 이렇다 보니 총각 때보다 고향 가는 일이 더 뜸해져 버렸다.

아버지에게 너무 송구해 빨리 손자라도 보여드려야겠다 싶어 임신을 서둘렀다. 그런데 그 일도 생각만큼 호락호락하지 않았다. 피임을 하는 것도 아닌데, 도무지 아이가 들어서지 않는 것이었다. 병원에 가보니 아내의 신체에 사소한 문제가 있어 착상이 어렵다는 진단을 받았다. 그러면서 여러 가지 임신 촉진 방법에 대해 소개해 주었다.

그러나 말이 새로운 시도이지 성공 확률도 높지 않은 데다 아내의 몸에도 무리가 많이 따랐다. 몇 차례 실패를 거듭하면서 아내도 인호도 지쳐갔다. 부모님께 큰 불효를 저지르는 것 같아 스트레스가 이만저만이 아니었다. 그러다 가입하게 된 것이 남해에 있는 사회인 야구팀 '샤크'였다.

인호의 고향 공주시는 야구 영웅 박찬호 선수를 배출한 도시였다. 중학교 때부터 박찬호 선수가 먼 타국에서 등판할 때면 새벽 댓바람부터 TV 앞에 앉아 열광하던 기억이 지금도 생생했다. 그 분위기를 타고 학교 다닐 때부터 야구 글러브를 끼고 운동장을 뛰어다녔다. 그러나 체구는 컸지만 운동 신경은 둔해 생각만큼 플레이가 나오지 않았다.

그래서 하는 야구보다는 보는 야구에 재미를 붙였다.

남해에는 최신식 시설을 갖춘 야구장이 여러 면 설치되어 있었다. 주말에 아내와 함께 바람도 쐴 겸 남해 여기저기를 드라이브하다가 서상을 지나게 되었는데, 조명탑이 줄줄이 늘어선 야구장이 눈에 들어왔다. 이렇게 가까운 곳에 저런 야구장이 있다니! 어린 시절 접었던 야구에 대한 열정이 되살아났다.

인터넷 검색을 해보니 남해에는 사회인 야구팀이 여러 개 있었다. 그 가운데 '샤크' 팀을 택한 것은 상어라는 이미지가 그의 마음에 들었기 때문이었다. 미끈한 몸매로 물살을 가르며 먹이를 향해 달려드는 모습을 상상하자니 그가 만든 배가 폭풍을 뚫고 종횡무진 해양을 누비는 장면이 연상되었던 것이다.

샤크 팀의 구성원은 대개 남해 토박이였다. 이곳에서 태어나 잔뼈가 굵었고, 여기서 생업을 가져 생활하는 사람들이 대부분이었다. 게다가 나이도 인호보다 많아 그는 팀에서 막내였다. 비닐하우스에서 허브 농사를 짓고 있던 선수가 그의 입단을 쌍수를 들어 환영했다.

"야, 잘 들어왔다. 이제야 겨우 막내 딱지 떼게 생겼네."

두산 베어스의 열혈 팬인 조약돌 형이 인호의 등짝을 마구 두드리며 반가워했다. 다른 분들도 젊은 피가 들어왔다며 기뻐했다. 외동아들이라 형제 많은 아이들을 보면 부러웠던 그는 졸지에 많은 형들이 생겨 덩달아 신이 났다. 물론 그 중에는 나이가 아버지뻘 되는 선수도 있긴 했지만, 야구를 하는 동안은 모두 내남 없는 형제가 되었다.

그러나 안타까운 것은 그의 야구 실력이었다. 어릴 때부터 무뎠던 운동 신경이 나이가 들었다고 갑자기 향상될 까닭은 없었다. 평고를 받을 때면 공을 뒤로 빠뜨리기 일쑤였고, 타석에서도 배트에 공을 맞히기조차 쉽지 않았다. 스트레스를 풀자고 야구를 시작했는데, 엉뚱한 스트레스가 그를 곤혹스럽게 만들었다.

그래도 샤크 팀 선배들은 열심히 그에게 야구를 가르쳐 주었다.

"모든 스포츠가 그렇지만 야구는 기본기가 중요해. 끊임없이 반복 훈련하면서 기술이 몸에 배야 실전에서도 실력이 나오는 법이지."

당시 감독을 맡고 있던 류정모 형은 훈련 때 신입이라 해서 봐주는 게 없었다. 캐치볼에서부터 수비 훈련, 타격 훈련까지 마치면 그날은 파김치가 되었다. 하지만 하루하루 훈련양이 늘어가면서 유니폼이며 글러브, 배트가 자신의 몸과 하나가 되는 느낌이 들어 피로도 잊을 만했고, 일을 하면서도 의욕이 넘쳤다.

드디어 해가 바뀌고 꽃 피고 새 우는 3월이 왔다. 영·호남 야구대회가 힘차게 팡파르를 울렸다. 우람한 체구를 자랑하는 군수님이 나와 격려사와 함께 대회의 서막을 알리는 시구를 했다. 영·호남 각지에서 온 16개 팀이 두 조로 나눠 풀 리그를 벌이고, 상위 두 개 팀이 결선에 진출하는 방식으로 대회는 진행되었다.

겨우내 많이 가다듬긴 했지만 실력이 아직 주전은 엄두도 못 낼 형편인 인호는 출전보다는 경기 뒷바라지가 주된 역할이었다. 파울볼을 주워오고 환호성을 지르며 응원하는 처지였지만, 샤크 팀이 승승장구하자 점점 경기에 빠져들어 갔다.

해태 타이거즈의 저력이 여전히 살아있는 호남 팀들이 경기력에서는 더 뛰어났다. 하지만 샤크 팀의 팀워크도 만만치 않아 6승 1패로 결선에 진출할 수 있었다. 나머지 세 팀은 모두 호남 팀이라 샤크가 겨우 영남 팀의 자존심을 세워주었다.

"지금까지 이 대회 우승은 전부 호남 팀들이 가져갔거든. 주최하는 지역의 체면이 말이 아니라구. 올해는 제대로 싸워 우리 실력을 보여주자!"

팀 회장으로 있는 이재정 선배가 일전을 앞두고 회식을 하면서 필승을 부르짖었다. 주먹을 불끈 쥐고 턱을 앙다무는데 짧게 깎은 턱수염이 부르르 떨렸다. 장판교 싸움에서 적진을 흘겨보는 장비가 자연스럽게 떠올랐다.

인호는 예선에서 딱 한 게임을 뛰었다. 결선 진출이 확정되자 마지막 경기에서는 그간 주전으로 뛰지 못하고 벤치에서 응원을 한 팀원들에게 기회가 주어졌다. 그 경기에서 인호는 빗맞은 안타를 한 개 치긴했지만, 외야 수비에서 어이없는 실책을 범하는 등 졸전을 면치 못했다. 팀도 졌다. 경기 결과보다 자신의 성적부터 먼저 묻는 아내를 볼면목이 없었다.

대회가 한창 진행 중이던 5월. 경기 전날 인호는 꿈을 꾸었다. 5대5로 팽팽하게 승부를 가리지 못하고 맞은 7회 말 공격이었다. 투 아웃 상황에 만루였는데, 감독이 무슨 바람이 불었는지 그를 대타로 내보냈다.

"홈런 따위는 바라지도 않는다. 안타면 더욱 좋겠지만 몸에 맞더라도 점수를 내야 해. 알았지. 무조건 홈플레이트 가까이 붙어. 저 투수공은 빠르지만 제구력은 형편없으니까."

비장한 표정으로 그를 내보내는 감독의 내심에는 덩치가 큰 인호인지라 몸에 맞는 공으로 승부를 가리자는 복안이 도사리고 있었다. 야구공에 맞아본 사람이라면 그 고통이 얼마나 큰지 다 안다. 그래도 꿈속에서 인호는 이상하게 자신감이 넘쳐흘렀다.

감독의 지시대로 타석 안쪽에 바짝 붙었다. 판세를 눈치챈 투수도 어이없다는 표정을 지었고, 와인드업을 하더니 가장 빠른 공을 던졌다. 바깥쪽을 꽉 차는 직구가 날아왔다. 인호는 기다렸다는 듯이 받아쳤고, 경쾌한 타격음이 운동장을 갈랐다. 체중이 다 실린 공은 까마득히 포물선을 그리며 날아갔다. 공은 펜스를 넘어서도 떨어지지 않고 그대로 날아가 바다에 풍덩 떨어졌다. 만루 홈런을 친 것이다.

꿈이긴 했지만 다음 날 인호는 오늘 뭔가 일을 저지를 듯한 예감에 몸에 소름이 돋았다. 결정적인 순간에 대타로 들어서서 승부를 가를 장본인은 바로 자신이었다. 연습 때 인호는 남들 보라는 듯이 힘차게 배트를 휘둘렀다.

그날 경기는 물론 승리를 거두었다. 하지만 인호는 승부를 가르는 것은 고사하고 타석에조차 들어서 보지 못했다. 워낙 승부가 박빙이라 주전들도 긴장해서 제 실력을 보여주지 못했다.

승리의 기쁨은 있었지만 대활약의 무산 때문에 어깨가 처져 집에 돌아오자 아내가 장어구이를 준비해 놓고 있었다.

"오늘 힘들었지. 남해 앞바다에서 잡아 올린 싱싱한 장어야. 장어라면 남해 장어가 최고지. 이거 먹고 기운차려. 그래야 내일 또 열심히 일하지."

속내를 알지 못하는 아내가 웃으며 그를 격려했다. 아이 문제 때문에 많이 부대낄 텐데, 자신을 염려해 주는 아내가 고마웠다. 인호는 환히 웃으면서 맛있게 장어를 먹었다. 역시 남해산 장어는 입에서 살살 녹았고, 기운이 실핏줄까지 전해지는 듯했다.

술기운이 오르자 아내의 얼굴이 더욱 사랑스럽게 보였다. 인호는 아내의 손목을 잡았다. 그날 밤 부부는 오래간만에 뜨거운 잠자리를 가졌다.

다시 한 달여가 지났다. 대회 중간에 대학야구선수권대회가 두 번 열려 한 달 정도 일정이 밀렸다. 만루 홈런의 꿈은 잊은 지 오래였다. 예선도 아닌 결선에 그가 출전할 일은 없을 것이다. 더구나 결선은 리그도 아닌 토너먼트였다. 결승전이 따로 없었다.

준결승부터 피 말리는 타격전이 벌어졌다. 상대 팀의 배트는 매섭게 돌아갔다. 6회 말까지 10대7로 패색이 짙었다. 그러나 막판에 조광원 형의 재치 있는 플레이와 샤크 팀이 자랑하는 슬러거 하현주 형과 배성렬 형이 홈런을 쳐 경기는 역전이 되었다. 베테랑 투수 박상철 노인(?)께서 노익장을 과시해 완투한 덕분에 샤크는 천신만고 끝에 결승전에 진출했다.

그리하여 드디어 결승전 날이 밝았다. 인호는 왠지 샤크 팀이 우승기를 흔들 것 같은 예감이 들어 기분이 좋았다. 일요일 날 비 예보가 있어 결승전은 하루 앞당겨 졌다. 그런데 아침을 차리는 아내의 얼굴이 그리 밝아 보이지 않았다.

"어디 아파?"

"아니. 아침 먹고 병원에 가서 검진 좀 받으려고."

새로운 방법을 시도해 보는 일은 조금 기다려보자고 했는데, 아내의 마음은 그렇지 않은가 보았다. 철없이 혼자 야구할 생각에 들떴던 지라 아내에게 미안한 마음이 들었다.

"함께 갈까?"

"괜찮아. 자기는 야구해야지."

"무슨 소리야. 야구가 중요한가 아내가 중요하지. 어차피 난 주전도 아닌데."

아내가 픽 웃었다.

"됐네요. 자기가 옆에 있으면 내가 더 불편해."

그래서 떠밀리다시피 야구장으로 차를 몰았다. 하늘에는 먹장구름이 잔뜩 끼어 있어 당장이라도 비가 쏟아질 기세였다.

준결승전 때와 달리 이번에는 투수전 양상으로 경기가 전개되었다. 샤크 팀의 실질적인 에이스 임윤택 형과 상대 팀 투수는 위기에 몰리기도 했지만 7회까지 3점만 주면서 버텼다. 결승전이라 승부는 내야 했고, 연장전에 들어섰다.

8회 초에 샤크 팀이 힘을 내 2점을 뽑았다. 경기에 몰입하느라 다들 피로감은 높아졌지만 이제 8회말만 무사히 넘기면 우승기는 샤크 팀의 것이었다. 하지만 임윤택 형도 지친 기색이 역력했다. 투 아웃까지 잡았지만 2점을 잃어 동점이 되었다. 검게 드리운 구름만큼이나 샤크 팀의 분위기도 어두워졌다.

게다가 불운까지 겹쳤다. 상대팀의 텍사스 성 안타를 잡으려다 부상자가 나왔다. 남해 힐튼 리조트 호텔에서 요리사로 있는 날쌘돌이 김영대 형과 트럭 운전을 하는 헐크 장대봉 형이 서로 공을 잡으려다 충돌하고 말았다. 다리와 허리를 다친 두 사람은 그라운드에 나뒹굴더니 일어나질 못했다. 중간에 대타를 써서 주전들은 바닥이 난 상태였다.

뒤늦게 온 이용학 형이 중견수로 들어가고 우익수를 보던 이준범 형이 유격수로 들어갔지만 우익수가 문제였다. 감독 정유철 형이 포수 박홍표 형과 몇 마디 나누더니 인호에게 우익수 자리를 맡으라고 지시했다.

"그나마 남은 선수 중엔 네 수비가 제일 낫다."

감독의 눈엔 불안한 빛이 가득했지만, 대안은 없었다. 인호는 그저 공이 오지 않기만 바라면서 글러브를 끼었다. 투 아웃에 만루 상황. 팀은 정상적인 수비 포메이션을 갖추었다. 작은 실수만 있어도 팀은 패배할 수 있었다.

다음 타자는 경기 초반에 투런 홈런을 친 선수였다. 포수가 외야수들을 뒤로 물렸다. 인호도 지시에 따라 펜스 근처까지 위치를 이동했다. 타석이 명왕성에서 지구까지의 거리인 양 까마득해 보였다.

볼 카운트는 스리 볼 투 스트라이크. 더 이상 물러설 곳은 없었다. 삼진을 잡는다면 다음 회에 기회가 오겠지만, 점수를 주면 그것으로 끝이었다.

그때 마침내 하늘에서 비가 퍼붓기 시작했다. 잔뜩 어두웠던 그라운드는 삽시간에 컴컴한 지하실로 바뀌었다. 조명탑에 불을 켤 여유도 없었다. 공은 던져졌고, 타자는 휘둘렀다. 포수가 인호를 보며 손짓을 했지만, 인호의 눈에 공은 보이지 않았다. 가늘게 눈을 뜨니 빗줄기 사이로 공이 낮게 깔려 날아오는 것이 희미하게 보였다. 궤적이 자신과 2

루수 중간쯤에 떨어질 것 같았다.

인호는 무턱대고 앞으로 달렸다. 공이 보여서가 아니라 그저 공이 떨어질 만한 지점을 향해 달리는 꼴이었다. 그 언저리에 이르자 글러브를 내뻗었다. 공을 잡은 느낌은 전혀 들지 않았다. 뒤로 빠뜨렸다는 생각이 들자 힘이 쭉 빠져 험악한 빗줄기 소리도 딴 세상 일만 같았다.

간신히 쓰러지지 않고 걸음을 멈추었다. 숙인 고개를 들어보니 앞에서 내야수 형들이 두 손을 번쩍 든 채 탄성을 지르고 있었다.

2루수 조광원 형이 달려와서 그를 덥석 안더니 외쳤다.

"와, 어떻게 그 공을 잡았냐!"

그제야 인호는 제 글러브 안에 공이 들어있는 것을 깨달았다. 놀라운 수비에 상대팀 선수들까지 혀를 내두르며 박수를 보냈다. 그가 팀의 패배를 막아낸 것이었다.

빗줄기가 워낙 거세 경기는 더 진행되지 못했다. 집행부의 상의 결과 공동우승으로 합의가 이루어졌다.

덕 아웃에 들어와 젖은 유니폼을 갈아입는데, 팀원들이 몰려와 축하해 주었다.

"우승기는 인호 네가 받아야 해."

아직도 흥분이 가시지 않은 인호는 연신 고개를 끄덕이며 말을 잇지 못했다. 자신이 생각해도 이것은 기적이었다.

그때 인호의 야구 가방에서 핸드폰이 울렸다. 엉겁결에 전화를 받았다. 아내였다.

아내의 음성은 심하게 떨리고 있었다. 울먹이는 목소리가 전화기를 타고 귀에 들어왔다.

"자기야! 기적이 일어났어. 임신이 되었대! 그것도 쌍둥이!"

인호는 제 귀를 의심했다. 누군가의 말처럼 '꿈은 이루어졌다.'

그날 만루홈런을 친 사람은 바로 인호 자신이었다.

서상 스포츠파크

　서상 스포츠파크는 남해군 서면 서상리 바닷가에 있다. 사계절 항상 온화한 남해의 기후 조건을 잘 살려 만든 스포츠시설이다. 남해 바다 건너에 있는 광양에 제철소를 만들 때 그곳에서 채취한 흙으로 얕은 바다를 메우고, 인조잔디야구장과 사계절잔디구장, 수영장, 테니스장 등을 만들어 놓았다. 주로 프로스포츠 선수단이나 학생들이 전지훈련을 와 훈련을 하지만, 일반인들도 시간이 맞으면 예약해 사용할 수 있다.

　파크 안에는 25미터 레인이 있는 수영장이 있는데, 여름철에 물놀이를 하기에 적당하다. 또 주변 도로가 잘 정비되어 있어 인라인스케이트 등을 즐기기에도 좋다. 바다를 접하고 있는 해안 산책로가 그지없이 아름답고, 여러 가지 놀이기구가 있는 놀이터는 아이들에게 인기가 높다.

　인근에 힐튼남해리조트와 골프장이 있고, 공원 안에는 남해가 낳은 문인 이웃 문신수 선생의 문학비도 있어 남해 문학의 향기를 느낄 수도 있다.

길은 갈라져도 다시 모인다

호구산 염불암에서

1

암자 밖으로 나온 무공無空은 용문사로 이어지는 길을 불안한 눈빛으로 바라보았다. 가을도 깊어져 나무들은 대개 거추장스런 옷을 벗고 있었다. 그래선지 멀리 앵강만까지 이어지는 골짜기가 을씨년스러워 보였다. 올해 처음 맞는 가을도 아니건만 그에게는 왠지 지난해의 가을과는 뭔가가 달라졌다는 기분을 지울 수 없었다.

'마음이 흔들리고 있어서겠지.'

부지런히 염주를 굴리면서 마음을 추스르고자 했지만 마음은 집을 나간 강아지처럼 종적이 아득하게만 느껴졌다. 다시 무공의 시선은 길로 향했다. 예전엔 저 길로 사람이 나타나면 그렇게 반가웠는데, 지금은 사람이 나타날까 봐 두려웠다. 용문사에 있는 금패禁牌라도 꺼내 와 산문山門에 걸어두고 싶은 심정이었다. 무공은 망연히 길이 끝나는 곳 너머 흰 물결이 번지고 있는 바다로 눈길을 이어갔다.

그때 누가 뒤에서 무공의 어깨를 툭 쳤다.

무공은 기겁을 하듯 놀랐다. 흠칫하며 어깨를 움츠리는데 귀에 거슬리는 웃음소리가 뱀이 등을 타고 지나가는 것처럼 서늘하게 들려왔다. 염주를 쥔 손에 힘이 들어갔다. 손바닥은 식은땀으로 끈적거렸다.

"대사, 뭘 그리 놀라십니까? 나쁜 짓이라도 하다 들킨 사람 같구려."

돌아보니 정 선비였다. 가슴을 쓸어내리면서도 마음은 종내 편해지지 않았다. 정 선비의 웃음 뒤에 숨은 속내를 알 수 없어 무공은 다시 한 번 정 선비의 얼굴을 쳐다보았다.

"보면 볼수록 잘생긴 얼굴인 것을. 그만 보시구려. 닳겠소이다."

정 선비는 아직 많이 자라지도 않은 염소수염을 쓸어내리면서 눈길을 거두었다. 무공은 그의 나이가 몇인지 잘은 몰랐다. 읍성 안에 사는 줄들은 말이 있어 짐작했지만, 정 선비는 제 신상에 대해 별 내색을 하지 않았다.

정 선비가 이 초라한 암자에 들이닥쳐 방 하나를 차지하고 앉은 것도 어느새 두 달이 지났다. 저녁 예불을 드리고 있는데, 바깥에 인기척이 있어 잠시 나갔더니 그가 떡 하니 마당에 버티고 있었다.

행색이 번듯하지는 않았지만 차림새며 언동이 범상해 보이지 않았다. 그는 등에 졌던 짐을 내려놓더니 무람없는 사이처럼 말을 건넸다.

"현성縣城에 사는 정장호鄭丈鎬라 하오. 당분간 신세를 지겠소이다. 물론 거저 있겠다는 것은 아니요."

그러면서 쌀자루를 내던지듯 무공 앞으로 밀었다. 그렇게 그는 군식구가 되었다.

정 선비는 낮이면 뭘 하는지 방에서 나오지 않았다. 말로는 내년에 있을 정시廷試 준비를 한다지만 글공부를 하는 기색은 별로 없었다. 그렇게 한낮을 꿈쩍도 안하다가 해가 떨어질 무렵이 되면 살판 만난 사람처럼 밖으로 기어 나왔다.

"요즘 시국이 영 심상치 않습디다."

정 선비는 절 마당 끝에 놓인 평상에 무공을 끌어 앉히고는 세상 이야기 나누기를 즐겼다. 때로는 도성에서 겪은 일을 말하며 입맛을 다시기도 했지만, 때로는 분격을 눈 가득히 담고서 조정의 모모 하는 인사들을 성토하기도 했다. 좀체 종잡을 수 없는 위인이었다.

"이 일에 대해 대사는 어떻게 생각하시오?"

제 얘기를 몇 마지기씩 늘어놓고는 꼭 그의 의견을 묻는 것도 내심 피곤했다.

"산중에 묻혀 사는 빈도貧道가 무슨 식견이 있겠습니까. 어련히 잘되 겠지요."

무공은 비위를 건드리지 않는 선에서 말을 돌려 버렸다. 한 번은 뜬 금없는 주제를 들고 나와 무공을 당황하게 만들기도 했다.

"요즘 조정에서 이교도 단속이 심하지 않습니까? 거 야소교인들 말 입니다. 아시지요? 이 자들이 작당을 해서 몰래 예뺀가 뭔가를 한다는 데, 아 글쎄 임금도 없고 부모도 없는 평등 세상을 꿈꾼다더이다. 군 왕보다 지위가 높은 신이 있고, 다른 귀신은 섬기면 안 된다나 뭐다 해서 조상님 제사조차 모시지 않는다더군요. 세상이 아무리 말세라지 만 이런 망나니 무리들이 나타나 혹세무민을 일삼는 지경일 줄은 몰랐 소이다."

법당에 앉아 염불에 열심인 무공이지만 세상 돌아가는 꼴을 전혀 모 르지는 않았다. 가끔 탁발을 하러 절 아래 마을로 내려가면 세상 소식 이 그냥 귀속으로 들어왔다. 이 구석진 섬에도 야소교인이 창궐한다는 소식은 대중의 호기심을 사로잡았다.

"육지에서는 벌써 여러 사람들이 발각되어 도륙이 났답니다. 궁벽한 섬에까지 삿된 무리들이 들어오진 않았겠지만, 포졸들이 기찰을 한답 시고 마을을 들쑤시니 불안한 건 사실이지요. 스님도 조심하세요. 저 화상들 눈에야 야소교인이나 스님이나 뭐 그리 달리 보이겠습니까?"

부모의 천도재를 지내준 인연으로 갈 때마다 쌀섬을 퍼 주는 농부가 걱정스런 눈빛으로 말했다. 무공은 그저 웃음으로 답례하며 합장할 뿐 이었다.

"야소에 매달리는 그 사람들 심정도 수긍 못 할 바 아니지요. 이게 어디 사람이 사는 세상 꼴입니까! 가렴주구와 부정부패가 버젓이 자행되는 세상 아닙니까?"

야소교인에 대한 비난을 잔뜩 늘어놓던 정 선비가 갑자기 목소리에서 맥아리가 빠지더니 표정이 우울하게 바뀌었다. 무공은 가만히 정 선비를 쳐다보았다. 정 선비의 얼굴은 굳어졌고, 이윽고 한숨이 새어 나왔다.

"제가 지금까지 과거장엘 다섯 번 나갔더랬습니다. 향시는 너끈히 입격하는데, 정시에만 가면 족족 떨어지는 게 아닙니까? 처음엔 실력이 모자라 그러려니 했는데, 제가 청맹과니였어요. 시제가 펼쳐지기도 전에 당락은 이미 정해져 있다는 거 아닙니까? 세도가들 집안 자제분들께서 다 꿰차고 남은 찌꺼기 몇 자리가 성적순대로 돌아간다는 거예요. 내 그 소식을 듣고 얼마나 부아가 치미는지, 벼루며 붓을 다 꺾어버리고 싶더이다. 그러니 야소교인들이 이 세상에 신물을 내는 것도 이상할 게 없는 일 아니겠습니까?"

정 선비는 한 번 입이 열리자 장광설을 늘어놓았다. 그러나 사대부는 조정을 비난할 수 있지만, 승려의 신분으로 할 짓은 아니었다. 공연히 입을 놀렸다가 그나마 이 암자도 하룻밤 불 잔치로 잿더미가 될 수 있었다.

"그러하나 국법이 지엄하니 이를 어겨서는 안 될 일이지요."

이 말에 정 선비가 표정을 구기면서 말을 거둬들였다.

"거 참, 대사께서 사대부인지 제가 승려인지 분간이 안 되는군요."

끓는 물에 찬물을 부은 것처럼 잠시 사위가 조용해졌다. 정 선비는 어둠이 내리는 길을 물끄러미 바라보며 곰방대에 담배를 채워 넣고 뻑뻑거렸다. 그때 장 선비가 눈을 가늘게 뜨더니 절 마당 너머 잡목이 우거진 숲을 가리켰다.

"대사, 저기 뭔가 있지 않습니까?"

무슨 실없는 소린가 하면서 눈길을 그쪽으로 주었다.

"소승 눈엔 아무 것도 보이지 않는군요."

"아니, 뭔가 움찔 거렸어요. 산돼지라도 나온 거 아닌가?"

보기보다 겁은 많은지 정 선비가 슬금슬금 무공 쪽으로 엉덩걸음을 하며 다가왔다.

"산돼지라도 사람이 안 건드리면 그냥 지나갑니다."

무공이 안심을 시킬 양으로 말을 거들었다.

그런데 이번엔 무공의 눈에도 숲속 나무들이 흔들리는 게 보였다. 산돼지나 노루라고 하기엔 움직이는 폭이 너무 넓었다.

"거 누구시오?"

그러자 숲에서 웅성거리는 소리가 들렸고, 이윽고 하나 둘 사람들이 절 마당으로 걸어 나왔다. 꽤 늙수그레한 노인네가 앞장을 서고 있었다.

"스님. 늦저녁에 송구합니다. 잠시 몸 좀 피하게 해주십시오."

그들은 관아의 체포령을 피해 호구산虎丘山으로 숨어든 야소교인들이었다. 무공의 눈앞이 캄캄해졌다.

2

열 명이 훨씬 넘는 남녀노소 사람들을 모두 거둘 공간이 암자에는 없었다. 요사채寮舍寨라고는 무공과 정 선비가 한 방씩 차지했고, 그나마 비좁아 포개 자기도 어려울 정도였다. 대웅전은 그나마 컸지만, 가끔 불공을 드리려는 사람들이 용문사를 지나 이곳까지 왔다. 그들의 눈이 무서웠다.

궁리 끝에 암자 뒤편 산등성이에 있는 토굴에 임시거처를 마련했다.

용문사의 창건주인 원효 스님이 한때 수도를 했던 곳으로 전해지는 곳이었다. 거미줄을 긁어내고 바닥에 가마니를 깔고 이부자리 몇 채를 옮기니 그런대로 지낼 만한 자리가 나왔다.

끼니가 문제였다. 관아의 기찰을 피해 도주한 그들에게 양식이 있을 리 없었다. 암자 살림도 그리 풍족하지 않았다. 감자며 고구마, 옥수수가 좀 넉넉했고, 쌀은 바닥을 보일 참이었다. 갑자기 곡식이 나올 데도 없었고, 큰 절에 가 곡식 타령을 했다가는 의심을 살 게 뻔했다. 되는 대로 버텨볼 밖에 도리가 없었다.

교인들 가운데 여인들이 아침저녁으로 토굴에서 나와 음식을 장만했다. 죽이 다 되면 토굴에서 사람들이 내려와 옹기종기 모여 먹었는데, 그 사이 바깥 동태를 살피는 일은 무공과 정 선비의 몫이었다.

바리때를 깨끗이 헹구고 선반에 가지런히 정리해놓으면서 한 아낙이 무공을 보더니 두 손을 모으고 고개를 숙였다.

"스님. 너무 감사합니다. 천주님께서 이 은공을 잊지 않고 보답하실 거예요."

무공은 뭐라 대꾸해야 할지 몰라 안절부절못했다.

"이 몸은 부처님 가피만으로도 이미 벅찹니다."

"부처님도 돌봐주시고 천주님도 돌봐주시면 더 좋지 않겠어요. 천당에 가셔서 성불하시겠네요."

아낙이 환하게 웃으며 무공의 농을 받아넘겼다.

아낙이 나가자 뒤이어 정 선비가 들어왔다. 똥마려운 강아지처럼 벌써 며칠째 심기가 뒤틀려 있었다. 마지못해 야소교인들을 챙기고는 있지만 그에게 이 일이 즐거울 리는 없었다.

바깥 동정을 살피고 공양간 문을 닫더니 정 선비가 입을 열었다.

"대사, 언제까지 이 짓을 하려는 겝니까?"

뭘 걱정하는지는 듣지 않아도 뻔했다.

"피신할 장소만 마련되면 떠난다지 않습니까?"

정 선비가 코웃음을 쳤다.

"피신할 장소라니요. 이 콧구멍만한 섬에서 어디로 피신을 한다고요. 절 아래에서는 벌써 이 잡듯 저자들을 찾아다니고 있을 겝니다."

무공이 눈길을 피하지 않고 마주 보며 대답했다.

"절은 미물이 들어와도 내쫓지 않는 법입니다. 돌에도 불성佛性이 있다고 했습니다. 궁지에 몰려 도움을 청하는 사람들을 야박하게 내치란 말씀은 경전 어디에도 없어요."

정 선비가 혀를 끌끌 차며 말했다.

"저들이 쥐새끼고 고양이 떼라면 저도 걱정 안 합니다. 사람이라 문제지요. 혹여 우리들이 야소교인을 숨겼다는 소문이 관아 귀에 들어가기라도 하면……으흐흐! 생각만 해도 소름이 끼칩니다. 저자들보다 우리들 목이 먼저 뎅거덩 잘릴 거요."

정 선비는 자기 목을 치는 시늉을 하며 두 눈을 꾹 감았다. 그 말을 들으니 무공도 오금이 저려왔다.

정 선비가 다시 문으로 가 기색을 살피고 돌아왔다. 그의 목소리는 훨씬 낮게 깔렸다.

"대사, 그거 아시오?"

"뭘 말씀입니까?"

"야소교인들의 소재를 알려주는 이에게 조정에서 큰 상을 준다는 소식 말입니다."

눈앞이 아찔해져 왔다. 정 선비의 눈동자에는 어느새 욕망의 불꽃이 춤을 추고 있었다.

"어찌 그런 끔찍한 생각을 다 하시오. 저들이 잡히면 어떻게 되는지는 선비가 더 잘 알고 있지 않습니까!"

정 선비도 지지 않았다.

"저자들이야 어차피 죽어 천당에서 다시 태어나는 게 소원 아닙니까? 천주가 죽어서도 보살펴 준다니 뭐가 걱정이겠습니까? 이보시오. 대사. 내 아무리 공부해봤자 권세가 집안 청지기의 사돈의 팔촌도 아는 바 없는 사람이요. 그러니 다 늙어 죽을 때까지 사령장 한 번 받아 볼 일 없겠지요. 헌데 저자들을 발고하기만 하면 사령장이 아니라 현령 한 자리 하라는 교지가 날아올 겝니다. 이건 하늘이 준 기회……."

정 선비는 말을 다 끝내지 못했다. 무공의 손이 허공을 가르며 정 선비의 뺨을 후려갈긴 탓이었다. 무공 자신도 무슨 짓을 했는지 모르게 일어난 일이었다. 무공은 자신의 손을 보면서 얼이 빠져 버렸다.

넋이 나가기는 정 선비도 마찬가지였다. 손으로 뺨을 만지는 그의 얼굴에는 인생사의 온갖 번뇌들이 다 엉겨들고 있었다.

두 사람은 한동안 얼어붙은 듯 공양간에서 꼼짝도 하지 못했다.

잠시 후 정 선비가 맥없이 웃으며 밖으로 나갔다. 문을 닫으면서 하릴없이 무공을 보더니 무겁게 입을 열었다.

"대사, 부끄럽소이다. 제가 고작 이런 위인이외다."

누구에게나 헤치고 나가기에 어려운 시절이었다.

3

암자 앞길로 나가 먼산바라기를 하는 것이 무공의 일과가 되어 버렸다. 양식이 바닥나자 사람들은 계곡 물가에 덫을 놓아 노루며 토끼 같은 산짐승을 잡아먹었다. 아무리 산중이라고 하지만 고기 굽는 냄새나 장작 타는 연기가 멀리까지 퍼지지 말란 법은 없었다. 더구나 절 마당에서 살생을 하는 것을 지켜보기도 힘들었다. 생명은 그렇게 서로 뒤엉켜 있었다.

정 선비는 그런 일이 있고 난 뒤 한동안 방 안에서 나오지 않았다.

곡기까지 끊을 심산인지 공양 때도 묵묵부답이었다. 요기라도 하라며 삶은 옥수수 몇 개를 사발에 담아 방 안에 넣어 주었다. 정 선비는 가타부타 말도 없이 등을 돌린 채 돌부처처럼 꿈쩍도 하지 않았다. 그 말 없는 등이 무섭기도 했고 안심이 되기도 했다.

하루는 어떻게 지내나 싶어 그들이 지내는 토굴을 들러보았다. 어찌 된 영문인지 토굴 근처까지 가는데 감시하는 사람이 아무도 없었다. 언제 관아에서 들이닥칠지도 모르는데 참 태평하다는 생각이 들었다. 아니면 그새 다들 사라진 것인가? 그렇다면 다행이라고 여겨야 하나? 무공의 마음속에서 자신도 대답 못할 의문이 맴돌았다.

의문은 곧 풀렸다. 토굴 거적이 보이는 길모퉁이에 이르니 노랫소리가 들려왔다. 소리 죽이며 나직이 내는 음성이 아니라 동네방네 다 들으라는 듯 우렁찬 소리였다. 무공의 간담이 서늘해졌다. 이자들이 평소에도 이렇게 대놓고 노래를 불렀단 말인가?

거적을 들치고 안을 들여다보았다. 사람들은 노인장을 가운데 두고 둘러앉아 노래를 부르고 있었다. 불가의 범패 장단도 아니었고 판소리 창도 아닌, 무공으로서는 처음 들어보는 가락이고 내용이었다. 노래에 빠진 그들은 무공의 출현에는 신경도 쓰지 않았다. 다만 노인장이 그를 얼핏 보고는 고개를 한 번 끄덕일 뿐이었다. 무공은 밖으로 나왔다.

잠시 후 노래가 끝나고 노인장이 얼굴을 내밀었다. 이젠 익은 얼굴이지만 속세에서 만난 기억은 없었다. 노인은 편안하게 무공을 보며 합장으로 예를 갖추었다.

"저희들이 스님께 너무나 큰 폐를 끼칩니다. 은혜가 하해와 같아 어떻게 갚아야 할지 모르겠습니다."

"은혜라니요. 토굴에서 지내게 하니 오히려 죄스러울 뿐입니다."

"입교하여 천주님께 몸을 바치기로 결심한 뒤로 편히 살 생각일랑 버렸지요. 그저 스님의 입산수양을 저희들이 방해하는 듯해 마음에 걸립니다."

사바세상에서 갈 곳 없기로는 이들이나 무공이나 매한가지였다. 무공은 노인장의 얼굴에서 그 옛날 알고 지내던 어떤 사람의 얼굴이 겹쳐져 마음이 흔들거렸다.

"빈도는 걱정 마시고 풍파가 가라앉을 때까지 편히 지내십시오."

무공의 말에 노인장이 멀리 아래를 응시하며 빙그레 웃었다. 눈을 따라가니 아득히 앵강만이 눈에 찼다. 수평선이 서포 선생의 유배지였다는, 삿갓을 씌워놓은 모습의 노도櫓島 양편으로 뻗어나가다 갯가에서 사라졌다. 바다에는 낮게 깔린 안개가 자욱했다.

"여기에 무작정 머물러 있다 해서 길이 열리는 것은 아니지요. 저희들에게는 저희들이 가야 할 길이 있습니다. 가시밭길이든 눈보라길이든 때가 되면 가야지요."

그 말이 어딘가 최후통첩처럼 들려 무공의 눈자위가 떨렸다. 꼬리가 길면 밟히는 법이었다. 정 선비마저 저렇게 흔들리고 있는 판에 이곳이 안전하리란 보장은 점점 엷어졌다.

"큰 힘이 되지 못해 안타깝습니다."

노인이 고개를 가로저었다.

"스님이야 저를 모르시겠지만, 저는 스님을 잘 압니다. 그래서 신도들을 이끌고 이곳으로 온 것이지만요."

"그건 또 무슨 말씀이신지?"

"올봄이었나요. 우리 마을로 탁발을 나오신 적이 있었지요. 그때 마을 어귀 산비탈에 병들어 죽어가는 개가 한 마리 누워 있었습니다. 마을 사람들이 돌림병 옮기겠다며 태워 죽이자고 했지만, 저는 산 짐승을 죽일 순 없으니 기다려보자고 했지요.

그 무렵 스님께서 마을을 지나다 그 개를 봤습니다. 자리에 앉아 개를 쓰다듬으며 병세를 살핍디다. 헐떡거리는 개는 힘겹게 꼬리를 치면서 스님의 손을 핥았고요. 스님은 바랑에서 탁발한 음식을 꺼내더니 조금씩 덜어 개에게 먹였습니다. 제대로 삼키지도 못했지만, 스님은 며칠 동안 동네 걸음을 하면서 개를 보살폈습니다. 허나 어차피 죽을 목숨인지 개는 죽었지요. 산비탈 양지 바른 곳에 개를 묻어주고 한동안 염불을 하던 모습을 어쩌다 제가 다 보고 말았습니다. 뒤를 몰래 쫓아 염불암에 홀로 계시는 줄도 알았지요.

관아의 기찰에 걸려 꼼짝없이 오랏줄을 받게 생겼을 때 제일 먼저 떠오르는 분이 스님입니다. 남들은 거들떠보지 않아도 스님은 저희들을 버리지 않으리라 믿었습니다. 그래서 큰 폐를 끼치고 있습니다만, 스님은 제 믿음을 저버리지 않으셨어요."

무공의 머리에 지난봄의 기억이 강물처럼 흘러갔다. 눈곱이 덕지덕지 끼고 깡말라 뼈밖에 만져지지 않던 병든 개가 살려달라고 아우성치고 있었다. 약사보살이 아닌 자신이 개를 인도할 길은 없었다. 개의 죽음을 보면서 무공은 그때 가눌 길 없는 무력감에 젖어 있었다. 그것을 노인장은 달리 본 모양이었다.

"좋은 마음으로 봐 주셨으니 고맙습니다."

무공은 자신도 모르게 노인장의 손을 잡았다. 여위었지만 따뜻했고 강단이 느껴지는 손이었다.

"조만간 산을 내려갈 작정입니다. 자칫 저희들 때문에 이 암자가 불타기라도 하면, 천주님도 그 죄를 용서하시지 않을 겁니다. 그러니 스님께서도 저희들이 가는 길을 말리지 말아 주십시오."

노인의 눈에는 강고한 결심이 어려 있었다. 무공은 그제야 그의 만류가 아무런 의미가 없을 것임을 깨달았다.

"하늘이 굽어 살피시기를 부처님 전에 빌겠습니다."

그가 할 수 있는 말은 그것이 다였다.

4

날이 저물고 달이 떴다. 이름 모를 산새들이 부엉이 소리를 징검다리 삼아 어두운 하늘에 여울을 남기고 날아다녔다. 무공은 책궤 깊이 넣어두었던 묵은 시축詩軸 뭉치를 꺼내들었다. 세월의 수난을 겪은 종이는 빛이 바랬지만, 힘찬 필치로 써내려간 글씨에서는 여전히 묵향이 감돌았다.

눈을 내리깔고 시축을 찬찬히 살피는데 밖에서 인기척이 들렸다. 창호지에 흐리게 어린 그림자만으로도 무공은 그가 정 선비임을 알았다.

"들어오시지요. 아직 깨어 있습니다."

정 선비의 눈은 까마귀가 파먹은 듯 퀭하니 뚫려 있었다. 수염마저 덥수룩해서 몰골이 딴 사람처럼 보였다.

"그만 암자를 내려갈까 합니다."

무공은 대답 없이 잠자코 정 선비만 바라보았다.

"더 이상 이곳에 있는 게 의미가 없을 듯합니다. 그간 신세 많이 졌소이다."

묻지도 않았는데 정 선비는 혼잣말처럼 중얼거렸다.

"어디로 가시게요?"

노파심에 묻지 않을 수 없었다. 정 선비는 말뜻을 알겠다는 듯 씩 웃었다.

"어디요? 길이야 많지 않습니까? 선택이 어려운 거지요. 제가 수수께끼를 하나 내볼까요? 여기 골칫거리가 있는데, 이를 푸는 길은 두 가지, 쉬운 길과 어려운 길이 있습니다. 부귀영화로 가는 길과 풍찬노숙으로 가는 길이지요. 대사라면 어느 길을 택하시렵니까? 이 불쌍한 중생을 위해 부디 골라 주시구려."

무공은 대답 대신 손에 쥐고 있던 시축 뭉치를 정 선비에게 건넸다.

정 선비는 이건 또 뭐냐는 표정으로 뭉치를 건네받았다.

"이제 막 달이 떴습니다. 한번 읽어보시지요."

갸우뚱거리면서도 정 선비는 시축 뭉치를 펼쳐들고 읽기 시작했다. 처음에는 건성으로 보던 그의 눈이 차츰 진지하게 바뀌었다. 달이 중천에 차오를 무렵 정 선비는 시축의 마지막 장을 덮으며 긴 숨을 내쉬었다.

"시가 살아 있군요. 이무기가 꿈틀거리는 것 같습니다. 욕정과 분노가 뒤엉켜 있어 읽는 사람을 불편하게 만들지만, 어딘가 애잔하고 우울한 정조도 묻어 있네요. 처음 본 시구들인데, 누가 쓴 겁니까?"

무공이 손바닥으로 얼굴을 쓸어내렸다.

"제 친구입니다. 오래 전에 젊은 나이로 세상을 떴지요."

"친구라면 속가에서의……?"

"속가에서도 친구였지만, 도반道伴이 되어 더욱 막역한 사이가 되었지요. 빈도는 시에 젬병인데 이 친구는 솜씨가 대단했습니다. 성격도 호탕한 데다 시에서도 걸림이 없어 청련거사 이백李白이 환생했다며 장안이 떠들썩했습니다."

"그런 사람이 어쩌다 불문에 발을 들여놓았습니까?"

"재주는 타고 났지만 신분은 그렇지 못했지요. 서자였던 탓에 재주를 쓸 길이 없었습니다. 현실의 불행 때문에 속을 끓이다 결국 삭발수도하는 길을 택하고 말았지요."

정 선비가 고개를 끄덕였다.

"시에 담긴 감정이 이런 것도 연유가 있었군요. 그런데 어쩌다 그리 일찍 세상을 버렸습니까?"

"화를 참지 못했다 할까요. 길을 잘 못 들어섰다 할까요. 서자 노릇이 싫어 불문에 들었지만, 이쪽의 처지인들 나을 게 없었지요. 승려라면 팔천八賤에 넣어 아예 사람 취급도 않는 게 조선의 법도가 아닙니까.

이런 처우에 어찌 대처할까 빈도와 친구는 무던히도 고민했습니다. 빈도는 차근차근 깨우쳐 변화시키자는 생각이었지만, 친구는 달랐습니다. 조선이 개국하고 벌써 4백 년도 더 지났는데, 달라진 것은 아무것도 없다, 임진왜란 때 살생계를 어기면서까지 나라를 구하고자 나갔지만 결국 돌아온 것이 무엇이냐? 지금은 설득이 아니라 설복이 필요하다면서 일갈했지요."

"설복이라면?"

"어리석은 사대부들의 횡포에 맞서야 한다고 외쳤습니다."

정 선비의 목소리가 낮아졌다.

"세상을 뒤집어엎자? 뭐 그런······."

"아니요. 살생계를 거론하면서 칼로 나서자 하면 그야말로 이율배반이지요. 친구는 붓으로 이기자고 했습니다. 그는 산문을 박차고 나가 대처를 휘젓고 다녔습니다. 시회詩會나 시사詩社가 열린다는 소문만 들으면 달려가 제 능력을 마음껏 과시했지요. 너희들이 그리 얕보는 중놈의 글 솜씨가 이 정도다. 너희들이 대체 우리들보다 뭐가 그리 더 낫느냐? 갓 쓰고 도포 걸쳤다고 그리 장하더냐?

친구는 술도 마시고 고기도 뜯으면서 장삼가사를 걸치고 다녔습니다. 승려로서도 할 짓이 아니었고, 사대부들의 눈총이란 눈총은 다 받고 다녔으니 아주 위험한 행동이었지요. 빈도가 몇 번이나 조심하라고 주의를 줬지만, 친구는 자신이 가는 길에 확신을 가졌습니다. 자기는 자기 길을 갈 터이니 빈도더러는 승려의 길을 가라 했지요. 자기가 가다 꺾이면 그제야 빈도를 따르겠다고요."

"쯧쯧, 그 길에서 온전할 리가 없지요. 사대부란 권속들이 얼마나 위선적이고 교활한 무리들인데······그래서 결국?"

"예. 어느 해 겨울에 산속에서 싸늘한 주검으로 발견되었습니다. 시신의 상태로 보아 맞아 죽은 듯했지요."

"저런 경을 칠……."

"제 손으로 시신을 거두어 화장하고 고향 언덕에 뿌려주었습니다. 나무아미타불."

감정이 복받쳤는지 무공은 합장하며 말문을 거두어들였다. 정 선비가 시축을 움켜쥐더니 말했다.

"난세에 태어난 업보지요. 감당할 수 없는 싸움에 나선 게 실책이었습니다."

무공은 염주를 돌리면서 말했다.

"그런데 빈도가 지금껏 후회하는 게 무엇인지 아십니까? 이 몸이 비겁했다는 것입니다. 불의인 줄 알고서도 잘못된 줄 알고서도 빈도는 친구처럼 그렇게 백척간두에서 몸을 내던지지 못했습니다. 아직까지도 절간에 오도카니 앉아 염불이나 외고 있는 빈도는 올곧은 길을 간 친구가 여전히 부럽기만 합니다."

정 선비가 안타까운 표정을 지으며 고개를 숙였다.

"빈도는 저 토굴에서 천주를 찾고 있는 사람들을 보고 느낀 바가 많습니다. 저들은 환란이 닥쳐도 목숨이 위태로워도 제가 옳다고 생각한 길을 가고 있지요. 옛날 제 친구가 그랬듯이 말입니다. 당장은 가는 길이 달라 보일지 몰라도 결국 다시 모이는 그 길 말입니다. 해탈의 길도 천주의 길도 언젠간 한 자리에서 만날 것이라고 빈도는 믿고 있습니다."

정 선비 역시 고개를 끄덕였다.

"옳은 말씀입니다."

무공은 잠시 숨을 고르고 다시 말을 이었다.

"그렇다면 선비의 길이라 해서 다를까요?"

고개를 끄덕이던 정 선비의 몸짓이 문득 멈추었다. 내심을 들켜버린 사람에게나 볼 수 있는 난감한 빛이 얼굴을 스쳐지나갔다.

"무슨 뜻으로 하는 말씀입니까?"

"내일 암자를 내려가시면 어느 길로 가시겠냐고 묻는 것이지요. 부귀영화가 펼쳐진 쉬운 길로 가시렵니까? 풍찬노숙으로 얼룩진 어려운 길로 가시렵니까? 어느 길이 후회를 남기지 않을까요?"

정 선비는 대답은 않고 내내 침묵만 지켰다. 그러더니 훌쩍 일어나서 제 방으로 가버렸다. 무공은 가부좌를 튼 채 밤을 꼬박 새우며 염불을 외었다.

5

다음 날 아침 무공이 암자 밖 울타리로 나와 멀리 길을 보고 있는데, 정 선비가 괴나리봇짐을 지고 방에서 나왔다. 표정이 한결 밝아 보였다. 번뇌의 구름이 걷히고 개오의 햇살이 가득한 얼굴이었다.

"이제 떠나시는 겁니까?"

"예, 대사. 너무 오래 한 자리에서 지체했습니다. 물은 고이면 썩는 법이지요. 이제부터 저도 흐르는 물이 되어볼까 합니다."

무공도 밝게 웃음 지었다.

"거 참 좋은 말씀입니다. 오늘 야소교인들도 토굴을 나와 길을 떠난답니다. 좋은 동행이 되겠군요."

정 선비가 대웅전 너머 토굴이 있는 방향을 보며 고개를 끄덕였다.

"두어 달 동안 평생 해도 못 할 마음공부를 했습니다."

정 선비가 괴나리봇짐을 진 어깨에 한껏 힘을 주었다.

정 선비가 긴 그림자를 남긴 채 멀어져가는 길을 바라보며 무공은 두 손을 모은 뒤 머리를 숙였다.

용문사 염불암

호구산(虎丘山)은 경상남도 남해군 이동면 용소리에 있는 산으로, 높이는 해발 618미터고, 면적은 6,584제곱미터다. 송등산, 괴음산 등과 함께 1983년에 군립공원으로 지정되었다.

호구산은 소나무를 비롯해 벚나무와 단풍나무 등 수림이 울창하다. 옛날에 호랑이가 지리산에서 바다를 건너와 이 산에 살았다는 전설이 전한다. 멀리서 보면 호랑이가 누워 있는 모습을 닮았다. 계곡은 수량도 풍부하고 물이 맑아 한여름에도 추위를 느낄 만큼 시원한 기운이 넘친다. 바위 봉우리로 된 정상에서 바라보는 앵강만과 강진만의 풍경이 빼어날 뿐더러, 남해에 펼쳐진 섬들 사이로 남해로 유배와 죽은 조선시대의 문호 김만중(金萬重, 1637~1692)이 머물면서 불후의 소설 『구운몽』과 『사씨남정기』, 비평집 『서포만필』 등 집필했다고 전해지는 노도를 볼 수도 있다.

염불암은 유서 깊은 사찰 용문사에 딸린 암자인데, 용문사에서 걸어 20여 분 올라가면 있다. 대웅전과 템플스테이를 위한 한옥 건물도 있어 며칠 마음을 다스리며 지내기에도 좋다. 용문사와 염불암 사이에는 또 다른 암자인 백련암도 있어, 천천히 걸으며 산사의 정취를 즐길 수 있다. 해마다 많은 등산객들이 찾는데, 용문사에는 문화재가 많아 불교 신자들의 발길도 끊이지 않는다. 백련암 대웅전 앞에는 차나무 밭이 있다.

아, 선생님!

남해국제탈공연예술촌에서

1

고속도로를 빠져나온 자동차는 꼬불꼬불한 이차선 도로를 달렸다. 아직 바다는 보이지 않았다. 얕은 야산들이 이어졌고, 산에는 갓 피어난 나뭇잎들이 푸른 눈물을 떨어뜨리고 있었다. 민수진 여사는 언제나 바다가 나타날까 조바심치며 차창가로 몸을 움직였다. 그 때문에 다리 위에 얹어놓은 유골함이 조금 흔들렸다.

민수진 여사는 유골함을 자리 옆에 놓았다. 한복의 옷깃을 단정하게 다시 여몄다. 하얀 소복은 먼지 하나 묻지 않아 깨끗했다. 민수진 여사는 가볍게 한숨을 내쉬며 유골함을 어루만졌다.

"당신 고향 가기가 쉽지 않네요. 산 사람도 이런데, 죽은 사람은 오죽했겠어요."

한려수도의 한 자락을 차지하고 있는 남해는 서울서 멀기도 했지만 오십 평생 한 번도 와 보지 못한 낯선 고장이었다. 남편의 유언이 아니었으면 앞으로도 올 일은 없었을 것이었다. 차가 방향을 돌리자 햇볕이 따갑게 차 안으로 밀려 들어왔다. 눈이 부셔 민수진 여사는 잠시 얼굴을 찡그렸다.

"사모님, 바다가 보입니다."

기사의 말에 얼른 고개를 왼쪽으로 돌렸다.

거짓말처럼 바다가 나타났다.

말이 바다지 바로 너머 육지가 있어 얼핏 보기에 큰 강물처럼 보였다. 저 너머 육지가 남편의 고향 남해인 걸까? 지척에 있는 섬을 두고 다시 찾지 못했던 남편의 우직함이 새삼 가슴을 아리게 만들었다.

차가 남해대교로 들어섰다. 이차선 도로로 이어진 다리는 위태로워 보였지만 한산했다. 민수진 여사는 크게 숨을 들이마셨다. 남편 고향의 냄새를 맡고 싶었다. 눈을 감은 채 숨을 가슴 가득 채우면서 민수진 여사는 자신의 지난 반생을 돌이켜보았다.

2

젊은 시절 민수진 여사는 연극배우를 꿈꾸었다. 탤런트가 되고 싶었지만, 먼저 연기력을 잘 다지고 싶은 마음에 극단의 문부터 두드렸다.

발성 연습과 호흡 고르기, 무대에서의 동선 익히기, 극본의 암기와 감정을 자연스럽게 녹여내는 훈련 등, 극단의 신출내기였던 그녀는 연습보다는 뒤치다꺼리로 더 분주해야 했다. 극단에서의 일은 생각보다 고달팠고, 돈벌이와는 담을 쌓은 것이었다. 민수진 여사는 닥치는 대로 아르바이트를 하면서 뜻을 이루기 위해 모질게 자신을 다그쳤다. 언젠가 성공할 날이 있으리란 믿음을 부적처럼 달고 다녔다.

그런 노력과는 달리 돌아오는 배역은 초라하기 그지없었다. 단막극에는 아예 얼굴조차 내밀기 힘들었고, 장막극이라야 간신히 한두 번 등장하는 역할이 떨어졌다. 역의 비중에 관계없이 최선을 다했지만 마음 한 구석에서 밀려오는 허탈감과 아쉬움은 어쩔 길 없었다.

'아, 내가 정말 목표를 잘 선택한 것일까?'

이런 생각에 젖어 좌절감에 사로잡힌 적도 한두 번이 아니었다. 그럴 무렵 극단에서 신춘을 맞아 기획한 작품에서 비교적 비중이 높은 배역을 맡게 되었다. 작품의 연출을 맡은 선생님이 평소 그녀를 주목해 본 결과였다.

김흥우 선생님은 당시 꽤 명망 있는 연출가로 경험을 쌓아가고 있었다. 뿔테 안경을 쓰고 다소 여윈 얼굴이었지만, 눈빛만은 초롱초롱해 재기와 열정이 넘쳐흘렀다. 의욕적으로 작품을 해석하고 배우들의 연기를 지도해주는 선생님을 뵙자 그녀에게도 용기가 되살아났다. 열심히 연습했고, 밤을 새워 역할에 대해 고민했다. 뭔가 이뤄질 것 같은 자신감이 솟구쳤다.

그 결과 작품은 성공을 거두었다. 기대했던 것만큼의 반응은 아니었지만, 연극 잡지나 신문 문예면에 작품에 대한 소개가 여러 번 등장했다. 물론 민수진 여사의 이름은 어디에도 나오지 않았지만, 그래도 성취감은 그녀를 들뜨게 했다.

이후 선생님이 연출한 연극 몇 편에 참여했다. 하지만 첫 작품의 성공은 곧 빛이 바랬고, 힘겨운 무명 배우의 삶만 이어졌다. 민수진 여사는 곧 자신감을 잃고 허탈함에 몸부림쳤다. 그녀에게는 부양해야 할 늙은 부모님과 어린 동생들이 있었다. 마냥 성공을 기다릴 수만은 없었다.

어느 날 저녁 청진동 뒷골목 선술집에서 배우 몇몇과 김흥우 선생님이 모였다. 취기가 오른 민수진 여사는 선생님께 넋두리를 늘어놓았다.

"선생님. 제게 과연 배우로서 성공할 날이 올까요? 점점 자신이 없어져요."

선생님은 인자한 눈에 가는 미소를 지으면서 그녀를 격려했다.

"너는 열정과 재능에 성실함까지 갖추었어. 힘들어도 참아라. 반드시 좋은 결실을 거둘 테니까."

선생님의 격려는 힘이 되었지만 현실은 여전히 참담했다. 소주 맛이 그럴 수 없이 썼다.

"자, 수진아. 얼굴 들어봐. 나중에 네가 성공하면 내 제자였단 걸 증명해야지."

선생님은 항상 가지고 다니던 사진기를 들더니 그녀의 얼굴을 찍었다. 그녀도 애써 미소를 지으며 사진기의 앵글을 주목했다.

민수진 여사는 다시 희망을 가지고 연기에 몰입했다. 그럴 무렵 그녀에게 한 남자가 접근해 왔다. 조그마한 장난감 제조회사의 사장이라고 하면서 극단 대표를 통해 함께 저녁을 먹자고 문의해왔던 것이다. 그녀는 몹시 당황스러웠다.

"네 팬이라면서 초청했는데 거절하는 것도 예의는 아니겠지. 방심도 말고 경계하지도 말고 가벼운 마음으로 만나봐라."

문제를 상의하자 김흥우 선생님은 조금 걱정스런 표정을 지으면서도 고개를 끄덕였다.

그렇게 만난 사람이 남편이었다. 나이는 그녀보다 상당히 위였지만, 차분하면서도 우수에 젖은 얼굴이 호감이 갔다. 우연히 연극을 보다가 그녀를 보고 마음이 끌렸다고 하면서, 좋은 배우가 되라고 힘을 북돋아주었다.

남편은 이미 결혼했는데, 아내는 자식까지 내버려두고 집을 나가버렸다고 했다. 만남이 몇 번 더 이뤄지자 남편은 조심스럽게 청혼을 해왔다. 아내와는 정식으로 이혼할 것이고, 그녀와 좋은 인연을 맺고 싶다고 주저하며 말을 꺼냈다. 재력이 괜찮은 데다 진심을 느낄 수 있어 민수진 여사도 마음이 흔들렸다. 가난한 부모님과 동생들 얼굴이 떠올랐다.

"말도 안 돼! 조금만 더 참으면 뜻을 이룰 수 있는데 시집을 가겠다니. 그것도 재취란 말이냐!"

결혼을 하게 되면 배우 생활은 끝날 터였다. 남편의 전처 아이들도 돌봐야 했고, 애초에 결혼한 상태로 배우 활동하기는 불가능한 시절이었다. 김흥우 선생님은 격분하면서 결혼을 만류했다. 그러나 그녀는 뜻을 굽히지 않았다.

"다시는 내 앞에 나타날 생각 말아라!"

김흥우 선생님은 싸늘하게 눈길을 주고는 등을 돌린 채 그녀를 떠났다.

3

이후 남편의 사업은 순풍을 탄 듯 성공가도를 달렸다. 외국의 유명 장난감 회사와 기술제휴를 하면서 상품의 질도 높아졌고 지명도도 올라가 장난감과 유아용품은 날개 돋친 듯 팔렸다.

새로 공장을 신축하고, 본사 건물의 완공식이 있던 날이었다.

기분 좋게 취한 남편은 민수진 여사와 함께 집 거실에 앉아 차를 마셨다. 그러나 행사 때 유쾌했던 남편의 얼굴은 이상하리만큼 쓸쓸해 보였다. 우수에 젖은 눈빛이 더욱 처연하게 바뀌었다.

"무슨 걱정거리라도 있어요?"

과일을 깎으며 그녀가 묻자 한동안 말이 없던 남편이 힘겹게 입을 열었다.

"나는 죄인이요. 어릴 때 큰 잘못을 저질렀어."

남편의 입을 통해 들은 이야기는 민수진 여사에게 충격이라기보다는 연민을 느끼게 만들었다.

남편의 고향은 남해군 한 구석에 있는 어촌이었다. 부모가 이웃 하동군으로 일을 나갔다가 돌아오던 중 사고로 세상을 떠 남편은 졸지에 고아가 되었다. 의지가지없는 남편을 거둬준 사람은 그 마을의 어촌계 장이었다. 신실하고 마음씨가 고왔던 계장은 남편을 의붓자식으로 받아들여 길러 주었다.

고향에 정을 붙일 길 없던 남편은 어느 날 어촌계의 공금을 들고 고향을 떴다. 성공하면 갚겠다는 편지를 남겨 두었지만, 외지를 떠돌다 보니 돈은 뙤약볕 아래 고인 물 날아가듯 다 없어졌다. 죄책감을 가슴 깊이 쟁여두고 남편은 공장을 다니며 기술을 배웠고, 뒤늦게 작은 공장을 차릴 수 있었다.

조금 숨을 돌릴 만해지자 어린 시절의 과오가 항상 가슴에 멍울처럼 남았다. 당장 달려가 무릎 꿇고 사죄하고 싶었지만, 용기도 면목도 생기지 않았다. 그저 잊는 게 능사라며 사업에만 몰두했다. 그러다 우연히 연극 구경을 오게 되었고, 거기서 민수진 여사를 보았다.

탕녀가 회개하여 성녀로 환생하는 민수진 여사의 연기를 보면서 남편은 자신의 처지를 돌아보게 되었다. 그녀에게서 동병상련을 느꼈고, 아내가 바람이 나 집을 나가버린 것도 자신의 업보라는 고통스런 현실이 남편을 옥죄었다.

"당신이 내 아이들을 돌보고 헌신하는 모습을 보면서 난 더욱 열심히 살아야겠다고 마음을 다잡았소. 그것이 나 때문에 곤욕을 치른 사람들에 대한 속죄라 생각했지. 결코 속죄가 될 수 없다는 사실을 번연히 알면서도 말이요. 이제 사업이 기반을 다지니 더욱 그런 사실이 나를 괴롭히는구려."

그제야 민수진 여사는 남편의 얼굴에서 지워지지 않던 어두운 그림자의 정체를 알 수 있었다.

"지금이라도 늦지 않았어요. 가서 사죄하고 용서를 비세요. 그분들도 분명 이해해 주실 거예요."

남편은 고개를 절레절레 흔들었다.

"나도 그럴 생각으로 사람을 보내 알아봤소. 그런데 그 일로 의붓아버지는 비난을 견디지 못해 마을을 떠났고, 이후 소식을 아는 사람도 없더군. 사방팔방으로 찾아보았지만, 다 실패하고 말았구려."

처참하게 일그러진 남편을 앞에 두고 민수진 여사도 뭐라 위로의 말을 할 수 없었다.

이후 남편의 회사는 중견기업으로 착실히 성장했다. 민수진 여사와 남편은 마치 큰 사건의 공범처럼 그 일에 대해서는 서로 입을 다물었다.

그런 아비의 고뇌를 아는지 모르는지 아이들은 잘 장성해 각자 일가를 이루었다. 남편은 장학회를 만들어 불우아동을 후원하는 일에 정성을 기울였다. 보육원이나 장애우들을 찾아 봉사하는 남편을 지켜보면서 민수진 여사는 남편의 가슴에 맺힌 응어리가 한 겹 두 겹 풀려나간다고 믿었다.

그러나 남편의 가슴 속에서는 응어리가 풀리는 대신 다른 끔찍한 응어리가 맺히고 있었다.

위암 말기라는 판정을 받은 남편은 삶의 희망을 모두 내려버렸다.

"살아생전에는 가보지 못한 고향이지만, 죽어서는 그 바다에서 쉬고 싶구려. 내가 죽거든 재산을 정리해서 어선을 건조해 고향에 기부해 주오. 내 이름은 밝히지 말구려. 그런다고 죄가 사라질 리 없지만, 내가 할 수 있는 마지막 속죄일 듯하오."

민수진 여사는 눈물을 숨기면서 고개를 끄덕였다. 남편은 미리 고향 인근 작은 조선소에 어선 건조를 맡겼고, 얼마 뒤 조용히 숨을 거두었다.

그리고 남편의 일주기가 내일로 다가왔다.

세 척의 어선은 건조가 끝나 시험 운행까지 마쳐 내일 아침 어촌에 전달될 예정이었다. 어선이 출항하는 때 민수진 여사는 그간 고이 모셨던 남편의 유골도 함께 고향 바다에서 쉬게 하리라 마음먹었다.

남해대교를 통과한 자동차는 이차선 도로로 이어지는 국도를 지나 읍내를 비껴 남편의 고향이 있는 어촌으로 방향을 잡았다. 차창 너머로 산과 들, 바다가 언뜻언뜻 스쳐 지나갔다.

남편의 고향 사람들은 활기차 보였다. 논에서는 이앙기가 부지런히 움직이며 모내기를 하는 중이었고, 밭에서는 파릇파릇한 마늘 싹들이 바람에 흔들리고 있었다. 민수진 여사는 남편의 유골함을 조금 들어 그 풍경을 보여주었다.

도로가 큰 원을 그리면서 휘더니 낮은 언덕길로 접어들었다. 언덕을 다 오르자 왼편으로 물결이 찰랑거리는 저수지가 나왔다. 오후의 햇볕을 받은 물결이 금빛으로 잘게 부서졌다. 오른편으로 마늘 연구소 건물이 보였고, 멀리 높은 산이 고개를 숙인 형상으로 우뚝 솟아 있었다. 민수진 여사에게는 남편이 고향 사람들에게 속죄의 인사를 하는 것처럼 느껴졌다.

다시 고개를 왼편으로 돌렸다. 계란색으로 칠한 이층 양옥이 보였다. 그 앞은 주차장이었다. 관공서 건물이 있는가 싶었다. 주차장에는 두어 대 차가 서 있었지만, 인적은 거의 느껴지지 않았다. 주차장 한편에서 벙거지 비슷한 모자를 쓴 사람이 허리를 굽힌 채 바닥에서 뭔가를 줍고 있었다. 마르고 꾸부정한 그 모습이 왠지 낯익었다. 민수진 여사는 눈을 가늘게 뜨고 그 사람을 응시했다.

막 차가 주차장 곁을 지나는 순간 그가 허리를 펴고 고개를 들더니 민수진 여사 쪽으로 얼굴을 돌렸다. 민수진 여사는 하마터면 남편의 유골함을 떨어뜨릴 뻔했다.

선생님이었다. 김홍우 선생님! 삼십여 년의 세월 동안 결코 잊을 수 없었던 그 얼굴. 그 표정. 실망과 분노로 서슬이 시퍼랬던 선생님의 마지막 뒷모습.

좀 더 자세히 보려고 몸을 움직였지만, 차는 속절없이 길을 달려갔다. 찰나의 순간만 남기고 선생님은 사라졌다.

"박 기사!"

엉겁결에 나온 목소리가 갈라졌다.

기사가 속도를 줄이더니 고개를 조금 돌렸다.

"무슨 일이십니까?"

차를 돌리라는 말을 해야 하는데, 입이 떨어지지 않았다. 선생님이라 해도 지금 만나 무슨 말을 할 수 있을까? 용서해 달라고 해야 할까? 다 잊었느냐고 물어봐야 할까? 그나저나 어떻게 얼굴을 마주볼 수 있을까?

평생 가슴에 앙금처럼 죄의식을 안고 산 남편의 심정이 고스란히 이해가 되었다. 그래서 남편은 살아서 차마 고향에 가지 못하고, 이렇게 뼛가루가 되어서야 귀향할 용기를 냈던 것이었구나.

"아니에요. 그냥 가요."

감은 눈에서 저도 모르게 눈물이 맺혀 흘렀다.

4

민수진 여사는 남편 고향 근처에 있는 펜션에 짐을 풀었다. 온갖 생각으로 밤을 꼬박 새웠다. 다음 날 어선 기증식과 남편의 유골을 안장한 일들이 어떻게 지나갔는지도 몰랐다. 푸른 물 위로 풀려나가는 남편의 하얀 유골을 보면서 이렇게 길었던 인연이 막을 내린다는 상념으로 하염없이 선착장을 오갔다.

점심때가 조금 지나 민수진 여사는 귀환 길에 올랐다. 어촌 사람들이 은인께서 이렇게 훌쩍 떠나면 섭섭하다며 며칠 쉬었다 가라고 옷깃을 붙잡았다. 그분들은 남편의 일을 몰랐고, 알아야 할 이유도 없었다. 남편은 이제 안식을 얻었으리라.

다음에 꼭 다시 찾겠다는 인사를 남기고 차에 올랐다.

창선 쪽으로 가겠다는 걸 어제 길을 따라 가라고 부탁했다. 아직도 머뭇거리지만 다시 한 번 선생님을 확인하고 싶었다. 어쩌면 아닐 수도 있었다. 아니길 바라는지 맞기를 바라는지 민수진 여사도 갈피를 잡을 수 없었다.

그곳이 가까워졌다. 다시 보니 안내 표지판이 서 있는데, '남해국제 탈공연예술촌'이라 적혀 있었다. 뭘 하는 곳일까? '탈공연'이란 말에서 아슴푸레 옛 추억이 떠올랐다.

잠시 연극배우로 활동했던 그녀를 기억하는 사람은 아무도 없었다. 배우로 성공하겠다는 꿈도 시간이 흐르면서 아지랑이처럼 가물거리더니 그녀 자신조차 잊어버렸다. 남편은 가끔 연극이나 영화를 보러 가자고 했지만 그녀는 애써 외면했었다. 겨우 아문 상처를 덧내고 싶지 않았다. 그래도 공연이라는 단어를 보니 가슴이 설레었다. 피가 뜨거워졌다.

연극배우 시절 흥얼거렸던 워즈워스의 시 〈초원의 빛〉 한 구절이 떠올랐다.

한때 그처럼 찬란했던 광채가
이제 눈앞에서 영원히 사라졌다한들 어떠랴
초원의 빛이여!
꽃의 영광이여!
다시는 그것이 되돌려지지 않는다 해도
서러워 말지어다.
차라리 그 속에 감춰진 오묘한 힘을 찾으소서.
지금까지 있었고 앞으로도 영원히 있을
본원적인 공감에서
인간의 고통으로부터 솟아나
마음을 달래주는 생각에서

죽음 너머를 보는 신앙에서
그리고 지혜로운 정신을 가져다주는 세월에서……
초원의 빛이여!
꽃의 영광이여!

주차장에는 어제보다 차가 많았다. 선생님은 보이지 않았지만 사람들도 여럿 눈에 띄었다. 행사가 있는 모양이었다. 주차장에 차를 세우게 했다.

차에서 나온 민수진 여사는 왼편에 난 길을 걸었다. 건물 정면 출입구 위에 커다란 탈이 입을 한껏 벌린 채 그녀를 맞아주었다. 봉산 탈춤에 나오는 먹중 탈 같기도 했고, 남미 어느 나라의 민속 탈인 듯도 싶었다.

그녀는 조심조심 눈길을 주면서 선생님을 찾았다. 정원에도 입구 앞로비에서도 선생님은 보이지 않았다. 역시 잘못 보았나?

그렇게 치부하니 가슴이 칼에라도 맞은 듯 아려왔다.

돌아갈까 했는데, 기왕 들어왔으니 무엇을 하는 곳인지 궁금해졌다. 민수진 여사는 입구로 발걸음을 옮겼다.

로비는 넓지 않았지만 안내 데스크와 휴게실이 갖춰져 있었다. 양편으로 복도가 이어졌다.

오른편 복도로 발길을 옮겼다. 벽에는 오래전 개봉한 영화 포스터들이 걸려 있었다. 〈무정〉, 〈열녀문〉, 〈로맨스 그레이〉 등등. 민수진 여사의 기억에도 가물가물한 옛 영화들이었다.

누가 이런 케케묵은 과거의 일들을 기억하고 있는 것일까?

의아한 생각을 되새김질하면서 민수진 여사는 천천히 걸음을 옮겼다. 소복을 입은 그녀를 사람들이 기이하다는 눈빛으로 흘깃거렸다. 벽 끝과 천정 사이 공간에는 옛 배우들의 사진들이 촘촘하게 배열되어 있었다. 다들 그녀가 아는 이름들이었다. 한때 은막을 수놓으며 대중들의 박수갈채를 받았던 배우들이었다. 거기에 물론 그녀의 이름이나 사진은 없을 터였다. 자기 삶의 한 페이지가 찢겨나간 듯해 민수진 여사는 어지럼증을 느꼈다.

민수진 여사는 마음을 가다듬고 고개를 들었다. 아직 많은 사진들이 남아 있었다. 자신은 용기가 없어 포기했지만 끝까지 살아남은 사람들의 얼굴이 보고 싶었다. 자신과 함께 무명 시절을 보낸 이들도 더러 있었다. 그들의 얼굴을 마주 대하기가 두려웠다. 달리기를 하듯 발걸음을 빨리했다.

그러다 민수진 여사는 보았다. 약간 취기가 오른 얼굴로 여리게 미소를 지으면서 앵글을 응시하는 한 앳된 여자의 얼굴이었다.

얼굴은 낯설었지만 사진 한켠에 익숙한 이름이 적혀 있었다.

'민 수 진'

그녀였다. 세상에! 아무도 기억해줄 리 없다 여겼는데, 많은 배우들의 사진 사이에 그녀의 얼굴도 버젓하게 자리하고 있었다. 자신도 모르게 손이 떨려왔다.

아! 저 얼굴!

기억이 샘물처럼 솟아올랐다.

그 시절 청진동 뒷골목 선술집에서 의기소침해 있던 그녀에게 용기를 내라면서 찍어준 사진이었다. 선생님 사진기의 셔터 찰칵거리는 소리가 우렛소리처럼 그녀의 귀를 갈랐다.

민수진 여사는 두 손을 들었다. 그러나 팔은 허공만 맴돌았다. 부끄러움도 모르고 눈물이 주르륵 흘러내렸다.

초원의 빛이여!

꽃의 영광이여!

'선생님은 나를 기억해 주고 계셨어! 이 못난 제자를……'

온갖 설움이 복받쳐 올라 감당할 길이 없었다. 눈물이 번져 눈앞이 흐려왔다.

그때 누군가 옆에서 그녀의 어깨를 두드렸다.

눈물을 훔치며 돌아보니 선생님이었다.

뿔테 안경에 어진 눈망울을 한 늙은 남자가 물기 젖은 눈빛으로 그녀를 보고 있었다.

"너, 수진이 아니냐?"

선생님의 목소리는 가늘게 떨리고 있었다.

"아! 선생님!"

선생님의 품에 안긴 민수진 여사는 참고 참았던 울음을 원껏 쏟아 냈다.

남해국제탈공연예술촌

남해국제탈공연예술촌은 경남 남해군 이동면 초음리 장평저수지를 조금 더 간 곳에 있다. 2008년 5월 지하 1층 지상 2층의 규모로 개관했다. 예술창작 및 연구를 돕기 위해 폐교된 초등학교를 리모델링하여 문을 연, 전시관과 도서관, 실험극장을 갖춘 살아 있는 다목적 공간이다. 동국대학교 연극영화과 교수로 재직하다 퇴임한 김흥우 선생이 자신이 평생 수집한 연극과 영화, 세계 각국의 민속 탈 자료들을 기증하면서 설립되었다. 현재 김흥우 선생이 촌장으로 재직하고 있다. 이곳에는 총 56,342점의 자료들이 소장되어 있는데, 탈이 515점이고, 서적 16,283권, 공연예술 자료 7,125점, 영상자료 32,419점의 규모에 이른다. 따로 뜻 있는 분들의 기증도 받고 있다.

월요일이 휴관일이고, 연중 다양한 기획 전시와 공연이 이루어져 찾아볼 만하다. 주요 행사를 살펴보면, 2013년 5월에는 남해어린이 공연예술제와 동춘서커스 공연이 있었고, 8월에는 남해섬공연예술제가 열렸으며, 11월에는 인도영화제(INDIA FILM FESTIVAL 2013)도 열렸다. 12월에는 남해섬 송년공연예술제 [다섯 가지 선물]이 있었다. 그해의 특성에 맞춰 다양한 행사가 준비되어 있다.

2층에 있는 상설 세계 탈 전시관은 매년 새로운 탈을 바꾸어 전시하며, 기획 전시실은 그때그때 기획에 맞춰 전시가 이뤄지고 있다. 도서관은 항상 개방되어 있고, 실험극장은 군민과 관광객을 위해 금·토·일요일은 공연 내지 영상물을 감상할 수 있도록 했다. 아울러 예술적 영감을 고양시키고 공연예술 체험의 지평을 넓히는 나눔의 마당으로 유비쿼터스 시대에 부응하기 위해 지속적으로 서비스를 개선하고 있다.

관람과 공연 관련 문의는 055-864-7625로 연락하면 되고, 홈페이지도 운영되고 있다.

양 네 마리

설천면 구두산 양모리학교에서

1

조상만 씨가 남해에 내려와 사진을 찍은 지도 어느덧 세 해째에 접어들고 있다. 물론 그는 전문적인 사진작가는 아니다. 누군가 "당신 왜 이 일 하는 거요?" 하고 물었을 때 그의 대답은 남들도 으레 그렇듯이 "어쩌다보니……"였다. 동기는 설명하기 어려웠지만 이제 카메라는 그에게 있어 떨어질 수 없는 그림자처럼 어디든 동행하는 친구가 되었다.

조상만 씨는 남해가 고향이긴 했지만, 초등학교를 마치자마자 타지로 나갔다. 중학교와 고등학교, 대학까지 그는 고향과는 적당히 떨어진 곳에서 학업을 마쳤다. 대학을 졸업한 뒤 그는 서울에서 직장을 얻었고, 15년 동안 수도권 언저리를 맴돌며 살았다. 그 사이 결혼도 했고, 귀여운 딸도 둘 낳았다. 15평 다가구주택 전셋집에서 시작했던 생활이 이제는 어엿하게 자기 이름으로 등기된 30평 아파트로 변했다.

가끔 해가 뉘엿뉘엿 지는 저녁 조상만 씨는 아파트 베란다에 앉아 커피를 마시며 홀로 이런 생각에 젖어 마음을 다독거렸다.

"40대 초반에 이 정도면 누구 부럽지 않은 평탄한 삶이지?"

아내는 꽃꽂이에 취미를 붙여 집 근처 문화센터에 한 주에 한 번씩 수업을 들으러 나갔다. 큰 딸은 곧 초등학교에 취학할 나이였다. 결혼이 조금 늦어 친구들에 비해 아이들이 어리긴 했다. 하지만 아직 장가도 못 간 채 생활에 허덕이는 친구도 있으니, 아이가 어리다고 탓할 생각은 없었다. 순탄한 삶에 그는 만족했다.

그러나 세상사는 게 항상 즐거운 일만 따르지 않는 것일까? 평온했던 조상만 씨의 가정에 먹구름이 끼는 일이 닥쳤다. 둘째 딸 때문이었다.

큰 아이는 성격이 명랑했다. 처음 본 사람이라도 낯을 가리지 않았고 붙임성도 좋았다. 너무 낯선 사람을 경계하지 않아 조바심이 날 정도였다. 이 험악한 대도시에서 저러다 사고라도 나지 않나 늘 염려스러웠다.

"왜 남을 의심해야 하는데, 아빠?"

모르는 사람이 다가오면 조심해야 한다고 일러주자 딸은 동그랗게 토끼눈을 뜨면서 물었다. '의심'이라는 어려운 말을 거침없이 쓰는 딸애가 많이 컸다는 생각과 함께 그릇된 말도 아니라서 말문이 막혔다.

그에 비해 세 살 어린 둘째는 성격이 딴판이었다. 처음 본 사람은 고사하고 아빠인 조상만 씨에게조차 낯가림이 심했다. 엄마 말만은 듣는 것이 그나마 다행이다 싶었다. 같은 뱃속에서 나왔어도 아이들은 저렇게 다르다며 아내는 혀를 끌끌 찼다. 조상만 씨도 딱히 대꾸할 말이 없어 입맛만 쩍쩍 다셨다. 둘이 같이 다니면 한쪽이 덤벙거려도 한쪽은 신중할 테니 안심이라며 위안하고 부부는 소리를 죽여 쿡쿡 웃었다.

그러나 낙관적인 농담은 곧 불길한 현실 앞에 무너졌다.

다섯 살이 되자 둘째도 유치원에 보냈는데, 어느 날 유치원 선생님이 심각한 표정으로 아내에게 말했다.

"윤지 한번 병원에 데려가 보세요."

"애가 어디 아픈가요?"

"그게 아니라…… 성격 형성이 또래 애보다 더딘 것 같아서요."

에둘러 말하긴 했지만, 그녀의 말인즉슨 아이들과 전혀 어울리지 못한다는 것이었다. 함께 놀이를 하거나 블록 쌓기 같은 게임을 할 때도 멍하니 앉아 꼼짝도 하지 않는다고 했다. 선생님이 관심을 가지면 슬금슬금 뒷걸음질 치며 달아나기 일쑤라며 한숨을 내쉬었다. 아내는 반쯤 넋이 나가 집으로 돌아왔다.

"나도 잘 모르겠어. 아이 참, 쟤 때문에 내가 다 창피하다니까."

큰애 수지에게 물어보니 얼굴부터 찡그렸다. 그제야 부부는 뭔가 일이 심각해졌다는 사실을 깨달았다. 부부는 아이를 데리고 병원으로 달려갔다.

소아과 의사가 조심스럽게 자폐증 초기 증세라는 듣도 보도 못한 진단을 내놓았다. 어디 영화에나 나올 법한 소리였다. 믿을 수 없어 아동 정신과 전문의를 찾아 상담을 받았는데, 돌아오는 답변은 마찬가지였다. 한밤중에 길을 가다가 바닥 모를 허방에 발을 헛디딘 것처럼 조상만 씨는 정신을 차릴 수 없었다.

의사는 약물 치료와 심리 치료를 병행해 보라고 권했다. 죽을병에 걸린 것도 아니고 나이도 어려 입원 치료를 권하지는 않았다. 권했다 한들 받아들일 조상만 씨도 아니었다.

의사의 권유대로 늘 관심을 가지고 아이를 지켜보았다. 아내는 문화 센터 수업도 포기하고 아이에게만 매달렸다. 그러나 별다른 효과는 없었다. 신경을 쓰니까 오히려 아이는 심리적으로 더욱 위축이 되는 모양이었다. 자신이 아끼는 곰 인형만 만지작거리면서 그나마 마음을 터놓았던 아내에게마저 등을 돌렸다. 조상만 씨는 눈앞이 캄캄해졌다.

그러던 차에 의사가 환경을 바꿔보라는 새로운 처방을 내놓았다.

"도시는 온갖 소음으로 찌든 곳이죠. 집안에서도 마찬가집니다. 귀에 들리지는 않아도 잡다한 기계음의 파장들이 알게 모르게 아동들의 심리에 영향을 끼치기도 합니다. 더구나 윤지처럼 신경이 예민한 아이에게는 지속적인 악영향을 끼칠 수도 있습니다."

환경을 어떻게 바꾸겠냐는 질문에 의사는 도시를 떠나 농촌으로 가 보는 것이 어떻겠냐고 대답했다. 농촌은 기계적인 소음보다는 자연음들을 들을 수 있는 곳이니 아이의 증세 완화에 도움이 될지도 모른다는 것이었다.

농촌. 그곳은 조상만 씨가 초등학교 때까지 살던 곳이었다. 이제는 도시 사람이 다 된 조상만 씨로서는 선뜻 그곳으로 발길을 옮긴다는 것이 쉬운 결정은 아니었다. 더구나 다니는 직장도 그만둬야 했다. 컴퓨터 관련 일을 했던 그가 농촌에서 할 수 있는 일이 무엇인지 감도 잡히지 않았다.

그렇게 주저하고 있는데, 남해에서 살고 계시던 어머니에게서 연락이 왔다. 어머니는 읍내에서 국내 굴지의 전자회사 대리점을 운영하고 있었다. 대도시의 대리점처럼 매출이 많지는 않아도, 단골이 끊이지 않아 그런대로 타산을 맞추었다. 일을 거들던 아버지의 건강이 나빠져 일손이 딸리니 조상만 씨더러 내려와 맡으면 어떻겠느냐는 것이었다.

평소 같으면 무슨 말도 안 되는 소리냐며 거절했겠지만, 윤지를 생각하니 듣던 중 가뭄에 비 내리는 소리였다. 아내도 두말없이 동의해 주었다. 그래서 직장에 사표를 내고 집도 아예 정리한 뒤 고향 남해로 내려왔다. 자신을 낳아준 남해가 아이에게도 새로운 기운을 불어넣기를 조상만 씨는 속으로 간곡하게 빌었다.

2

남해에서의 생활이 처음부터 원만했던 것은 아니었다. 대리점 일은 분주하기는 했지만 단조로웠다. 찾아온 손님에게 제품의 성능이나 가격을 맞춰보고 계약이 이뤄지면 배달하는 일이 매일 반복되었다. 아침 9시에 나와 저녁 8시에 퇴근할 때까지 다람쥐 쳇바퀴 도는 일상의 연

속이었다. 서울에서의 직장 생활과 별반 다를 것도 없어, 따분하기는 했어도 아주 불만스럽지는 않았다.

그저 속상한 것은 둘째 윤지의 자폐증 증세가 나아질 기미를 보이지 않는 것이었다. 당장 차도가 있으리라 기대한 일은 아니었다. 그러나 아이가 문밖을 나가는 일마저 꺼리자 조상만 씨는 실망을 넘어 낙담하기에 이르렀다. 출산율이 낮아 소아과도 없는 남해에 소아정신과가 있을 리 만무했다.

정기적으로 하루 날을 잡아 새벽에 차를 몰고 서울로 가 진찰을 받고 약을 타온 뒤 남해로 내려왔다. 그러나 그것도 애가 너무 지쳐하는 듯해 어렵게 수소문해서 가까운 진주에 있는 병원으로 옮겼다. 하얀 곰 인형을 만지작거리며 차창 밖을 내다보기도 벅차하는 윤지를 보면서 조상만 씨의 속은 타들어갔다.

생활만 단조로워졌을 뿐 나아진 것은 아무 것도 없자 조상만 씨의 생활도 겉돌게 되었다. 일과가 끝난 뒤면 몇 남아 있는 초등학교 동창들과 만나는 술자리가 점점 잦아졌다. 때로는 새벽까지 폭음을 하게 되었다. 아이들보다 아내가 먼저 얼굴을 찡그렸다.

"술 마시러 내려온 거예요? 윤지 병 고치러 온 거예요?"

자제해야겠다고 생각했지만 마음이 뻥 뚫린 것 같은 상실감은 쉽게 자리를 떠나지 않았다. 업무에 부대끼면서 살았던 서울이 그리워지기도 했다. 이러다 내가 먼저 서울 노스탤지어에 걸리는 게 아닐까 덜컥 두려워졌다.

그러다가 손에 쥐게 된 것이 사진기였다.

자신의 고향이었지만 남해가 여느 곳보다 경치가 아름다운 세상이라는 사실을 그는 아주 늦게야 발견했다. 전자제품을 배달하면서 남해 곳곳을 찾아다니노라니 이전에는 보지 못했던 남해의 절경이 속속 눈에 들어왔다. 등잔 밑이 어둡다고나 할까. 눈이 번쩍 뜨이는 경치를 만나는 일이 한두 번이 아니었다.

들일 나가는 고객을 위해 배달을 앞당기느라 새벽바람에 차를 몰고 물미 해안도로를 달릴 때였다. 커브를 트는데 멀리 동쪽 바다에서 떠오르는 햇살이 그를 맞았다. 어두컴컴한 하늘이 갑자기 붉게 변하는가 싶었는데 곧 사위가 환해졌다. 그 밝음은 형광등을 켰을 때 방 안이 훤해지는 것과는 사뭇 달랐다. 목욕물에 온수가 섞여 조금씩 따뜻해지는 그런 질감으로 밝음은 은은하게 다가왔다. 조상만 씨는 배달을 가야 한다는 사실도 잊고 핸들을 돌려 바닷가로 차를 몰았다.

발밑에서 파도가 찰랑거리는 해변에 차를 세웠다. 파도를 타고 흐르는 햇살은 그의 발끝까지 한 줄기 붉은 선을 그었다. 해변에서 수평선에 몸을 걸친 태양까지 반짝이는 굵은 동아줄 하나가 찰랑거리는 느낌이었다. 그의 가슴으로 출처를 알 수 없는 감동이 폭포수처럼 쏟아져 내렸다.

눈으로만 보고 등을 돌리기에는 너무나 장엄하고 숭고한 풍경이었다. 그래서 핸드폰에 광경을 담았다. 넋이 나가 이곳저곳 자리를 옮기면서 수십 장을 찍어냈다. 배달을 마치고 대리점으로 돌아와 모니터에 영상을 띄워보았다. 새벽 일출의 설렘이 다시 목젖을 타고 되살아났다.

그때부터였을 것이다. 조상만 씨는 서울에 사는 지인을 통해 중고 사진기 한 대를 장만했다. 사진에 관한 책자도 사서 읽는 한편 배달을 나갈 때마다 사진기를 들고 나갔다. 고기 잡는 어부들, 들일에 분주한 농부들, 바래일로 등이 휜 할머니, 울긋불긋 꽃들로 어지러운 들길이며 울창한 삼림과 탁 트인 해변 등, 닥치는 대로 셔터를 눌렀다. 그동안 맛보지 못했던 희열로 온몸이 전율했다. 세찬 소나기를 맞으며 논둑길을 헤매다가 미끄러져 물에 빠진 생쥐 꼴이 되기도 했다.

남해의 속살을 사진으로 옮기는 일이 그에게만 변화를 준 것은 아니었다. 자폐증으로 세상과 담을 쌓았던 둘째 딸 윤지에게도 변화가 찾아왔다.

대리점 사무실에서 못 다 정리한 사진 파일들을 집에 와 모니터에 띄웠다. 아이와 아내가 무료하지 말라고 조금 무리해 최신형 대형 모니터를 구입해 집에 들여놓았는데, 이럴 때 요긴하게 쓰였다. 해상도가 좋은 모니터에 남해의 자연풍경들이 색감도 영롱하게 화면을 가득 채웠다. 꽃에 앉은 나비가 금방이 날아갈 듯 생동감이 넘쳤다. 그때 뒤에서 누군가의 앙증맞은 목소리가 들려왔다.

"아이, 예뻐."

화들짝 놀라 돌아오니 윤지였다. 곰 인형을 품에 안은 윤지가 눈이 화등잔 만해져 화면을 응시하고 있었다. 몇 년 만에 들어보는 윤지의 목소리였다.

"그렇지, 윤지야! 정말 예쁘지?"

조상만 씨의 목소리는 감격에 겨워 떨렸다.

"응. 나비야. 나비. 노랑나비."

윤지의 목소리를 듣고 아내도 방에서 나왔다. 수지도 얼떨떨한 표정으로 고개를 내밀었다.

"아빠? 지금 윤지가 말한 거야?"

눈물이 그렁그렁한 얼굴로 조상만 씨는 고개를 끄덕거리고는 윤지를 꼭 껴안았다. 윤지의 엉덩이를 톡톡 두들기면서 앞으로 아이들과 함께 자주 나들이를 나가야겠다고 다짐했다.

3

설천면 구두산 정상 어귀에 있는 양모리학교를 알게 된 것은 대리점 일 덕분이었다. 프린터를 배달해 달라는 전화를 받아 처음 갔다. 강진만을 감싸 도는 간선도로를 타고 달리다 좌회전해서 꼬불꼬불한 길을 한참 올라가니 제법 넓게 펼쳐진 개활지가 나왔다. 입구 옆에 바위 하나가 생뚱맞게 서 있는데, 자세히 보니 페인트로 양 얼굴을 그려 놓았다.

'남해에도 양을 키우는 목장이 있었나?'

배달을 하느라 다녀보지 않은 곳이 없는 그였지만, 이곳은 생소했다. 골이 깊은 곳이라 마을도 없었다. 언젠가 골짜기 중턱쯤에 닭백숙으로 유명한 식당이 있어 들렀던 기억이 얼핏 났다. 그래도 기억 속에 양떼가 노니는 장면은 없었다. 지형을 눈에 익히려고 사방을 둘러보았다. 산 아래 푸른 숲 너머로 강진만의 아스라한 전경이 들어왔다. 서둘러 사진을 한 커트 찍었다.

찻소리를 들었는지 저 멀리 집에서 한 남자가 털레털레 걸어 나왔다. 누런 반점이 찍힌 강아지가 연신 꼬리를 치며 남자의 뒤를 따르고 있었다.

"미안합니다. 저 혼자라서 먼 길 오시게 했네요."

만면에 웃음을 띤 채 구레나룻이 짙은 남자가 엉성하게 짜진 문을 열어 주었다. 눈망울이 커서 소나 말의 눈처럼 느껴졌다. 강아지가 조상만 씨의 다리에 엉기며 몸을 비벼댔다. 남자가 강아지를 붙잡았다.

"이놈도 사람이 그리웠나 보네요. 이름이 '여름'입니다. 올 여름에 앞마을에 나갔다가 다리를 다쳐 절뚝거리는 것이 안되 보여 데려와 키웠죠."

그리고 보니 강아지는 다리가 불편해 보였다. 순한 주인의 얼굴 표정과 강아지의 스스럼없는 장난질이 산길을 올라온 피로를 멀리 달아나게 했다.

컴퓨터에 프린터를 연결해 주고 내려온 며칠 뒤였다. 마침 양모리학교 아래 해변 마을에 배달이 있어 나와 있었다. 핸드폰 벨이 울리기에 받았더니 양모리학교 주인인 마태상 씨였다. 어디냐고 묻기에 근처에 있다고 대꾸했다. 마태상 씨는 아무 말 없이 전화를 끊더니 얼마 뒤 마을로 나타났다.

프린터에 문제가 있나 싶었는데 그게 아니었다. 마태상 씨는 나이가 지긋한 노인 한 분과 같이 왔다.

"이웃 마을에 사료를 사러 내려왔는데, 이분이 세탁기를 새로 장만한다잖아요. 그래서 생각나 전화한 겁니다."

마태상 씨는 일부러 제 갈 길도 마다하고 손님을 데려온 것이었다. 한 번 맺은 인연을 잊지 않은 그가 조상만 씨는 너무나 고마웠다. 손님을 태우고 대리점으로 돌아와 세탁기 한 대를 판매했다.

얼마 뒤 구름이 기분 좋게 드리운 날 대리점 일을 일찍 접고 양모리학교로 차를 몰았다. 소주 서너 병에 삼겹살 몇 근도 사서 챙겼다. 양모리학교 주변의 풍경이 좋아 사진을 찍을 욕심도 있었지만, 주인을 만나고 싶은 마음이 더 컸다. 연락도 없이 무작정 갔는데, 마침 마태상 씨와 그의 형 마인상 씨, 그리고 노모까지 세 식구가 모두 집에 있었다.

양모리학교에는 양만 있는 것이 아니었다. 닭이며 돼지, 청둥오리들까지 제법 식솔들이 가멸찼다. 양몰이 개도 여러 마리 눈에 띄었다. 양들은 봄과 여름 내내 보살핌을 잘 받았는지 털북숭이가 되어 있었다. 양모는 고급 양복 옷감을 만드는데 쓰이지만, 국내에서는 필요로 하는 곳이 없어 털을 깎기는 해도 수요는 없다고 했다.

먹이를 달라며 달려오는 양떼들과 왕왕 짖으며 양을 모는 개들을 보면서 조상만 씨는 아이들과 함께 올 걸 그랬다는 아쉬움이 들었다.

얼마 전부터 조상만 씨는 짬이 날 때마다 두 딸을 데리고 남해를 들쑤시고 다녔다. 초등학생인 수지는 또래 친구들과 노는 게 좋은지 그런 나들이를 탐탁해 하지 않았다. 하지만 윤지는 달랐다. 언니가 꺼리는 개펄에 들어가서도 잘 놀았다. 개펄에 뚫린 구멍에 손을 집어넣어 작은 게를 잡아 올리기도 했다. 윤지는 그새 남해의 자연과 친구가 된 듯싶었다.

윤지의 웃음소리가 나날이 잦아졌고, 목소리에도 힘이 실렸다. 자폐증에서 완전히 벗어나지는 않았지만, 의사 선생님도 윤지의 변화에 대해 놀랄 정도였다. 조상만 씨는 남해에 내려오길 잘 했다면서 비로소 걱정을 내려놓았다.

마태상 씨 형제와 노모는 강원도 사람이었다. 성씨가 마馬 씨라 그런지 형제는 가축 키우는 일이 체질에 맞았다. 대처에서 이런저런 일을 하다 결국 목장을 열겠다는 데 뜻을 모았다. 강원도부터 이곳저곳 마음에 드는 곳을 물색하다가 남해까지 내려왔다고 했다. 푸른 바다와 더 푸른 바닷바람이 맴도는 구두산 자락에서 그들은 마침내 양떼를 키우기에 안성맞춤인 장소를 찾았다. 그것이 작년 이맘때의 일이었다.

"처음부터 일이 쉽지는 않았죠. 목장 터를 빌리고 철조망을 치고, 잡목을 베어내고, 양떼들 먹이로 좋을 풀 씨를 뿌리고, 그러면서 지난해를 다 보냈습니다."

소주잔을 기울이면서 마태상 씨가 넉넉한 웃음을 토해냈다.

"올해부터 조금씩 찾아오시는 분이 있더군요. 입소문이 참 무섭고 고마워요."

체험비로 얼마간 입장료를 받지만 수지를 맞추기에는 턱없이 부족하다고 했다. 그래도 얼굴빛은 밝았다. 그는 현재보다는 미래를 보면서 사는 사람이었다. 마진을 한 푼이라도 더 남기려고 아등바등하는 자신을 돌이켜보니 얼굴 들기가 쑥스러웠다.

"어른들보다는 아이들이 더 좋아해요. 양이 워낙 순한 동물이라 애들 정서에 맞나 봅니다. 좀 큰 애들이 양을 타보겠다며 올라타다 떨어져 놀랄 때도 있지만, 서로 엉켜 있으면 누가 양이고 누가 애들인지 구분이 안 갈 때가 많지요."

그 말에 조상만 씨의 뇌리로 자기 딸들이 양떼들과 뛰어노는 모습이 불현 듯 스쳐지나갔다.

"학교 문은 항상 열려 있어요. 일 때문에 사람이 없을 때도 문은 열어 둡니다. 뭐 훔쳐갈거나 있었으면 좋겠네요."

사람 좋은 웃음을 잃지 않으며 마태상 씨가 소주잔을 기울였다.

4

여름 소나기가 시원하게 걷힌 휴일 날 조상만 씨는 가족들과 함께 차에 올랐다. 아이들이나 아내나 모두 가벼운 나들이 복 차림을 갖추었다. 날씨는 더없이 화창했고, 바람은 적당한 온기를 품어 산길을 걷는 데 기운을 돋울 만했다.

조상만 씨는 양모리학교를 조금 못 미쳐 차를 세웠다. 30분 정도 산을 걸으면서 아이들이 자연의 싱그러운 향기를 맡게 할 요량이었다. 코스모스며 가을꽃들이 울긋불긋한 빛깔을 자랑하며 길을 따라 피어 있었다.

처음에는 시큰둥하던 수지도 꽃을 꺾어 머리에 꽂는 둥하며 신바람을 냈다. 윤지도 언니를 따라 꽃향기를 맡으며 종종걸음을 쳤다.

학교 어귀에 닿을 무렵 인기척을 들었는지 여름이가 날랜 몸짓으로 조상만 씨 가족을 향해 달려왔다. 이 바람에 윤지가 놀랐다. 혀를 내두르며 다가오는 개를 보더니 표정이 핼쑥해졌다. 수지의 옷자락을 잡더니 흔들리는 눈동자를 굴리며 조상만 씨와 아내를 바라보았다.

"놀라지마. 얘는 네가 좋아서 마중을 나온 거야."

수지가 제법 어른스런 말투로 윤지를 달랬다. 여름이가 목청을 높여 컹컹 짖고 꼬리를 선풍기 날개처럼 흔들어대며 윤지 곁을 떠나지 않았다. 윤지와 여름이가 수지를 가운데 두고 다람쥐 쳇바퀴 돌 듯 뱅뱅 돌았다. 윤지의 표정은 곧 울음을 터뜨릴 기세였다. 더 이상 두고 보다가는 양모리학교 구경은 고사하고 애가 먼저 자지러질 판이었다. 하는 수 없이 조상만 씨가 나서서 여름이를 떼어놓았다.

조상만 씨가 쪼그리고 앉아 여름이의 머리를 쓰다듬으며 흥분을 가라앉히는 틈을 놓치지 않고 윤지가 조상만 씨의 등에 깡충 올라탔다. 목을 잡는 윤지의 팔에 다부진 힘이 느껴졌다.

윤지가 저를 반기지 않자 눈치 빠른 여름이도 수지에게로 관심을 옮겼다. 수지가 앞으로 달려가니 여름이도 지지 않고 날쌔게 뒤쫓았다. 그렇게 조상만 씨 가족의 오랜만의 나들이 서막이 올랐다.

양모리학교 가족들도 다들 밖에 나와 반가운 얼굴로 그들을 기다렸다.

"오늘은 예쁜 공주님 두 분까지 대동하셨구려. 어서 오세요."

마태상 씨가 넉살좋게 두 아이를 보며 두 팔을 벌렸다. 수지는 고개를 꾸벅 숙이며 인사했지만, 윤지는 머리를 조상만 씨의 등에 폭 파묻었다. 아직 낯선 사람이 어색한 모양이었다. 목장으로 가는 길목에는 들국화가 소담스럽게 바람을 맞으며 고개를 끄덕거렸다.

"작은 따님도 걷게 하세요. 자 작은 공주님 이리 오세요. 공주님께 드릴 선물이 있답니다. 이게 뭘까요?"

마태상 씨의 한쪽 손이 뒤춤에 숨겨져 있었다. 호기심 때문이었을까? 아니면 아저씨의 웃음소리가 마음을 움직인 탓일까? 윤지가 파묻었던 얼굴을 들더니 조상만 씨 머리 너머로 빠끔히 고개를 내밀었다.

"뭔~데~요~?"

윤지가 가족 아닌 사람에게 말을 건 것도 참 오래간만이었다.

"공주님을 꼭 닮은 선물입지요. 아빠 등에서 내려오시면 드리겠나이다."

잠깐 아빠의 등에서 주저하던 윤지가 이내 발로 조상만 씨의 엉덩이를 두드렸다. 내려달라는 신호였다. 땅에 발을 디딘 윤지가 조심스럽게 마태상 씨에게 다가갔다.

"어이구, 대견하십니다. 자 여기."

마태상 씨가 내놓은 선물은 가을꽃으로 엮어 만든 꽃 왕관이었다. 가운데 만개한 노란 해바라기가 보석처럼 장식되어 있었다. 윤지의 입에서 탄성이 흘러나왔다.

"예뻐! 예뻐!"

꽃 왕관을 쓰자 윤지는 진짜 공주라도 된 것처럼 사뿐사뿐 길을 걸었다. 이 바람에 수지가 토라졌다.

"저는 선물이 없어요?"

"물론 있습지요. 저기 저분이 주실 겁니다."

마인상 씨가 뒤편에 쑥스러운 얼굴로 서 있다가 수지에게 오더니 역시 꽃 왕관을 내밀었다. 빼앗듯 왕관을 받아든 수지가 재빠르게 머리에 꽃다발을 얹었다. 멋을 부리느라 약간 비스듬하게 모양새를 고치더니 뻐기듯 두 팔을 허리에 올리고 귀염을 떨었다.

가을 햇살을 흠뻑 머금은 목장의 잔디가 푸르렀다. 양 떼들은 몇 마리씩 떼를 지어 풀을 뜯어먹고 있었다. 사람들이 몰려오는 것을 본 양 떼들이 그들을 향해 잰걸음을 놓렸다. 맴매~ 우는 소리가 햇살처럼 목장 들녘으로 흩어졌다. 양의 덩치가 여름이에 비할 바가 아니었지만 윤지는 겁을 먹지 않았다.

미리 나눠 준 양 먹이가 두 아이의 손에 들렸다. 용케 그 냄새를 맡은 양떼들이 윤지와 수지를 둘러쌌다. 양들은 고개를 쳐들고 입을 앙증맞게 벌리며 먹이를 달라고 성화를 부렸다. 주머니에서 먹이를 꺼내기 무섭게 양들이 입을 벌려 날름 빼앗아갔다.

먹이가 바닥이 났는데도 양떼들의 독촉은 잦아들지 않았다. 난감해진 아이들이 뒷걸음질 쳤다. 그래도 양떼들의 응석은 여전했다. 성화를 이기지 못한 두 아이가 각기 다른 방향으로 목장을 가로질러 달렸다. 추격을 포기한 양들도 있었지만 몇 마리가 패를 나누어 두 아이 뒤를 따라갔다.

"괜찮을까요?"

조금 걱정이 된 조상만 씨가 마태상 씨를 돌아보며 물었다.

"염려마세요. 사람을 물거나 밟진 않으니까요."

수지는 목장을 한 바퀴 돌아 아내의 손을 잡았다. 양들도 지쳤는지 뿔뿔이 흩어져 입에 맞는 풀을 찾아 주둥이를 땅에 박았다. 수지는 양 털을 만지기도 하고 꼬리를 잡기도 하면서 양떼들과 어울렸다.

언덕을 넘어 달려간 수지의 모습이 한동안 보이지 않았다. 그제야 아내의 얼굴에 걱정하는 빛이 떠올랐다.

"수지가 왜 안 오죠?"

아내를 안심시키며 조상만 씨가 카메라 가방을 둘러메고 언덕을 올랐다. 푸른 풀이 흐드러진 언덕과 파란 하늘, 그리고 점점이 흐르는 흰 구름이 시야에 들어왔다. 아름다운 풍경이었다. 조상만 씨는 자신도 모르게 카메라 셔터를 눌렀다.

그렇게 언덕을 오르고도 셔터는 쉬지 않고 찰칵거렸다. 아차 싶어 카메라를 눈에서 떼면서 사방을 둘러보았다. 파인더로 보던 사각 세상과 탁 트인 둥근 세상 사이에서 잠시 동공이 어지러웠다. 눈길을 천천히 돌리며 윤지를 찾았다.

저기 언덕 아래 윤지가 보였다. 아니 네 마리 양이 보였다. 멀리 강진만의 푸른 바다가 아스라하게 펼쳐져 있고, 양과 윤지가 풀장으로 자맥질을 하듯 나란히 뒷모습을 드러냈다. 여름이는 한참 앞에서 두 다리를 앞으로 내민 채 의젓하게 앉아 바다의 고요한 경치를 감상하고 있었다. 두 팔을 살짝 벌리고 마치 양떼들을 인도하듯 윤지가 멀리 펼쳐진 세상을 응시하고 있었다. 그 장면은 엄숙하면서 감동적이었다. 자연과 양과 여름이와 윤지가 하나가 되어 있었다. 숨을 멈추고 장엄한 광경을 바라보던 조상만 씨가 문득 카메라를 들었다.

셔터 소리를 어떻게 들었는지 윤지가 고개를 아빠 쪽으로 돌렸다.

윤지는 얼굴뿐만 아니라 몸 전체로 웃고 있었다. 세상에 하나뿐인 웃음이었다.

"아빠, 이리와. 양들이 내 얼굴을 핥았어."

사람 손만 닿아도 질려하던 예전의 윤지가 아니었다. 한 마리 양이 된 윤지는 세상과 자기 사이에 쌓았던 벽을 말끔히 허물어 버렸다. 하늘과 잔디, 먼 바다와 함께 윤지는 이제 평범한 어린아이가 되었다. 어린애처럼 눈물이 샘솟아 조상만 씨는 슬쩍 소매로 얼굴을 닦았다.

수지와 아내가 재잘거리며 걸어오는 소리가 들렸다.

양모리학교

　남해 양모리학교는 설천면 문의리 산181-2번지 구두산 정상 어귀에 있는 양떼목장이다.(연락처 055-862-8933) 1만여 평의 대지 위에 50여 마리의 양과 여러 동물들이 함께 방목되고 있다. 3년 전에 마태용, 마상용 두 형제가 양을 키우면서 그 즐거움을 함께 나눌 장소를 찾다가 이곳 남해까지 와 구두산 아래 방목지를 발견하고 정착해 일구었다. 지금은 두 형제가 노모를 모시면서 학교를 운영하고 있다.

　아름다운 바다가 한눈에 내려다보이는 구두산 정상 부근에 있으며, 사계절 아름답고 다양한 모습으로 여러분들을 기다리고 있다. 봄, 여름, 가을, 겨울! 계절이 순환하듯 동물들이 태어나고 자라는 모습을 보면서 생명의 신비로움과 자연의 소중함을 경험할 수 있다. 또 편백나무 숲을 거닐면서 도시 생활에 지친 몸과 마음을 치유할 수 있는 장소이기도 하다. 아름답고 소중한 추억의 장소를 찾고 싶다면 한 번 찾아올 만하고, 특히 자녀들과 함께 오면 더욱 값진 경험과 자연 사랑의 마음을 길어갈 수 있다.

　입장료는 어른 5천 원, 중·고등학생 4천 원, 아동은 3천 원인데, 양에게 줄 먹이 팩을 하나씩 준다.

　개방시간　하절기 : 오전 09:00 ~ 오후 18:00 (4월~10월)
　　　　　　동절기 : 오전 09:00 ~ 오후 17:00 (11월~3월)
　　　　　　* 단체 입장은 목장 사정상 평일(월~금) 유치원 단체만 가능하다.

어서 오시다!

서면 남상 마을 해변에서

멀리 여수 항구가 바라보이는 바닷가.

날씨는 맑았지만 바람은 제법 거센 편이었다. 간간히 구름이 잊을
만하면 지나갔고, 갈매기 떼들이 해변을 오가며 날아다녔다. 갈매기들
은 하얀 방제복을 입고 몽돌 해변에 따개비처럼 달라붙은 사람들이 이
상했는지 좀체 뭍 가까이로는 접근하지 않았다. 하긴 이런 역한 냄새
가 뒤덮인 해변이라면 썩은 고기만 찾는다는 하이에나라도 고개를 절
레절레 흔들며 뒤꽁무니를 뺄 것이다.

류경훈 노인은 허리를 토닥거리며 해변에서 몸을 일으켰다. 나이는
어쩔 수 없는지 이제는 조금만 몸을 움직여도 뼛골이 욱신거렸다. 더
구나 뻑뻑한 방제복이 몸을 더욱 무겁게 만들었다. 이제 겨우 돌 몇 개
를 닦았을 뿐인데도 류 노인의 이마에는 땀이 송골송골 맺혀버렸다.
쓰고 있는 마스크가 호흡을 방해해 마치 물 속 깊은 곳에서 숨을 쉬는
듯했다.

류 노인은 허리를 가볍게 돌리면서 주변을 돌아보았다. 긴 몽돌 해
변에는 적지 않은 사람들이 흩어져 방제 작업에 여념이 없었다. 방제
복이 하얀데다 모자며 장갑까지 흰색이라 히말라야의 설인雪人들이 단
체로 해변에 몰려든 것 같았다. 햇살을 받아 뽀얗게 빛나던 몽돌이 거

무튀튀한 기름에 절어버려 사람들이 더욱 하얗게 보였다. 일어선 류 노인을 본 동네 사람들이 쓴 웃음을 지었다.

"그러게 영감님, 그냥 댁에 계시라는 데요. 그러다 생병 앓으십니다."

류 노인은 기름 찌꺼기가 잔뜩 묻은 방제포를 흔들면서 표정을 일그러뜨렸다.

"누굴 송장 취급하는 거여? 그놈의 사달만 아니었으면 자네보다 열 곱절 더 일을 잘 했을 걸세."

그런 장담이 결코 허장성세는 아니었다. 작년까지만 해도 칠순을 훌쩍 넘긴 류 노인이었지만 근력 하나만은 자신이 있었다. 쌀 한 가마니쯤 너끈하게 져 올린다면 거짓말이겠지만, 어지간히 무거운 짐이라면 등짐을 지든 어깨에 얹든 옮기는 데 아무 문제가 없었다. 나이 터울이 열 살 스무 살 아래인 사람 못지않은 노익장을 류 노인은 과시했었다. 그런 그에게 탈이 생긴 것은 두어 달 전이었다.

한겨울에도 눈 구경하기 힘들 만큼 따뜻한 남해라도 계절은 어김없이 돌고 돌아 겨울이 왔다. 11월에 접어들자 새벽이면 한기가 돌만큼 바깥 날씨가 쌀쌀해졌다. 시금치 수확도 얼추 끝나 류 노인의 주머니에도 쏠쏠하게 목돈이 들어왔다. 여름 내내 땀 흘린 보람이 빳빳한 지폐로 보상받자 류 노인은 큰 상이라도 탄 사람처럼 가슴이 뿌듯해졌다. 호사를 부릴 일도 없는 시골 생활인지라 돈은 그대로 남해신협 통장으로 들어갔다.

"돈도 좋지만 너무 무리하지 말아요. 그 돈 죽어 싸 짊어지고 가시려우?"

통장의 잔액을 거듭 훑어보며 함박웃음을 짓는 류 노인을 보더니 할멈이 투덜거렸다. 그 말에 류 노인은 공연한 역정을 냈다.

"늙었다고 방구들 짊어지면 그 길이 저승사자 만나러 가는 길이여. 그럴수록 더욱 몸을 재게 움직여야해."

아이들은 다들 성가해서 대도시에 나가 살고 있었다. 평생 아이들 뒷바라지로 고생한 일들이 주마등처럼 스쳐 지나갔다. 잔병치레가 잦은 할멈을 염려해 자식들이 서울로 올라오라고 성화였지만, 류 노인은 꿈쩍도 하지 않았다.

"니들이 내려오면 안 되겠냐? 늙은이들만 버글버글 대니 이게 어디 사람 사는 동네냐?"

자식들이 하나같이 고향을 등지고 도시 생활을 하는 게 류 노인은 마땅치 않았다. 젊은이들은 할 일이 없어 떠난다지만, 무른 핑계일 뿐이라고 류 노인은 생각했다.

"사람이 머물면 자연 일자리도 생기는 거여. 사람이 없으니 일자리도 없는 게지."

명절 때 내려오는 아이들에게 이렇게 채근을 해도 누구 하나 귀 기울여 듣는 놈 없었다. 차례를 끝마치기 무섭게 다들 돌아갈 궁리에만 여념이 없었다. 자기 죽으면 누가 내려와 무덤을 돌볼지 류 노인은 벌써 걱정이 앞섰다.

"행여 날 서울 공동묘지에 묻을 생각은 하지도 말아라! 죽어서도 고향 땅 바람소리를 듣고 싶구나."

하나둘 차에 오르는 아이들을 보면서 류 노인은 심통스럽게 투덜거렸다.

"할아버지. 걱정 마세요. 제가 내려와 할머니 할아버지 모실 게요."

철없는 손주 놈이 류 노인 품에 안기며 하는 말이 그저 위안거리일 뿐이었다.

"그려, 그려. 규훈이 네가 효자로구나."

류 노인의 이마에 잡힌 주름이 펴지며 손자의 등을 토닥거려 주었다.

마늘 심기가 끝나자 류 노인은 시금치 파종에도 나섰다. 밭이랑마다 비닐을 덮고 어린 싹을 한 포기 한 포기 정성스럽게 심었다. 며칠

만에 넓은 밭은 파란 융단이 깔린 듯 싱그럽게 살아 숨 쉬는 땅으로 바뀌었다.

갓 심은 농작물을 돌보는 일로 류 노인은 하루가 어떻게 지나는지도 몰랐다. 아침부터 저물녘까지 호미를 들고 비지땀을 흘렸건만, 별로 손이 간 것처럼 보이지 않아 심사가 울적했다. 저기 멀리서 할멈이 손짓하며 류 노인을 불렀다.

"어서 와요. 손님들 왔소."

손님이란 게 별거 아니었다. 노는 방이 많아 개축을 해서 조촐하게 민박을 놓았는데, 의외로 객지 손님들이 심심찮게 찾아와 주었다. 내일이 주말이라 관광객들이 찾아온 모양이었다.

옷에 묻은 흙먼지를 털면서 집에 와보니 젊은 학생들이었다. 노구마을에서 스포츠파크까지 이어진 바래길 '망운산 노을길'을 걷겠다며 왔다고 했다. 학생들이 제법 건실해 보였다.

"노구마을로 가지 어찌 중간 마을로 오셨나?"

방문을 열어주며 묻자, 일행 중 한 녀석이 바다를 가리키며 대답했다.

"이곳 경치가 제일 맘에 들더라고요."

"암! 우리 마을 바다 풍경만한 곳이 그리 많진 않지."

제 마을이 좋다는데 눈살 찌푸릴 사람은 없는 법. 류 노인은 절로 흐뭇한 표정을 지으며 푸른 물결이 넘실거리는 바다와 파란 마늘 밭을 번갈아 보았다.

여기까지는 으레 볼 수 있는 장면이었다. 사달은 그날 밤에 일어났다.

민박 든 젊은이들이 몇 차례 차를 몰고 들락거리는 바람에 류 노인은 잠을 설쳤다. 내일도 일을 해야 하는데, 민박 준 앞마당이 시끄러워 잠을 잘 수 없었다. 바래길 걷겠다는 사람들의 술추렴치고는 너무 떠들썩했다.

"저 친구들 술이 좀 과한 거 아녀?"

"냅둬요. 젊은 혈기에 바닷바람 맞으니 흥이 나나 보죠."

할멈이 말렸지만 류 노인은 그예 참지 못하고 문밖으로 나섰다.

학생들은 벌써 술이 거나하게 취해 있었다. 삼겹살이 지글지글 구워지고 있었고, 마당을 구르는 소주병도 적지 않았다. 문이 열린 차 안에서는 생전 들어본 적도 없는 노래가 요란하게 터져 나왔다. 마당 구석에 있는 바위에 한 녀석이 술에 곤죽이 되어 껴안다시피 엎어져 있었다.

"학생들. 그만 주무시구려. 내일 바래길 걸을 사람들이 몸 생각도 해야지."

점잖게 타이르자 다들 머리를 조아리며 술판을 정리하려고 일어났다. 젊은 사람답지 않게 어른 말을 잘 듣는다 싶어 대견하게 느껴졌다. 그런데 바위에 엎어져 있던 녀석이 비틀거리며 일어서더니 대뜸 시비를 걸어왔다.

"뭐야? 벌써 술판 접으려는 거야? 이제 초저녁인데? 노인네 말에 뭘 신경 써."

속으로 부아가 확 끓어올랐다.

"이보게, 학생. 술이란 적당히 마시면 약이지만 과하면 독이여."

딴에는 좋은 말로 눙칠 심산이었는데 듣는 사람에게는 그게 아닌 모양이었다.

"제길, 할아버지 몸이나 걱정하세요. 놀러 와서 술도 못 마십니까?"

다짜고짜 류 노인 앞으로 달려들더니 고함부터 질러댔다. 울컥 속에서 뜨거운 분기가 치밀어 올랐다. 젊어서는 길길이 날뛰는 황소도 제압했던 류 노인이었다. 휘청거리는 학생의 팔을 낚아챘는데, 녀석은 힘없이 마당에 쓰러져 버렸다. 흠칫 놀란 류 노인이 허리를 굽혀 녀석을 일으켜 세웠다.

"어허! 무슨 젊은이가 이렇게 강단이 약한가. 괜찮으시오?"

녀석은 괜찮지가 않았다. 얼굴이 벌겋게 달아오른 녀석이 벌떡 일어나더니 목청을 높였다.

"이 노인네가 사람을 치네. 내가 그렇게 만만해 보이나?"

녀석이 멱살이라도 잡을 듯이 류 노인에게 달려들었다. 여느 때 같으면 가볍게 피했겠지만, 창졸간에 당한 일이라 두 사람은 서로 옷자락을 잡은 채 엉켜버렸다. 다른 학생들이 달려들어 말렸지만, 무슨 억하심정인지 녀석은 더욱 손아귀에 힘을 주었다.

"놔, 놓으라고. 내가 뭘 어쨌다고 니들까지 난리야!"

녀석이 몸을 뒤척이며 악을 쓰더니 류 노인을 내팽개쳤다. 그 바람에 류 노인은 마당 저쪽으로 내동댕이쳐졌다. 번갯불이 지나간 듯 등허리로 뜨거운 통증이 몰려왔다. 너무 고통스러워 비명도 나오지 않았다.

달려 나온 할멈과 일행들의 부축을 받아 류 노인은 방 안으로 옮겨졌다. 허리가 없어진 듯 사지가 얼얼했다. 녀석은 술기운에 지쳤는지 흙바닥에 주저앉더니 고꾸라졌다.

학생들이 천 번 만 번 사죄를 하고 저희들 방으로 건너갔고, 류 노인은 할멈의 뜨거운 물수건 찜질을 받으며 밤을 새웠다. 얼마 뒤 허리의 감각은 돌아왔지만, 몸을 일으키려고 하면 불 벼락같은 통증이 허리께를 짓뭉갰다. 다음 날 아침에도 류 노인은 자리에서 일어나지 못했다.

문밖이 어수선해서 할멈이 나갔다 들어왔다. 할멈이 수심에 젖은 얼굴로 다시 들어왔다.

"어제 난장을 피운 학생이 사죄하겠다고 왔구려. 어쩔까요?"

술기운에 얼굴이 벌겋고 두 눈에 쌍심지를 켰던 녀석의 얼굴이 떠올랐다.

"무슨 얼어 죽을 사죄. 당장 내 집에서 꺼지라고 그래."

학생들은 곱게 돌려보내는 류 노인이 다시 열불을 낼까 겁났는지 발자국 소리도 죽인 채 집을 빠져나갔다.

"혹시 어디 안 좋으시면 알려주세요. 저희들이 치료비는 다 내겠습니다."

일행 중 선배인 듯한 학생이 할멈에게 주소와 연락처를 주며 당부했다.

"망할 녀석들. 병 주고 약 주는구나."

이런 사달로 류 노인은 보름 넘게 읍내 병원과 한의원을 다니며 치료를 받아야 했다. 동네 사람들이 경찰에 신고해서 혼쭐을 내라고 다그쳤다. 하지만 녀석 몰골을 다시 보고 싶지 않은 데다 젊은 놈 앞길을 망칠 수 없다는 생각이 들어 손사래를 쳤다. 이런 일이 있고부터 류 노인의 몸은 예전 같지 않게 되어 버렸다.

그렇게 해를 넘기고 음력 설날이 돌아왔다. 예전엔 하루 종일 일해도 거뜬했는데, 이제는 한두 시간 밭일만 해도 허리가 욱신거렸다. 그래도 마늘 밭을 방치할 순 없어 틈만 나면 밭으로 나갔다. 시금치는 진즉에 거뒀고, 두어 달 지나면 수확할 만큼 마늘도 키가 자라 있었다.

그런데 다들 명절맞이로 들떴던 설날 아침 남해에 엄청난 재앙의 그림자가 몰려왔다. 여수항으로 진입 중이던 유조선 한 척이 길을 잘못 드는 바람에 송유관이 파손되어 기름이 바다로 쏟아져 나왔다. 사고는 바다 건너 여수에서 났는데 피해를 고스란히 떠맡은 곳은 이곳 남해였다.

설날 차례를 지내고 손자들 세배를 받던 류 노인은 오후 느지막이 사고 소식을 접했다. 처음에는 유조선이 가라앉은 것도 아니고 파이프 하나 부서졌는데 대수려니 싶었다. 아이들도 근심스럽게 뒤 소식을 기다리다 다음 날 제 집으로 돌아갔다.

그런데 며칠 지나지도 않아 남해의 서쪽 바다는 밀려온 기름 덩어리에 오물천지가 되어버렸다. 사람들은 해변으로 나가 망연자실 기름으로 떡칠이 된 바닷가를 쳐다보며 발을 동동 굴렀다. 사람 몇이 나선다고 해결이 될 상황이 아니었다. 기름에서 내뿜는 악취가 심해 정신까지 혼미해질 지경이었다.

군청과 도청 등 관공서에서 긴급 방제 작업에 나섰고, 류 노인도 지체 않고 바닷가로 달려 나갔다. 긴 해변 전체가 오염되어 기계 따위로는 기름을 제거할 수 없었다. 사람 손이 일일이 가야 하는 지루한 방제 작업이 하루 종일 이어졌다. 방제복을 입었어도 악취가 진동해 서너 시간 작업을 하면 맑은 공기를 마시며 휴식을 취해야 했다.

소식을 들은 아이들도 휴가를 내서 남해로 내려왔다. 방학 중인 손자들도 함께 내려왔다.

"고향에 난리가 나니 사람들이 모이는구나."

류 노인은 혀를 끌끌 찼지만 고향의 재앙을 자신의 일처럼 생각하는 아이들이 대견스러웠다. 고사리 손으로 몽돌을 쥐고 정성스레 기름을 닦아내는 손자들 모습을 보자 절로 힘이 솟아났다.

그 날 저녁 류 노인은 또 욱신거리는 허리를 감싼 채 마당에 화톳불을 밝혔다. 방제 작업으로 고생이 막심한 마을 사람들을 위해 군청에서 위로연을 베풀었다. 류 노인의 집 마당이 넓어 누가 정하지도 않았는데 사람들이 집으로 몰려왔다.

소주를 몇 잔 기울이자 그간 쌓였던 피로도 풀리고 허리의 통증도 거짓말처럼 씻겨나갔다. 마을 사람들과 면사무소 직원들, 자원봉사를 하러 온 사람들 등으로 마당은 북적거렸다. 다들 맑은 남해의 이미지에 금이 가지 않을까 걱정이 태산이었다. 어떤 사람은 이 피해를 누가 다 보상할 거냐며 울분을 터뜨리기도 했다. 이장이 나서서 지금은 그런 걱정보다 빨리 방제 작업을 마치는 게 중요하다면서 사람들을 다독거렸다.

류 노인의 뇌리 속으로 20년 전 1995년에 일어난 씨프린스호 사고 때의 일이 악몽처럼 떠올랐다. 그때도 남해는 얼마나 큰 피해를 입었던가? 사고 수습과 피해 복구에 들어간 노력과 시간은 그렇더라도 한동안 남해 사람들은 생업을 잃어버려 크게 손해를 입었다. 아무리 보상을 한들 모든 손실을 갚아주는 것은 아니었다. 당장 사나워진 남해 사람들의 인심은 돈으로 수습될 일이 아니었다.

그런 생각을 하니 절로 한숨이 나왔다. 옆에서 이장이 따르는 술을 받자 류 노인은 단숨에 잔을 비웠다. 술잔을 내려놓으려는데, 열어둔 대문 쪽에서 사람 몇이 어른거렸다. 이웃 마을 사람들이 찾아왔나 싶어 눈길에 힘을 주는데, 자세히 보니 어디선가 본 면면이었다.

'저놈이 여긴 또 왜 왔나?!'

두어 달 전 민박을 한답시고 들렀다 행패를 부리고 간 그 녀석이었다. 옆에서 두리번거리는 일행들도 낯이 익었다. 그때 그 패거리들이었다. 피로가 다시 몰려오고 허리가 심하게 욱신거렸다. 류 노인은 소주잔을 평상에 깨져라 내려놓으며 벌떡 일어섰다. 사람들이 모두 류 노인을 쳐다보았다.

"저놈들 여긴 왜 온 거야? 당장 내 집에서 나가지 못해!"

류 노인이 고함을 지르는 쪽으로 사람들 시선이 집중되었다. 큰 아들 놈이 놀란 얼굴로 류 노인에게 다가왔다.

"아버지, 왜 그러세요?"

지난날의 봉변이 떠오른 류 노인의 팔이 부들부들 떨렸다.

"못된 놈들. 마을이 생지옥이 됐는데도, 놀자판을 벌이려 왔단 말이냐? 당장 내쫓아라."

사정을 알 길 없는 큰 아들이 아버지의 기색을 살피며 쩔쩔맸다. 그 일이 있고도 애들 걱정한다며 소식을 전하지 않았던 것이다.

"뭘 해? 내가 가서 몰아내야 되겠냐?"

그제야 큰 아들이 대문으로 나갔다. 몇몇 사람이 큰 아들을 따라 일어섰다. 대문가의 젊은 일행들은 말도 제대로 붙여보지 못하고 적잖이 당황한 표정으로 문 앞에서 사라졌다.

류 노인은 그 날 밤에 술을 좀 과하게 마셨다.

다음 날 오후 술기운이 가셔지자 다시 해변으로 나갔다. 다들 죽자 살자 복구에 비지땀을 흘리는데 혼자 방에 누워있을 수는 없었다. 자갈 세척기까지 동원되었다지만 사람의 손길을 기다리는 곳이 더 많았다.

방제복을 입고 방제포를 주머니에 채워 넣은 뒤 해변에 앉아 몽돌이며 바위에 묻은 기름을 꼼꼼히 닦아냈다. 술기운이 아직 남았는지 머리가 어찔했다. 류 노인은 누가 자신의 빈틈을 볼 새라 더욱 부지런히 손을 놀렸다.

"아버지, 괜찮으세요?"

점심 때 볼 일이 있다면서 읍내에 간 큰 아들이 언제 돌아왔는지 류 노인 곁으로 다가왔다. 무슨 좋은 일이 있는지 큰 아들은 싱글벙글 웃고 있었다. 그 웃음조차 류 노인에게는 고깝지 않았다.

"읍내 갔다 돈벼락이도 맞았냐? 뭐가 좋아 실실 웃어?"

큰 아들은 웃음을 그치지 않았다.

"웃으면 복이 온다잖아요. 찡그린다고 근심이 사라집니까."

"너 점심을 잘 못 먹었냐?"

"읍내에서 누굴 만났거든요."

"누굴? 첫사랑 옥분이라도 본 게냐?"

"그럼 더 좋았게요. 어제 우리 집에 왔던 그 청년들을 만났습니다."

류 노인의 심사가 확 뒤틀렸다. 뺨이라도 한 대 걷어 올리고 왔다면 모를까 그놈들 만난 게 무슨 경사라고 시시덕거린단 말인가.

"두 번 봤다가는 춤이라도 추겠구나."

"그 친구들 말을 들어보니, 아버지 큰일 날 뻔하셨더군요. 몸은 괜찮으세요? 왜 연락은 안 주셨어요?"

그래도 한 자락 양심은 남았는지 그때 사달을 말한 모양이었다.

"못된 놈들. 어떻게 내 집에 뻔뻔스럽게 다시 발을 들이려들어!"

류 노인은 분을 삭이려고 방수포로 몽돌을 북북 문질렀다.

"얘길 들어보니 그리 나쁜 친구들은 아니데요. 그때 행패 부렸던 녀석, 그 즈음 여자 친구에게 걷어차인 모양이더군요. 평소 얌전한 친구랍니다. 술이 들어가자 큰 잘못을 저질렀다고 사과하더군요. 남해에 기름이 유출된 사고 소식을 듣고 도저히 가만있을 수 없어 찾아왔답니다. 차마 아버지 뵐 면목이 없어 우리 마을엔 오지 못하고 다른 마을을 다니면서 자원봉사를 했다더군요. 그래도 그냥 돌아갈 순 없어 아버지 뵙고 간곡하게 사죄하려고 어제 왔던 모양이더군요. 그런데 그렇게 문전박대를 당했으니, 정말 죄송하다고 전해달라던데요. 그만 용서해 주시죠. 열흘 넘게 마을마다 다니면서 방제 작업에 참여했답니다."

류 노인의 표정이 조금 누그러졌다. 하지만 기침만 몇 번 쿨쿨 토했을 뿐 류 노인은 아무 대꾸도 하지 않았다. 그 날 밤 류 노인은 오랫만에 편안한 마음으로 곤하게 잠을 잘 수 있었다.

다음 날도 류 노인은 방제 작업 현장으로 나갔다. 표정은 어느 때보다 밝았다. 자원봉사를 하러 오는 사람들이 찾아올 때마다 류 노인은 누구보다 먼저 달려 나가 그들을 맞았다.

"먼 길 오느라 수고가 많으시구려. 어서 오시다!"

류 노인은 봉사자들의 행색을 유심히 살폈다. 엊그제 왔던 학생들이 아닌 것을 확인할 때마다 류 노인의 얼굴에는 슬그머니 실망의 빛이 스치고 지나갔다. 끝내 류 노인은 학생들을 볼 수 없었다.

작업을 끝내고 집으로 돌아온 류 노인이 부리나케 할멈부터 찾았다.

"뭔 일로 그리 수선을 떠데요?"

옷을 갈아입으면서 류 노인이 물었다.

"작년에 왔던 그 학생 패들 있지? 그때 연락처 두고 가지 않았나?"

"왜요? 새삼 고발이라도 하시려고요?"

"잔말 말고, 있어 없어?"

할멈이 장롱 서랍을 뒤적거리더니 쪽지를 꺼냈다.

"예 있구려. 뭐 하시려고요? 설마⋯⋯."

류 노인이 귀한 보물이라도 되는 듯 쪽지를 받아들었다. 글씨가 아주 반듯반듯했다.

"이번에 수확한 시금치하고 마늘 있지. 몇 묶음 잘 챙겨 놓구려. 이 주소로 보내면 잘 차려먹겠지."

쪽지를 손에 쥔 류 노인의 얼굴에는 함박웃음이 봄바람처럼 따뜻하게 피어올랐다.

남상마을

2014년 1월 설날에 여수항에서 일어난 우이산호 기름 유출 참사로 인해 남해군이 입은 피해는 엄청난 것이었다. 단순히 기름띠가 해안으로 밀려와 양식장이나 어장이 훼손된 것을 넘어 청정해안을 자랑하는 남해로서는 그 이미지와 명성에 막대한 타격을 입었다.

그러나 서산 태안 기름 유출 사고 때와 마찬가지로 많은 자원봉사자들이 전국에서 찾아와 기름때를 닦아내고 오염물질을 제거해 몇 달만에 남해의 청정 바다는 다시 옛 모습을 되찾을 수 있었다. 이제는 오염의 흔적은 완전히 없어졌고, 예전처럼 싱싱하고 맛 좋으면서 영양 많은 해산물들이 풍성하게 잡히고 있다.

자연을 사랑하고 우리 문화와 국토를 아끼는 사람이라면 찾아와 환경오염의 위험성에 대해서도 되새겨보고, 마음과 건강에 이로운 남해 바다의 아름다운 모습도 마음껏 감상하면 좋을 듯하다.

형제는 우애로웠다!

고현면 대국산성에서

일이 이 지경에까지 이른 것은 순전히 형 탓이었다.

박대경과 박대정. 이게 우리 형제의 이름이다. 세 살 터울이었지만, 처음 우리 형제를 본 사람이면 열에 아홉은 쌍둥이로 착각한다. 워낙 둘이 닮은 탓이다.

그래서 어릴 때부터 우리 형제는 "너희들 쌍둥이니?" 하는 소리를 귀에 못이 박히도록 들었다. 그게 어떤 때는 즐겁기도 했지만, 때로는 짜증거리이기도 했다. 형제끼리 닮았다는 말은 친구들에게는 없는 우리들만의 비밀을 가진 듯해 좋았다. 하지만 형이 저지른 실수나 잘못이 내 탓으로 돌려져 꾸지람을 들을 때는 상황이 달랐다. 반대도 마찬가지였다.

그래서 우리는 장점은 살리면서 오해는 없앨 방법을 찾았다. 우리는 키며 덩치가 비슷해 옷이나 행동거지로 구별 짓기란 쉽지 않았다. 그렇다고 형과 동생임을 밝힌 이름표를 붙이고 다니기에는 꼴사나웠다. 궁리 끝에 짜낸 생각이 머리 모양을 달리하는 것이었다. 내가 길게 기르면 형은 짧게 깎는 식이었다. 중학교와 고등학교 때는 교복 덕분에 그럴 필요는 없었다.

형편이 좋지 않았던 집안 사정 때문에 우리 형제는 대학 진학은 포기하고 고향에 남아 각자 직업을 찾았다.

나는 트럭 운전을 배워 개인 용달 일에 뛰어들었다. 형은 역마살이라도 끼었는지 젊을 때는 한동안 전국을 돌아다니다가 고향으로 돌아왔다. 천성이 태평한 형은 얽매이길 싫어했다. 공사판에서 막노동을 하거나 농번기 때면 잔일을 거들며 푼돈을 벌더니 결국 음식점 배달 일로 방랑의 종지부를 찍었다. 물건을 싣고 읍내를 지나다 배달 오토바이를 타고 신나게 달리는 형을 종종 보곤 했다.

내가 늦장가를 들어 심기일전해 용달 일로 전국을 누비는 사이, 마누라가 외지에서 들어온 거지 깽깽이와 눈이 맞아 달아나 졸지에 애가 둘 딸린 홀아비가 되는 길고 긴 인생역정을 겪는 동안에도 형은 굳건하게 총각의 성채를 지켰다. 먼저 장가 간 게 미안해 어떻게 하든 형에게 각시를 안기고자 여러 차례 선도 보였는데, 마누라가 달아나고 보니 형을 볼 면목이 없어졌다. 형은 거봐란 듯이 내 용달 트럭을 볼 때마다 오토바이 클랙슨을 빵빵 울리며 지나갔다. 자격지심 때문일까, 그 소리가 꽤나 귀에 거슬렸다.

여자 보기를 돌같이 하자고 작정한 나는 머리를 빡빡 밀어 까까머리를 하고 다녔다. 구레나룻도 잔뜩 길렀다. 무슨 생각인지 형은 항상 단정한 용모를 유지했다. 그 덕에 쌍둥이냐는 질문은 쏙 들어갔지만, 나를 형이라고 부르는 치들이 부쩍 늘어버렸다. 둘이 같이 있으면 열 살 터울쯤 되는 형 동생 같다는 것이었다.

같이 늙어가는 처지에 새삼 서열을 따질 이유는 없었다. 옆 집 젓가락 수까지 다 아는 좁은 동네라 시간이 지나니 묻는 사람도 뜸해졌다.

그 무렵 우리 형제의 우애에 금이 가기 시작한 사건이 일어났다.

용달 일을 하다 보면 제때 밥을 먹기가 쉽지 않다. 끼니때를 놓치는 일은 다반사였다. 이러니 위에 탈이 날 수밖에. 세상이 두 쪽 나도 식사는 제때 하라는 의사의 엄명이 떨어졌다.

"애들도 어린데, 쟤들 고아 만들 일 있나?"

정신이 번쩍 들어 읍내 식당 한 곳을 정해두고 무슨 일이 있어도 밥은 챙겨 먹었다. 형은 그 무렵 중국집 배달 일을 했는데, 점심때를 조금 지나 식당에 가면 가끔 형이 자장면 배달을 왔다. 국밥을 훌훌 먹던 나는 공연히 겸연쩍어 보는 둥 마는 둥 했고, 형도 굳이 아는 체는 하지 않았다.

그러던 어느 날 그 식당에 일하는 여자가 새로 들어왔다. 이곳 출신은 아니고 일을 찾아 떠돌다 친구 소개로 오게 되었다고 했다. 그런데 그 여자가 내 마음에 들었다. 갸름한 얼굴에 갈 때마다 생글생글 살갑게 웃는 표정이 남다르게 다가왔다. 마음이 싱숭생숭 해진 나는 뻔질나게 식당을 들락거렸다.

늦은 시간 혼자 국밥을 먹고 있으면 옆에 앉아 말동무도 해주었다. 나는 옳다구나 싶어 수육 한 접시에 소주 한 병을 주문했다. 여자가 늘 어놓은 푸념을 모아보니 저 역시 결혼은 실패한 몸이고 애는 없다는 스토리였다. 나는 속으로 옳다구나! 쾌재를 불렀다. 남의 불행을 기뻐하는 것은 점잖지 못한 짓이긴 했지만, 은근히 여자와의 장래를 그려보던 나로서는 천재일우의 기회였다.

전화번호를 따낸 뒤 여자가 쉬는 날 불러내 트럭에 태우고 남해뿐만 아니라 인근에 있는 관광지를 쏘다녔다. 멀리 가서 핑계 삼아 만리장성을 쌓고 싶었지만, 내숭인지 진심인지 여자는 그것만은 구렁이 담 넘어가듯 피했다. 조신한 여자니 얼마나 다행인가, 이렇게 속으로 아쉬움을 달랬다.

그런데 언제부턴가 여자의 태도가 좀 달라지기 시작했다. 쉬는 날에도 몸이 불편하다느니 일이 있다느니 하면서 나를 피하는 눈치를 보였다. 애 딸린 늙은이라 더 가까워져봤자 득 될 게 없다고 판단한 것일까?

이미 한 번 마누라가 달아나는 망신을 당한 터수인지라 여자한테 또 차였다는 구설수에 오르기는 정말 싫었다. 그래서 홀로 강진만 쇠섬에 가 소주 몇 병 까고는 깨끗이 마음을 접었다. 말이야 그랬지만 멀어져 간 여자 얼굴을 뻔뻔하게 볼 수는 없어 식당 출입도 끊었다. 매정하게도 여자는 안부 연락 한 번 주지 않았다. 속이 쓰리긴 했지만 잊자며 나는 일에만 몰두했다.

그러던 어느 날 나는 보지 말아야 할 꼴을 보고야 말았다. 비가 몹시 내리던 날이었다. 비가 오면 용달 일은 짚신 장수 신세다. 방구석에 틀어박혀 TV 리모컨을 깨작이던 나는 무료해서 트럭을 몰고 집을 나섰다. 금산 보리암에나 올라 비 오는 상주 해수욕장 풍경이나 보자는 심사였다.

이동면을 지나 군민 공원 언덕을 넘어서는데, 멀리 낯익은 두 남녀의 모습이 보였다. 친구 놈이 마누라라도 데리고 나왔나 싶어 눈을 게슴츠레 뜨니, 아이고 맙소사! 식당 여자와 형이었다. 서로 눈을 맞추고 시시덕대는데, 얼마나 깨가 쏟아지는지 내 트럭도 보지 못한 눈치였다.

그 짧은 순간 무슨 일이 벌어졌는지 메모지 한 장에 딱 정리가 되었다. 이럴 수가! 여자야 우리가 형제 사이란 걸 몰랐다 쳐도 형은 내가 여자에게 관심이 있다는 것을 모를 리 있겠는가? 눈앞이 아득해졌다.

이대로 산길을 오르다가는 핸들을 골짜기로 틀 것 같아 널찍한 갓길에 차를 세웠다. 머릿속에서 오만 생각이 지랄탄처럼 날뛰었다. 평생 독신으로 살 것 같던 형이 그래 계집이 없어 동생이 좋아하는 여자에게 찝쩍댄단 말인가? 어디까지 간 거야? 별의 별 망상이 다 들었다.

며칠 동안 잠도 제대로 못 잤다. 밥도 넘어가지 않았고, 술 생각도 산 넘어갔다. 그냥 멍했다. 일도 안 나가고 집에 있자니 두 아들 놈이 옆방에서 킥킥대는 소리가 들렸다.

"우리 아빠 어떻게 된 거 아냐? 꼭 총에 맞은 것 같아, 형."

그래 총도 보통 총이 아니다. 따발총에 맞았다 한들 이렇게 혼이 나가겠냐?

"쉿! 수남이가 그러는데, 아빠가 여자를 큰 아버지한테 뺏겼대."

빌어먹을! 벌써 소문이 파다하구나! 자식들 앞에서 이게 무슨 개망신인가.

아빠의 체면을 되찾기 위해서라도 이대로 물러설 수는 없었다. 여자가 문제가 아니다. 사내로서 자존심 문제다. 단단히 마음을 먹은 나는 형과 여자를 읍내 으슥한 곳으로 따로따로 불러냈다.

우리가 형제라는 사실을 알자 여자는 벼락을 맞은 것처럼 놀랐다.

"어쩐지 서로 닮았다 했더니, 설마……."

수치심과 질투에 눈이 먼 나는 다짜고짜 여자에게 따져 물었다.

"순애 씨, 나하고 형하고 누가 더 좋소? 순애 씨가 결정하시오."

잘못 하다가는 자신을 두고 두 형제가 칼부림이라도 할 것 같은 서슬에 여자가 퍼렇게 질렸다.

"두 분 다 마음에 들어요. 대경 씨가 갑자기 발길을 끊어 제가 싫어졌나 보다 속이 많이 상했어요. 그런 차에 대정 씨가 바람이나 쐬자기에 따라나섰는데, 대정 씨도 다정한 분이시데요. 두 분이 저 때문에 의가 상하는 건 싫어요."

여자가 안타까운 얼굴로 우리를 번갈아 보았다. 결국 끝장은 우리끼리 보아야 했다.

"형! 어찌 이럴 수 있소. 내가 순애 씨 좋아하는 걸 번연히 알면서 동생 등에 칼을 꽂기요?"

"난 정말 몰랐다. 순애 씨가 실연을 당한 것 같아 상처가 덧날까 묻지도 않았어. 야, 임마! 방귀 뀐 놈이 성낸다더니, 니가 차놓고 이제 와 큰 소리냐?"

말로 끝날 싸움이 아니었다. 형이 큰 소리를 치니 더욱 부아가 치밀었다. 형제고 나발이고 주먹다짐을 벌일지언정 순애 씨를 잃을 순 없었다.

"내 눈에 흙이 들어가기 전엔 둘 잘 되는 꼴은 못 보니, 그런 줄 아슈!"

대책도 없는 호언장담을 해 놓고 등을 돌렸다.

일이 이렇게 되자 더욱 순애 씨가 가슴에 사무치도록 좋아졌다. 둘이 함께 다니면서 회도 먹고 구경도 하던 추억이 새록새록 되살아났다. 이럴 줄 알았다면 그때 죽이 되든 밥이 되든 일을 저지르고 보는 건데, 새삼 후회가 밀려왔다.

우리 형제는 눈도 마주치지 않았다. 집안 행사 때는 둘 다 빠졌다. 안 보면 속이 편하리라 여겼는데, 엉뚱한 상상 때문에 더욱 괴로웠다. 혼자 사는 형이 얼마나 적적했을까 생각하면 양보하자는 마음도 일었다. 그러나 다른 거라면 몰라도 순애 씨를 포기할 순 없었다. 평생 그 상처를 안고 살아갈 자신이 없었다.

이러구러 가을이 오더니 찬바람이 불었다. 양식장에서 딴 굴을 받아 트럭에 싣고 하동으로 가는데, 멀리 대국산이 보였다. 평소 주변 경치는 거들떠도 보지 않는데, 그날따라 무슨 바람이 불었는지 차창 앞을 맴돌던 시선이 그곳에 가 꽂혔다. 푸른 숲이 우거진 대국산 머리에 하얀 띠 같은 것이 둘러친 게 눈에 들어왔다.

저게 뭐지? 가만히 생각해보니 대국산성이었다. 어릴 때 소풍을 갔던 기억이 났다. 조선시대 때 왜구가 몰려오면 마을 사람들이 올라가 맞서 싸우던 피난처이자 삶의 보루였다던 선생님의 말씀이 떠올랐다.

성산 삼거리가 코앞이었다. 어느 방향으로 가도 남해대교는 나오지만, 오곡리 쪽이 지름길이었다. 그런데 핸들은 진목리 쪽으로 돌아갔다. 왜구가 쳐들어와 분탕질 칠 때 괴로움을 벗어나고자 올랐던 대국산성. 터무니없게도 나는 거기 가면 내 괴로움도 잊힐 것 같았다. 트럭은 아슬아슬한 곡예 운전 끝에 산성 코밑에 있는 주차장까지 올랐다. 주차장은 텅 비어 있었고, 오가는 사람도 눈에 띄지 않았다.

늦가을 바람 차가운 날. 갈 데 많은 남해에서 누가 이런 곳을 오르겠는가. 사람이 없는 게 잘 됐다 싶었다. 성곽이라도 부여잡고 대성통곡하면 마음이 후련해질 듯했다.

낙엽이 깔린 산길을 터벅터벅 걸었다.

성가퀴 하나 없이 돌벽을 쌓아 복원한 대국산성은 바람마저 쌩쌩 불어 을씨년스러웠다. 찾는 이 없는 산성의 몰골이 꼭 나처럼 처량했다. 아무 생각 없이 한 바퀴 삥 돌았다. 그다지 넓지 않은 산성이라 십여 분밖에 걸리지 않았다.

산성은 사방이 탁 트여 남치리며 망운산, 호구산, 강진만이 파노라마처럼 아스라이 펼쳐졌다. 소주라도 있으면 걸터앉아 한 병 까고 싶었지만, 빈손이었다. 마음은 곪아터진 오이처럼 처져만 갔다. 트럭으로 내려가려는데, 한쪽 편에 성을 복원하면서 세워놓은 안내판이 보였다. 거기 적힌 글귀가 눈을 사로잡았다.

대국산성이 생기게 된 전설을 적어놓았다.

옛날에 두 형제가 살았는데, 한 처녀를 두고 서로 사모했다. 처녀 역시 두 형제가 다 마음에 들어 고민하자 형의 제안으로 내기를 해서 이긴 사람이 처녀와 살기로 했다. 처녀가 두루마기를 짓는 동안 형은 서른 관이나 되는 쇠줄을 발에 묶고 읍내까지 이십 리 길을 다녀오고, 동생은 대국산에 성을 쌓기로 했다.

서산에 달이 걸릴 무렵 동생은 성을 다 쌓았지만, 형은 돌아오지 못했다. 사랑을 잃게 된 형은 상심을 이기지 못하고 가슴에 칼을 꽂아 자결했다. 내기에 이겨 처녀를 얻게 된 동생은 기쁘기는커녕 형을 잃은 슬픔을 평생 간직해야 했다. 형의 희생으로 세워진 산성은 왜구가 쳐

들어올 때마다 마을 사람들을 지켜주었고, 동생은 사람들과 함께 왜구를 물리쳤다는 것이었다.

나는 이야기를 되새김질하듯 거듭거듭 읽었다. 어쩌면 우리 형제의 처지와 이렇게도 닮았을까? 몇 백 년 전에도 사랑싸움을 하던 형제가 있었다는 전설이 남의 일 같지 않았다. 더구나 내기를 해 진 형이 분을 참지 못하고 죽음을 택했다니……. 형제끼리의 싸움은 결국 누군가 한 사람이 죽어야 끝나는 것인가?

그 전설의 결말이 우리 형제의 앞날을 예견하는 듯해 기분이 좋지 않았다. 아무리 여자가 좋기로 피붙이를 잃을 수는 없는 일 아닌가!

그때 문득 대국산 산신령께서 우리 형제의 파국을 막기 위해 나를 이곳으로 부르신 것이 아닐까 하는 깨달음이 샘물처럼 솟구쳤다. 옛날 형은 사랑을 잃자 죽음을 택했다. 그러면 지금 동생인 나는? 나도 사랑을 잃으면 죽음을 택할까? 내가 죽는다면 형도 옛날 동생처럼 평생 자책감에 사로잡혀 살 것이다.

나는 마치 옛날의 동생이 된 듯한 기분이 들었다. 옛날에 나는 벌써 형과 싸워 이겼다. 이번엔 형이 소원을 이룰 차례다. 내가 정말 좋은 동생이라면 형이 좋은 여자를 만난 것을 기뻐해야 하는 거 아닌가? 지금 형은 얼마나 괴로울까?

산성을 내려오면서 나는 형과 순애 씨에게 전화를 걸었다. 두 사람의 만남을 축하할 생각을 하니 찬바람이 따뜻하게 느껴졌다.

대국산성

　대국산성(大局山城)은 설천면 진목리와 비란리, 그리고 고현면 남치리에 걸쳐 있는 해발 375미터의 대국산 정상에 있는, 삼국시대에 조성된 돌로 쌓은 산성이다. 둘레는 약 1,500미터이고, 높이는 5~6미터, 폭은 2.4미터다. 경상남도 기념물 제19호로 지정되어 있다. 성안에는 연못 터와 남문 터, 건물을 세웠던 주춧돌이 있고, 돌로 쌓은 네모진 경계 초소가 있어 멀리 바다를 감시했던 것으로 보인다. 인접한 고현(古縣)의 산성으로 추측되는데, 삼국시대에서 조선시대에 이르는 사이에 왜구방비를 위해 축조한 산성으로 여겨지며, 외성도 현존하고 있다. 성내에서는 여러 종류의 기와조각과 토기조각, 자기조각 등이 채집되고 있다.

　성벽은 화강암을 이용해 안팎을 쌓았고, 석축 주위에는 동·서·남 삼면으로 모두 10미터의 토대를 둘러서 성내에서도 외곽 지역을 잘 볼 수 있도록 배치했다. 석축에 사용된 석재는 20~30센티미터 크기의 자연석을 겹겹으로 쌓아올린 다음 흙으로 메웠다. 입구는 동남쪽과 북쪽 두 곳에 두었는데, 동남쪽의 것이 정문이었던 것으로 추측된다. 북쪽 일부가 훼손된 것을 제외하고는 거의 완벽하게 보존되어 있다.

　이 성의 축조와 관련해서 재미있는 전설이 전해진다.

　약 500년 전에 비란리에 의좋은 형제가 살았는데, 한 처녀를 서로 차지하기 위해 내기를 했다. 처녀가 하루 저녁 동안 두루마기를 만들 동안, 형은 100킬로그램이 넘는 쇠고랑을 찬 채 40리 떨어진 읍내까지 갔다 오고, 동생은 대국산에 돌로 성을 쌓는 일이었다. 처녀가 두루마기를 다 만들었을 때, 동생은 성을 이미 완성했는데 반해 형은 제 시간에 돌아오지 못했다. 이 때문에 형은 약속대로 스스로 목숨을 끊었다고 한다. 이후 동생은 형의 죽음을 원통해 하면서도, 이 산성을 이용해 밀려오는 왜구를 막아냈다고 한다.

이밖에도 조선 경종(景宗, 1721~1724년 재위) 때 천장군(千將軍)과 일곱 시녀(侍女) 사이에 얽힌 전설도 있다. 시녀들이 저녁밥을 짓는 동안 천장군은 성을 쌓기로 했다. 시녀들의 저녁밥에서 채 김이 오르기도 전에 천장군이 부채질을 하자 바다에 있던 커다란 돌이 대국산으로 날아올라 순식간에 성이 완성되었다고 한다. 이 전설을 증명하듯 산성의 성돌에는 아직도 굴 껍데기나 조개껍데기가 붙은 것을 찾을 수 있다고 한다. 몇 년 전까지만 해도 성내에 사당을 두어 천장군의 목상(木像)을 안치해 재를 지내기도 했다.

몽유화전夢遊花田

남해 유배지에서

1

자암自菴 김구金絿는 새벽 일찍 눈을 떴다. 머릿속은 들녘의 말라버린 잡초처럼 뒤숭숭했고, 목은 모래라도 삼킨 듯 칼칼했다. 이불과 베개는 몸이 더위와 싸우느라 흘린 땀으로 축축했다. 두 어깨에 절굿공이라도 얹은 듯 몸은 천근만근 가라앉았고, 천장이 빙빙 돌았다. 반딧불이라도 들어왔는지 불티같은 것이 눈앞을 떠돌다 사라졌다. 멀리 강진만에서 들려오는 물결 소리마저 메말라 있었다. 만물이 깨어나야 할 시간에 생명들은 목마름에 지쳐 야위어 가는 중이었다.

귀에서는 여전히 이명耳鳴이 그치지 않았다. 그것은 울림이었다가 때로는 말이 되기도 하더니 갑자기 짐승의 울부짖음으로 바뀌었다. 이명은 잠을 몰아냈고, 아귀다툼을 벌이다 간신히 눈을 붙이면 악몽으로 되살아났다.

누군가 꿈에서 두 눈을 부릅뜨고 그를 노려보았다. 어둡고 희끗한 안개 속이었지만 몰골은 새겨놓은 목판처럼 검게 도드라졌다. 하얀 도포였을 옷은 매질의 흔적으로 더러웠고, 곳곳에 핏자국이 선명했다. 찢어진 탕건 사이로 흘러내린 머리카락이 상처투성이 얼굴을 가려 아무리 눈을 비비고 쏘아보아도 정체를 알 수 없었다. 때로는 한 사람이었다가 어떤 때는 여러 사람이 무리지어 주위를 빙빙 돌았다. 그것들은 다가오지도 않고 멀어지지도 않았다. 그것들의 입에서 나오는 웅성거림 가운데 알아들을 수 있는 소리는 하나뿐이었다.

"너는 예서 무얼 하느냐? 너는 예서 무얼 하느냐?······"

그 말이 가시덤불이 되어 김구의 숨통을 조여들었다.

언제부터 이 끔찍한 증상이 들러붙었는지 이제는 기억도 가물가물했다. 남해로 유배 온 이후 생긴 것만은 분명했다. 생전 이름조차 들어보지 못했던 외딴 섬 남해. 죽음을 등에 얹지 않고는 올 수 없는 땅. 남해는 그에게 지옥이었다. 지옥에서 마귀들의 귀성이 들리지 않는다면 그게 오히려 이상한 일일 터였다. 혼미해져만 가는 정신을 수습하려고 김구는 두 눈을 꾹 감았다.

기묘년1519 11월. 국문을 받기 위해 찬바람 부는 의금부 감옥 골방에 갇혔을 때 세상의 밝음은 사라졌다. 목숨보다 소중했던 대의大義는 겨울날 부채처럼 내동댕이쳐졌다. 자애로운 웃음으로 보듬어주던 군왕의 눈길은 살갗을 갉아먹는 벌레를 보듯 치를 떨며 그들을 외면했다. 충신들은 패역의 무리들로 낙인찍혔고, 총애가 사라진 신하가 의지할 곳은 어디에도 없었다.

그 시절 김구는 죽음을 각오했었다. 주리가 틀리고 불인두가 뼛속까지 지져대면서 내는 역한 냄새가 감옥 안을 진동했다. 동지들의 목구멍에서 터져 나오는 단말마의 비명 소리와 자신들의 무죄와 정당함을 목 터지게 주장하는 외침 소리가 뒤범벅되었다. 그러나 그 소리는 주상의 귀에까지 들어가지 못했다. 군자는 버림받았고 소인배가 창궐했다. 장부가 세상에 태어나 뜻을 얻지 못했다면 선택할 수 있는 길은 떳떳하게 죽음을 맞는 일이었다.

모진 문초와 서슬 퍼런 비방으로 뒤엉킨 국문이 끝났을 때 조광조趙光祖, 1482~1519는 잠시 능주에 유배되었다가 해를 넘기지도 못하고 사사

되었다. 겨우 목숨을 부지하고 진도를 거쳐 제주도에 유배 간 김정金淨, 1486~1521은 이태 뒤 신사무옥에 연루되자 죽음을 면치 못했다. 김구 역시 개령으로 쫓겨났다가 죄목이 추가되어 절해고도 남해로 유배지가 옮겨졌다.

남해 바닷가 허름한 두 칸 초가집에 몸이 던져졌을 때 김구는 가부좌한 채 다가올 죽음을 기다렸다. 울음을 삼키며 비명에 간 동지들을 뒤따를 채비를 했다. 희망이 없는 세상에 아무런 미련도 없었다.

'모진 북풍에 풀은 이울어도 봄이 되면 다시 싱싱하게 꽃을 피우리라.'

김구는 머지않아 꽃피울 화초를 위한 씨앗이 되고자 했다. 자신의 심장에서 흐른 뜨거운 피가 꽃을 더욱 붉게 만들 것을 의심치 않았다. 그 희생의 대열에서 비껴갈 생각은 추호도 없었다.

그러나 세월이 바늘처럼 그의 가슴을 찌르는 동안 죽음은 그를 찾아주지 않았다. 동지들의 장렬한 최후 소식만 잔인하게 들려왔다. 유배 온 죄인이 자결을 한다면, 더욱 혹독하고 극렬한 피바람을 불러낼 빌미를 줄 뿐이었다. 죽어도 임금의 명령을 받아 죽어야 했다.

약사발도 동아줄도 없이 보내는 시간은 살아 있는 것이 아니었다. 죽음을 달라고 발버둥치는 그에게 세상은 무심하기만 했다. 그렇게 그는 문드러졌고, 그리고 이명과 악몽이 이어졌다. 그렇게 네 해를 산송장으로 보냈다. 모든 것이 다 신기루 같았다. 세 번 봄을 맞았지만 꽃이 필 기미는 보이지 않았다.

그렇게 맞은 오늘 이 새벽. 여느 때와 다름없는 하루의 시작이었다. 그러나 마냥 결별만 기다리는 시작은 아니었다. 바깥세상은 여전히 꽃이 피지 않아도 그의 마음속에서는 훈훈한 봄기운이 일어나고 있었다. 이명과 악몽의 진탕에서 벗어나 동지들과 약속했던 여민동락與民同樂의 꿈을 이 꽃 세상 화전花田에 일궈내야 할 때였다.

2

겨울이 길지 않은 남해는, 하늘이 척박한 풍토를 주었어도 불모의 땅으로만 내버려두지는 않았다. 바다에서는 실팍한 물고기들이 조류를 따라 드나들었다. 자투리땅과 언덕을 개간하는 부지런한 손길은 남해에서 살아가는 사람들의 미덕이자 습성이었다. 바닷물이 빠지면 아낙들은 호미를 들고 갯벌로 나가 해산물을 채취했다. 백성들의 심성은 순박했지만 역경 앞에서 의지를 굽히지 않았다.

이따금 농부들이 갓 캔 푸성귀를 가져다주었고, 어부들은 살진 고기를 두름으로 엮어 마루에 놓고 갔다. 그가 함께 해야 할 백성들은 한양도성에만 있는 것이 아니었다. 김구의 눈에 남해의 백성들이 군자고, 자신은 소인이었다. 이 사실을 뒤늦게 깨달은 자신이 보잘것없는 존재로 느껴졌다. 악몽 속의 사내들이 웅얼거린 말의 참뜻이 손금처럼 짚였다.

미망에 사로잡혀 하늘과 땅만 바라보던 김구의 눈에 조금씩 남해의 백성들이 둥근 달처럼 일매지게 떠올랐다. 그가 지옥으로 본 남해 땅에서 삶의 활기를 잃지 않는 사람들을 보자 예전에 읽은 『논어』의 한 구절이 뇌리를 타고 스쳤다.

공자가 오랑캐 땅인 구이에 가서 살려고 하자 어떤 사람이 걱정하면서 말했다.

"누추하기 그지없는 곳인데 어떻게 사시려고요?"

이 말에 대해 공자는 이렇게 대답했다.

"군자가 사는데 어찌 누추하겠느냐!"

남루하고 헐벗은 육신으로 죽음이 오기만 기다리던 김구는 남해의 백성들을 보면서 부끄러워졌다. 저들은 제가 처한 현실에서 넋 놓고 주저앉은 채 원망만 늘어놓지 않았다. 더욱 정신을 가다듬고 힘을 모아 현실을 바꾸고자 버둥거렸다. 그렇게 풍토에 적응하니 풍토 역시 그들에게 순응했다.

남해는 그가 죽을 곳이 아니라 살 곳이었다.

3

남해답지 않은 매서운 추위가 겨울을 휩싸더니 봄이 찾아왔다. 저수지를 덮은 살얼음은 녹았고, 농사일을 재촉하는 듯 비가 내렸다. 겨우내 웅크렸던 몸을 일으켜 사람들이 기지개를 길게 켰다. 우리에서 여물을 축내던 소들도 오랜만에 들판으로 나와 쟁기를 끌었다. 사람들은 치성을 드리며 풍년제를 지내는 등 부산을 떨었다. 아이들의 웃음소리가 뭉게구름을 타고 하늘 멀리 울려 퍼졌다. 그렇게 봄이 열렸다.

그러나 봄의 기쁨은 오래 가지 않았다. 계절의 어귀에 잠깐 내렸던 비는 봄 내내 얼굴을 감추었다. 무정하게도 하늘은 맑기만 했고, 햇살은 유난히 쨍쨍거렸다. 저수지의 물이 줄면서 바닥을 드러내더니 거북이 등처럼 쩍쩍 갈라졌다. 수량이 많지 않은 계곡의 시냇물도 바위 틈새로 스며들었다. 우물마저 말라 식수마저 위태로워졌다. 고기들도 가뭄이 두려워 달아났는지 고깃배도 빈손으로 돌아오기 일쑤였다. 사람들의 얼굴에 짙은 수심이 거미줄처럼 얽혀들었다.

여름에 접어들어도 가뭄은 여전히 기승을 부렸다. 작물들이 까맣게 타들어갔다. 전답의 소출이 위협을 받자 사람들의 마음도 흉흉해졌다. 끼니를 거르는 집이 하나둘씩 늘어갔다. 집에서도 들녘에서도 안절부절못하더니 당산나무 아래 모여 웅성거렸다. 머리를 맞댄들 대책이 나올 리 없었다. 아전들이 낌새를 차리고 그들을 몰아냈지만, 사람들은 좀체 흩어지지 않았다.

"이런 지독한 한발은 내 칠십 평생 처음이구먼."

"작년에 바다에 빠져죽은 처녀의 원혼이 원한에 사무쳐 해코지하는 게야."

"원님이 허구한 날 주색에 빠져 논다는데, 하늘인들 돌볼 리 있나."

"늦기 전에 무당을 불러 푸닥거리를 해야 해."

"구휼미는 언제 내놓을 거여. 관아로 쳐들어가 우리 손으로 깨부숴야 열 텐가."

사람들의 동요를 한 귀로 흘려버릴 만큼 현령은 어리석지 않았다. 향교로 달려가 성현들에게 비를 비는 제사를 올리라고 성화를 부렸다. 부랴부랴 제사를 지냈지만, 먹구름 한 줌 모여들 기별조차 없었다. 사람들의 눈빛이 더욱 날카로워졌다.

"체통만 차리는 선비님들 말씀을 하늘이 귀담아 들을까? 자고 있는 귀신을 깨우는 덴 무당이 제격이지. 영험 좋은 무당을 찾아야지 지금 뭘 하는 수작인가!"

백성들을 편하게 해 주지 못하고서야 왕실도 조정도 설 자리는 없었다. 유림들이 허튼 짓이라며 반대했지만 현령이 흔들리는 민심을 몰라라하기는 힘들었다. 남해뿐만 아니라 육지까지 사람을 보내 무당을 물색했다.

사태를 걱정한 남해의 선비 한 사람이 김구를 찾아왔다.

"제학어른. 대명천지에 관아에서 무당을 불러 기우제를 올린다니, 될 법이나 한 소립니까? 저러다 혹여 비라도 내린다면 사람들이 모두 무당의 말에 현혹될까 염려됩니다."

제학은 김구가 조정에 있을 때 홍문관직제학과 부제학을 지내 여기 선비들이 그를 부를 때 쓰는 호칭이었다. 사림파의 일원으로 학문이 높았던 그였다. 남해로 내려오자마자 몇몇 뜻있는 선비들이 그에게 강학을 열어 달라 부탁했다. 절망에 빠져 있던 그는 헛웃음으로만 대꾸했을 뿐이었다. 책도 지필묵도 버려둔 지 오랜 그에게 성현의 말씀을 입에 올릴 기력은 없었다. 경전 구절보다 악몽 속의 아우성을 떨치는 것이 급선무였다. 근래 들어서야 향교에도 나가고 마당에다 자리를 펴고 선비들과 시서를 펼쳐 읽곤 했는데, 찾아온 선비는 그 가운데서도 열성파였다.

"무당의 힘을 빌려서라도 해갈이 된다면 좋은 일 아니겠소."

관아에서 하는 일에 참견을 할 처지는 아니었다. 소격서昭格署를 철폐하는 일에 앞장섰던 그가 무당이 횡행하는 게 달가울 리 없었지만, 백성들의 고통과 근심이 얼마나 깊은지 누구보다 잘 알았다. 서문표西門豹의 지혜가 없는 것이 안타까웠다.

"무슨 말씀이십니까? 공맹의 가르침으로 나라의 근간을 삼은 우리 조선입니다. 제학어른께서 앞장서 만류하시지는 못할망정 사악한 무리들을 옹호해서야 쓰겠습니까?"

선비의 눈초리가 하늘로 치솟았다. 그 기세에서 사약을 받고 죽은 정암靜菴, 조광조의 호 의 모습이 떠올랐다. 누구보다 강했던 정암이었다. 타협이나 양보는 죽기보다 싫어했던 사람. 그래서 결국 너무 일찍 꺾여버리고 말았다. 그러나 지금 다급하게 이념만 앞세우는 선비 앞에서 자신이 깨달은 세상의 이치를 납득시킬 방도는 없었다.

"하늘의 도가 바른데 어찌 무당의 장난질에 대세가 흔들리겠소. 현령도 양식이 있는 사람이요. 백성들이 혼란에 빠져 잠시 흔들리니 그들에게도 숨통을 열어주고자 하는 배려가 아니리까. 성급하게 들뜨지 말고 차분히 지켜봅시다."

성에 차지 않은 대답을 들은 선비는 얼굴이 불쾌해져 돌아갔다.

4

무당이 떼 지어 남해 섬을 돌아다니며 떠들썩하게 굿판을 벌였다.

그래도 비가 오지 않자 무당들이 정성이 부족한 탓이라며 제물을 더 요구했다. 사람들이 금가락지와 옥비녀를 뽑아 내놓았고, 관아에서도 제수로 쓰라며 나락 십여 섬을 주고 소 한 마리를 잡았다.

길일을 찾는다며 뜸을 들이던 무당들이 식솔들을 끌고 오더니 제수로 쓸 곡물과 고기로 몰래 저희들의 뱃속을 채웠다. 공수신내림를 한다는 핑계로 술에 거나하게 취해 읍성을 활보하기도 했다. 그러나마나 사람들은 굿판이 끝나면 대찬 비가 사나흘 내릴 것이라는 무당의 말을 철석같이 믿었다.

그리고도 한동안 무당들은 길지가 눈에 띄지 않는다며 시간을 끌었다. 마침내 백성들이나 현령이나 인내심이 바닥났다. 더 이상 지체할 이유를 대지 못하자 다시 굿판이 열렸다. 저녁부터 밤을 지새우고 다음날까지 거창한 굿판이 이어졌다. 그러나 밤하늘에는 별만 초롱초롱했고, 날은 점점 더 뜨거워져 갔다.

효험을 보지 못해 낭패한 무당이 칼끝을 김구에게로 돌렸다.

"천지신명과 나라에 허물이 많은 죄인이 남해에 있는 탓이오. 김구란 자는 조정에 있을 때부터 소격서를 폐지하고 훈구대신들의 위훈을 삭제하자는 둥 하며 신령의 뜻을 저버리는 일을 자행했어요. 저런 자가 남해에 버티고 있는데, 어찌 신령이 덕을 베풀어 비를 내리겠소."

무당의 말은 간사하고 표독했지만, 이치에 아주 어긋난 언사는 아니었다. 권세를 쥐고 있는 훈구대신들의 노여움이라도 살까 현령도 딱 부러지게 항변하지 못했다. 백성들은 반신반의하면서도 의혹의 눈길로 김구가 머물고 있는 유배소를 흘끗거렸다. 김구로서도 가만히 앉아 있을 수만은 없게 되었다.

며칠 동안 천문을 살피던 김구가 현령을 찾았다. 현령이 쭈뼛거리며 김구를 맞았다.

"현령의 처지가 난감하게 되셨습니다."

현령의 속내를 짐작한 김구가 먼저 말을 꺼냈다.

"그러게 말이요. 저 요망한 무당패들을 당장 잡아들여 요절내고 싶으나 사세만 악화시킬 듯해 주저됩니다. 대감, 어쩌면 좋겠소?"

이미 복안을 가지고 온 김구가 옷깃을 여미며 말했다.

"백성은 나라의 바탕이고, 백성들은 땅을 하늘로 삼아 살아갑니다. 이처럼 계속 비가 내리지 않는다면 백성들이 무엇에 기대 항심恒心을 지키겠습니까. 선비 된 자로 백성들을 질곡에서 구제하지 못한다면 제 구실을 했다 말할 수 없지요. 하늘은 올바르니 하늘을 움직일 것은 마음의 정성밖에 없습니다. 무당이 저를 죄인이라며 몰아붙이니 제가 가만히 있으면 백성들의 의혹만 커질 겁니다. 자리를 마련해 주시면 제가 하늘에 빌어 보렵니다."

현령의 표정이 썩 달가워 보이지는 않았다.

"유림에서도 제사를 올리고 무당들도 치성을 드렸는데, 아무 소용없었어요. 공연히 대감마저 나섰다가 비를 부르지 못한다면 어쩌시렵니까? 백성들의 원망도 높아질 테고, 조정에서는 유배인을 움직였다 해서 본관을 문책할 것입니다."

김구가 입가에 가벼운 미소를 지으며 대꾸했다.

"모든 허물은 제게로 돌아올 것이니 염려 놓으시구려. 원망을 해도 백성들은 저를 원망할 것이고, 조정에도 제가 우겨 할 수 없이 따랐다 하면 크게 혐의를 두진 않겠지요."

들어보니 난국을 빠져나갈 좋은 방책이긴 했다. 현령이 몇 번 헛기침을 하더니 마지 못한다는 표정으로 고개를 끄덕였다.

"그럼 대감을 믿어 보지요."

그렇게 김구는 원치도 않았던 기우제에 참여하게 되었다.

5

어느새 해가 길게 아침빛을 쏟아 붓고 있었다. 정신이 조금 맑아진 듯했다. 자리를 정리한 김구는 어젯밤에 길어둔 우물물로 정성스럽게 몸을 씻었다. 헝클어진 머리카락을 빗으로 다듬어 묶고 탕건을 반듯하게 둘렀다. 방문을 열자 햇살이 방 안을 환하게 비추었다.

호흡을 가다듬은 뒤 서안 앞에 무릎을 꿇고 앉아 붓을 들었다. 현령과 약속한 뒤 마음으로 구상했던 글을 화선지 위로 한 자 한 자 적어 나갔다. 망운산에 올라 비를 부르는 축원을 담은 글이었다.

산이 높고 우뚝하니, 바다를 누르는 관문입니다. 바다의 기운을 뿜고 머금으면서 비로도 내리고 구름으로 떠돕니다. 신령들이 모여 안고 도우니 은택이 백성들을 맑으셨습니다. 시절이 바야흐로 농사철에 이르렀는데, 가뭄 귀신이 일어나 위태롭고 고통스럽구려. 산은 어찌하여 땔감을 쓰느라 붉게 헐벗었고, 물은 어이하여 메말라 버렸습니까?

쇠도 끈적거리고 돌은 녹았으니, 하물며 농사짓는 벼이겠는지요? 열기를 씻고 마른 것들을 소생시키어서 직분을 맡은 신령은 이를 베푸소서. 신령이 외면하여 직분을 버렸다면 어찌 이를 참아내겠습니까? 내 조정의 명령을 받아 이곳에 와서 바다의 땅을 맡았습니다. 두루 옹화한 기운을 베풀어서 이 근심을 깨끗하게 쓸어버리소서. 직접 희생을 잡아 실효를 요구하노니 구휼하신다면 성스런 탕 임금 아님이 없겠습니다. 이 미약한 정성을 받들어 올리니 두려운 마음으로 공경을 다해 올립니다. 우러러 돌아보실 것을 바라노니 응답하여 신령께서도 내려주소서.

문득 구름 기운이 일어나더니 이곳에 두루두루 비가 퍼붓겠지요. 말라버린 벼도 생기를 되찾고, 삼도 자라지 못하다가 싹을 틔우리다. 은혜가 백성들에게 고루 베풀어져 끼니도 잇고 옷도 입으리이다. 백성들의 운명은 오직 신령의 곡식에 있사옵니다.

　글은 그가 썼지만 관장인 현령과 남해 백성들의 마음과 뜻을 다 담는 형식을 취했다. 글을 마치자 학창의로 옷을 갈아입고 유관을 썼다. 〈기우문〉을 접어 넣고 방을 나섰다. 사립문을 열자 마을 사람들과 시서를 함께 읽는 선비 몇이 기다리고 있었다. 현령은 눈에 띄지 않았다.
　"현령께서는 망운산에서 기다리신답니다."
　선비 한 사람이 나서더니 설명을 덧붙였다. 고을을 위한 일이기는 하나 유배 온 죄인을 직접 인도해 가기는 현령도 부담스러웠을 터였다.
　"어찌 고을의 관장께서 죄인의 처소까지 오시겠소. 가십시다."
　망운산은 남해에서 가장 높은 산이었다. 선소 앞바다에 있는 처소를 나서 심천을 건너 들판을 지나니 경치 좋은 오동뱅이 계곡이 나왔다. 산기슭을 따라 정상을 향해 발걸음을 내디뎠다. 산바람이 불어 땀방울을 씻어냈다. 구름이 간간히 떠 있었지만, 빗물을 머금었을 것 같지는 않았다. 잠시 걸음을 멈춘 김구는 고개를 움직여 산세와 천기를 살폈다. 이대로라면 천기가 사람을 속이지는 않을 듯했다.
　"제학어른의 정성으로 신령의 가호가 있으면 좋겠습니다."
　선비 한 사람이 걱정 반 덕담 반을 섞어 말을 건넸다.
　"백성의 마음이 하늘의 마음입니다. 백성들이 이처럼 간절히 원하는데, 하늘도 감응하지 않겠습니까?"
　선비가 자신 없는 표정을 지으며 머리를 주억거렸다.
　해가 중천까지 차올랐을 즈음 김구 일행은 망운산 정상에 닿았다. 높은 지대에 제상을 차렸음에도 많은 사람들이 그들을 기다리고 있었다. 현령이 먼저 달려와 김구를 맞았다.
　"올라오시느라 노고가 많으셨소이다. 가마라도 보낼까 했소만 보는 눈이 많아 피했소. 결례를 용서하시구려."

"당연히 처사시지요. 하늘에 정성을 올리는데, 땅을 딛고 올라야 도리가 아니겠습니까."

현령이 주먹을 불끈 쥐며 치를 떨었다.

"무당패들이 어젯밤에 배를 타고 도주했답니다. 내 무슨 수를 내더라도 다 잡아들이리다."

김구는 말없이 고개만 끄덕였다.

제상은 김구가 이른 대로 간소하게 차려졌다. 호구산과 창선도가 바라보이는 방향으로 작은 소반이 자리하고 있었다. 하얀 쌀밥이 놋쇠 밥그릇에 고봉으로 담겼고, 채소를 넣어 끓인 국을 담은 국그릇이 옆에 놓였다. 무당의 패악으로 이미 지출이 많았다. 신령이 제수의 많고 적음으로 생령의 마음을 받아주지는 않을 것이었다.

제상을 둘러싸고 아낙들이 두 손을 모은 채 연신 치성을 올렸다. 화방사에서 올라온 스님들도 보였다. 부처의 가피까지 더해진다면 더욱 좋을 일이었다.

발 아래로 산야와 바다를 굽어보며 김구는 〈기우문〉을 펼치고 낮은 목소리로 독송했다. 바람소리와 새소리가 추임새를 넣을 뿐 사위는 물을 뿌린 듯 고요했다. 김구의 목소리가 낭랑하게 하늘과 땅으로 스며들어 갔다. 목청이 고조되자 아낙의 간곡한 염원소리가 촉촉하게 젖어들었다. 스님들은 묵묵히 오체투지하며 큰절을 올렸다. 제문을 읽으며 김구는 이것이 하늘과 사람이 하나 되는 때라고 생각했다.

갑자기 가슴이 벅차올랐다.

6

기우제를 마친 그날 밤 망운산 봉우리 기슭에 구름이 모여들었다. 점점 더 큰 무리를 이루더니 망운산을 휘감아버렸다. 그리고 자정을 넘겨 빗방울이 듣기 시작했다. 가는 비는 금방 굵은 장대비로 바뀌었다. 애며 어른, 늙은이와 젊은이, 아낙과 나무꾼, 현령과 사령, 비를 갈망했던 모든 사람들이 밖으로 뛰쳐나와 비를 맞았다. 빗물을 맞으며 모두 엉엉 소리 내어 울었다.

현령이 횃불을 밝히며 버선발로 김구의 초가집으로 달려왔다. 옷이 다 젖은 사람들이 우르르 뒤따랐다. 선비들은 신령을 보듯 김구를 우러러보았다.

"대감. 대감께서 우리 남해 백성들을 살렸소이다."

현령이 힘차게 김구를 끌어 앉았다.

"아이고, 그럼요. 무당 년이 미친년이지. 이런 분을 두고 나라의 죄인이니 뭐니 더러운 아가리를 놀리다니. 하늘이 우리를 보살피라고 신선을 보내셨어요."

눈물이 가득한 눈으로 마을 노인네가 김구의 손을 움켜쥐었다.

마을 사람들 모두 김구를 둘러싸고 빙빙 돌며 춤을 추었다. 그 역시 두 팔을 벌려 하늘을 보며 거침없이 쏟아지는 비를 맞았다. 김구의 얼굴 위로 환한 웃음이 지어졌다.

이명도 사라졌고, 악몽도 끝이 났다.

남해의 백성들과 어울려 온갖 꽃이 만발한 꽃밭을 헤치며 뛰어다녔다. 꿈이 아니라 현실 속에서였다.

이제부터 김구는 남해에서 새로운 꿈을 꾸어야 했다.

남해 유배지

김구(1488~1534)는 조선 중기의 문신이자 서예가다. 본관은 광산(光山)이고, 자는 대유(大柔)며, 호는 자암(自庵) 또는 삼일재(三一齋)다. 어려서부터 학문에 열중해 1503년에 한성시(漢城試)에서 1등으로 뽑혔고, 1507년 생원과 진사시에서 모두 장원을 차지해 시험 담당 관리를 놀라게 하였다. 6년 뒤인 1513년에 별시 문과에서 을과로 급제한 뒤, 홍문관정자를 거쳐 전경(典經)과 사경(司經), 부수찬 등을 지냈다.

1519년 11월에 남곤(南袞)과 심정(沈貞), 홍경주(洪景舟) 등 훈구세력이 일으킨 기묘사화(己卯士禍)로 개령(開寧)에 유배되었다가 몇 개월 뒤 죄목이 추가되어 남해로 이배되었다. 남해로 유배 온 지 13년 만에 임피(臨陂)로 가깝게 옮겼다가 2년 뒤에 풀려나와 고향인 예산으로 돌아왔다. 하지만 유배 중 부모가 모두 죽고 그 때문에 그도 병을 얻어 죽었다.

음률에 능통해 악정(樂正)에 임명된 적도 있으며, 글씨에도 뛰어나 안평대군 이용(李瑢), 양사언(楊士彦), 한호(韓濩) 등과 함께 조선 전기 4대 서예가로 손꼽힌다. 서체가 매우 독특해 '인수체(仁壽體)'라고 했는데, 중국 사람들까지도 그의 글씨를 사갈 정도였다. 저서로『자암집(自庵集)』, 유품으로는『자암필첩(自庵筆帖)』·『우주영허첩(宇宙盈虛帖)』, 예산 소재의 〈이겸묘지(李謙墓誌)〉 등이 있다. 또 시조 3수와 남해의 승경과 인물을 노래한 경기체가 〈화전별곡(花田別曲)〉이 전한다. 시호는 문의(文懿)다.

김구는 남해에서 13년 동안 유배와 살면서 여러 가지 활동을 했다. 위민(爲民) 정신을 살려 남해 주민들과 어울려 지냈으며, 남해의 여러 풍물과 사람들과의 만남을 기억해 〈화전별곡〉을 남기기도 했다. 또 남해의 학동들에게 의리와 지식을 가르치고, 선비들과는 학문적으로 교유했는데, 이런 사실은 그의 문집인『자암집』에 글로 남아 있다. 그가 선비, 학동들과 교유한 공간은 훗날 죽림서원(竹林書院)으로 확장되어 전해졌는데, 조선 후기 때 망실된 것으로 보인다. 지금 군에서는 죽림서원 복원을 위한 사업을 준비하고 있다.

남해 공양미 삼백 석

남해읍 횟집과 봉천 등지에서

1

아주 먼 옛날 옛적에……라고 시작해야겠지만, 이 이야기는 그렇게 오래 전에 있었던 일은 아닙니다. 먼저 이 이야기는 실화라기보다는 작가가 남해에서 떠도는 이야기를 최대한 사실에 입각해 각색한 것임을 말씀드립니다.

근자에 남해 읍내에 심학규沈鶴圭 씨라고 하는 홀아비가 살고 있었습니다. 군청에서 공무원으로 근무하는 그는 성격이 서글서글해 남들과 척 없이 지내는 사람이었습니다. 자신이 맡은 일이라면 시간이나 장소에 구애받지 않고 앞장서 처리했고, 사람들이 기피하는 업무도 자청해서 도맡아 인심을 얻었지요. 어쩌다 보니 중매로 만난 아내와 사이가 틀어져서 헤어지는 아픔을 겪었지만, 들끓는 속내도 애써 드러내지 않고 늘 웃으며 살았습니다.

워낙 술을 좋아하던 심학규 씨인지라, 기이한 사람마다 하나씩 떠도는 전설 한 토막이 없을 수 없었습니다. 술꾼 심학규 씨에게는 다음과 같은 전설이 이 읍내에 떠돈답니다.

어느 날 대낮부터 술에 곤죽이 된 심학규 씨가 소주병을 들고 길을 가다 작은 연못가에 이르렀습니다. 맑은 연못을 본 심학규 씨는 술이 살짝 깨자 다시 거나하게 병나발을 불었죠. 캬! 하면서 술병을 입에서 떼는 순간, 그만 술병이 손에서 미끄러져 연못 속으로 퐁당 빠지고 말았습니다.

반도 마시지 않은 소주병이 물 속 깊이 가라앉자 넋이 나간 심학규 씨가 연못가에 주저앉아 펑펑 울었지요. 서러운 대성통곡 소리가 망운산 산자락까지 닿을 정도였습니다. 그때, 연못에서 산신령이 턱 나타나셨지요!

"무슨 딱한 사정이 있기에 그리 슬피 우는 게냐?"

"아이고. 신령님. 제 소주병이 연못에 빠졌습니다. 반이나 남았는데……"

술병을 떨어뜨려 연못을 오염시킨 일은 염려하지 않고 술병 아까운 소리만 하니 속으로 조금 탐탁하지는 않았지만, 신령님은 마음씨 착한 분이었습니다.

"그러냐? 거 참 안타까운 일이로구나. 잠시만 기다려라."

연못으로 들어간 신령님께서 잠시 후 소주병 하나를 들고 다시 나타나셨습니다. '참이슬'이었죠.

"이것이 네 술병이냐?"

눈물범벅인 채 술병을 힐끗 보더니 심학규 씨는 더욱 서럽게 울어댔습니다.

"아니옵니다."

"그래?"

다시 잠수하셨던 신령님이 또 한 병을 들고 나오셨죠. 이번엔 '처음처럼'이었습니다.

"이것이 네 술병이냐?"

그러나 심학규 씨의 고개는 절레절레.

"그것도 아니옵니다."

뒤는 다 아시죠? 신령님께서는 이후 '금복주'며 '무학소주', 'O2린' 등등 전국 곳곳에서 생산되는 온갖 소주를 다 들고 나오셨습니다. 그 때마다 심학규 씨의 고개는 한사코 좌우로만 맴돌았습니다. 소주병 들고 나오기에 지친 신령님. 그만 참지 못하고 성을 벌컥 내셨습니다.

"이놈아. 도대체 네 소주는 어느 회사 것이더란 말이냐?"

신령님의 성화에 놀라 이마를 땅에 박은 심학규 씨는 이렇게 넋두리했습니다.

"신령님, 신령님. 제 소주는 댓병이옵니다."

이 말을 들은 신령님 어이가 없어 그만 꼬로록 연못 속으로 잠수하셨다는, 그런 전설이랍니다.

심학규 씨에게는 아들과 딸이 한 명씩 있었습니다. 큰애가 아들이었는데, 고등학생이 되더니 서울로 가서 아이돌 그룹에 들어가겠다면서 성화를 부려 심학규 씨의 부아를 긁고 있는데, 심성은 착한 아이입니다. 그 치열한 경쟁의 구조를 잘 아는지라 내심 무리라고 생각했지만, 대놓고 반대는 않고 추이를 지켜보는 중입니다. 똘똘하고 잔정이 많은 것은 둘째 딸아이랍니다.

둘째 이름은 청淸입니다. 남해 바다의 맑고 푸른 물처럼 구김살 없이 예쁘게 자라라고 붙여준 이름입니다. 이름답게 청이는 바다의 짠물과 같이 맺고 끊는 것이 분명했지만, 한편으로 남자 둘만 있는 집에서 굳은 일은 도맡아 하면서 살림을 돌보고 있습니다. 학교에서 공부도 열심히 해 늘 성적이 앞줄에서 찾아야 할 정도지요. 또 누구보다 아빠 걱정을 많이 하는 효녀여서 어떤 때는 오빠나 아빠보다 더 어른스러운 모습을 보여주기도 합니다.

비록 엄마가 없는 집안이었지만 이렇게 심학규 씨 집안은 화목하고 서로 의지하면서 즐겁게 지냈습니다. 다만 걱정이 있다면 아빠인 심학규 씨가 너무 술을 좋아한다는 점이었죠. 혼자 사는 데 이골이 난 그는 사는 낙을 술에서 찾았습니다. 업무가 끝나면 몇몇 절친한 친구들과 모여 술추렴에 나섰습니다. 하루도 거르지 않고 마셔대긴 했지만, 다음 날이면 멀쩡해져 출근하니 주량은 대단하다고 할 수 있겠지요. 그러나 청이는 "술 앞에 장사 없다."는 속담은 그만두더라도 늘 아빠가 건강을 해칠까 남몰래 마음을 졸였습니다.

심학규 씨는 술만 마시는 게 아니라 한 잔 걸치면 친구들과 읍내 당구장에서 살다시피 했습니다. 또 그냥 당구만 치는 게 아니라 꼭 내기를 걸었죠. 게임 비나 술값을 내는 식의 자잘한 내용이었어도 청이 눈에 그리 건전해 보이지는 않았습니다. 이렇게 당구에 술집까지 순례하는 일정이 잦아지다 보니 자정을 넘기기는 예사고 때로 새벽이 되어서야 귀가하기도 했습니다.

오빠는 노래 연습과 춤 공부에 홀딱 빠져 아빠가 늦게 오나 일찍 오나 별 관심이 없었습니다. 그러나 마음씨 착한 청이는 아빠가 실수나 하지 않을까 사고나 나지 않을까 늘 근심으로 조마조마했습니다. 그래서 늦어질 기미가 보이면 핸드폰으로 연락해 일찍 귀가하도록 은연중 압력을 넣기도 하고 정 늦어지면 오빠와 함께 아빠가 잘 가는 술집(초등학교 동창 삼촌이 하는 횟집이 아빠의 아지트였습니다.)으로 찾아가 끌다시피 데려오기도 했습니다. 두 자식을 끔찍이 사랑하는 아빠는 그럴 때마다 허허 웃으며 마지못한 듯 집으로 돌아왔지요.

아침에 일어나 부랴부랴 세수와 양치질을 마치고 일터로 달려가는 아빠의 모습이 늘 안쓰러웠습니다. 청이도 등교해야 하는지라 아빠의 옷매무새를 챙길 여유가 없는데, 어쩌다 하교 길에 아빠가 허름한 차림새로 거리를 오가는 광경을 보면 마음이 그리 편하지 않았습니다. 어떨 땐 아빠가 마음에 맞는 사람이라도 생겨 짝지를 얻었으면 하는 생각까지 들 때도 있었습니다. 그러다 아빠가 자식 둘을 걱정해 재혼은 꿈에도 생각하지 않는 것을 알게 되니 더욱 가슴이 아팠습니다.

어쨌거나 청이의 소원은 아빠가 제발 술 좀 그만 마시고 건강하게 지내기를 바라는 것뿐이었습니다.

2

술을 끊고 싶은 마음은 심학규 씨도 간절했습니다. 밤새 술타령을 하다 아침 일찍 출근하려면 때로 숙취가 남아 있어 허덕일 때도 있었습니다. 아침 업무 처리가 원활할 리가 없지요. 그래서 상관에게 핀잔을 듣기도 합니다.

"심학규 씨는 다 좋은데 말이야, 그 술이 문제요. 윗분들에게 인사도 하고 다녀야지, 그러니 평생 말단 아닌가. 자식들 생각도 좀 하라고."

사실 심학규 씨는 같이 들어온 동기 가운데 항상 끝자락에서 간당간당 승진을 했고, 보직도 썩 좋지는 않았습니다. 뭐 큰 출세욕은 없었지만 진급을 먼저 한 동기에게 존대를 해야 할 상황에 처하면 서로 난처해 외면할 때도 있었습니다. 게다가 요즘엔 조금 건강에도 적신호가 왔습니다. 정기 검진 때 의사가 검사 차트를 두드리면서 윽박지른 말이 잊히지 않았습니다.

"심 선생. 이러다 어느 순간 확 갈 수 있습니다. 음주를 자제하세요."

이래저래 주변에서 경종을 울리다 보니 아무리 무던한 심학규 씨도 일말의 불안감이 일었습니다. 새벽에 애들이 잠도 못 자고 애비라고 술집을 찾아올 때면 솔직히 볼 면목도 없었습니다. 때로 크게 작심하여 술을 끊으리라 아니 줄여보기라도 하리라 다짐하지만, 결심은 사흘은 고사하고 하루도 목숨을 유지하지 못했습니다. 퇴근 시간이면 여기저기서 술자리 연락이 왔고, 그게 없어도 집으로 돌아오다가 술집을 보면 "참새가 방앗간 그냥 못 지나간다."고 아는 얼굴이라도 스치면 냉큼 발걸음이 술집 문을 박차며 향하곤 하지요. 다짐과 후회가 반복되는 일상이었습니다.

그 날도 역시 비슷한 수순을 거쳐 심학규 씨는 대취했습니다. 술독에 빠졌다 나온 사람처럼 불콰해져 집을 향한 발걸음을 갈지자 모양으로 옮겼습니다. 같이 술통을 들이붓던 친구들도 다들 어디로 샜는지 보이지 않았습니다. 취기 때문에 눈이 흐릿해져 손바닥처럼 빠삭한 읍내 거리가 낯설게 느껴졌습니다. 심학규 씨는 노래방에만 가면 부르는 애창곡을 흥얼거리며 갈 길을 재촉했습니다.

"야 봉숙아 머 할라고 집에 드갈라고. 꿀 발라스 났드나 나도 함 묵어보자. 아까는 집에 안 간다고 데낄라 시키돌라 케서 시키났드만 집에 간다 말이고…….

혀가 꼬부라져 가사도 제대로 나오지 않았습니다. 늦은 밤이라 오가는 사람은 없었지만 누가 들어도 돼지 멱따는 소리였습니다. 결국 비몽사몽 길을 가던 심학규 씨는 집과는 엉뚱한 방향으로 터덜터덜 걷게 되었습니다. '여기가 어디야?' 뿌연 눈길로 주변을 살펴보니 실내체육관 옆 봉천을 가로지르는 남산교 앞이었습니다. 곤죽이 되어 있었어도 길을 한참 잘못 든 것을 알 정도는 되었습니다.

마침 봉천을 따라 설치된 난간 길이 보였습니다. 물 흐르는 소리가 졸졸 들려 왔습니다. 물소리를 듣자니 갑자기 소변이 보고 싶어 졌습니다. 평소 행동거지가 바른 심학규 씨니 맨 정신이었다면 절대로 그런 짓을 저지르진 않았을 겁니다.

그러나 인사불성 5분 전까지 간 심학규 씨는 난간을 붙잡고 봉천을 향해 볼일을 보고자 바지 지퍼를 풀어 내렸습니다. 참으로 꼴불견이었죠. 그런데 하늘이 이 꼴을 보고 눈살을 찌푸렸는지 몸이 봉천 축대로 쏠렸고, 뻗대려고 발버둥치는 와중에 발이 미끄러지고 말았습니다. 그 다음은 볼 것도 없었지요. 상체가 난간을 타고 넘어가더니 그대로 3~4 미터는 추락하여 봉천 바닥으로 처박히고 말았습니다. 보통 사람이라면 크게 다쳤을 법한데, 술기운 덕분인지 운이 좋았던지 엉덩이가 물에 먼저 닿아 철퍼덕 소리는 요란했지만 별 탈은 없었습니다.

얕은 물인데도 심학규 씨는 시냇물이 튀어 오르며 얼굴과 속옷을 적시자 본능적으로 허우적거렸습니다. 옛말에 "접시 물에 빠져 죽는다." 고 했는데, 어쩌면 심학규 씨가 그 꼴에 가까웠습니다. 일어선다는 것이 거꾸로 얼굴을 물속에 박아 넣은 자세가 되었습니다. 두 아이가 자신의 주검을 앞에 놓고 엉엉 우는 모습이 뇌리를 스쳐 지나갔습니다. 심학규 씨는 살려는 간곡한 마음으로 양손과 발을 퍼덕거렸습니다. 그러나 어찌 된 심판인지 물은 점점 더 심학규 씨의 몸을 에워쌌습니다. 간신히 심학규 씨가 한 마디 뱉어냈습니다.

"사람, 사람 살려!"

그러나 목소리는 작았고, 그 시간에 남산교를 지날 사람이 있을 턱 없었죠. 심학규 씨는 이제 꼼짝 없이 죽겠구나 하는 생각에 오금이 저려왔습니다. '내 죽으면 내 자식들은 누가 돌보나?' 이런 상상으로 머리카락이 삐죽 섰습니다. '내 다시는 술일랑 마시지 않으리.' 이런 맹세도 하지만 당장 죽는 마당에 다 하릴없는 소리였죠. 정신마저 점점 몽롱해져 갔습니다. 화방사에 영가를 모셔둔 부모님이 떠올랐습니다. '아이고, 아부지 어무이 부처님. 나 좀 살려주소.' 되는대로 뇌까렸지요.

그때였습니다. 누군가 축대를 날 듯이 내려오더니 첨벙거리며 다가왔습니다. 심학규 씨의 양 겨드랑이를 끌어잡아 물 밖으로 끌어냈습니다. 엉겁결에 두 팔로 그 사람의 허리를 껴안았지요. 그가 휘청거렸습니다.

"어허! 진정하세요. 다 나왔습니다."

축대 아래까지 오자 그가 심학규 씨에게서 떨어졌습니다. 와중에 시냇물을 삼켜 헛구역질이 올라왔습니다. 볼썽사납게도 밤에 먹은 술과 안주가 범벅이 되어 와르르 쏟아져 나왔지요.

"아이고. 누구신지 모르겠으나 목숨을 구해줘서 고맙십니다."

정신이 돌아오자 곁에 선 사람에게 넙죽 절을 하며 사례했습니다. 어두워 사람이 잘 보이지 않았습니다.

"큰일 날 뻔했소이다. 이 얕은 물에 익사할 리야 없지만 그리 뒹굴다 간 숨구멍이 막혀 봉변을 당할 수도 있지요. 우선 개울 밖으로 나가십시다."

두 사람은 축대에 붙은 콘크리트 기둥을 타고 밖으로 나왔습니다. 길가에는 가로등이 있어 그제야 생명의 은인의 얼굴을 제대로 보게 되었지요. 떡 보니 스님이었습니다. 장삼이 물에 젖어 있었지만 바랑과 목탁까지 든 것이 틀림없었습니다. 스님은 까까머리를 숙이고 심학규 씨를 보면서 합장했습니다.

"에구, 스님이셨군요. 덕분에 목숨을 건졌십니다. 백골난망입니다."

"마침 옆 마을에서 재를 지내고 가던 길이었기에 다행이었습니다. 어쩌다 그리 되셨소이까?"

차마 소변을 보다 굴렀다는 변명은 입 밖에 내지 못했습니다. 번쩍 생각난 것이 술이었지요.

"다 빌어먹을 술 때문입니다, 스님. 제가 밤낮 술 끊어야지 끊어야지 노래를 부르는데, 끊기는 고사하고 더 퍼마셔대더니 결국 이 지경에까지 이르렀십니다. 이놈의 술만 끊을 수 있다면 소원이 없겠십니다."

심학규 씨가 눈물을 뚝뚝 떨어드리며 신세한탄을 늘어놓았습니다. 합장을 풀고 물끄러미 그를 바라보던 스님이 입을 열었습니다.

"소승은 잘 알지 못하나 술 끊기가 목숨 끊기보다 어렵다는 술꾼들의 말은 귀에 못이 박히도록 들은 터입니다. 나이도 젊어 보이는데 이러다 열명길이라도 들게 되면 거 무슨 애절한 일이겠습니까? 그저 백

척간두에 선 심정으로 모질게 끊으셔야지요."

심학규 씨가 고개를 절레절레 흔들었습니다.

"말씀 마십시오. 술을 끊을 수 있다면 감옥소라도 들어가고 싶십니다."

한참 더 심학규 씨를 쳐다보던 스님이 딱한 표정으로 말을 이었죠.

"정 그러시다면 방법이 하나 있긴 합니다."

심학규 씨의 눈이 번쩍 뜨였습니다.

"뭔가요? 스님. 술만 끊게 해주시면 제 목숨이라도 바치겠십니다."

"어허! 살자고 술을 끊는데 목숨이라니요. 당치 않아요."

갑자기 마음이 풀어진 심학규 씨가 너스레를 떨었습니다.

"헤헤! 말인즉슨 그렇다는 거지요. 스님께서 새겨들으셔야지요. 어려운 불경도 읽으시는 분이 중생의 말을 어찌 곧이곧대로 들으십니까?"

살짝 빈정이 상한 표정을 떠올렸던 스님은 이내 평정심을 되찾았습니다.

"여하간 술을 끊을 비결이 있는데, 들어보시려는지요?"

그제야 심학규 씨는 지금 농담할 때가 아니라는 것을 깨달았습니다.

"그럼요, 스님. 제발 저 좀 살려주시다. 어떻게 해야 술을 끊을 수 있십니까?"

스님이 뒷짐을 졌습니다.

"우리 화방사 부처님의 영험은 익히 알려진 바지요. 소승이 늦은 밤에 이곳을 지나게 된 까닭도 다 부처님의 큰 가피력 덕분일 겝니다. 우리 부처님으로 말씀 드릴 것 같으면 지금으로부터……."

서론이 길어질 듯하자 심학규 씨가 말을 끊었어요.

"아, 예. 제 부모님 영가도 화방사에 모셔져 있습니다. 그러니 스님, 본론으로 들어가시다."

김이 샌 스님이 헛기침을 한 번 했습니다.

"그러십니까? 알겠습니다. 거두절미하고 우리 화방사 부처님 전에 공양미 삼백 석을 바치면 필경 술을 끊게 되고야 말 것입니다."

솔직히 귀가 번쩍 뜨였다기보다는 꽤나 진부한 느낌의 비법이었습니다. 또 어디선가 많이 들어본 주문 같기도 했죠. 그러나 야밤에 목숨을 살려준 스님이라면 허튼 소리를 할 분 같지는 않았습니다.

"그러십니까? 정말 공양미 삼백 석만 부처님 전에 올리면 술을 딱 끊게 될까요?"

"소승이 어찌 부처님을 두고 망언을 하겠습니까."

미심쩍은 바 없진 않았으나 술을 끊을 수 있다는데 긴 말은 필요 없었습니다. 활짝 웃는 두 아이의 모습이 눈앞에서 어른거렸습니다. 기뻐 할 아이들 모습을 생각하니 공양미 삼백 석도 변변찮은 정성으로 여겨졌습니다.

"일테면 스님이 바로 그 유명한 화주승이시지예. 당장 권선문勸善文을 주시다. 제가 제까닥 공양미 삼백 석을 마련해 부처님 전에 올리겠십니다."

심학규 씨가 큰소리를 떵떵 치자 스님이 미심쩍은 표정으로 그의 안색을 살피며 말했습니다.

"지금 처사님께서 공양미 삼백 석의 가치를 잘 모르고 계시는 듯합니다. 에헴! 석石은 우리말로는 '섬'인데, 네이버에 올려진 '지식iN'의 기술에 따르면 쌀 한 섬은 대략 144킬로그램에 해당합니다. 즉 쌀 한가마니하고도 0.8가마니를 합한 것이 한 섬이지요. 어떤 분들은 한 섬이 두 가마니라고 생각하시나 잘못된 지식입니다. 조선시대 때는 쌀 한 가마니가 보통 5냥으로 거래되었는데, 조선시대 1냥의 값어치는 대략 45만원으로 추정합니다. 그러니 쌀 한 가마니가 5냥이고, 여기에 45만 원을 곱하면 쌀 한 섬의 가격이 조선시대라면 지금 돈으로 405만 원이나 되는 셈이지요. (조선시대 때는 쌀값이 지금보다 훨씬 비쌌습니다.) 여기에 맞취 한 섬을 405만 원으로 잡고 300석을 곱해보면 현재의 시세로 12억 1,500만 원 정도가 얼추 나옵니다. 쌀값이 좀 싸졌다고 해도 거금이지요. 그런데도 괜찮으시겠습니까?"*

술도 덜 깬데다 학교 시절부터 수학엔 젬병이었던 심학규 씨는 스님이 계산기를 두드려야 할 수학 계산을 늘어놓자 살짝 짜증이 났어요.

"저를 뭐로 보십니까? 지가 부처님을 속일 사람처럼 보이십니까? 긴소리 마시고 권선문이나 내놓으시라니까요."

기세에 눌렸는지 두말 않고 스님이 바랑을 뒤적이더니 공책 한 권을 꺼냈습니다.

"부처님께 올리는 약속이니 어기시면 곤란합니다."

볼펜에 침을 바르면서 서슴없이 서명을 휘갈긴 심학규 씨가 말했습니다.

"제 걱정은 붙들어 매시고 부처님이나 약조를 지키라고 일러주시소마."

스님이 다시 합장을 하며 염불을 외었습니다.

"나무아미타불 관세음보살."

3

다음 날 어김없이 아침이 밝았습니다. 아이들은 보이지 않았고, 심학규 씨는 심한 두통을 느끼면서 어제 일을 되새겨보았죠. 청이가 해장하라고 물메기국을 끓여놓고 나갔는지 시원한 냄새가 코끝을 스쳤습니다. 마침 이 날은 토요일이라 출근은 하지 않아도 되었습니다. 쓰

---

* 2015년 현재 80kg 쌀 한 가마니 가격이 16만 원 안팎이라고 한다. 그러니 한 섬이면 얼추 28만 원 내외일 것이다. 그렇게 따지면 3백 섬 가격은 8,400만 원 정도 된다.

린 속을 다스리며 국물을 마시던 심학규 씨가 오늘 새벽의 엄한 짓을 떠올리며 숟가락을 놓았습니다.

"내가 미친 거 아이가. 우리 집 형편에 어디서 공양미 삼백 석이 나온다고 그런 허장성세를 부렸을꼬."

땅을 치며 후회했지만 이미 다 그른 일이었죠. 자신의 손가락을 잘라버리고 입을 찢고 싶은 심정이었지만 그게 무슨 소용이 있을까요. 누구에게 말도 못 하고 심학규 씨는 혼자 끙끙 속앓이를 했습니다.

"아빠, 괜찮아?"

점심 때 집에 들어온 청이가 걱정스런 얼굴로 물었습니다.

"그럼. 그 정도 술은 입가심이지."

허풍 아닌 허풍을 떠는데, 청이의 표정이 심상치 않았습니다.

"어제 밤엔 도대체 어딜 간 거야? 범철이 아저씨네 가게에 가 물어보니까 먼저 나갔다던데?"

가슴이 철렁 내려앉았습니다.

"응. 니는 알 거 없다."

아빠의 쓸데없는 허세를 잘 아는 청이의 표정이 싸늘해졌죠.

"어디서 이상한 짓 한 거 아니지?"

"예끼! 아빠를 어떻고 보고 하는 소리야. 나 좀 나갔다 올란다."

뽀로통해진 청이를 뒤로 두고 심학규 씨는 집 밖으로 나왔습니다. 그러나 훤한 대낮에 갈 곳이 있을 리 없었죠. 허위허위 걸어 심학규 씨는 남산교 앞 봉천까지 왔습니다. 무슨 일이 있었냐는 듯 봉천의 물은 졸졸 흘렀고, 맑은 물 아래로 크고 작은 송사리 떼들이 유유히 헤엄치고 있었습니다. 그가 허우적거리던 곳이 조금 패인 듯 보였지만 티가 날 정도는 아니었습니다. 절로 한숨이 터져 나왔습니다.

그 날 밤도 심학규 씨는 술에 취해 귀가했습니다. 취기에 몸은 가눌 길 없는데 정신은 말똥말똥했습니다. 무슨 생각인지 청이도 아무 말없이 아빠를 맞았습니다.

누구에게 실토할 수도 없는 고민에 빠진 심학규 씨는 이후 날마다 술에 절어 살았습니다. 마음씨는 비단결 같은 그는 화방사에 찾아가 화주승을 만나 지난 밤 일은 무효라며 떼를 쓸 염도 내지 못했죠. 부모님 혼령을 모신 사찰과 한 약속인데 물린다면 나중에 죽어 어떻게 부모님 얼굴을 보겠습니까?

출근해서도 일은 손에 잡히지 않았습니다. 12억 1,500만 원. 아무리 머리를 굴려도 그런 거금이 나올 구멍은 떠오르지 않았습니다. 연금을 포기하고 퇴직금을 모으고, 집을 팔아본들 반도 차지 않았습니다. 하루가 다르게 심학규 씨의 얼굴은 여위어 갔습니다. 결국 보다 못한 청이가 발을 동동 구르며 채근했습니다.

"아빠. 왜 그래? 아빠 병 걸렸어?" 청이의 고운 눈에 맑은 눈물이 고였습니다. "혼자만 고민하지 말고 말 좀 해봐."

청이의 눈물에 마음이 흔들린 심학규 씨가 땅이 꺼져라 한숨을 쉬며 이실직고했지요. 사연을 다 들은 청이는 당연히 벌린 입을 다물지 못했습니다.

"세상에! 어떻게 그런 말도 안 되는 약속을 한 거야? 지금이 조선시대야? 아빠가 무슨 심 봉사야?"

심학규 씨도 뭐라 변명할 말이 없었습니다.

"이 아빠가 너를 볼 면목이 없구나. 어떻게든 해 볼 테니 걱정 말거라. 너 아빠 믿지?"

청이가 가슴을 빵빵 쳤습니다. 눈에서는 아까와는 다른 의미의 눈물이 솟구쳤습니다.

"믿긴 뭘 믿어. 내가 아빠 때문에 못 살아! 그렇게 술을 마시더니 결국 대형 사고를 쳤네. 대박!"

꽥 소리를 치더니 청이가 찬바람을 날리면서 방을 박차고 나갔습니다. 딸 앞에서 체면을 구긴 것은 둘째고 수습할 방법이 없는 것이 더 기가 찼습니다. 심학규 씨는 또 집을 나가 실컷 술을 마시고 인사불성이 되어 기다시피 귀가했습니다. 청이는 제 방에서 나와 보지도 않았습니다. 영문을 모르는 아들놈은 벙벙한 표정으로 댄스 스텝을 밟으면서 아빠에게 물었죠.

"청이가 왜 저래요? 아주 골이 단단히 났던데."

"넌 알 거 없다. 정신 사나우니 그놈의 스텝 좀 그만 밟아라!"

공연히 소리를 버럭 지르며 심학규 씨도 제 방으로 들어갔습니다.

이후 한동안 심학규 집안에는 냉랭한 기운이 감돌았고, 그의 주량만 날로 늘어났습니다. 술을 끊겠다는 일념으로 공양미 삼백 석을 권선문에 쓴 결과가 오히려 과음에 폭음을 불러왔습니다. 과연 공양미 삼백 석은 어떻게 마련할 수 있을까요? 심학규 씨는 술을 끊을 수 있을까요?

4

한 주가 훌쩍 지나간 어느 날 저녁이었습니다. 그날 심학규 씨는 오랜만에 멀쩡한 정신으로 귀가했습니다. 낮에 청이가 전화를 걸어 오늘은 무슨 일이 있어도 제 정신으로 일찍 돌아오라고 신신당부한 탓이었죠. 잔뜩 주눅이 들어 심학규 씨가 엉거주춤 문을 열었습니다.

청이가 문 앞에서 팔짱을 끼고 아빠를 노려보고 있었습니다. 심학규 씨는 완전히 호랑이 앞에 선 토끼 꼴이었습니다. 두 사람은 식탁에 마주 앉았습니다. 저녁때가 지났는데도 상은 전혀 차려져 있지 않았습니다. '실수 한 번에 밥까지 굶기는구나.' 이런 생각을 하니 정말 신세가 처량하게 느껴졌지요.

한참 싸늘한 눈빛으로 아빠를 바라보던 청이가 등을 돌리더니 싱크

대 서랍에서 뭔가를 꺼냈습니다. 하얀 봉투였습니다. 심학규 씨는 뭔가 싶어 눈에 힘을 주고 봉투를 살폈습니다. 자세히 보니 두 통인 듯했습니다.

"그게…… 뭐고?" 심학규 씨가 기어드는 목소리로 물었습니다.

청이가 한 번 기침을 하더니 말했습니다.

"내가 공양미 삼백 석을 어떻게 마련하나 고민해 봤어. 다른 사람도 아니고 부처님 하고 한 약속인데 지켜야지 않겠어? 그래야 지긋지긋한 술도 끊지."

청이의 말투에 왠지 희망의 기미가 엿보였습니다. 그래도 여전히 어리둥절한 표정으로 청이의 얼굴을 들여다보았지요.

"안 그래도 술 끊을 작정이다. 다시 술을 마시면 내가 니 애비가 아니데이."

그 말에 청의 눈이 식탁 아래로 떨어졌습니다.

"술을 마신다고 해도 어떻게 아빠가 내 아빠가 아니겠어. 다만 아빠 건강도 걱정되고, 그러다 진짜 큰 실수라도 저지르면 어떡해. 아빠 공무원이잖아."

"그래, 그래. 내 니 말 깊이깊이 명심하마." 절로 머리가 조아려졌지요. 청이가 결심이 선 듯 무겁게 입을 열었습니다.

"여러 가지로 알아봤지만 이 방법밖에 없더라고. 아빠 섭섭하더라도 내 뜻을 따라야 돼."

이번에는 말투에 뭔가 불길한 느낌이 묻어났습니다. 어린애가 할 수 있는 일이 뭐가 있기에 이렇게 비장할까 더 말을 듣기가 두려워졌습니다.

"어쩌겠다는 게냐?"

청이가 냉정하게 대답했어요.

"아빠, 한 5년 동안 외국에 나갔다 와야겠어."

심학규 씨의 눈이 화등잔만 해질 수밖에요. "외국?"

"응. 내가 알아보니까 사우디아라비아에 멸치잡이 어선이 있나 봐. 그 배가 일본 후쿠오카 항에 들어와 있는데, 힘 좋은 선원을 구한대. 아빠 국제선원증 있잖아. 그 배 일 년 타면 연봉이 2억 5천만 원이라네. 5년 타면 12억 5천만 원. 공양미 삼백 석 값을 채우고도 남아. 시간은 걸리지만 부처님을 속이지도 않을 거고, 또 사우디아라비아 배니 당연히 술은 못 마시겠지. 그러니까 눈 딱 감고 5년 휴직하고 멸치잡이 배 타고 와."

결국 내 몸 팔아서 공양미 삼백 석을 마련하라는 말이었죠. 눈앞이 아득해지는 소리였습니다. 이게 도대체 무슨 스토린가 싶어 심학규 씨는 머리를 세차게 흔들었습니다.

"그러니까 나더러 바다에 나가 멸치를 잡으라는 말이냐?"

"아빠가 저질렀으니 아빠가 거둬야지 않겠어?"

말은 맞았지만 정신은 어질어질했습니다. "직장은 어떻게 하고?" 고작 물을 수 있는 말이 이것이었습니다.

"여기 도장 찍어. 5년 동안 휴직하겠다는 휴직계야."

세상에나! 딸의 주도면밀함에 혀가 내둘러졌습니다. 한편으로 가슴이 벌렁거렸지만, 가만히 생각하니 이런 기회가 또 있을까 싶기도 했죠. 자신은 술만 퍼마셨는데, 어린 딸은 어떻게든 문제를 해결할 방도를 찾아 돌아다닌 것이었습니다. 수용할 수밖에 없지만 걱정스럽기도 했습니다.

"5년이나 나가 있으면 너희들은 어떻게 살고?"

"우리들 걱정은 마. 오빠랑 내가 알바라도 하면서 살 테니까. 아빠 몸조심이나 해."

심학규 씨는 체념했습니다.

"그래. 알겠다. 근데 봉투 또 하나는 뭐고?"

"부산에서 후쿠오카까지 가는 배편 티켓이야. 여객선인데 특등 1인실 표야. 그동안 내가 모은 돈을 털어 샀어. 다음 주에 출발한대. 후쿠오카 항에 도착하면 저쪽 사람이 마중 나올 거래."

티켓 봉투를 손에 쥔 심학규 씨의 손이 부르르 떨렸습니다.

5

그 한 주 동안 심학규 씨는 일본으로 사우디아라비아 선적의 멸치잡이 배를 타러갈 준비를 하느라 바쁘게 보냈습니다. 군청에 휴직계를 제출했고, 그간 신세 진 사람들에게 인사했으며, 여권과 여행가방도 챙겼습니다. 화방사에는 딸 청이가 다녀와 사정을 말하고 5년간 나눠 분납하기로 했습니다.

부산으로 떠날 날이 왔습니다. 아침 배를 타야 하니 전날 출발해야 했습니다. 남해시외버스 터미널에 세 가족이 모였습니다. 큰놈은 상황 판단이 안 되는지 여전히 댄스 스텝을 밟으며 아빠를 전송했습니다.

"아빠. 외국 가면 선물 많이 사서 보내."

심학규 씨는 아들을 끌어안으며 눈물을 삼켰습니다.

"아빠. 건강하게 잘 다녀오세요."

말투는 근심스러웠지만 청의 표정은 그리 어두워 보이지 않았습니다. 골칫거리 아빠를 보내니 시원섭섭한 것일까요? 그러나 차창 밖으로 보니 청이는 차마 아빠를 보지 못하고 몸을 돌린 채 두 손으로 얼굴을 가리고 있었습니다. 심학규 씨는 자식들에게 큰 죄를 진 것 같아 마음이 무거웠습니다.

부산에 있는 호텔에서 하루를 보내고 심학규 씨는 국제선 부두로 나갔습니다. 수속을 마친 뒤 선실로 들어갔습니다. 청이 말대로 특등실답게 방은 넓고 쾌적했습니다. 잠시 후 긴 뱃고동 소리를 울리며 여객선이 출발했습니다.

차츰 부산항이 아득해지더니 마침내 망망대해로 배가 나왔습니다. 뱃전으로 나가 5년 뒤에나 볼 고국산천을 새겨 넣다가 방으로 돌아왔습니다. 멍하니 침대에 누워있는데 누군가 노크를 했습니다. 의아해하며 문을 여니 여객담당 직원이었습니다.

"뭔 일이요?"

경례를 붙인 뒤 직원이 편지 봉투를 내밀었습니다.

"따님께서 보낸 편집니다. 배가 항구를 떠나면 전하라고 하더군요."

아빠의 건강과 무사귀환을 바라는 심정을 차마 말로 못하고 편지로 남겼나 싶었습니다. 어떻게 보면 괘씸하기도 했지만 한편으로 마음 써주는 딸이 고마웠습니다. 문을 닫고 테이블에 앉은 심학규 씨가 봉투를 뜯어 편지를 읽었습니다. 편지에는 이런 글이 쓰여 있었습니다.

아빠!

지금쯤이면 배가 떠나 바다 한가운데 있겠네요. 그동안 아빠한테 심술을 부려 너무 죄송해요. 술에 취해 개울에 떨어졌다는 말을 들으니 정말 걱정되어 말도 안 나왔거든요. 아빠도 얼마나 술을 끊고 싶었으면 그런 약속을 했나 싶어 가슴이 뭉클해지기도 했어요.

아빠는 참 착한 사람이라 한번 한 약속은 끝까지 지키는 분이지요. 그래서 매일 고민했고요. 아빠의 그런 점 때문에 우리는 아빠를 너무너무 사랑한답니다.

그런데 저는 아빠 말을 듣고 조금 황당했어요. 지금 시대에 무슨 공양미 삼백 석이고 화주승이며 권선문이 있나 싶었거든요. 아시다시피 제가 조금 똑똑하잖아요.^^ 그래서 아빠가 실토한 그날 혼자 화방사엘 찾아갔어요. 주지 스님을 뵙고 사연을 말씀 드리니 어이없어 하며 웃으시더군요. 우리 절엔 그런 괴이한 화주승도 없고, 있다 한들 그런 큰돈을 터무니없는 이유로 시주를 받지도 않으신대요. 아빠가 뭔가 단단히 오해를 하고 있는 게 아니냐시더군요.

그래서 곰곰이 생각해보니 아빠가 그날 밤에 헛것을 봤든가 이상한 꿈을 꾼 거라고 짐작했어요. 아니면 할머니와 할아버지께서 아빠를 걱정해 극락에서 스님을 보내신 게 분명해요.

아빠!

저는 이 기회에 아빠가 꼭 술을 끊었으면 좋겠어요. 그래서 군청에 계신 아빠 상관 분께 말씀드리고 일을 꾸몄답니다. 아빠는 5년 휴직이 아니라 1주일 휴가를 내신 거예요. 일본에 가면 관광지를 데리고 다닐 사람이 나와 있을 거예요. 그동안 저희들 키우시느라 아빠가 고생 많이 하셨잖아요. 그러니까 남해 일은 잊고 즐겁게 여행하시다 돌아오세요. 맛있는 것도 많이 사 드시지만, 절대 술은 마시지 마세요. 아빠가 또 술을 마시면 오빠하고 저는 너무 슬플 거예요.

그동안 아빠를 속여 죄송해요.

아빠가 귀국하시는 날 오빠하고 같이 마중 갈게요.

이만 줄입니다.

아빠를 너무너무 사랑하는 청이가 올립니다.

편지를 다 읽은 심학규 씨는 복받치는 감동을 참지 못하고 효녀 청이의 편지를 가슴에 꼭 품었습니다.

그 다음 이야기는 더 들려드릴 필요가 없겠지요.

즐겁게 일본 여행을 하고 돌아온 심학규 씨는 거짓말처럼 술을 끊었답니다. 제사 때 올리는 제주祭酒도 남해의 명물 유자차로 대신했을 정도였다더군요. 또 업무에도 성실하게 임해 모범 공무원 표창도 받았답니다.

매일 댄스 스텝을 밟아 심학규 씨의 애를 끓게 하던 큰애는 더욱 열심히 노력해 아이돌 가수가 되어 오랫동안 사람들의 사랑을 받았고, 똑똑한 청이는 진주교대에 입학해 훌륭한 초등학교 교사가 되어 학생들을 가르치다 좋은 배필을 만나 결혼해 심학규 씨에게 외손주를 안겨 드렸답니다.

이렇게 해서 남해에서 있었던 공양미 삼백 석 이야기는 대단원의 막을 내립니다. 무슨 말도 안 되는 궤변을 늘어놓느냐고요? 세상에는 때로 믿을 수 없지만 감동적인 일들이 일어나기도 하지 않나요? 희망을 잃지 않고 바르게 산다면 모든 사람들에게 이런 행운이 찾아올 것이라고 이 작가는 굳게 믿습니다.

다들 술도 끊고 담배도 끊고 건강하게 오래오래 삽시다!

남해읍 횟집과 봉천 등지

　남해는 전체 인구가 2015년 9월 현재 46,054명인데, 남성이 21,987명이고, 여성이 24,067명이다. 외국인은 845명(남성 652명, 여성 193명)이다. 세대수로 따지면 22,234세대에 이른다. 전국의 군 가운데 인구가 많은 편에 속하지는 않는다. 게다가 나날이 노년 인구가 늘어나 연령별 비율의 차이가 치우쳐 걱정이기도 하다. 남해읍의 인구는 13,533명인데, 2012년 12월 기준이므로 이보다는 적을 것이다. 10개 읍면 가운데 5분의 1이 읍에 살고 있는 셈이다.

　남해군은 군민들의 여가생활과 건강을 도모하기 위해 다양한 복지제도를 운영하고 있다. 또 건전한 취미생활을 돕기 위해 다양한 프로그램을 운영하고 있다. 그러나 남해군 주민들의 대부분이 즐기는 여가생활은 안타깝게도 음주 문화에 많이 치중되어 있다. 읍에는 적지 않은 수의 주점들이 문을 열고 있는데, 밤마다 항상 손님들로 가득 차 있다. 문화적으로 소외받는 지역이다 보니 자연스럽게 벌어진 일이지만, 여러 모로 개선되어야 할 문제다. 특히 음주에 따른 과소비와 건강을 상하는 일은 당장 눈앞에 닥친, 개선해야 할 과제다.

　이 소설은 그렇게 술을 좋아하는 한 남자가 딸아이의 재지와 효성에 감동하여 술을 끊고 성실한 가장으로 돌아온 사연을 『심청전』에 나오는 심학규 씨와 딸 심청의 이야기를 빌려 패러디한 것이다. 아무쪼록 음주보다는 다른 여가활동으로 밤을 보내는 날이 오기를 빌어본다.

어디서 무엇이 되어 만나리

창선 왕후박나무에서

1

안녕하시우.

내 이름은 왕후박나무외다. 사실 이게 이름이랄 것도 없지요. 내 혈족들은 다 이 이름으로 불리니 말입니다. 다행인지 불행인지 이 일대에는 나 말고는 같은 혈족이 없어 그저 '왕후박나무'라고 찾으면 으레 내게로 데려오니 걱정 마시구려.

내가 사는 주소는 남해군 하고도 창선면 대벽리라우. 더 소상하게 말하자면 단항마을 1024번 지방도로와 강진만 해변 중간 어름에 있어요. 지족에서 차를 타고 오면 한 20여 분 걸리고, 창선 삼천포대교에서 들어오면 채 5분도 걸리지 않지. 워낙 내 기골이 장대해 바닷가로 시선만 주면 금시 눈에 띄니 못 찾을 염려는 아예 접어도 될 거외다.

기골이 장대하단 말이 허풍이라 여기면 섭섭합니다. 이젠 연륜이 꽉 차 키가 더 자랄 일은 없다 해도 얼추 장정 키의 예닐곱 배는 될 테고, 밑동만 해도 어른 대여섯이 손을 맞잡고 둘러도 남을 만큼 우람합니다. 잎이 두껍고 매끈해 한겨울에도 푸른빛을 잃지 않는 상록수라오. 한여름 때면 열한 줄기로 뻗어나간 내 가지가 드넓은 그늘을 만드는데, 그 그늘 아래 쉬면 신선놀음이 따로 없지요.

자랑은 아니지만 이 남해 바닥에서 나보다 수령이 오래된 나무는 없을 거요. 몇 살이냐고? 나도 잘 모른다오. 임진왜란 이전에 뿌리를 내린 것은 나도 기억하는데, 그간 온갖 풍상을 겪으며 살다보니 나이 세기도 번거로워져, 이른바 '뉴 밀레니엄' 들어서는 그도 그만둬 버렸지 뭐요. 남해 사람들은 모임에서 나이가 제일 많은 사람을 '동수'라 부르는데, 이 남해에 있는 생명체 가운데는 내가 '동수 영감'이라 해도 어깃장을 놓을 이는 없으리다. 어험! 그래서인지 나라에서도 나를 천연기념물 299호로 지정해 대접을 해준다오.

5백 년 넘게 남해에 뿌리를 내리고 산 나지만, 사실 남해 토박이는 아니라오. 우리 조상들로 말하자면 남해 바다 속 구중궁궐에서 용왕님의 후원을 장엄하게 치장하는 막중한 소임을 맡으며 살았지. 나 역시 아버님이 연로해서 은퇴하시면 그 뒤를 이으리라 차비를 하며 살지 않았겠소. 그러던 차에 갑자기 용왕님 부름을 받은 게요. 동해로 출장 가는 돌고래와 물길에 대해 이러쿵저러쿵 얘기를 나누던 중이었지.

견문도 넓힐 겸 동해 구경이나 다녀오란 하회가 있을까 싶어 잰걸음에 달려갔더니 그게 아니더란 말씀이야. 느닷없이 뭍으로 나가란 명령이구려.

"소신에게 무슨 허물이 있기에 이리도 매정하게 내치시옵니까?"

아닌 밤중에 홍두깨도 유분수지, 갑자기 육지로 나가라니 내겐 청천벽력이었소. 정든 용궁을 영영 떠나는 것도 섭섭하지만, 혈족과 헤어져 혈혈단신 뭍으로 나갈 생각을 하니 눈앞이 캄캄해지더이다. 헌데 용왕님 말씀을 듣자오니 투정을 부릴 일만은 아니었소.

"남해 창선 바닷가에 자식 없이 홀로 사는 노부부가 있느니라. 씨알 작은 물고기를 잡으면 바다로 돌려보내고, 필요한 만큼만 잡아 욕심을 부리지 않는 착한 어부지. 그 덕분에 천수를 누리며 산 고기들이 늘 그 부부 칭송을 아끼지 않더구나. 그런데 그 부부가 조촐한 제수를 마련해 치성을 드리면서 그저 자식 하나만 점지해 달라고 내게 애걸하지 뭐냐. 안사람이 나이가 많아 자식을 낳기는 무리고 해서 자식 대신 키우라고 나무 한 그루를 보낼 작정이다. 혈통도 좋고 매서운 바닷바람도 견딜 만큼 체력이며 담력이 있는 나무로 너만 한 나무가 어디 있겠느냐? 그러니 그곳에 가서 노부부의 쓸쓸함을 달래주도록 하거라.”

이렇게 해서 새로 씨앗이 되어 싱싱한 물고기 뱃속에 들어가 창선 바닷가로 오게 된 거라오. 그물로 잡은 물고기를 손질하다 나를 발견한 노부부가 용왕님께서 아이 대신 튼실한 씨앗을 보냈다며 기뻐하는 모습을 보니, 비록 혈족과 떨어지는 아쉬움은 있어도 잘 했다 싶더이다. 그렇게 노부부의 집 앞에 움을 틔워 이 바다를 용궁 후원 삼아 살게 된 거라오. 이만하면 남해가 내 고향은 아니더라도 터줏대감이라 자부해도 되지 않겠소? 하하하!

2

반 천 년 넘게 한 땅에서 살다보니 별 별일을 다 겪었소. 부모나 다름없는 노부부가 세상을 떠날 때가 가장 가슴 아팠지. 자식인 양 정성을 다해 키워주신 덕분에 무럭무럭 자라던 중 영감님께서 먼저 저승길로 가고 말았소. 바다에서 잔뼈가 굵은 어부답게 먼 바다로 나가 고기를 잡다 그만 풍랑을 만나 불귀의 객이 되고 만 거요. 시신도 건지지 못해 동네 사람들이 안타까워했지만, 내 짐작에 용왕님께서 그간의 선행을 갸륵하게 여겨 모시고 갔을 거요.

반려를 잃은 안주인은 영감님이 곁을 떠나자 낙담이 컸다오. 남편이 바다로 나간 날을 기일로 삼아 해마다 강진 바다를 보며 제사상을 차렸지. 대추처럼 쪼그라진 몸으로 바다를 향해 연신 두 손을 비비는 모습을 보자니 내 가슴도 저미는 듯했소. 그러다 몇 해 뒤에 안주인도 세상의 미련을 떨어버리고 영감님 뒤를 따랐소. 꽤 오랫동안 안주인의 무덤이 저기 질마산 언덕에서 영감님의 바다를 지켜보았는데, 돌보는 사람이 없어지자 이제는 흔적도 찾기 어렵게 되어버렸지. 두 분 다 지금은 용궁 후원을 손잡고 거닐며 살고 계실 게요. 때때로 고향 집 앞에서 홀로 지낼 자식 같은 내 얘기도 하시면서 말이요.

각설하고 이 동네 사람치고 내 그늘 아래서 고단한 몸을 쉬지 않은 이가 없지만, 그래도 가장 기억나는 사람은 충무공 이순신 장군이라오. 1592년 7월경이었지. 임진왜란이 터진 이후 육지에서는 지리멸렬 우리 육군이 패전을 거듭했지만 바다에서는 연전연승을 거두었소. 사천, 당포, 당항포, 율포 등등 남해 인근에서도 여러 차례 왜적들과 싸워 내리 승리를 거두었지. 우리 용왕님께서 이 깨끗한 바다를 더러운 왜적들의 손에 들어가게 두실 리가 없지 않겠소. 용왕님의 가호에 힘입은 우리 수군들의 힘찬 함성이 왜적들을 압도했다더이다.

100여 척에 가까운 왜군의 전선을 격파한 한산대첩이 끝나고 전라좌수영으로 돌아가는 길에 충무공(물론 그때야 전라좌수사였지만)께서 강진만으로 판옥선을 몰고 오셨소. 여수로 빠지는 노량 물목이 멀지 않으니 잠시 쉬면서 전열을 가다듬을 심산이었던가 보오. 그땐 나도 한창 가지며 줄기를 뻗으며 자랄 때라 하루가 다르게 키가 쑥쑥 올라가는 중이었소. 7월의 해풍을 맞으며 잎이 햇살을 듬뿍 받도록 잔뜩 기지개를 켜고 있었지.

판옥선에서 내려 해안을 걷던 충무공이 문득 나를 쳐다보더이다. 지휘봉으로 나를 지목했을 때 조금 가슴이 뜨끔했었지. 혹시 나를 베어 전선을 만들 재목으로 쓰지나 않을까 싶었거든. 왜적을 물리치자는 데 이 한 몸 아낄까만 아직 베어지기엔 그리 목질이 단단해지지도 않았고, 세상을 좀 더 알고 싶기도 했었소.

충무공께서 내 그늘 안으로 들어오시더니 말씀하시더이다.

"재목으로 쓰기에는 가지가 너무 제멋대로 뻗었구나. 자라 그늘을 드리워 백성들의 더위를 씻어주는 게 제격일 듯싶군. 그늘이 벌써 제법 선선할 걸."

동네 사람들이 갖다놓은 돌 의자에 앉으시더니 투구를 벗고 이마에 찬 땀을 훔치시는데 백발이 성성했소. 백성과 나라를 위해 노심초사하셨을 흔적이라 생각하니 마음이 애잔해지더군. 여섯 해 뒤에 노량 바다에서 쫓겨가는 왜적을 섬멸하고 나라의 운명과 장군의 운명을 바꾸실 줄은 그땐 꿈에도 생각지 못했구려.

마을 사람들이 충무공이 오신 걸 알고 점심상을 내왔소. 내 그늘 아래서 상을 받아 이 바다에서 나는 어물을 반찬 삼아 맛있게 식사를 드시던 모습이 지금도 눈에 선합니다. 세월이 흐른들 님이야 잊히리이까.

창선은 예로부터 말을 키우는 목마장으로 유명했소. 물론 목장은 산 너머 들판에 있었지만, 가끔 병졸들이 말 떼를 몰아 이곳까지 오기도 했소. 여물 대신 해초를 먹여 체질을 단련시킨다는 거였는데, 내 주변을 어슬렁거리면서 풀도 뜯고 말린 해초도 씹는 놈들의 모습이 참 영특해 보이더이다.

어떤 놈은 무슨 심술인지 뒷발길질로 나를 차기도 했어요. 넘치는 힘을 주체 못한 탓이겠으나, 애꿎게 가지 몇 개가 부러진 나는 잔뜩 골이 났지요. 누가 내 가지를 꺾어 저 심술궂은 놈 엉덩이를 후려쳐줬으면 싶었지. 하나 이따금 망아지가 내 몸에 대고 제 몸을 비벼댈 때는 그리 기분이 상쾌할 수 없었소. 잔털이 묻어 성가시긴 했지만, 어린 망아지의 응석을 보자니 나도 새끼를 키워 재롱을 보았으면 하는 마음도 일었소.

그런데 어찌 된 일인지 내 몸에서 나온 열매는 땅에 뿌려져도 싹이 잘 트질 않는 거요. 원래 우리 혈족은 내조성耐潮性이 강해 해안에서도 잘 자라는데, 내 원산지가 바다 속이라서 그럴까 내 새끼들은 뭍에서는 영 맥을 못 추지 뭡니까. 그래서 보다시피 나는 지금도 혼잡니다. 나이 5백 살이면 고손에 그 고손에 그 고손을 보았어도 마뜩찮을 텐데 여즉 독거獨居라니, 군청에서도 좀 신경 써 줘야 하는 거 아니요? 다 객쩍은 소립니다. 허허허!

3

오늘은 설날입니다. 한때 남해가 잘 나갈 때는 인구가 10만도 훨씬 넘었는데, 점점 사람이 빠져나가기만 하고 들지는 않더니 이제는 5만도 못 넘깁니다. 게다가 젊은이들은 찾기 어렵고 나보다 더 늙은 꼬부랑 노인들만 고기 잡고 밭을 일구며 살지요. 동네에서 갓난애 울음소리를 들어본 게 언제인지 기억도 가물가물합니다.

그래도 설이 되면 외지에 나가 있던 사람들이 찾아와 제법 사람 냄새가 납니다. 또 마을 사람들도 나를 마을의 수호신으로 받들어 명절이면 다들 모여 제사상을 차려줍니다. 뭐 떡 벌어지게 차려줘야 맛이겠소. 북어 몇 마리 놓고 입맛 살리라고 굵은 눈깔사탕 한 봉지에 소주 한 병을 콸콸 뿌려준다오. 그리고는 제발 덕분에 올 한 해도 액운 없이 무사히 지나가기를 빌지요. 나도 동네 사람들 다 보살필 만큼 오지랖이 넓진 못하지만, 액운의 나쁜 바람이 불어오면 이 풍성한 가지와 잎으로 다 막아내리라 다짐하지요. 늙으면 손자 재롱 보는 재미로 산다더니, 동네 사람들의 구수한 얘기도 듣고 몇 잔 술에 목을 축이는 게 요즘의 내 낙입니다.

해가 강진만 너머 망운산 이마 위를 어슬렁거릴 즈음 해마다 나를 찾아오는 벗들이 그날도 잊지 않고 들립니다. 오누이를 둔 젊은 부부인데, 사천 쪽에서 차를 몰고 오더니 길을 돌려 내게로 오는 게 보였소. 부부끼리 주고받는 말을 듣자니 지족 어디가 부인의 고향인 듯하고, 진주에서 장사를 하며 사는가 봅디다. 아침엔 시댁에 가 차례를 모시고, 오후엔 친정을 들리는 게 이들 가족들의 설날 일과인 듯싶더군. 지족으로 가자면 77번 국도가 빠르지만 굳이 이들 가족은 이 도로를 택하지. 다 나를 보겠다는 마음에서라오.

금슬 좋은 부부도 고맙지만 오누이가 얼마나 귀여운지 모르겠소. 누나는 좀 새침한데 동생은 티 한 점 없이 순박해요. 특히 이 녀석이 날 아주 좋아합니다. 처음 이 가족을 만났을 때가 떠오릅니다. 녀석이 나를 보더니 아주 턱이 빠져라 외치더군요.

"와! 세상에. 이렇게 큰 나무가 다 있네! 겨울인데도 혼자 파룻파룻해."

큰 눈망울을 번뜩이며 나를 올려다보는 녀석의 표정이 얼마나 해맑은지 나도 한 백 년은 젊어지는 것 같더구려. 안내판을 열심히 읽더니 더욱 감탄하더군.

"이 나무 나이가 5백 살도 넘었대. 난 겨우 일곱 살인데, 우리 할아버지보다 열 배는 더 나이를 먹었겠다."

젊은 아버지가 옆에서 녀석의 머리를 쓰다듬으며 말합디다.

"너도 할아버지나 이 나무처럼 건강하게 오래 살려면 운동도 열심히 하고 음식도 가리지 말고 잘 먹어야 돼."

그러면 애가 제법 어른스럽게 대꾸합니다.

"아빠. 저보다 아빠가 더 걱정이에요. 올핸 제발 담배도 끊고 술도 그만 드세요."

녀석이 돌멩이를 들어 내 몸에 찰싹 달라붙더니 제 키를 대볼 요량인지 정수리에 얹어 쓱쓱 금을 긋는 게 아니겠소. 안 그래도 옆구리가 가려웠는데, 긁어주니 시원하더군.

"엄마. 내가 이 나무만큼 키가 클 수 있을까?"

젊은 부인이 난감한 표정으로 남편을 보며 대답했소.

"모르지. 너야 매일매일 자라니까. 그럼 우리 설날 때마다 와서 네 키가 얼마나 자랐는지 이 나무에서 재보면 어떨까?"

녀석이 손뼉을 치며 좋아하더군요.

"그래. 저기 가지가 닿을 만큼만 컸으면 좋겠다."

그래서 이들 가족들이 해마다 설 때면 나를 찾아오게 된 거라오. 아직 내 가지에 손이 닿으려면 더 커야 하지만 몇 해 전에 비하면 녀석은 몰라볼 만큼 키가 컸어요. 몸집도 제법 불었고.

오늘도 녀석은 동네 사람들이 놓고 간 눈깔사탕 한 개를 날름 집어 들더니 한 입에 쏙 넣고 오물거렸어요.

"야. 달다. 우리 왕후박나무 할아버지가 주신 것이라 더 맛있는 것 같아."

키만 쑥쑥 자란다면 눈깔사탕이야 다 먹은들 무슨 상관이랴! 나는 바람을 머금으며 녀석을 감싸듯 가지를 흔들었습니다.

잠시 후 가족들은 나란히 서서 나를 향해 두 손을 모아 절하고는 다시 지족으로 길을 떠났습니다. 나는 멀리 사라지는 차를 보면서 내년에는 더 행복한 모습으로 나를 찾아주기를 간절히 빌었지요.

나는 5백 년을 이 자리에 머물러 살았는데, 사람들은 움직이는 동물이라 결국 제 길을 가고 맙니다. 난 머리가 좋은 편이라 그 사람들을 모두 기억한다오. 나를 자식 삼은 노부부부터 충무공, 나라를 지키던 수군들이며 의병들, 별처럼 헤아릴 수 없이 반짝였던 동네 사람들, 또 나를 보려고 오는 사람들. 내 몸에 돋은 잎보다 더 많지요.

그러나 나는 그들의 얼굴을 한시도 잊은 적이 없어요. 그들이 어디서 무엇이 되어 살든 언젠가 다시 만날 것이라는 믿음이 내게는 있습니다. 그것이 내가 여전히 푸른 잎을 뽐내며 푸른 숨을 쉬는 이유인 게지요. 앞으로 5백 년이 더 지나도 그건 변함이 없을 거외다. 그래서 나는 여전히 젊습니다. 하하하!

왕후박나무

남해군 창선면 단항마을에 있는 나무로, 수령은 500년이 넘었다고 전해진다. 천연기념물 제299호로 지정되어 있고, 높이 9.5미터에 밑동에서 뻗어 나간 가지가 11개로 이어져 있어 한쪽에서 다른 쪽까지 가지 길이가 21미터나 된다. 마치 우산을 펼쳐 놓은 것 같은 장방형의 우아한 자태가 거목으로서 기품이 넘친다.

전설에 따르면 옛날 단항마을 어부 한 사람이 고기잡이를 나갔다가 큰 고기 한 마리를 낚았는데, 뱃속에서 씨앗이 나왔다고 한다. 이것을 뜰에 심었더니 하루가 다르게 나무가 자라났다. 주민들은 이 나무를 동제나무라 부르며 매해 음력 섣달 그믐날 정성스레 동제를 올리며 풍년 풍어를 빌고 있다. 단항마을 정자나무는 노동의 피로를 씻는 쉼터이자 마을문화가 꽃 피는 정자면서 농사정보센터이고, 마을 공동체를 밀고 나가는 힘의 원천이다.

용가리 통뼈

가인리 공룡 발자국 유적지에서

1

우리가 가인리 바닷가 도로로 접어들 무렵 햇살은 꽤나 기울어 서녘 산등성이를 엷은 융단처럼 덮고 있었다. 한여름이라 해가 길었기에 망정이지 자칫하면 어두워져서야 닿을 뻔했다. 목적지를 찾아 헤매느라 시간을 꽤 잡아먹었다. 나는 조수석에 앉아 구시렁거리는 강 기자를 오만상을 찡그린 채 흘겨보았다. 강 기자는 미안하지도 않은지 천연덕스럽게 섬의 이곳저곳을 두리번거리며 감탄을 자아냈다.

"어머어머! 고사리 밭이 대체 어디까지 펼쳐진 거죠? 우리나라 고사리는 죄다 여기서 생산되나 봐요? 그죠?"

그죠인지 나죠인지 내 알 바 아니지만 내비게이션도 없는 내 똥차로 생면부지 초행길을 나선 것이 재앙을 불러왔다. 더구나 원래 내차로 여기까지 올 생각은 애당초 없었다. 하긴 강 기자가 새로 뽑은 차 자랑을 하면서, 취재 나간 김에 남해가 자랑하는 물미 해안도로를 멋지게 드라이브하자고 했을 때 어쨌거나 귀가 솔깃해진 것은 사실이었다. 아직 마감시간이 넉넉한 기사라 서두를 것도 없었다. 이 괴짜 야구선수를 만나보고 사연을 들은 뒤 물미해안도로를 따라 미조항에라도 가서

회 한 접시에 소주 한 잔 곁들이면 새침한 강 기자와 뭔가 특별한 일이 생길지도 모른다고 은근히 기대도 했었다. 그러나 지금 나는 내 허황된 꿈에 빠져 허우적거렸던 대가리를 망치로 박살내고 싶은 심정이다.

내 차가 요즘 천수를 다 누려 자주 퍼진다고 했더니 강 기자는 새 차 둬서 뭐하겠냐며 당당한 미소를 지었다. 내가 사는 원룸 앞으로 그 잘난 차를 끌고 오시겠다는 것이었다. 내비도 최신 기종이니 눈 감고도 찾아갈 것이란 허장상세도 잊지 않았다. 그래서 철석같이 믿었다. 이 여자가 약속 시간도 한참 지나서 털레털레 맨몸으로 내 원룸 앞에 나타날 때까지는 말이다.

"왜 홀몸이야?"

어감은 이상했지만, 달리 물어볼 말이 없었다. 반은 샐쭉해지고 반은 민망한 표정으로 강 기자가 두 팔을 벌렸다.

"오다가 사고가 났어요."

사거리에서 분명히 붉은 신호등을 보고 자기는 섰는데, 뒤따라오던 집채만 한 SUV가 꽁무니를 들이박았다는 것이었다. 차는 정비소로 끌려갔고, 자신은 죽지 않은 게 다행이라며 가슴을 쓸어내렸다. 이것이 내 똥차가 죽음의 장거리 출장을 나서게 된 사연이었다.

2

남해라면 스포츠파크가 있어 비교적 자주 찾던 곳이었다. 그러나 스포츠파크는 서면 서상리였고, 이놈의 공룡 발자국 유적지는 창선 가인리였다. 남해라는 이 큰 섬의 서쪽 끝과 동북쪽 끝에 각각 위치해 있었다. 스포츠국 취재부장이 이곳 가인리에 가보라고 했을 때 맨 먼저 떠오른 생각은 '가인박명佳人薄命'이었다. 기구한 운명의 미인이 왠지 그곳에 있을 것 같았다.

"그리 틀린 말은 아니지." 내 소감을 슬쩍 흘렸더니 부장이 혀를 차면서 말했다. "비운의 야구 스타가 그곳에서 아직 난 인생을 곱씹으며 술타령을 한다는 소문이 있거든. 그러니 가인박명이 아니고 무엇이겠나. 뭔가 재미난 스토리가 숨어 있을 것 같은 촉을 어쩔 수 없군. 신입하나 딸려줄 테니까 취재해 봐."

다른 얘기는 귀에 들어오지 않고 첫 머리 말만 귓가에 쟁쟁 울렸다.

"야구 스타요? 비운의?"

내가 두 눈에 힘을 모으고 쳐다보자 부장이 그것도 모르느냐는 표정을 지었다.

"거 왜 '용가리 통뼈'로 불리던 선수 있잖아. 십 년 가까이 무명으로 빌빌거리다 작년에 'NC 다이노스'에서 커리어 하이를 찍은 친구."

그러니 누군지 떠올랐다. 대학을 마치고 프로야구 팀에 입단했지만 만년 2군 선수로 전전하던 왕대봉. 이름이야 번듯한 대봉大鳳이었지만 꿩도 되지 못하고 허덕이더니 새로 창단한 고향 팀에 들어갔다. 워낙 선수가 부족했던 터라 영입한 것이지 구단에서도 큰 기대를 걸지는 않았다. 실력보다는 짬밥이 있으니 신인 선수들에게 경험이나 전해주라는 차원의 배려였다. 그랬던 그가 정말 대봉이 될 줄 누가 알았겠는가!

1군에 진출한 첫 해는 어쩌다 대타로 나오거나 주전이 부상당하면 선발로 얼굴을 내밀었다. 규정 타석은 채우지 못했지만 썩 나쁜 성적도 아니어서 시즌이 끝나고도 방출당하는 설움은 겪지 않았다. 연봉도 조금 올랐다. 그러다 그해 겨울에 갑자기 자취를 감춰 구단이 한바탕 북새통을 떨었다. 해외 전지훈련을 가야하는데 소리 소문 없이 사라져 버린 것이었다. 당연히 난리가 났다.

어지간해서는 소속 선수들의 불미한 일은 밖으로 새지 않게 단속부터 하는 구단이 우리 신문사까지 왕대봉 본 적이 있냐고 물어올 정도였다. 가십에 눈이 먼 신문사라 호들갑을 떨 만했지만, 워낙 존재감이 없던 터라 별 뉴스거리도 되지 못하고 지나갔다.

그럭저럭 전지훈련도 끝나고 시범경기가 열릴 때쯤 왕대봉은 초췌했지만 자신감이 번뜩이는 포스를 자랑하면서 구단 사무실에 얼굴을 들이밀었다.

"야, 이 새끼야. 너 어디 갔다 지금 나타난 거야?"

타격 코치가 멱살잡이를 하며 왕대봉을 윽박질렀다. 그러나 왕대봉의 표정은 느긋하다 못해 도인의 경지에 올라가 있었다.

"혼자 지옥훈련 마치고 왔습니다. 이제 세상이 바뀔 겁니다."

어이가 없어진 코치는 헛소리에 가까운 넋두리를 듣더니 두들겨 팰 기세였다.

"아니 이 자식이 이거 양잿물을 반쯤 처먹다 말았나? 봄날에 더윌 먹었나? 너 지금 소설 쓰냐?"

좌우간 거두절미하고 왕대봉은 작년 한 해 프로야구계를 짓씹어먹은 엄청난 성적을 올렸다. 성적의 내용이야 다 알 테니 생략하고, 시즌이 끝난 뒤 야구계의 상이란 상은 혼자 휩쓸었고, 연봉도 역대 최고 인상률을 경신하면서 그간 무명의 설움을 9회 말 만루 홈런 한 방처럼 시원하게 날려버렸다.

그랬던 왕대봉이 올해 야구 시즌이 시작되자마자 완전히 환골탈태한 모습을 보여주었다. 메이저리거급級 활약을 했다는 소리가 아니다. 시범경기 때부터 죽을 쑤기 시작했다. 터무니없는 볼에 헛방망이질은 예사였고 한가운데 들어오는 평범한 공도 그냥 지켜보다 들어왔다. 아무리 시범경기라지만 도무지 믿기지 않는 성적에 사람들은 대경실색하기 시작했다. 시즌이 시작되면 좋아지려니 위로했다.

그랬더니 웬걸. 개막 경기부터 왕대봉의 곤두박질은 지칠 줄 몰랐다. 개막 10경기 만에 첫 안타를 치더니(그것도 빗맞았다.) 한 달 내내 친 안타수가 손바닥 둘도 필요 없었다. 수비 때마다 꼬박꼬박 저지른 실책 숫자가 전부 안타였다면 그의 타율은 역대급이었을 것이다.

결국 왕대봉은 2군에서 쫓겨났다. 2군 경기에서도 알뜰하게 악명을 떨치더니 급기야 웨이버 공시라는 수모를 당했다. 이후 왕대봉의 소식을 아는 이는 아무도 없었다. 봉황에서 땡삐로 전락하는 데 커피 한 잔 마실 시간도 남아돌았다. 전해 MVP급 활약을 하던 선수가 어찌 저리 될 수 있을까? 급강하하던 청룡열차의 브레이크가 절단 났다고 해도 그처럼 땅바닥에 고꾸라지지는 않을 것이다.

"하여간 그 왕대봉이 지금 남해 바닷가에 있다지 않아. 제보가 진짠지 긴가민가하지만 휴가라 생각하고 다녀와 보라고. 어때, 내가 고맙지?"

부장의 윙크에 애써 미소를 던져주고 나와 나는 신입 강 기자를 설레는 마음으로 찾았다.

3

가인리 공룡 발자국 유적지는 고두 보건진료소를 지나 조금 더 가면 나온다. 작은 만으로 형성된 해변에서 왼편 끝자락에 있다. 산자락 너머로 멀리 신수도가 보이고 방파제 길을 따라 가다보면 세심사洗心寺란 사찰이 나오는데, 사찰 뒤편이 유적지다.

단층절리로 이루어진 해변에 난 공룡 발자국이 우리의 목적지는 아니었다. 거기 왕대봉이 있다니 먼저 바닷가로 갔다. 억만 년 세월 동안 바람과 바닷물에 씻기고 깎인 공룡들의 발자국 화석이 사암층을 따라 제법 길게 형성되어 있었다. 사람이 다녀간 흔적이 여기라고 없을 리 없다. 여기저기 잔돌을 쌓아 만든 작은 돌탑이 눈에 띄었다. 공룡 발자국과 부처에 대한 경배심이 어떻게 닿는지는 모르겠지만 뭔가를 빌고 싶은 마음은 내게도 없진 않았다.

"이게 공룡 발자국인지 그냥 패인 자국인지 어떻게 안대요?"

햇병아리라도 기자 기질은 어쩔 수 없는지 카메라를 들고 이리저리 사진을 찍던 강 기자가 경이에 찬 눈으로 내게 물었다. 낸들 알 리가 있나.

"설마 학자들이 거짓말하겠어. 왕대봉이나 찾아봐."

내 유치한 평가에 만족할 리 없을 텐데 그녀는 더 군말은 붙이지 않았다. 해변에 이어져 소나무와 잡목으로 우거진 숲이 빽빽했다. 그 숲속에 왕대봉이 텐트를 치고 있을 것 같지는 않았다. 나는 바닥에 굴러다니던 장대 하나를 들고 숲을 휘휘 저어보았다. 사람은 고사하고 토끼 한 마리 튀어나오지 않았다.

"이거 속은 거 아냐요? 선배, 물 없죠?"

땡볕에 해변과 숲을 오가던 강 기자의 얼굴이 금방 땀으로 번들거렸다. 오후라지만 햇살은 여전히 따가웠다. 더운 데다 성과마저 없자 쌓인 스트레스가 목소리에 고스란히 묻어났다.

"부장이 그렇게까지 맹탕은 아닐 텐데……."

큰 기대를 거는 표정은 아니었지만, 근거 없이 기자 둘을 섬까지 내려 보낼 부장은 아니었다. 지나가는 사람조차 보이지 않으니 비빌 언덕도 없었다. 그러다 문득 올 때 봤던 절이 생각났다. 세심사라 했나?

"요 앞에 절이 있었잖아? 거기 가서 한 번 물어보자고."

강 기자는 구세주라도 만난 듯 재빨리 해변 바위 위를 달려갔다.

세심사는 건물의 외양이나 배치를 보아 그리 오래된 사찰은 아니었다. 금산 보리암의 명성이 워낙 쩌렁쩌렁하니 그 그늘 아래 창사한 절로 보였다. 실망스럽게도 경내는 조용했고, 스님이며 신도는 그림자도 보이지 않았다.

우리는 목을 길게 빼고 절간 안을 기웃거렸다. 뒤편 설법전이라 쓰인 곳이 그럴듯해 보여 인기척을 냈지만 응답은 없었다. 무안한 얼굴로 대웅전 쪽으로 나왔다. 대웅전에 누가 있다면 목탁 소리나 독경 소리가 들릴 법한데 개미 기어가는 소리조차 들리지 않았다.

"선배. 들어가 봐요. 밖에 계속 있다간 고운 피부 다 망가지겠어요."

가인박명이 울고 갈 노릇이었다. 차에 둔 생수병 물은 차를 끓여 마셔도 될 만큼 온도가 뜨거웠다. 아무려나 목재로 지은 대웅전이니 시원하겠다 여겨 신발을 벗고 들어갔다. 부처님께 귀의하겠다는데 문전박대야 당하겠나 싶었다.

대웅전 안은 어두컴컴했다. 워낙 바깥 햇살이 따가워 더욱 어두워보였을 것이다. 부처님과 협시보살 두 분이 나란히 조명을 받아 빛나고 있었다. 절간이라고는 어머니가 떠밀어도 잘 안 가는 나였지만, 그래도 뻘쭘하게 서 있기는 어색해 두 손을 모으고 합장했다. 강 기자도 옆에서 합장하는 기척이 들렸다.

잠시 두 손을 모으고 상념에 잠겨 있는데, 강 기자가 내 옆구리를 쿡쿡 쑤셨다. 그리 기분 나쁜 감촉은 아니었지만, 나는 내숭을 떨었다.

"어이, 경건하라고."

"아니, 선배. 저기 누가 있는데요."

실눈을 뜨고 왼편으로 고개를 돌렸다. 과연 어둑한 구석에 초라한 몰골의 사내가 반쯤 몸을 기울인 채 벽에 기대 있었다. 잠든 것 같기도 했고, 술에 취한 듯도 보였다. 스님이 없으니 취객이 둥지를 튼 모양이었다.

"선배, 나가요. 기분 나쁘다."

강 기자가 내 소매를 잡아끌었다. 그러나 불경하다는 느낌보다는 호기심이 더 일었다. 나는 눈을 크게 떴고, 어둠이 차츰 눈에 익었다. 그리고 어둠이 스러지는 끝자락에 기댄 사내가 왕대봉임을 알아차렸다. 추레해진 옷차림새였지만 '용가리 통뼈'의 잔영은 남아 있었다.

"뭐야?"

다가가서 툭툭 치자 왕대봉은 짜증난다는 듯이 얼굴을 찡그렸다.

"나 모르겠소? '한가닥신문' 박 기자. 경기장에서 몇 번 취재도 했잖아? 왕대봉 선수 맞지?"

그가 눈을 게슴츠레 떴다. 알 듯 모를 듯한 표정이었다.

"그런데 왜? 팀이 날 다시 부를 린 없고, 벌써 시즌 끝났나?"

입에서 술 냄새가 확 풍겼다. 강 기자가 뒤로 멀찍이 물러났다.

"여기서 이렇고 있으면 안 되지. 좌우간 밖으로 일단 나갑시다."

겨드랑이를 부축하자 왕대봉이 마지못해 일어났다.

4

대웅전을 나온 우리는 다시 공룡 발자국 유적지 해변으로 걸어갔다. 걸음걸이가 비틀거렸다. 그늘진 곳을 찾아 세 사람이 앉았다.

"리그를 호령하던 왕대봉이 이거 무슨 꼬라지요?"

실망감 때문에 말투가 곱게 나오지 않았다. 내가 담배를 입에 물자 날름 가로채 갔다. 담배 연기를 날리면서 왕대봉은 한참 말없이 잔잔하게 물결이 이는 수면만 응시했다. 회색 담배 연기와 함께 긴 한숨이 묻어나왔다.

"한바탕 일장춘몽인지 사기를 당한 건지 나도 모르겠습디다."

왕대봉은 요령부득의 말로 입을 뗐다. 나도 감이 잡히지 않는 소리였다.

"뭐 안 좋은 일 있었습니까?"

당연히 안 좋은 일이 있었으니 이 지경에 이르렀을 것이다. 그러나 그 안 좋은 일의 정체가 미궁 속이었다. 기껏 여자 문제라면 김이 샐 일이었다. 왕대봉이 작심한 듯 말을 쏟아냈다.

"박 기자도 알겠지만, 내 실력이 그리 대단하진 않았지. 낸들 모를 리 있겠나. 여느 껄렁한 선수들처럼 몇 년 이 바닥에서 구르다가 사라질 팔자인 줄은 나도 알고 있었소. 억울하긴 하지만 누굴 탓하겠나."

몰골과는 달리 그리 참담한 목소리를 아니었다.

"작년 활약을 본 사람이라면 그 말 안 믿지." 나는 위로와 의혹을 담아 그에게로 고개를 돌렸다. "늦게 만개하는 꽃도 있는 법이잖아?"

왕대봉의 입에서 헛웃음이 밀려나왔다.

"늦게 만개하는 꽃 좋아하네! 난 꽃도 나무도 아니었다니까. 그저 운빨이었지."

"운빨로 리그를 씹어 먹는 선수는 없어요."

꼭 그가 들으라고 한 소리를 아니었다. 그러나 그에게는 뭔가 절박한 게 있었던 모양이었다. 왕대봉은 나를 바닷물에라도 집어던질 듯이 노려보았다.

"그래? 그럼 한번 내 얘기 좀 들어보쇼. 이게 운빨인지 아닌지. 운빨이 아니라면 내 손에 장을 지지지. 그러니까 이야기는 3년 전으로 거슬러 갑니다."

나는 재빨리 기자수첩을 뽑아들었지만, 들을수록 그의 얘기는 전혀 기삿거리가 될 수 없다는 사실을 알아챘다.

"3년 전에 난 거저다 싶은 액수로 다이노스로 이적하지 않았소? 체면치레 정도의 연봉을 받았지만 그것도 내겐 과분했지. 그때 난 잘 될 거란 의지도 노력할 마음도 없었소. 그저 이 짓 그만두면 뭐 하고 사나 고민할 시간 벌었다고 여겼지. 해외전지훈련 명단에서도 빠져 남해 스포츠파크에서 훈련을 했더랬소. 하루는 쉬는 날이었는데, 할 일도 없어서 읍내로 나와 어슬렁거렸소. 유니폼도 남부끄러워 사복 차림이었지. 지나다 보니 낚시 가게가 보이더군. 무조건 들어가 제일 싼 낚싯대를 샀소. 그리고 택시를 잡곤 어디 조용히 낚시할 곳 있으면 데려다 달라고 했소. 그런데 운전사가 어떻게 생각했는지 날 이곳으로 데려오더란 말씀이야. 여기 공룡 발자국 유적지 말이요. 그러면서 말합디다. 보아 하니 낚시할 사람 같진 않은데, 저기 공룡 발자국이나 밟으며 마음 좀 가다듬으라는 거요. 그래도 해골이 복잡하면 옆에 절간도 있으니 명상이라도 하라더군. 아마 그 운전기사 내가 자살이라도 할 사람처럼 보였나 봐. 그리곤 명함을 주더니 생각이 바뀌면 전화 달라데. 데리러 오겠다고."

야구와는 아무 관련도 없는 얘기였다. 나는 속으로 이 친구 아직 술이 덜 깼구나 싶었다. 강 기자의 얼굴에는 벌써 짜증이 한 다발 번지고 있었다. 적당히 입을 막고 엉덩이를 들 구실을 찾아야 할 시점이었다. 그러나 왕대봉은 지금부터 시작이었다.

"명함을 구겨 넣고 그가 손짓으로 일러준 곳으로 갔어요. 저 절간 지나 여기로 왔지. 한적한 것이 물에 뛰어들기 딱 좋은 곳이긴 하더군. 공룡 발자국인지 뭔지 내가 알 게 뭔가. 죽기 전에 낚시나 한 번 해보잔 생각이 들었소. 만 원이나 주고 샀으니 써 먹어보고 죽어야지. 그런데 미끼도 떡밥도 아무 것도 안 산 거요. 내 손가락이라도 하나 잘라 넣고 싶습디다. 주변을 살펴보니 미역 같은 게 몇 조각 떠다니기에 이빨로 잘게 물어뜯어 바늘에 꿰어 넣었소. 눈 먼 고기가 아닌 다음에야 걸릴 리 없지. 그런데 한참 있다 보니까 뭔가가 물리더란 말씀이야. 내가 꿈을 꾸나 싶었소."

망상이든 각색이든 얘기가 제법 그럴 듯하게 진행되어 갔다. 나도 명색이 국문과 출신이라 그가 꺼낸 서두가 허투루 들리지 않았다.

"뭐가 낚였는데?"

"그게 말이야. 나도 뭔지 모르겠다는 거요. 나도 고향이 바닷가라 물고기는 좀 아는데 생전 본 적도 없는 희한한 놈이었소. 크기는 팔뚝 만했는데, 색깔은 불그스름합디다. 우럭도 아니고 돔도 아니었지. 이게 죽으려고 환장했나 보다 싶어 쳐다보니 입만 뻐끔거리면서 몸부림치는 게 아니요. 이놈도 살아보겠다고 발버둥 치는구나 싶더군. 괜히 안 돼 보이기에 놔줬소. 기분이 이상해서 낚싯대도 버려두고 절간 쪽으로 나왔지. 해도 거의 기운 판인데, 대웅전 쪽을 보니 저 너머 하늘이 이 상하게 환하더란 말입니다. 정말 이상한 느낌이었소. 바로 운전기사한 테 전화를 걸었지. 반갑게 달려옵디다. 숙소로 가자마자 난 다시 배트 를 집어 들었소."

고개가 끄덕거려졌다. 한낱 물고기도 살려고 발악하는데 사람이 되 어 전력을 안 쏟아보고 포기한다면 면목이 없다, 다시 한 번 몰입해보 자, 뭐 이런 결심이 섰던 것이리라. 그리하여 조금씩 성적을 냈겠다는 짐작이 들었다.

"그러니 아직 늦지 않은 거 아닙니까? 고작 3년 전인데. 그 결심이 벌써 바래졌소?"

왕대봉은 내 말에 콧방귀를 꼈다.

"내 말이나 다 듣고 씨부리쇼. 의욕은 장했지만 금방 허탈해지더군. 이 짓 한다고 될 리가 있나, 꼴만 우습지. 그래서 내팽개치고 방에 들 어가 이불을 뒤집어썼소. 자면 다 잊을 테니까. 그런데 꿈에 누가 나타 났소. 남해 용왕이랍디다."

나는 물을 마시다 그만 사래가 들렸다. 강 기자의 피식 웃는 소리가 귓전을 스쳤다. 대꾸할 의욕도 없어서 나는 가재미눈을 뜨고 다음 말 을 기다렸다.

"그 사람 말이 자기 아들이 바닷가에 나왔다가 어부한테 잡힌 게 이 번으로 두 번째랍디다. 뭐 한 번은 고려시대 때라더구만. 그때는 고을 원이 구해줘서 그 사람 자손에게 벼슬 복을 내려줬다더군.* 대충 무슨

---

* 이 이야기는 고려 후기 때의 문인 이제현의 저서 『역옹패설』 전집(前集) 2에 나온다. 통해현 바닷가에서 거북같이 생긴 물고기가 잡혔는데, 잡아먹으려는 것을 현령 박세통이 살려주고

소린지 알겠죠? 이 용왕님께서 내게도 소원을 들어주시겠다는 겁니다. 꿈속이었어도 고맙기 짝이 없었어요. 그래서 내 소원은 다른 건 없고 야구 한 번 남 못지않게 잘해 봤으면 좋겠다고 말했소. 그러니까 용왕 말씀이 내 야구가 뭔지는 잘 모르겠으나 스스로 노력한다면 그 소원이 이뤄지도록 힘써 보겠다는 것이었습니다."

왕대봉이 길게 숨을 내쉬었다. 그때 일이 되살아난 모양이겠지만, 나로서는 도저히 맥락을 잡기 어려운 소리였다. 기자수첩은 진즉에 덮어버렸다. 시큰둥하게 강 기자를 쳐다보는데, 그녀는 두 눈을 동그랗게 뜨고 흥미진진하게 왕대봉의 얘기를 듣고 있었다. 내가 눈짓으로 이게 재밌냐고 물었더니, 아예 나를 밀치고 왕대봉에게 다가갔다.

"그래서 어떻게 됐는데요?"

아주 큰절을 하고 들을 기세였다. 그 바람에 왕대봉도 조금 흥이 났는지 목청을 몇 번 돋우고는 말을 이어나갔다.

"어떻게 되긴. 별 개꿈 다 꿨다고 생각했지. 그래도 뭔가 해 봐야겠다는 의욕은 생깁디다. 그래서 되든 안 되든 원 없이 노력이나 해보고 때려치우자는 생각으로 훈련에 나섰죠. 그런데 감독님하고 코치님이 그걸 좋게 보셨나 봐요. 이듬 해 시즌에 들어서자 가끔 대타로 내보내 주기도 하고, 어떤 때는 선발로도 올리는 거예요. 굳이 내가 아니더라도 사람은 있었는데 말이야. 더구나 희한한 게 공이 크게 보이더라 이 말입니다. 내 평생 야구하면서 항상 야구공은 탁구공만 해 보였는데, 이게 점점 커지더니 배구공만 해지더라고요. 아무리 멍텅구리라지만 배트로 배구공 못 칠 놈이 어디 있겠나. 알다시피 그해 제법 쏠쏠한 성적을 거두었지."

바다로 돌려보냈다. 그날 밤 꿈에 한 늙은이가 나타나 절을 하면서 자기 아들을 살려줘 고마우니 당신과 아들, 손자 대까지 3대가 반드시 재상이 될 것이라고 알려주었다.

나도 조금씩 그의 얘기에 빨려 들어갔다. 그가 말한 일들이 그때의 정황과 대충 맞아떨어졌다.

"그 시즌 뒤 잠적해서 야단법석 피운 거 생각나요?" 내가 물었다. "잘 나가던 판이었는데, 왜 그런 겁니까?"

왕대봉이 애매한 웃음을 지었다.

"그게 말입니다. 이제 나도 뭔가 풀리나보다 들떠 있었는데, 꿈에 다시 용왕님이 나타나신 거예요. 남해 바닷가에서 너무 멀리 떨어지면 기를 잃을 수 있으니 나라를 떠나면 안 된다지 뭡니까? 그리고는 이곳 공룡 발자국 유적지 주변에 숙소를 잡고는 겨우내 훈련을 하라는 거예요. 말은 고마운데 해외 전지훈련을 가지 말라니, 이거 환장할 소리죠. 사정이 이러이러해서 불참하겠다고 하면 미친 놈 취급할 게 빤하잖아요. 그래서 고민 고민하다 짜낸 대책이 아무 말 없이 잠적하자는 거였소. 어쨌거나 다음 해 더 잘 하면 다 면피되려니 생각하고, 소식을 딱 끊어버리고 남해로 내려왔습니다."

정말 어처구니없는 소리였다. 나는 엉겁결에 바닷가 주변을 두리번거렸다. 어딘가에서 남해 용왕이 우리들을 훔쳐보며 비웃고 있을 것만 같았다.

"선배. 왠지 온몸이 오싹해진다. 소름이 돋아." 옷깃을 여미면서도 강 기자는 재미있어 죽겠다는 표정이었다. "왕대봉 선수 작년 활약은 나도 생생하게 기억해요. 무명의 노땅 야구선수가 혜성처럼 등장해 기념비적인 성적을 거뒀잖아요. 내 친구 중엔 그 모습 보고 반해 펑펑 운 애도 있었다니까요. 걔 지금 왕 선수 왕팬인데……."

왕대봉은 꼴에 어울리지 않게 쑥스러운 웃음을 입가에 머금었다.

"내가 작년에 잘 하긴 잘 했죠. 다 용왕님 운빨이긴 하지만." 운빨 얘기가 나오자 왕대봉이 기억났다는 듯이 얼굴을 내게 들이댔다. "그러니 이게 운빨이 아니고 뭐요? 이게 어딜 봐서 실력이냐고."

딱히 할 말이 없었다. 운빨인 듯도 하고 아닌 듯도 한 게 아리송했다. 그러나 내 궁금증은 거기에 머물러 있지 않았다.

"그렇게 용왕님 운빨, 아니 가호로 실력이 팍 늘었는데, 올해는 어떻게 된 겁니까? 갑자기 남해 용왕이 알래스카 앞바다로 전근이라도 가신 겁니까?"

왕대봉이 고개를 푹 떨구었다. 기요틴에서 루이 16세의 목이 떨어질 때보다 더 빠른 속도였다.

"다 내 탓입니다. 첫 해 남해에 내려와 겨울 내내 정말 피땀 흘리며 훈련에 몰두했죠. 지난 시즌 성적이 좀 나와 더 힘이 생겼어요. 노력하면 되는구나 싶으니까 힘도 절로 납디다. 해외로 나가진 않았지만, 훈련 양으로 따지면 내가 몇 배는 더 했을 겁니다. 거기다 용왕님 도움까지 받았으니, 잘 못 하는 게 이상할 일이지. 그런데 한 번 성공하니까 긴장이 풀어지더라고요. 상 받으랴 인터뷰하랴 연봉 협상하랴 바쁘기도 했지만, 이건 용왕의 도움이 아니라 내 실력 덕분이라는 교만한 생각이 슬금슬금 기어 올라오는 거요. 그래서 작년 겨울엔 훈련을 게을리 했습니다. 남해로 오라는 용왕님의 부탁도 외면하고 기어이 해외 전지훈련을 따라갔죠. 머리털 나고 처음 가는 해외 훈련인데 빠지기도 싫었고, 훈련을 슬슬 해도 아무도 뭐라 하지 않데요. 몇 번 꿈에 나타나 날 설득하던 용왕님도 다신 나타나지 않더군요. 그러거나 말거나 개의치 않았지만 말입니다. 그랬더니 아니나 다를까 요 모양 요 꼴이 되고 말았습니다."

강 기자가 옆에서 쯧쯧 하며 혀를 찼다.

"그만큼 고생을 했으면 정신을 차렸어야지."

왕대봉이 머리를 벅벅 긁었다.

"아직 철이 덜 들었나 봅니다. 누굴 원망하겠어요. 어쨌거나 원 없이 야구도 해봤고, 관심도 마음껏 받아봤고, 어찌 되든 여한은 없어요."

왕대봉이 다 탄 담배꽁초를 바다를 향해 날려 보냈다. 왠지 용왕님 얼굴을 담뱃불로 지지는 느낌이 들었다.

"그래서 낚시질이나 하며 여기 죽치고 있을 작정이요?" 근원을 알 수 없는 울화가 뱃속에서 치밀어 올랐다. 나는 냉소적으로 뇌까렸다. "나 가서 낚싯대 하나 사다 줄까요. 또 압니까? 한 번 더 용왕님 아들 낚아 올릴지."

왕대봉은 뚱한 표정으로 나를 쳐다보았다. 그도 바보가 아닌 다음에야 말 속에 숨은 비아냥거림을 모르지는 않으리라.

"용왕님이 아무리 도량이 넓은들 한 번 준 기회를 날린 놈에게 또 기회를 주겠소."

나는 그 따위 변명은 더 듣고 싶지 않았다. 자리를 박차고 일어난 나는 왕대봉을 잡아 일으켰다. 왕대봉의 몸이 맥없이 딸려왔다.

"그 용왕이란 분 아직 기회를 거둬가지 않았습니다. 그래도 자기 자식 목숨을 살려준 은인인데, 고작 반짝 성공 한 차례 던져주고 팽개칠 리 없지. 이봐요. 왕대봉 선수. 이번 시즌에 당신이 죽을 쑨 건 당신이 노력하지 않았기 때문이야. 그러니 헛소리 그만 집어치우고 다시 뭐 빠지게 노력하라고!" 나는 놀라 허둥대는 강 기자를 돌아보면서 소리 쳤다. "뭐해. 가서 내 차 끌고 와. 이 인간 끌고 가게."

나는 강 기자에게 청혼 반지라도 건네듯이 내 똥차의 차 키를 던져 주었다. 햇살에 비친 차키가 금빛으로 눈부시게 빛났다.

가인리 화석산지

가인리 화석산지는 천연기념물 499호로 지정되어 있으며, 남해군 창선면 가인리 바닷가에 있다. 중생대 백악기(약 1억 년 전) 때 형성되었다고 한다.

화석산지는 작은 입자를 갖는 사암으로 이루어져 있으며, 사암의 두께는 약 20센티미터로 해안선을 따라 길게 분포하고 있다. 그 결과 화석산지는 바닷물이 만조일 때는 물에 잠겨 관찰할 수가 없다. 대부분의 화석들은 사암층에서 발견되고 있다. 이 사암층에서는 육식공룡인 수각류 발자국과 초식공룡인 용각류, 조각류 발자국, 그리고 익룡 발자국이 나타난다.

특히 가인리 화석산지는 거대 익룡이 남긴 발자국 보행렬이 특징적이다. 익룡의 발자국은 사람 발자국과 매우 유사한 형태를 보인다. 적어도 5개 이상의 보행렬이 관찰되며, 가장 긴 보행렬은 약 18미터에 이른다. 이외에도 여기에서는 우리나라에서 가장 오래된 물갈퀴 새발자국 화석(Ignotornis yangi)을 비롯해 소형 육식공룡 발자국 화석(Minisauripus zhenshuonani), 공룡의 피부 흔적 화석 등 매우 다양한 화석들이 발견되었다.

전국적으로 희귀한 유적지로 자녀들의 자연 학습이나 선사시대 문화를 체험하는 데 더없이 좋은 장소다. 개발과 보존이 잘 되어 있지 않지만, 이런 유적의 현장을 찾아보는 것도 뜻깊은 경험일 것이다.

절망의 끝은 시작이다

물미해안도로에서

1

늘 이곳에 오면 가을이었다. 산바람과 바닷바람이 정답게 어울리면서 친구의 인사말처럼 목덜미를 감싸 안았다. 눈이 시리게 푸른 파도는 누구를 저렇게 목메어 부르는 걸까? 팔을 부산하게 흔드는 산목山木들은 어디로 가고 싶은 것일까? 그것들을 바라보는 한은진의 눈가에 문득 시린 눈물이 고였다. 그녀가 세상에 태어나기 전부터 이 고운 해안도로를 나누어 가졌던 파도와 산목들은 오늘도 제 모습 그대로였다. 지상의 사람들이 모두 사라지고 지구 위에 공기와 물만 남게 되어도 저들은 나 몰라라 하리라.

작은 보자기 하나를 든 채 그녀는 도로 위를 걸었다. 노을이 이제 막 붉은 커튼을 드리우기 직전이었다.

서울이라는 대도시에서 태어나 자라고 대학에 입학한 그녀에게 바다란 잠시 동안의 여행지였다. 아름다운 글을 우리말로 옮기는 영문학자가 되리라는 포부를 안고 들어온 대학에서 그녀는 글보다 사람을 먼저 만났다. 입학해 갓 한 학기를 시작한 무렵이었다. 중간고사가 끝나 조금 마음의 여유가 생길 무렵 시인을 꿈꾸며 교정을 설핏설핏 걸어 다니는 한 남자에게 그녀는 공연한 궁금증이 일었다. 학과도 다르고 학년도 위였지만 그 남자는 그녀의 귀에도 소식을 들어올 만큼 유명했다.

"음유시인 지나가시네."

유리창이 환한 휴게실에 앉아 커피를 마시는데 동기 한 사람이 창밖으로 누군가를 보더니 다소 시니컬하게 말했다. 아직 여름이 오기 전의 교정은 날씨가 제법 쌀쌀했다. 더구나 학교가 남산 중턱쯤에 있는데다 북쪽 산면에 자리하고 있었다. 이래저래 여름은 늑장을 부렸다.

"저 치 너도 아니?"

옆자리 친구가 눈길을 따라 보내더니 호기심 어린 목소리로 물었다.

"선배가 그러는데, 살짝 맛이 갔대."

동기가 검지를 가늘게 펴 머리를 향하더니 빙빙 돌렸다.

"맛이 가? 얘 불안하다."

"아니, 그렇게 맛이 간 게 아니라 시에 맛이 갔다더라."

그쯤 말이 오갈 즈음 그들과 마주 보던 혜진의 시야에도 그 남자가 들어왔다. 키가 멀대같이 컸는데 몸은 말랐고, 머리는 대충 쓸어 넘겨 푸석한 데다 두터운 뿔테 안경이 코끝에서 달랑거렸다. 선배라지만 하얀 새치가 많아 햇볕 속에서 시내의 잔물결처럼 반짝거렸다. 입가에는 웃음이 반쯤 걸려 있었다. 교정이 아니었다면 동기 말처럼 살짝 맛이 간 사람처럼 보일 법도 했다. 동기들은 낮추보는 눈치였지만, 그런 그에게 한은진은 이상하게 호감이 일었다.

"저런 사람은 남편감으로서는 완전 꽝이지."

"그래도 뭔가 분위기는 있는걸. 애인은 있다디?"

"글쎄, 짚신도 짝이 있다지만 그렇게까지 현실 감각이 없는 계집애가 있을까?"

"사람 겉만 보고 어떻게 알아? 나중에 유명한 시인이 될지 아니?"

"시인이 되면 더 걱정이지. 맨날 뜬구름 잡는 소리나 해댈 텐데 무슨 생활이 되겠어."

동기들의 재잘거리는 소리를 귓등으로 흘리고 그녀는 자리에서 일
어났다. 어차피 오늘 강의는 끝났다. 그녀는 남자의 뒤를 좇아볼 작정
을 했다. 수줍기만 했던 그녀로서는 용기를 넘어 모험이었다.

남자는 학교 언덕을 내려가 후문 쪽으로 걸어갔다. 몸이 가늘어 센
바람이라도 불면 넘어질 듯싶은 불안한 걸음걸이였다. 후문을 나서고
도 걸음을 쉬지 않더니 대한극장을 지나 내처 명동 쪽으로 부지런히 발
걸음을 재촉했다. 뒤에 그녀가 따라오는 줄이야 꿈에도 모르겠지만,
그의 걸음은 꽤나 바빴다. 명동의 안길로 들어간 그는 허름해 보이는
건물 앞에 서더니 쪽문으로 난 계단을 밟으며 2층으로 사라졌다. 명동
의 화려함과는 사뭇 다른 분위기가 그녀의 주저하게 만들었다. 그러나
이미 내친걸음이었다.

그렇게 올라간 그곳은 카페 비슷한 장소였다. 어두컴컴했다. 눈이
익자 벌써 테이블을 차지한 채 무대 쪽을 주시하고 있는 사람들이 보였
다. 거기에는 낯선 사람 몇몇이 의자에 앉아 있었다. 그리고 음유시인
선배도 한 자리를 차지하고 비스듬히 몸을 기울이며 눈을 감고 있었
다. 그녀는 맨뒤 테이블에 앉았다.

회비를 내자 간단한 다과가 나왔다. 커피를 홀짝이는데, 시간이 되
었는지 무대는 더 밝아졌고 테이블 주변은 먹물을 끼얹은 듯 어두워졌
다. 무대 위 사람들이 하나씩 일어나더니 자기소개를 하고 자작시를
낭송했다. 그가 일어나자 이곳에서 꽤 유명 인사였는지 여기저기서 박
수소리가 그치지 않았다.

"이신웁니다. 시인이 되고 싶어 시만 쓰고 삽니다……."

뭐라 더 이야기가 이어졌는데, 청중들의 호응 소리에 묻혀버렸다.
잠잠해지자 그가 자신의 시를 낭송했다. 외모만큼이나 가녀리고 서정
적인 시였다. 그러면서 어딘가 슬픔이 묻어났다. 한은진은 누군가 나

뉘준 팸플릿 속 그의 시를 영어 단어 외우듯 한 행 한 행 머릿속에 새겨 넣었다.

그렇게 행사가 끝날 즈음 진행자가 색다른 제안을 했다.

"오늘은 참석하신 분들의 자작시 말고 애송시도 한번 들어볼까 합니다. 얼마나 자신의 시만큼 다른 시인들의 시에도 애정을 가지고 있는지 살펴볼 수 있는 좋은 기회가 아닐까 싶습니다. 역순으로 일어나 낭송해 주시지요."

그때 이신우가 일어나 외운 시에 등장한 그곳은 결국 한은진이 대한민국 땅 어디보다 더 사랑하고 아프게 기억하는 장소가 되어 버렸다.

저 바다 단풍드는 거 보세요
낮은 파도에도 멀미하는 노을
해안선이 돌아앉아 머리 풀고
흰 목덜미 말리는 동안
미풍에 밀려 올라가는 다홍 치맛단 보세요
남해 물건리에서 미조항으로 가는
삼십 리 물미해안, 허리에 낭창낭창
감기는 바람을 밀어내며
길은 잘 익은 햇살 따라 부드럽게 휘어지고
섬들은 수평선 끝을 잡아
그대 처음 만난 날처럼 팽팽하게 당기는데
지난 여름 푸른 상처
온몸으로 막아주던 방풍림이 얼굴 붉히며
바알갛게 옷을 벗는 풍경
은점 지나 노구 지나 단감 빛으로 물드는 노을
남도에서 가장 빨리 가을이 닿는
삼십 리 해안 길, 그대에게 먼저 보여주려고

저토록 몸이 달아 뒤채는 파도
그렇게 돌아앉아 있지만 말고
속 타는 저 바다 단풍드는 거 좀 보아요

– 고두현의 〈물미해안에서 보내는 편지〉 전문

2

　이신우는 교정보다는 학교 밖에서 더 오래 머물렀다. 시 다음으로 그가 좋아했던 일이 캠핑인 탓이었다. 주말만 되면 배낭을 메고 시외버스 터미널로 나갔다. 시간과 돈만 허락하면 어느 곳을 향하는 버스든 올라탔다. 그래서 이신우의 발길이 닿지 않은 산과 들이 거의 없을 정도였다.

　그런 그가 우연히 찾았던 곳이 남해. 그리고 거기서도 물미해안도로였다. 멀리 아스라하게 펼쳐지는 바다와 가파르게 치달아 오르는 산악들. 그리고 그 사이를 칡넝쿨처럼 굽이굽이 뻗어나간 2차선 도로. 물건 마을에서 시작해서 미조항 어귀까지 이어지는 도로는 신우의 마음을 사로잡았다.

　한 굽이 돌 때마다 새로운 경치가 마중 나왔다. 사람보다 길과 대화를 나눌 수 있는 곳이었다. 묵묵히 땅을 보며 걷다 산굽이가 끝날 즈음 땀을 식히며 주변을 둘러보았다. 햇살도 좋았고, 바람도 출렁거렸다. 원시의 호흡이 느껴졌다. 바람은 옹달샘에서 갓 솟아난 샘물을 마시는 것보다 더 청량했다. 도로의 비좁은 구석에 텐트를 쳤다가 순찰차에 걸려 쫓겨나기도 했다. 그래서 다음부터는 물건에서 미조까지 쭉 걸어 가거나 그 반대 행로를 따라 물건까지 와서 독일마을을 지나 원예예술 촌을 구경하고, 양지 마을 쪽으로 넘어가곤 했다.

　처음 시 낭송회에서 마주친 이후 한은진은 행사가 있을 때마다 수업도 포기하고 명동으로 달려갔다. 그렇게 몇 번 참석했더니 그제야 이선우가 그녀를 알아보았다.

"D대 학생이지?"

싱글싱글 웃으며 그녀를 쳐다봤을 때 한은진의 얼굴은 거의 홍당무가 되었다. 대꾸도 못 하고 고개만 끄덕였다.

"몇 주 전 내 뒤를 밟을 때부터 알아봤지."

"어머, 아셨어요?"

"그렇게 대놓고 미행하는 데 모르면 바보지."

이선우가 껄껄 웃으며 목젖을 보였다. 그리고 그해 가을이 한창일 때 두 사람은 남해행 버스를 탔고, 물미해안도로 어딘가에 텐트를 친 채 바둑알처럼 총총히 모여 반짝이는 별들을 함께 누워 올려다보았다. 이신우가 손가락으로 그려주는 별자리를 눈으로 어림하면서 한은진은 행복에 젖었다. 이신우의 손길은 따뜻했고, 한은진은 몸 안 가득 달빛을 머금었다.

두 사람은 가을마다 물미해안도로에 오자고 약속했다. 그 약속의 증거로 두 사람은 오래 입을 맞추었다.

3

이신우가 재학 중에 입대하고 제대하는 동안 한은진은 졸업하고 대학원에 들어갔다.

"면회 오지 마. 안 보면 잊힐 텐데, 자꾸 보면 보고 싶어 탈영할지도 몰라."

입영소 앞에서 눈물을 찔끔거리는 한은진을 보며 이신우가 유쾌하게 농담을 늘어놓았다. 잊힌다는 말이 야속해 한은진은 야무지게 이신우의 가슴팍을 때렸다.

그녀가 석사과정을 마쳤을 때 제대해 4학년에 복학한 이신우는 진짜 시인이 되었다. 계간지에 투고한 시가 신인상을 수상했다. 그 상금으로 두 사람은 일주일 동안 자전거를 타고 남해 섬을 일주했다. 설화와 전설이 포도송이처럼 알알이 맺힌 섬에서 한은진은 자신이 시인의 아이를 가졌음을 고백했다.

"세상에! 네가 정말 대작을 썼구나!"

이신우가 그녀의 어깨를 부드럽게 감싸며 탄성을 질렀다. 시인이 된 이신우는 시에 대해서 만큼이나 생활에 대해서도 책임감이 강했다. 졸업하자마자 잡지사에 취직했고, 저녁이면 학원 강사로 나가면서 새로 태어날 아기를 위한 보금자리 마련에 한껏 들떴다. 그리고 그해 봄에 두 사람은 결혼식을 올렸다. 혹시라도 임신한 티가 날까봐 한은진은 조마조마했다.

"세상에 얌전한 고양이 부뚜막에 먼저 올라간다더니. 니가 음유시인 하고 이렇게 될 줄 누가 알았을까?"

축하하러 와준 동기들이 혼례는 뒷전이고 이 괴변의 경위를 캐내기에 정신이 팔렸다.

"도대체 언제 눈이 맞은 거야? 우리가 그렇게 눈치가 없었나? 그냥 까맣게 모르고 지냈잖아."

"시인이랑 사는 게 낭만은 있을지 몰라도, 자칫 낭패나 보지 않을랑가 몰라."

"고생문이 훤하다만, 다 지 좋아서 하는 짓인 걸 어쩌리오."

"집들이 때 우리 부르는 거 잊지 마. 신우 선배한테 그간의 전말을 꼬치꼬치 집어내야지."

조금 늦게 집들이를 했을 때 집안에서 앵앵대는 아이를 보더니 동기들 모두 까무러쳤다. 아기를 어르는 동기들을 보며 그녀는 마냥 행복한 미소를 지었다. 하지만 그때 지은 웃음이 그녀의 마지막 기쁨이 될 줄은 아무도 몰랐다.

백일이 될 무렵부터 아이가 조금씩 이상해졌다. 변을 전혀 보지 않아 병원에 갔는데, 내장에 문제가 있다는 소견을 들었다. 백일 때 세식구가 함께 물미해안으로 가자던 약속은 물거품이 되었다. 그해 만난지 처음으로 두 사람은 가을을 물미해안이 아닌 서울 병원에서 보냈다. 아기는 몇 차례 위험한 수술을 받았다. 그러나 두 사람의 간절한 기도와 애쓴 간호의 보람도 없이 아이는 돌도 맞지 못하고 아빠와 엄마를 남겨둔 채 저세상으로 떠나가고 말았다. 기가 막혀 울음도 나오지 않았다.

아이를 잃자 충격을 더 가혹하게 받은 이는 이신우였다. 속 깊었던 남자는 아이를 도저히 가슴에 묻어두지 못했다. 한 주먹도 되지 않는 아이의 뼛가루를 물미해안도로에 와서 뿌려주었다. 바람을 따라 산빛을 깨치고 흩어지는 고운 가루를 보면서 이신우는 목놓아 울었다. 그리고 시와 아이를 좋아했던 한 남자는 알코올의 유혹에 빠져 헤어나지 못했다.

이신우는 세상과도 멀어졌지만 한은진도 멀리했다. 만취해 집에 들어오면 거실 소파에서 엎어져 잠들었다. 더 이상 그녀를 가까이 하려고 하지 않았다.

"더 이상의 불행은 싫어. 빨리 민호를 만나고 싶어."

이신우는 애처롭게 자신을 쳐다보는 한은진을 외면하면서 뇌까렸다. 죽은 아이의 이름을 중얼거리며 그가 찾는 것은 독한 술이었다. 결근이 잦고 태만해지더니 결국 잡지사에서도 쫓겨났다. 이신우는 더욱 알코올에 집착했고, 집에 들어오지 않는 날도 잦아졌다.

그러던 어느 날이었다. 혹시라도 들어오면 먹으라고 아침밥을 차려두고 학교에 나왔다. 그리고 대학원 연구실에서 받은 전화. 이야기를 다 듣지도 못하고 한은진은 쓰러졌다. 연구실 창문 너머로 단풍에 물든 나무가 울긋불긋했다.

4

그렇게 찾아온 남해는 온통 가을빛으로 축제를 치르고 있었다. 바다 물빛마저 불그스름했다. 미련처럼 희망처럼 노을이 물미해안도로를 수놓는 중이었다. 해가 바로 산으로 넘어가 길지 않은 노을이었다. 그래서 더 간절하고 핏빛일까? 아기와 남편의 삶처럼 이 물미해안도로의 노을은 짧아서 더욱 선명한 인상을 바다 위에 가득 뿌려 놓았다.

벌써 몇 해째 한은진은 혼자 이 물미해안을 찾았다. 아이와 남편의 마지막 흔적이 남아 있는 이곳. 가을이 올 무렵이면 이젠 더 이상 가지 말아야지 다짐하건만 가을이 머리 위로 가득하자 그녀는 또 이곳에 있었다. 얼마 전 남편의 유고시집이 뒤늦게 나왔다. 대학 때 쓴 시와 아이를 잃고 미친 듯이 지은 작품들까지 모으느라 출간이 더뎌졌다.

해안도로의 한 모퉁이, 그녀와 남편이 미래를 약속하면서 길고긴 입맞춤을 나누었던 그곳 숲에 남편의 시집을 묻었다. 이제 밤이면 남편과 아이의 혼은 이 시집을 펼쳐 읽으며 깔깔거리거나 슬픈 눈빛을 주고받을 것이다.

"신우 선배, 아가야. 내가 갈 때까지 잘 지내야 해."

코끝이 찡해왔다. 이제 더 이상 부질없는 약속은 않아야겠다고 그녀는 속으로 다짐했다.

숲을 나와 도로변을 걷자니 자동차 한 대가 휴게공간에 멎어 있었다. 아주 멀리까지 바다가 잘 보이는 곳이었다. 자동차 뒤편으로 사람들의 모습이 어른거렸다. 한은진은 눈물 자국을 닦으며 길을 걸었다.

젊은 부부였다. 아장아장 걷는 아이를 양편에서 잡고 부부가 바다를 구경하고 있었다. 한은진은 잠시 어지럼증을 느꼈다.

"안녕하세요? 혼자신가 보죠?"

그녀를 발견하더니 젊은 아내가 밝은 웃음을 지으며 인사했다. 한은진은 대답 대신 고개만 끄덕였다. 입을 열면 말 대신 울음이 터져 나올 것 같았다.

"여긴 자주 오세요? 저희들은 오늘 처음 왔어요."

그녀의 눈망울에 맺힌 슬픔을 읽었는지 젊은 아내가 겸연쩍어 하며 말을 건넸다. 한은진은 저기 햇살 속에 밝게 웃고 있는 아내와 아이, 그리고 남편, 세 가족을 번갈아 보았다. 노을 빛 속에서 그들의 모습은 눈부셨다. 그녀는 눈을 가늘게 뜨고 환하게 웃었다. 그리고 가슴에 숨을 깊이 불어넣은 뒤 말했다.

"이맘때 경치가 가장 좋아요. 앞으로는 해마다 오세요."

물미해안도로

    물미해안도로는 남해군 삼동면 물건마을에서 미조면 미조항까지 이어지는 해안도로를 일컫는 말이다. 물건마을과 미조면의 앞 글자를 따서 길 이름을 지었다. 해안도로 바닷가를 따라 마을이 이어지는데, 어촌 체험장과 아담한 포구가 있어 남해의 아름다운 풍광과 넉넉한 어촌의 인심을 한껏 누릴 수 있다.

    전체 길이는 17킬로미터 쯤 된다. 미조면 항도마을에서 1.7킬로미터를 가면 가인포 마을이 나오고, 다시 2.5킬로미터를 가면 노구마을이 나온다. 여기서 5.8킬로미터 떨어져 은점마을이 있고, 다시 6.5킬로미터를 걸어가면 종점인 물건마을 방조어부림이 나온다.

    초전마을과 항도마을 해안에는 몽돌이 깔려 있어 이채롭다. 마을에서는 다양한 어촌 체험 프로그램을 운영하는데, 가족 단위로 휴양하면서 즐기기에 더없이 좋다. 바다 쪽으로 돌출한 외섬에서 보는 일출 또한 환상적이다.

    도로를 따라가다 언덕 아래로 가인포 마을과 노구 마을이 이어 나온다. 한적하면서도 바다가 코 닿을 거리에 있고, 바다 너머에는 말안장처럼 보이는 마안도(馬鞍島)과 콩섬, 팥섬이 자리하고 있다.

    은점 마을은 예전에 은광이 있어 붙여진 이름이다. 마을 한편에 은을 캤었다는 은굴이 지금도 있다. 은빛 모래가 펼쳐진 해변이 특히 아름다운데, 마을 입구에는 은점 제각이 있어 한번 들러보고 가도 좋다. 매해 음력 10월 보름에 풍어와 마을의 안녕을 비는 동제가 열린다. 제각 앞에 수령이 300년 된 노거수 몇 그루가 수호신처럼 의연하게 서 있다.

    물건 마을 항구에는 남해 요트학교가 있다. 항구가 아득한 만으로 둘러싸여 있어 그 정취가 이국적이면서도 느긋한 마음을 갖게 만든다. 물건 마을의 명물은 역시 방조어부림이다. 밀물이나 해일 등의 피해를 막기 위해 팽나무와 푸조나무, 보리수나무, 동백나무, 광대싸리나무 등을 심어 울창한 숲을 가꾸었다. 500여 년 전부터 조성되었다고 한다. 천연기념물 제150호로 지정됐다.

    물건 마을 언덕을 올라가면 독일마을과 파독(派獨)기념관, 그리고 원예예술촌이 이어진다.

밀장密葬

호구산에서

1

언덕을 올라 숲이 성글어지자 쥐꼬리보다 더 가는 달이 닳고 닳은 술집 접대부처럼 요염한 표정으로 사람을 맞았다. 그믐이 가까워오고 있었다. 어둠에 눈이 꽤 익었는데도 산속은 여전히 어두웠다. 달빛은 아무 도움도 되지 않았다. 며칠 동안 비가 내렸으니 일을 치르기에 안성맞춤이었다.

장만수張萬洙는 어깨에 둘러멘 마포자루를 바닥에 내려놓았다. 함께 묶여 있던 삽과 곡괭이가 덜컹거리며 섬뜩한 금속성 소음을 냈다. 죽은 자의 비명 같아 몸이 부르르 떨렸다.

사람 키만 한 길이의 마포자루는 새끼줄로 칭칭 동여매져 있었다. 어둠 속에서 마포자루는 유난히 허옇게 전신을 드러냈다. 바위틈에 주저앉은 그는 주머니에서 담배를 꺼냈다. 바닥에서 아직 덜 마른 물기가 느껴졌다. 깊은 산속에 사람 눈이 있을 리 만무했지만 그는 애써 불빛을 감추었다. 담뱃불은 20리 밖에서도 눈에 띄고 담배 냄새는 깊은 골짜기도 건너간다는, 군대 시절 들은 말이 문득 떠올랐다.

이마에서 흐른 땀이 눈으로 들어가 따가웠다. 몸에도 땀이 흥건했다. 겨울은 아니더라도 가을도 깊은 계절이었다. 쌀쌀한 날에 땀에 젖기도 오랜만이었다. 추수 때 쌀가마니를 지고 나르다 삐끗한 허리가 다시 쑤셔왔다. 이 마지막 물건을 옮길 때까지만이라도 허리가 성하기를 빌면서 그는 어깨를 폈다. 등에서 우두둑 척추가 달음질치는 소리가 들렸다. 한 오라기 담배연기가 거머리처럼 하늘로 날아올랐다.

그는 달이 걸려 넘어가고 있는 산봉우리 쪽으로 눈길을 돌렸다. 희끄무레한 하늘과 먹물이라도 처발라 놓은 듯한 산등성이의 암흑이 만나는 공제선은 바람에 찢겨 흩날리는 운동회 때의 만국기 깃발처럼 어지러웠다. 저 공제선 아래 어딘가 그가 가야할 지점이 숨어 있을 것이었다. 그는 눈을 가늘게 떴다. 어림짐작에 아직 반 시간여는 더 가야 할 것 같았다. 낮에 본 산과 밤에 보는 산은 음화와 양화로 찍어놓은 사진처럼 낯설었다.

무작정 여기서 시간을 뭉갤 수는 없었다. 산 아래에서는 가족들이 그가 돌아오기를 기다릴 것이다. 서두르지 않으면 오늘 밤중에 이곳을 떠나기 어려워질지도 몰랐다. 하루를 더 머문다고 해서 문제될 것은 없었다. 다만 정나미가 떨어진 이 동네에 더는 엉덩짝을 붙이고 있고 싶지 않았다. 만수는 상처를 어루만지듯 마포자루를 길게 쓰다듬었다. 차가웠다.

2

지리산의 끝자락이 바다를 넘어 타고 온 남해 호구산 아래 콧물처럼 묻은 벽촌에서 나고 자란 만수는 어릴 때부터 똑똑하다는 소리를 들었다. 할머니는 과거에 장원급제했다는 몇 대조 할아버지를 들먹이며 피는 속이지 못한다고 사람을 볼 때마다 떠들었다.

"귀신은 속여도 사람 피는 못 속이는 게여. 우리 만수는 커서 큰일을 할 사람이구먼. 그렇지 않다면 내 눈에 흙을 뿌려도 좋아."

그러나 할머니는 만수가 큰일을 내기 전에 저 세상으로 가버렸다. 큰일을 낼 재주가 없었던 만수는 할머니가 일찍 세상을 뜬 것이 차라리 고마웠다.

만수네 집은 할아버지 대부터 남의 집 땅을 부쳐 먹는 빈농이었다. 바다에 나가 고기를 잡고 싶어도 쪽배 한 척 없었다. 언제부터 가난했는지는 알 수 없지만 만수는 어린 시절 내내 배불리 밥을 먹어본 적이 없었다. 인근에서 지주이자 선주로 소문난 한씨 집안 어른은 모진 사람이었다. 만수 아버지와 나이도 엇비슷했고 한 동네에서 자랐는데도 처음부터 하대를 하며 몸종 부리듯 끌고 다녔다. 봄마다 밭을 빌려 줄 때면 터무니없는 조건을 내걸어 골탕을 먹였다. 아버지는 울며 겨자 먹기로 요구를 들어줄 수밖에 없었다. 그 대가로 집 사람들은 더욱 굶주림에 허덕여야 했다.

그나마 아버지가 위안을 삼은 일은 아들 만수가 공부를 잘 하는 것이었다. 초등학교에 들어가면서부터 내내 일등을 놓치지 않았다. 허구한 날 아버지를 따라 논일을 거들어야 했지만 책을 펼치면 내용이 머리에 쏙쏙 들어왔다. 제 학년 교과서는 재미가 없어 상급반 형들의 책을 책가방에 쑤셔 넣고 다녔다.

한씨 집안 어른도 만수를 볼 때면 기가 죽었다. 첩에게서 낳은 자식까지 아들이 넷이나 되었어도 하나같이 공부는 바닥을 쳤다. 특히 맏이 한명구韓明九의 꼴은 말이 아니었다.

"이름이 '맹구' 아니냐. 그러니 공불 잘 할 리 없지."

흐린 전등 불빛 아래서 두 부자는 새끼를 꼬았다. 볏단을 추스르는 만수를 보며 아버지는 장한 표정을 지으며 말했다. 공부는 못 해도 명구의 심술은 제 아버지를 찜 쪄 먹고도 남았다. 잘 사는 집안 덕분에 반장 자리를 도맡은 명구는 만수를 괴롭히지 못해 안달이었다. 대놓고 시샘하자니 자존심이 상한 그는 힘깨나 쓰는 친구를 부추겨 주먹찜질을 시켰다.

어느 해 봄이었다.

자식이 일등 하는 꼴을 보고 싶었던 한씨 어른이 기묘한 꾀를 냈다. 땅도 더 내주고 소작료도 감해 줄 테니 명구 성적을 올려놓으라고 을러 댔다. 그해 새 학기가 시작되자 만수의 성적은 곤두박질쳤다. 일등 자리는 명구 차지였다. 시험지에 이름을 바꿔 써서 냈으니 당연한 결과였다. 한씨 어른의 어깨는 한 발이나 치솟았고, 만수를 볼 때마다 머리를 쓰다듬어주었다.

"기특하구나. 열심히 공부해야지."

한씨 어른은 만수에게 학용품이며 참고서라면 아끼지 않고 사 주었다. 아버지는 밤에 새끼를 꼬면서도 더 이상 아무런 말도 하지 않았다.

명구 성적을 올려주는 중책을 맡은 덕분에 만수는 중학교에도 진학할 수 있었다. 한씨 어른은 자기가 학비를 다 대줄 테니 염려 말라면서 만수의 등을 떠밀었다. 입학식도 있기 전에 읍내 중학교를 찾은 한씨 어른은 둘을 같은 반으로 만들었다. 중학교 삼년 내내 명구는 전교 일등을 놓치지 않았다. 뻔히 보이는 부정을 학교 선생들도 눈감아 주었다.

그 짓은 고등학교까지도 계속 이어졌다.

"만수 아버지요. 혹시 한씨 어른께서 우리 만수 대학도 보내주지 않을까요?"

어머니가 기대에 찬 눈으로 말했지만, 그 꿈은 실현되지 않았다. 고등학교 성적이 우수한 데다 교장 추천까지 받은 명구는 특차로 무난하게 대학에 입학했다. 만수의 팔자에도 없던 학교생활도 그것으로 끝이었다.

대학을 마친 명구는 그 길로 고향집으로 돌아왔다. 간신히 학점을 채워 졸업한 그에게 취직은 그림의 떡이었고, 그 자신도 취직 따위에는 관심이 없었다. 집안의 그 많은 전답과 어장을 관리하면서 작부집 드나드는 것이 명구의 낙이 되어 버렸다. 논에서 일하느라 땀을 뻘뻘 흘리는 만수를 볼 때마다 명구는 실실 웃으면서 지나갔다. 지력地力이 가장 떨어지는 땅이 다시 그들의 차지가 되었고, 소작료는 남들보다 더 많이 내야했다.

"사람이 덕을 봤으면 보답할 줄도 알아야지."

난감해 하는 아버지를 흘겨보면서 한씨 어른이 치부책을 들어 책상머리를 두드려댔다. 가진 것이라고는 몸밖에 없는 아버지로서는 그 악머구리 소굴에서 떠날 수도 없었다.

3

언젠가 할머니가 죽기 전이었다.

삶은 감자 껍질을 벗겨 만수에게 먹이면서 할머니는 말했다.

"저 한씨 놈 집안이 어찌 저리 잘 살게 되었는지 아누?"

만수는 그저 눈만 깜빡이면서 껍질이 벗겨지는 감자를 뚫어져라 바라보았다.

"저놈들이 우리 집안 복을 다 훔쳐가서 그런 거여. 그 일만 생각하면 지금도 복장이 터지는구나."

할머니는 영문 모를 소리를 내뱉고는 더 이상 설명을 붙이지 않았다.

소작료를 그렇게 뜯어가고 제 집안 일이 있을 때마다 공짜로 부려먹는 것을 두고 하는 말인가 보다 여겼다. 한씨 집안에 제사가 있거나 명절 때면 아버지와 어머니는 영락없이 불려갔다. 한 주먹도 안 되는 제사 음식을 얻어와 꺼내면서 아버지는 긴 한숨을 내쉬었다.

"땅빚을 내서라도 널 대학에 보내는 건데. 누구 덕에 대학 갔는데, 명구 놈 거들먹거리는 꼴은 눈 뜨고 못 보겠더구나. 무슨 원수 진 사이도 아닌데, 왜 이리 우리만 못 잡아먹어 지랄인지 모르겠다."

아버지는 담배를 뻑뻑 빨아댔다. 빨갛게 달궈진 담뱃불은 아버지의 속마음을 다 태우고도 남았다.

그새 명구는 장가를 들었다. 대학 후배라고 했다.

얼굴은 반반했지만 표정은 아주 사나워보였다. 골목에 모여 동네 사람들이 여자 뱃속에 벌써 애가 들어섰다면서 쑤군거렸다. 혼인 잔치에 아버지와 어머니는 당연한 듯 동원되었다. 일손이 달려 만수도 나서야 했다. 한씨 집안 넓은 마당에 천막이 빨래처럼 늘어섰다.

"어이, 만수. 자네도 장가가야지. 세상에 진수성찬이 널렸다지만 계집 사타구니만한 게 없더라고."

천막을 치느라 말뚝을 박고 있는 만수를 보더니 명구가 씨불댔다. 뱃속에서 밸이 꼬여 숨이 턱 막혔다. 그래도 대놓고 싫은 표정을 지을 수는 없었다. 경사라지만 밉보였다가는 무슨 치도곤을 당할지 몰랐다.

"내 깜냥에 무슨 장간가. 입에 풀칠하기도 빠듯한데."

만수는 그저 헐헐 웃으며 이마에 맺힌 땀을 닦았다.

"하긴 그것도 다 돈이 있어야 가는 거지. 아이쿠! 아저씨 좀 조심하소."

장작을 안고 지나가던 아버지가 비틀거렸는데, 장작 몇 개가 명구 다리 밑에 떨어졌다.

"에쿠! 미안하네. 나도 늙었나, 점점 다리에 힘이 딸리는구만. 자네도 밤일 하려면 다리 근력 좀 길러야지."

우스갯소리를 늘어놓으면서도 아버지의 얼굴은 기왓장처럼 시커멓게 굳어 있었다.

그해 수확이 끝나자 아버지가 만수를 불러 앉혔다.

"너도 이제 장가 갈 나이가 되지 않았느냐?"

만수는 아무 대꾸도 하지 않았다.

아버지는 담배를 입에 물더니 말을 이었다.

"외가 쪽 먼 친척 중에 딸을 주겠다는 사람이 있더구나. 몸이 성하지는 않다만 그래도 여자구실을 못 하지는 않는다니 그리 알거라."

그래서 온 아내는 반 벙어리였다. 식을 올릴 생각은 꿈에도 하지 않았다. 아내는 수저 한 벌과 옷가지가 든 보따리 하나를 달랑 들고 집으로 들어왔다. 토실한 엉덩이와 잘록한 허리를 흔들며 아양을 떨던 명구 색시가 떠올랐다. 몸을 섞으면서도 아내는 신음도 제대로 내지 못해 허덕였다.

소도 없는 외양간을 고쳐 만든 신혼방이었다. 벽이 허술해 방귀 뀌는 소리까지 옆방에 다 들릴 판이었다. 방사 치르는 소리가 없으니 차라리 다행이었다. 그리고 다음 해 사내아이가 태어났다. 조바심을 쳤던 것과는 달리 아이의 울음소리는 우렁찼다.

4

담배를 비벼 끈 만수는 몸을 일으켰다. 땀이 식어 머리께가 어찔했다. 옷깃을 비집고 들어오는 바람도 섬뜩했다.

마포자루를 짊어지자 양쪽이 축 처졌다. 단단히 새끼줄로 동여맸는데도 그새 느슨해진 모양이었다. 무게가 양쪽으로 쏠리니 힘이 더 들었다. 삽과 곡괭이까지 한 손에 들자 한 걸음 옮기기조차 겁이 났다. 눈앞에 천길 벼랑이 있어도 모를 정도로 산길은 어둡기만 했다. 마음은 더욱 바빠졌다.

골짜기를 가로질러 가면 더 빠르겠지만 이 짐을 들고 경사가 심한 비탈을 내려갈 엄두가 나지 않았다. 자칫 넘어지기라도 하면 낭패였다. 산등성이를 따라 걷기로 작정했다.

끙! 하고 배에 힘을 준 뒤 다리를 움직였다.

어릴 때는 자주 왔던 산길이었다. 어디서 들었는지 한씨 어른이 산토끼 고기가 몸에 좋다면서 아버지에게 잡아 오라는 명령이 떨어졌다. 한겨울이었고, 그날따라 남해에서는 드물게 눈발도 제법 거셌다.

아버지가 사냥 도구 챙기는 것을 본 만수가 자기가 다녀오겠다고 나섰다. 길을 나서는데 친구 한 녀석이 함께 가겠다고 따라왔다.

"당장 오늘 중에 잡아와야 하잖아. 덫을 놓고 기다릴 수도 없는 노릇이고, 모는 놈 하고 잡는 놈 둘은 필요해."

한씨 집안에서 같이 소작을 놓아먹는 집 아이였다. 궁기가 들리기는 매한가지였지만 심지가 깊었다.

토끼굴이 있을 만한 곳은 전부 낙엽과 눈이 덮여 있어 분간이 가지 않았다. 눈 먼 토끼가 아니라면 이런 눈밭을 헤맬 리 없었다. 콩 한 됫박을 토끼가 다닐 만한 길목을 골라 뿌려놓고 아래 위에서 기다렸다.

산을 타고 내려온 차가운 바람은 칼질을 하듯 온몸을 할퀴고 지나갔다. 토끼를 잡기 전에 사람이 먼저 얼어 죽을 판이었다. 그때 하늘이 도왔는지 정신 나간 토끼 한 마리가 몸을 잔뜩 도사린 채 나타났다.

친구 놈이 위에서 몰고 내려오자 놀란 토끼가 만수를 향해 달려왔다. 재빨리 토끼를 향해 몸을 날렸지만, 토끼도 만만하게 당하고만 있지 않았다. 만수가 한 걸음을 옮기면 토끼는 열 발자국을 뛰어 날았다.

그 난리를 치르고 간신히 낚아채 잡아 내려왔다. 손이며 다리에 긁히고 찢긴 상처가 쓰라렸다. 짐작이 맞는다면 지금 만수가 걷고 있는 이 길 어름이었을 것이다. 이튿날 다시 산으로 올라온 아버지와 만수는 세 마리를 더 잡았다. 한 마리는 전날 도와준 친구 집으로 보냈다. 그리고 두 마리는 한씨 어른 집으로 갔다. 한씨 어른에게는 좋은 소리 한 마디 듣지 못했다.

"좋은 고길 먹을 사람은 따로 있는 법이다. 혹시 내년 소작료 감해줄지 누가 알겠냐."

만수는 지금 제 처지가 그 토끼만도 못하다고 생각했다. 토끼는 그래도 제가 살겠다고 눈밭을 뛰어다녔다. 그러나 그와 아버지는 남의 비위나 맞추려고 허방을 비끼며 뛰어다녔다. 그래서 결국 얻은 것은 무엇일까? 그런 생각이 들자 이 어두운 산길의 끝이 차라리 낭떠러지이기를 바라고 싶어졌다.

'이 수모를 갚기 위해서라도 꼭 해치워야 해.'

만수는 이를 앙다물었다. 어깨에 둘러멘 마포자루의 무게가 문득 헐거워졌다. 눈물이 핑 돌았다. 어둡기도 했지만 돌아가는 산길이라 더욱 갈피를 잡을 수 없었다. 무작정 산등성이만 따라갈 수는 없었다. 건너편 산등성이로 가자면 한 번은 길을 꺾어야 했다. 헛걸음을 하지 않으려면 그 위치를 잘 잡아내야 했다.

등줄기로 다시 땀이 흘러내렸다. 땀이 등을 타고 내려갈 때마다 송곳으로 찌르는 것처럼 한기가 솟구쳤다.

줄기가 휘고 키가 큰 소나무가 어둠을 차고 삐져나온 것이 어슴푸레 눈에 들어왔다. 얼추 다 와 가는 모양이었다. 만수는 마포자루를 다시 한 번 들춰 멨다.

5

아버지가 사경을 헤매게 된 것도 그 빌어먹을 한씨 어른의 고집과 인색함 때문이었다. 공부는 지지리도 못 하던 명구였지만 자식 농사에는 부지런했다. 한 해 터울로 새끼를 싸지르더니 어느새 애가 셋이나 되었다. 명구는 새끼 교육은 제대로 시킨다면서 읍내에서 가정교사부터 불러들였다.

만수 아이도 학교에 들어갈 나이가 되었다. 애비를 닮았는지 그놈도 영특한 기운을 보였다. 아이는 명구 큰놈과 동갑이었다. 둘이는 그런

대로 잘 어울려 다녔다. 지나가다 귀동냥으로 들은 수업 내용을 아이놈은 귀담아 들었다. 명구 아들놈이 가정교사가 내준 숙제를 풀지 못해 절절매고 있으면 아이놈이 거들어 다 풀어주었다. 그 모습을 본 명구가 고함을 빽 지르며 아이놈을 내쫓았다.

"어디 손 벌릴 데가 없어 소작집 자식 놈한테 아쉬운 소릴 해!"

그러나 대물림 된 아둔한 머리를 속일 수는 없었다. 어느 날 명구 슬그머니 만수 집엘 찾아왔다. 대낮인데도 술에 취해 얼굴이 불그스름했다.

"이보게, 만수. 세상은 다 살게 되어 있나 보이. 내 자식도 자네 자식 덕 좀 봐야 할까봐. 소작료는 잘 쳐줌세."

심장에 고인 피가 모두 머리 위로 치솟는 기분이었다. 수치와 분노를 간신히 삼키면서 만수는 움켜쥔 두 손을 부르르 떨었다. 큰애가 학교 갈 나이가 되자 며느리로 들어앉은 명구 마누라가 따로 살 집을 지어달라고 생떼를 썼다. 며느리의 행동이 밉살스럽기는 했지만 한씨 어른에게도 손자는 귀여웠다. 더 이상 한 집에서 살기는 식구가 좀 많지 싶기도 했다. 그래서 자식 내외와 손자들이 살 집을 신축하기로 했다. 굳이 한옥을 고집했다.

인부를 부를 돈이 아까웠던 한씨 어른은 주변에서 논밭을 붙여먹는 사람들을 죄다 동원했다. 한여름 농사일만으로도 눈코 뜰 새 없는 사람들이었지만 싫은 표정을 짓지도 못했다. 허드렛일이야 소작인들 손을 빌릴 수 있었지만, 집 짓는 일은 허드렛일이 아니었다. 그래도 한씨 어른은 꼭 필요한 사람이 아니면 일꾼을 따로 쓰지 않았다.

기둥을 세우고 대들보를 올려야 했다. 한씨 어른의 간섭과 인색함에 질린 일꾼들은 중간 일당을 받자 욕을 바가지로 퍼붓더니 그대로 줄행랑을 놓았다. 새로 사람을 수배해야 했지만 한씨 어른은 한사코 소작인들을 들볶았다.

"기둥은 다 세웠잖아. 대들보야 그 사이에 끼워 맞추면 될 일 아닌가. 그깟 일로 왜 생돈을 날려."

결국 아버지와 몇몇 소작인들이 나설 수밖에 없었다. 하지만 그 일은 의욕이나 오기만으로 될 일이 아니었다. 대들보로 쓸 재목을 끌어 올리며 버둥거리다가 힘이 벅찼던 한 사람이 나가떨어지고 말았다. 대들보가 빠지직 소리를 내며 기울기 시작했다. 그 서슬에 다른 소작인들은 다들 몸을 빼 피했는데, 아버지만 끝까지 버텼다.

"빨리 와. 다시 들려면 또 한나절 날아간다고."

만수 아버지의 다그치는 소리도 대들보를 공중에 떠 있게 하지는 못했다. 밀리는 힘을 견디지 못한 기둥은 옆으로 쓰러졌고, 대들보는 사정없이 아버지를 덮쳤다. 아버지는 비명 한 번 제대로 지르지 못하고 대들보 밑에 깔렸다. 사람들이 달려와 간신히 대들보를 치웠지만 아버지의 몸은 이미 만신창이가 되어 있었다. 허연 눈자위가 드러난 아버지의 얼굴에는 핏기 하나 느껴지지 않았다. 입으로는 시커먼 죽은피가 흘러내렸다.

대들보는 아버지의 갈비뼈를 뭉개버렸다. 날카롭게 부러진 뼛날이 폐를 찢어놓았다. 엑스레이 사진을 훑어보던 의사가 고개를 절레절레 흔들었다.

"어떻게 손도 댈 수 없는 치명상입니다. 게다가 다른 장기도 많이 상했어요. 오래 가지 못할 겁니다."

어머니의 통곡 소리가 아버지의 침묵을 깨울 수는 없었다. 아내는 말도 못 하고 찔끔거리는 눈물을 옷소매로 닦았다.

만수는 멀뚱거리며 할아버지 병상 옆에 서 있는 애를 데리고 밖으로 나왔다.

저녁 해가 거뭇거뭇 지고 있었다.

입에 문 담배 맛도 느껴지지 않았다. 아들놈은 만수의 손을 꼭 쥐고는 놓지 않았다.

"할아버지 저렇게 돌아가시는 거야?"

만수의 수심에 찬 얼굴을 올려다보면서 애가 물었다.

"그렇게 되려나 보구나."

만수가 힘없이 대답했다.

6

다음 날도 아버지는 혼수상태에서 깨어나지 못했다. 기력과 생명이 빠져나가는 소리가 귓전을 울렸다.

의사는 데면데면한 얼굴로 와 환자를 살펴볼 뿐 아무런 조치도 내리지 않았다. 큰 병원으로 옮기라는 말을 않는 것이 차라리 고마웠다. 그날 저녁 한씨 어른이 얼굴을 들이밀었다. 명구도 함께 왔다.

"견디지도 못할 것을 무슨 장사 났다고 혼자 버티고 난리야. 엉!"

한씨 어른은 숨소리조차 사위어가는 아버지의 얼굴을 보더니 투덜거렸다. 그나마 양심이 있었는지 명구가 제 아버지의 허리춤을 잡고 병실 밖으로 나왔다.

"병원비는 걱정 말아. 회복할 때까지 내가 낼 테니까."

한씨 어른이 볼멘 목소리로 떠들었다. 죽을 날이 며칠 남지 않았다는 소식은 벌써 들었을 것이다. 만수는 그저 고개를 외로 꼬며 듣고만 있었다. 씰룩거리는 한씨 어른의 입을 보고 있자니 그 옛날 눈밭을 헤치면서 잡아다 준 산토끼가 생각났다. 고기를 맛있게 씹어 먹은 그 입은 붉어 지금도 핏방울이 떨어질 것 같았다.

"사람 살자고 집 짓다가 이게 무슨 법석인가, 쯧쯧쯧!"

한씨 어른은 무엇이 안타까운지 종잡을 수 없는 소리를 내지르며 혀를 끌끌 찼다.

"어쨌거나 병구완 잘하게나."

한씨 어른이 저만큼 멀어지자 명구 만수 곁으로 다가왔다. 영 떨떠름한 표정이었다.

"아버지도 속이 많이 상하셔서 하는 소리니 신경 쓰지 말게나. 내가 공연히 일을 벌였나 싶기도 하군. 좌우간 아버지 고집은 아무도 못 말린다니까. 인명은 재천이라는데 그리 쉽게 변이 나겠나."

명구는 되지도 않는 변명과 위로를 늘어놓았다. 만수는 아무 대꾸도 하지 않았다.

"이거 받게. 아버지가 자네에게 주라더구먼. 그럼 난 가네."

명구가 봉투 하나를 꺼내더니 그의 잠바 주머니에 넣었다. 그리고는 도둑질 하다 들킨 사람처럼 허둥지둥 제 아버지 꽁무니를 좇아가버렸다.

만수는 손에 쥔 봉투를 열어보았다.

백만 원짜리 수표 세 장이 들어 있었다.

아버지의 목숨 값이었다.

한참 수표를 들여다보던 만수는 입을 꾹 다물고 봉투를 챙겨 넣었다.

7

아내와 아이는 집으로 돌아갔다. 언제 운명할지 알 수 없지만 무작정 병실에 있어본들 뾰족한 수도 없었다.

텅 빈 병실 안에는 숨결이 잦아가는 아버지와 울먹이는 어머니, 침묵에 빠진 아들 셋이 덩그렇게 남게 되었다. 아버지는 이미 사선을 넘어선 사람처럼 입을 꾹 다문 채 미동도 하지 않았다.

이윽고 만수가 입을 뗐다.

"어머니, 물어볼 게 있는데요."

어머니가 죄지은 사람처럼 만수를 곁눈질했다.

"뭔데?"

몇 번 침을 삼키던 만수가 말문을 열었다.

"제가 어릴 때였는데요. 할머니도 살아 계셨어요."

만수 할아버지는 그가 태어나기도 전에 돌아가셨다. 볏가리를 나르다가 우마차가 넘어지는 바람에 역사轢死했다고 들어 알고 있다.

"그런데?"

"언젠가 할머니가 그런 말씀을 하셨거든요. 한씨 집안사람들이 어떻게 잘살게 되었는지 아냐고요. 아무 말도 않고 있으니까 그러시더라고요. 저놈들이 우리 집안 복을 다 훔쳐가서 그런 거라고. 그땐 그게 무슨 소린지 몰랐는데, 지금 갑자기 그 말씀이 생각나네요. 어머니는 혹시 뭐 짚이는 거 있으세요?"

어머니가 물끄러미 만수를 바라보았다.

그리고는 넋이 빠져 나간 사람처럼 허황한 웃음을 지었다.

"그래. 나도 네 할머니한테 들은 적이 있지. 다 허망한 소리일 뿐인데, 시어머니는 그 생각을 떨쳐 버리시지 못했어. 시어머니 말씀이 옛날에 저 한씨 집안 누군가가 이 인동 장씨 집안 조상의 무덤을 훔쳐갔다고 그러시더구나."

만수의 눈썹이 씰룩거렸다.

"그게 뭔 소리예요. 무덤을 훔쳐가다니."

어머니는 홰홰 고개를 내저었다.

"나도 잘은 모르겠다만 그런 풍습이 있다더구나. 대대로 부귀영화를 누릴 명당자리는 원래 많지 않지. 그래서 남이 쓴 명당자리에 몰래 제 조상의 시신을 묻으면 그 복이 나중에 시신을 묻은 집으로 옮겨간다는 게야. 위에 묻힌 시신이 아래 묻힌 시신의 복을 눌러 빼앗아 온다는 말이지. 시어머니 말로는 원래 이 집안이 대대로 잘 살 명당자리에 묘를

썼는데, 그걸 어떻게 알고 한씨 집안사람이 몰래 와 제 조상 시신을 묻었다는 게야. 그래서 지금 이렇게 처지가 뒤바뀌어 한씨 집안은 떵떵거리며 살고, 복을 빼앗긴 장씨 집안은 반머슴이 되어 수모를 당하며 살게 되었다더구나. 하지만 노인네가 울분을 이기지 못해 하신 말씀이지. 그게 어디 될 법이나 한 일이겠니.”

어머니는 아버지의 손을 잡으면서 고개를 돌렸다.

“그게 어느 무덤이라는데요?”

어머니가 고개를 흔들었다.

“다 떠도는 말이지 어디 진짜 무덤이 있어 나온 소릴까.”

만수의 눈동자가 가늘게 떨렸다.

“그냥 명당에 시신만 묻어놓으면 된다는 말인가요?”

어머니는 아버지의 흘러내린 머리카락을 쓸어올리면서 대답했다.

“부질없는 소린데도 시어머니는 그걸 철석처럼 믿으셨단다. 그냥 묻으면 안 된다고는 하셨지. 반드시 시신의 머리가 정남향을 향하도록 묻어야 된대. 그래야 양기가 가장 먼저 따뜻하게 시신의 머리를 데워 복 기운이 확 빨려 올라온다는 게야. 정남향을 맞추지 못하면 그게 오히려 동티가 나 벼락이 칠 수도 있다더구나. 다 옛날 사람들 하는 미신이지. 정말 그렇다면 세상에 부자 안 될 사람이 어디 있을라고.”

머리카락을 쓸어올리는 어머니의 모습을 보면서 만수는 아무도 모르게 고개를 끄덕거렸다.

그때 만수는 아버지의 감은 눈이 아주 잠깐 꿈틀거리는 것을 보았다. 아버지도 허락하신 거라고 만수는 믿었다.

8

드디어 무덤에 당도했다. 제법 큰 상석이 봉분 앞에 놓여 있었다. 한씨 집안 제사 때마다 지게에 제수를 지고 올라왔던 기억이 되살아났다. 무덤 주변이 환하다고 느껴졌다.

삽과 곡괭이를 저만치 던져두고 만수는 어깨에 둘러멘 마포자루를 내려놓았다. 평생 포한抱恨 속에 살다간 아버지를 이렇게 내버리듯 묻는 것이 끝까지 마음에 걸렸지만 이제는 돌이킬 수 없었다. 자신이 잘 살아보겠다고 하는 짓이 아니었다. 아들을 위해서였다. 그놈마저 만수처럼 한씨 집안 부귀영화를 위해 답안지에 이름을 바꿔 쓰게 할 수는 없었다. 제 손자를 위해서 하는 일이니 아버지도 기뻐하실 것이다.

주머니에서 나침반을 꺼냈다. 어둠 속에서 나침반의 바늘은 잘 보이지 않았다. 흔들었더니 뭔가 덜그럭거리는 소리가 났다. 웃옷의 지퍼를 내리고 바람을 막으며 라이터 불을 켰다. 나침반 유리는 깨졌고 바늘도 짓이겨져 굽어 있었다. 오는 도중 삽날이나 곡괭이 날에 부딪친 모양이었다.

"빌어먹을!"

입에서 욕설이 튀어나왔다. 다시 내려가 나침반을 가져올 시간은 없었다. 만수는 가늘게 웃고 있는 하현달과 감으로 느낀 방향감을 보태 방위를 헤아렸다.

멀리 송등산과 괴음산의 봉우리가 보였다. 여기라면 저 봉우리 쪽이 정남향일 것이다. 바람이 선뜻 불었고 다시 한기가 우르르 몰려왔다. 만수는 삽을 집어 들었다. 빗물을 머금은 무덤자리는 삽질을 하기에 편했다. 태명봉과 일직선이 되게 땅을 팠다.

'정남향을 맞추지 못하면 그게 오히려 동티가 나 재앙이 될 수도 있다더구나.'

자꾸 어머니가 끝자락에 붙인 말이 귀에 거슬렸다. 마포자루에 담긴 아버지의 시신을 묻기 전에 만수는 여러 번 눈대중으로 정남향을 확인했다. 스스로 정확하다고 다짐하면서 만수는 아버지를 그렇게 묻었다.

내일 아침이면 아버지의 빈 곽은 화장장으로 옮겨져 재가 될 것이다. 유골을 찾으러오지 못하니 적당히 처리하고 양지 바른 곳에 뿌려달라고 관리인에게 부탁했다. 돈 몇 푼을 찔러주자 관리인은 씩 웃으며 걱정 말라고 했다. 다시는 시신이 밖으로 나오지 못하도록 만수는 힘껏 흙을 밟았다. 아버지가 흙 속에서 꿈틀거리는지 발끝이 물컹거렸다. 마른 뗏장도 다시 입혔고, 낙엽을 쓸어와 골고루 뿌렸다.

　추석은 지났고 설은 멀었다. 한동안 한씨 집안사람들이 이곳을 올 이유는 없었다. 이제 아버지가 그 옛날 빼앗긴 부귀영화의 복을 되찾아 손자에게 옮겨주는 일만 남았다. 만수는 웃어야 할지 울어야 할지 잘 알 수 없었다.

호구산

호구산(높이 622미터)은 남해군 이동면 용문사길 166-11번지 일대에 있다. 북쪽으로는 강진만이 있고, 남쪽으로는 앵강만이 놓여 있다. 입장은 무료이며, 등산로가 잘 정비되어 있다. 남해에서 가장 큰 사찰인 용문사가 있어 문화재 탐방을 하기에 알맞은데, 용문사 입구 계곡은 여름에도 서늘함을 느낄 정도로 시원해 피서에도 제격이다. 송등산과 괴음산 등 지역을 엮어 호구산이 대표하는 "호구산군립공원"이 지정되어 있다.

산타기를 좋아하는 등산객이라면 남해에서 와서 먼저 금산 등반부터 나설 것이다. 그리고 시간이 되면 남해의 최고봉 망운산으로 눈을 돌려 등반한 뒤 부랴부랴 섬을 떠나기 마련이다. 그래서 남해의 잘록한 허리춤에 자리한 호구산은 그냥 스쳐지나치기 십상이다. 하지만 호구산은 산세가 험한 지역도 있는가 하면 완만하게 걸을 수 있는 구역도 있어 다채로운 등반 체험을 하기에 좋은 산이다. 이밖에도 남해에는 때마다 다른 표정을 보이는 산들이 많다.

호구산이란 이름은 산이 호랑이 형상을 닮아서 붙여졌다는 설과 옛날 지리산에서 건너온 호랑이가 이 산에 살아서 호구산이라 했다는 설이 전해진다. 정상에 오르면 멀리 광양, 여수, 하동, 통영이 모두 보이며 잔잔히 펼쳐진 바다가 포근함을 느끼게 한다. 달리 납산, 원산(猿山)으로도 불린다.

부치지 않은 편지

고려대장경 판각지에서

1

그리운 당신.

그간 소식을 전하지 못해 미안하구려. 도방都房과 대장도감大藏都監이 판각지의 위치를 철저하게 비밀에 부치는지라 서한은 고사하고 인편으로도 안부를 전하지 못했소. 그러나 근자 들어 대장경 판각 장소가 남해南海인 것은 천하가 다 알게 되었고, 덩달아 도감의 서슬도 많이 무뎌졌소. 교정과 인쇄를 마친 목판들을 실어 나르는 운반선 편에 소식이라도 전할까 싶어 버려진 종잇조각을 모아 이렇게 몇 자 글을 써 보오.

느슨해지기는 했으나 사신私信은 금한다는 도방의 금지령은 여전하니 과연 이 서한이 당신 손에 들어갈지는 나도 장담하긴 어렵소. 그런 생각을 하면 글을 써서 무엇 하나 싶어도, 이렇게라도 하지 않으면 마음이 스산하여 먼 산만 바라보게 되니 어쩌겠소. 그만큼 이곳 형세는 안개가 짙어 앞길이 아득하기만 하오.

남해는 지금 가을걷이가 한창이요. 산이 높고 언덕이 많은 섬이라 넓은 들판을 찾기는 어렵지만, 이곳 대사 앞에는 제법 시야가 트인 논밭이 펼쳐져 있다오. 먼 남녘땅이라 가을 햇살도 아직까지 따갑기만 하오.

수확한 나락을 켜켜이 싣고 마을로 돌아가는 수레가 큰 길을 따라 자주 보이오. 내가 지내는 움막까지도 무거운 짐에 허덕거리는 황소들의 울음소리가 들려오오. 넉넉지 못한 여물을 먹어 살점도 별로 없는 놈들이요. 관음포에 부려진 목재를 실어 옮기느라 한 해 내내 고생했는데, 쉴 틈도 없이 이젠 볏가리를 나르는 데까지 동원되는구려. 힘에 부쳐 제대로 발걸음을 떼지 못하면 병사들의 모진 채찍질이 등짝으로 떨어지오. 말 못하는 짐승이라지만 저들에게도 휴식은 필요할 터, 각박해지는 세태는 미물들에게도 가혹하기만 하오.

저 나락들이 알곡이 되면 우리 각수刻手들에게도 양곡이 조금 넉넉하게 지급되려나 하는 기대감이 부푸는구려. 곧 한가윈데 설마 배곯을까 싶어도 이즈음 돌아가는 사정이 희망보다 염려가 앞서오.

내가 신도新都, 강화도를 일컫는 말에서 일할 때는 필경사筆耕師로 있었으니, 남해에 와서 각수가 되었다면 당신도 무슨 일인가 싶겠구려. 전란이 길어지다 보니 솜씨 좋은 각수가 많이 부족해져 내가 자청했다오. 필경도 쉬운 일은 아니나 판각하는 일과는 비교가 되지 않으니 나 몰라라 하기 어려웠소.

신도 사정은 어떻소? 내가 정안鄭룡 대감과 함께 남해로 온 해가 계묘년1243이고 올해가 벌써 병오년1246이니 당신을 못 본 지도 어느덧 세 해가 지났구려. 신도를 떠날 땐 젖먹이였던 민珉이도 이젠 제법 자랐겠지. 어린 것을 데리고 홀로 지낼 만하오?

어머님 안부도 궁금하구려. 대장도감에서 일하는 일꾼들의 식솔들에게는 조정에서 양식을 지급한다고 하니 안심은 되오만, 뭐 하나 약속대로 되는 일이 없는 실정이라 눈으로 보지 않곤 믿기질 않소.

진양후晉陽侯, 최이崔怡에게 내려진 봉호가 자신의 신변을 호위하기 위해 조직한 도방이 이 남해 땅에선 나라님이나 마찬가지요. 고려가 군왕의 소유가 아님은 내 진즉에 알았으나 여기 와 더욱 절감하는구려. 어찌나 횡포가 심한지 저들에게 봉변을 당해본 사람 가운덴 차라리 몽고 군사가 자애롭다 말하는 이도 있다오.

남해에는 대장경을 판각하는 공방이 도처에 흩어져 있소. 판각의 능률을 올리자면 한 곳에 집결시켜 통솔하는 게 득이 될 터인데, 무리를 모아두면 분란이라도 일으킬까 두려운지 도방 군사들은 한사코 공방을 쪼개려 드는구려. 공방과의 내왕도 일일이 허락을 받아야 하는 처지라 일의 진척은 더디기만 하오. 어서 빨리 판각을 마치고 신도로 돌아가 당신과 민이, 어머니를 보고 싶은 마음 간절하지만, 이 소망은 아직 마음에만 담아둬야 할 듯하오.

내가 작업을 하는 공방은 삼봉산과 사학산이 양립한 언덕바지에 있소. 앞에 펼쳐진 대사 들판은 대부분 정안 대감의 장원莊園이고, 그 너머 녹두산과 대국산 남치 가는 길모퉁이에 현청과 도방이 자리하고 있소. 현청 안에 남해에 있는 공방들을 관리하는 대장도감 본청이 있다보니 감독관이 유독 내가 있는 공방을 뻔질나게 오가오. 대국산 너머로 해도 뜨기 전에 감독관을 태운 말발굽 소리가 잠을 깨우기 일쑤요. 밤늦게까지 화톳불을 밝히며 일하는 탓에 항상 잠이 부족한데, 감독관은 우리를 두고 게으르다 타박이 심하오. 저들이야 해 떨어지면 숙소로 들어가 단잠을 자니 우리 공방의 고충을 어찌 알겠소.

우리 공방은 정안 대감께서 남해로 내려와 대장도감의 부족한 인력을 보충하고자 세운 곳이라 도감의 간섭과 감시가 유독 심하오. 저들은 정안 대감 휘하의 공방은 대장도감에 딸려 허드렛일이나 하는 곳으로 취급해 대놓고 멸시하오. 명색이 정안 대감은 진양후의 처남인 데도 경계하는 품이 적군을 대하듯 하니 딱한 노릇이구려. 우리 공방이 일을 덜 하는 것도 아니요 판각의 질이 떨어지지도 않건만, 작업의 공은 저들이 가져가고 할당량은 배로 맡깁니다. 그러니 밤을 새워 일을 해도 기한에 맞춰 판각이 끝나지 않을 때도 있소. 가뜩이나 관아에서 나오는 물품도 충분하지 않은데 재촉은 득달같으니 한동안 일에 치여 숨 돌릴 겨를조차 없었소.

이제는 이골도 났고, 대감께서 강하게 항의한 덕도 있어 예전보다는 작업이 수월하긴 합니다. 우리 일꾼들은 판각이 끝나면 부처님의 큰 가피력으로 몽고 군사가 물러날 것이라는 믿음으로 소임에 매진하니 그깟 세속의 힘겨움이야 뭐 그리 대수겠소. 그저 한 자 한 자 부처님 말씀을 새기는 일에 정성을 다할 뿐이지요.

일감은 많고 일손은 부족하다 보니 하루가 어떻게 지나가는지도 모를 정도로 분주하기만 합니다. 남해는 바다를 두른 섬이고 아득한 남녘땅이라 풍토가 많이 다르오. 한여름이면 습하고 무더워 견디기가 여간 어렵지 않소. 통제도 통제지만 서한을 쓸 짬이 나지 않았던 것도 그 탓이니 당신이 이해하시구려. 이 서한도 남들 한숨 돌릴 때 틈을 봐가며 적는 것이라 글월이 앞뒤가 맞지 않고 이야기가 들쭉날쭉할 것이요. 당신이 짐작해 뜻을 새기구려.

일하라는 징 소리가 들리오. 오늘은 여기까지 적으리다. 내내 건강하고 민이도 잘 돌봐주오. 어머님 봉양에도 힘써 주시구려.

남해에서 당신의 남편 최동崔同이 쓰오.

2

새벽이 가까운 시각에 일어나 글을 쓰오. 각수들 코 고는 소리가 꽤나 시끄럽구려. 다들 식솔들을 고향에 두고 내려와 고생하는 사람들이요. 꿈결에 그리운 사람이라도 만났는지 누군가의 이름을 부르는 잠꼬대 소리가 들리오. 각도刻刀에 할퀸 손가락 상처가 덧나 밤새 끙끙거리는 사람도 여럿이구려. 제때 처치라도 받으면 좋으련만, 그저 아침에 일어나 시냇물에 상처를 씻고 헝겊을 동여매는 게 고작이라오. 시간이 지날수록 형편은 나빠져만 가오.

나도 예전에 크게 손을 다친 적이 있었소. 당신이 걱정할까 나쁜 소식은 전하고 싶지 않으나 이제는 다 나았으니 추억거리 삼아 말하리다. 목판으로 쓸 목재를 톱으로 켜다 깜빡 졸았지 뭐요. 아차! 싶었는데 그예 톱날이 손등을 스치고 지나갔소. 피가 샘솟듯 흘려 내리더구려. 손목이 통째로 날아간 게 아닐까 싶어 눈앞이 아득해졌소. 다행히 깊이 긁히지는 않아 된장을 바르고 지혈을 하니 곧 출혈은 멎었소.

소식을 들은 정안 대감이 오시더니 크게 꾸중을 내리시더이다. 각수가 왜 시키지도 않은 일까지 나서서 부상을 당하느냐는 것이었소. 헝겊 틈으로 배어나는 핏물을 보시더니 안절부절못하셨소. 허나 이미 저질러진 일을 어찌겠소. 대감께서는 상처가 아물 때까지 백련암白蓮庵에 올라가 쉬라고 성화셨는데, 다들 일에 부대끼는 걸 번연히 아는데 어찌 나 하나 편하자고 몸을 빼겠소.

각수란 것이 글자만 판다고 구실을 다했다 할 수는 없소. 글자를 잘 파자면 판목의 결이 일정해야 하고 건조 상태라든가 판면이 매끈한지 잡티는 없는지 세세히 신경을 써야 하오. 마무리가 제대로 되지 않은 판목은 새긴 뒤에 글자가 뭉그러지거나 균열이 생겨 다시 새겨야 하니, 처음부터 좋은 판목을 갖추는 게 판각의 기본이라오. 그러니 어찌 판목의 다스림을 남의 일이라 무심히 넘기겠소.

대장경을 판각하는 일은 공정마다 숙련된 공장이의 손길이 가야만 합니다. 판목으로 적당한 나무—지리산에서 많이 나는 산벚나무와 돌배나무, 자작나무가 제격이라오.—를 찾아 베고 다듬어 바닷물 속에 일정 기간 담가둬야 하오. 그래야 나무의 결이 잘 삭혀지지. 이놈을 쪄 즙액을 빼고 벌레를 없앤 다음 그늘에서 말려야 뒤틀리거나 갈라지는 일이 없게 되오. 이런 작업을 일러 연판鍊板이라 부르지요. 이렇게 양질의 목판이 준비되어야 비로소 판각이 가능한 거요.

판각을 시작하려면 정확한 불경 원본을 정하는 일이 우선이라오. 거란의 침입을 물리치고자 현종顯宗 때1011년 판각해 부인사符仁寺에 안치했던 대장경이 임진년1232 몽고의 침입 때 불타지 않았소? 그때 다른 자료들도 함께 소실되어 이번 대장경 판각은 거의 백지 상태에서 시작하는 것이나 진배없었소. 전쟁 와중이라 사람을 대륙에 보내 한역 경전들이며 대륙판 대장경 인쇄본들을 가져오는 일도 쉽지 않았지. 이렇게 두루 대조해 완벽한 판본을 확정해야 오류를 피할 수 있게 된다오. 필경사들이 필사한 불경을 뒤집어 붙이면 이제 판각 준비는 끝난 셈이라오. 참으로 지난한 작업이오.

공방에서 일하는 사람들의 수고를 일일이 적자면 밤을 새워도 부족할 터요. 그러니 그 얘기는 이쯤에서 접읍시다.

오늘은 판각 작업이 여느 때보다 일찍 시작되오. 더 글을 쓸 짬이 없구려.

이만 줄이리다.

3

며칠 전에 정안 대감이 나를 부르셨소. 남의 눈을 피해 오라는 전갈이 왔었소. 앞에서 말했듯이 이곳 남해에는 정안 대감을 감시하는 눈초리가 곳곳에서 번뜩이오. 대감이 정권에 적대적인 인물은 아니오. 허나 조정이 너무 오래 신도에 틀어박혀 뭍에 사는 백성들의 고충이 커가는 것에는 크게 우려하시고 계시지요. 몽고의 침입이 시작된 지도 어언 15년째인데, 그들을 몰아낼 군사 행동은 외면한 채 섬 안에 웅크려 안전만 도모해서는 안 된다는 것이 대감의 지론이셨소. 그러니 진양후가 대감을 뱀 보듯 하는 것도 당연하지요.

대감도 더 이상 신도에 머물다가는 어떤 위해가 가해질지 몰라 이곳 남해로 거처를 옮긴 것이라오. 물론 평소 염원했던 대장경 판각 성업에 보탬이 되고자 하는 목적이 컸지만 말이요. 그래서 낙향 이유도 사재를 털어 진양공을 도와 대장경 판각에 일조하겠다고 내세웠던 게지요. 진양공의 정방원政房員이 되어 혼탁한 세상을 구제하고자 심혈을 다했지만 권력욕과 명예욕에 사로잡힌 진양공의 폭정을 바로잡기엔 역부족이셨소.

당신도 알다시피 나는 정안 대감이 신축년1241 동지공거로 과거를 주관했을 때 은혜를 입어 급제했었소. 잠깐 관직에도 있었지만 주로 대장경 판각 일에 매달렸지요. 대감은 무신 정권의 폭압에 바른 소리를 하다 화를 당한 아버님을 평소 두둔해 주시기도 했어요. 아버님 같은 사람은 거친 바다를 항행할 때 배가 뒤집히지 않도록 중심을 잡는 키와 같다고 하시면서 말이요. 그런 인재의 말을 한 귀로 흘려듣지 말라고 서슴없이 충고하시기도 했소.

십여 년 전 아버님이 비명에 세상을 떠나시자 나 역시 한 치 앞을 내다볼 수 없는 궁지에 몰렸지요. 그런 나를 거둬주신 분이 바로 정안 대감이 아니었소? 성명을 고치고 신분을 바꾸어 '최동'이란 이름으로 행세하도록 도와주셨지요. 또 어릴 때부터 목판 새기기에 재미를 붙인 나를 보고 이런 말씀도 하셨소.

"불경 판각이란 손재주만으로 이뤄지는 게 아니다. 부처를 향한 진득한 믿음과 불경에 대한 폭넓은 지식이 바탕이 되어야 하느니라. 너는 네 애비를 닮아 문재文才가 비상하니 글공부를 게을리해서는 안 된다."

그래서 정안 대감 문하에 들어가 불경뿐만 아니라 제자백가의 글까지 두루 익히는 기회를 얻었던 게요. 당신의 안위도 돌보지 않고 절박한 위험에서 나를 구해준 분이 정안 대감이셨으니, 대감이 남해로 내려오신다 할 때 어찌 모른 체할 수 있었겠소. 당신과 민이, 어머님을 신도에 남겨두고 오는 일은 견디기 어려웠지만, 나는 서슴없이 대감을 태운 배에 올랐던 게지요.

다음날 새벽 사람들의 눈을 피해 대감을 찾아뵈었소. 대감은 나를 보자마자 걱정부터 하시더이다.

"상처는 괜찮으냐?"

"대감님 염려 덕분에 거뜬하옵니다. 그간 강녕하셨습니까? 안부 인사도 제때 올리지 못하고 면목이 없사옵니다."

내가 머리를 조아리자 대감은 손사래를 치며 말했소.

"공연한 소리다. 내가 부덕해서 고생하는 너희들을 잘 챙기지 못하고 있구나. 몽고군은 뭍에서 꿈쩍도 하지 않는데, 갈 길은 아직도 멀기만 하구나. 이 험한 형국을 어찌 헤쳐 갈지…… 아득하기만 하구나."

대감의 침통한 심정을 내 어찌 짐작하지 못하겠소.

"부처님도 무심치 않다면 대감의 대원은 반드시 이뤄질 것이옵니다."

대감은 조금 쓸쓸하게 웃으셨소. 그렇게 낙척한 모습은 처음 봤어요. 아무리 형세가 어렵고 낙관이 닥쳐도 늘 꿋꿋하셨던 대감인데, 흔들리는 마음을 다잡을 길 없는 듯 보였소.

"대감. 어인 일이시옵니까? 안색이 보기 민망하옵니다."

그제야 대감도 표정을 고치시더이다.

"그러냐? 남해에서의 판각 작업이 어디 쉬운 일이더냐. 다들 고생을 마다 않는데, 나야 너희들에 비하면 호강이지. 방에 앉아 지시나 내리고도 안색이 나쁘단 소리를 들으니 남부끄럽구나."

대감이 어찌 방에 앉아 나 몰라라 하시며 지내겠소. 직접 목재를 나르고 판각을 하지 않을 뿐이지 공방의 궂은일은 도맡아 하신다오. 일손이 부족하면 직접 필경에도 나서신다 들었소.

"저희들이 기와라면 대감은 대들보십니다. 기왓장이야 부서지면 갈

수 있으나 대들보가 흔들리면 집이 내려앉는 법이지요. 부디 유념하시옵소서."

내 염려가 부담스러웠는지 대감이 말을 바꾸었소.

"그러마. 고맙다. 그런데 동아, 근자에 도감 관리들한테 무슨 소릴 듣지 못했느냐?"

"들은 소리라 하시면?"

수염을 만지며 잠시 생각을 고르시더니 말을 이었소.

"아직 확인된 소식은 아니나 신도에 있는 대장도감 본사를 남해로 옮긴다는 소문이 들리더구나."

나는 내 귀를 의심했소.

"본사를 남해로 옮기다니요? 그게 무슨 말씀입니까?"

몽고군이 침략한 뒤로 신도는 사실상 우리 고려의 수도나 마찬가지였소. 무신 정권이 부처님의 힘으로 몽고군을 물리친다는 기치를 내걸고 대장경 재조再雕, 다시 새김를 결정했을 때 판각에 따른 사무는 신도에 있는 대장도감에서 맡았지만, 목재의 수집이나 연판, 판각에 따른 모든 공정은 일체 남해에서 이뤄졌소. 이는 당신도 잘 아는 일이요. 판본 확정이나 필경은 신도에 있는 대장도감에서 맡았지만, 대장경을 판각하는 일은 처음부터 남해의 몫이었소.

그런데 대감으로부터 신도의 대장도감이 남해로 이전할 것이라는 소식을 접한 것이요. 나로서는 이해가 가지 않는 소문이었소.

대감은 내 질문에 대한 답변이 궁색해 보이셨소.

"나도 진위를 알아보는 중이다. 다들 진양공과 도방의 눈치를 살피느라 좌고우면하니 속사정을 말해주는 사람을 찾기 어렵구나. 신도에 사람을 보내 진상을 살펴보라 했지만, 과연 진양공의 속내를 간파할지 모르겠다."

그렇소. 대감의 말씀대로 대장도감이 남해로 내려온다면 진양공의 의중이 실천에 옮겨지는 것으로 보아야 하오. 진양공이 사활을 걸고 사재를 털어가며 지휘하는 사업인데, 그의 허락 없이 변경될 리 만무지 않소?

정안 대감께서 나를 비밀리에 부른 까닭도 짐작이 가더이다. 당신이 몸소 나서서 알아보기 어려우니 나더러 공방이나 도감의 낌새를 탐문하라는 부탁이었소.

"알겠사옵니다. 소인도 눈을 크게 뜨고 살피겠사옵니다."

대감께서 나를 그윽하게 바라보시더니 말씀하시더이다.

"총명한 사람이니 다짐할 필요도 없겠지만 경솔하게 나서지는 말아라. 도방 사람들이 독수리의 눈을 치뜨고 사람들을 감시하고 있다. 주변에서 믿을 만한 사람은 동이밖에 없어. 네가 다치는 일은 없어야 해."

나는 거듭 조심할 것을 다짐하고 대감의 처소를 빠져 나왔소.

그리운 당신.

전란 중에도 잔잔한 호수와 같던 남해에 뭔가 일이 벌어지고 있는 듯하오. 도방의 정청에 들어가 문서를 훔쳐볼 수는 없으나, 저들에게 내 움직임이 발각되는 날이면 어떤 위해가 닥칠지 모르오.

민이가 보고 싶구려.

잘 지내시오. 뭔가를 알게 되면 또 글을 쓰리다.

4

며칠 남해에 겨울을 재촉하는 비가 내렸소. 가을철 비치고는 제법 거세더구려. 비가 그치니 날씨가 많이 차가워졌소. 절로 옷깃을 여미게 되는구려. 공자孔子께서 날이 추워진 다음에야 소나무와 잣나무가 오래 푸른 것을 안다고 하셨는데[歲寒然後 知松柏之後彫], 이 쓸쓸한 세상에 과연 누가 소나무와 잣나무를 자처할까 그런 생각이 드는구려.

신도 역시 많이 쌀쌀해졌지요? 남해나 강화나 다 바다에 있는 섬이지만, 북풍이 먼저 닿는 곳이 강화니 바람이 오죽 거세겠소. 민이나 어머님 모두 당신을 의지해 지낼 터, 그저 몸조심하시구려.

근자의 일을 말하리다.

정안 대감의 지시를 받은 나는 도방이나 도감, 현청의 움직임을 살피는 데 주력했소. 판각을 하면서 동태까지 살피자니 몸이 하나뿐인 것이 답답하더이다. 신도의 대장도감이 남해로 옮겨온다는 것은 단순히 관청 하나가 이전하는 문제가 아니오. 신도의 정세가 급변했다는 신호일 수밖에 없지요. 그 내막을 안다면 대처하기도 수월할 것이오.

관청 사람들은 우리 공방에 대해 호의적이지 않소. 대놓고 하대하는 일도 보기 드물지 않으니 물어본들 고분고분 알려줄 리 없소. 내가 고위 관리를 만날 처지는 아니니 공방에 파견 온 하급 관료들의 의중부터 떠보았소.

"나리. 날씨가 어지간히도 춥습니다."

"그렇구나. 남해 와서 가을이 이렇게 추운 건 처음이군."

"오신 지 꽤 된 모양입지요?"

"대장도감이 설치되었을 무렵부터니 얼추 십 년이 다 돼 가네."

"그간 신도엔 다녀오셨습니까? 식솔들은 다 거기 계시지요?"

"신도가 어디 옆 동넨가. 자주 갈 수 있는 곳이 아니지. 사신이 금지되어 있으니 기별을 띄우기도 어렵네만, 풍편에 잘 있단 소식은 이따금 듣네."

"판각이 속히 끝나야 식솔들과 지낼 텐데, 나리께서도 심려가 많으시겠습니다."

"나만 하는 고생인가. 자네도 딴 생각 말고 판각에만 열중하게."

"도감에서 잘 도와주시니 소인이야 무슨 걱정이겠습니까."

"거길 너무 믿진 말게. 도감도 요즘 뒤숭숭하니까."

"왜? 무슨 변고라도 생겼습니까? 듣자니 하동 땅에 몽고군이 얼씬댄 다던데요?"

꾸며낸 말이긴 했지만, 그 말에는 그 치도 펄쩍 뜁디다.

"무슨 경을 칠 소린가? 그딴 유언비어 퍼뜨리다간 날벼락 맞아!"

"소인인들 뭘 알겠습니까? 군사들이 하는 소릴 들은 게죠."

관리가 혀를 끌끌 찼소.

"하여간 입방정하고는. 자고로 입이 재앙의 출구라 했거늘. 꿈에라 도 그런 소릴랑 말아……. 하긴 자네 말도 전혀 터무니없다 하긴 어렵 겠군."

"그건 또 무슨 말씀입니까?"

"얼마 전에 미조 앞바다에 왜구들을 태운 배가 나타난 적이 있었다 지 않는가?"

"왜구들이요?"

"뭐 딱히 왜구랄 건 없겠지만, 일본 상선인가 보더군. 폭풍을 만나 표류해 온 모양인데, 도방 관리들이 나가 신변을 확인하곤 돌려보냈다 지 아마."

왜구들은 삼국시대부터 바다에 출몰해 연안 사람들을 괴롭히는 종 자들이지 않소. 몽고군이 국토를 짓밟자 방비가 허술한 틈을 타 노략 질을 일삼는 일이 자주 일어나오. 허나 판각지 남해는 우리 수군의 감 시가 허술하지 않아 감히 범접하지 못하고 비껴간다오. 그러니 왜구에 게 위해나 당할까 걱정하지는 말구려.

여하간 이 자에게서 기밀을 염탐하기는 어려워 보였소. 더 말을 붙 였다가는 의심을 살 것 같아 조용히 물러났지요. 그 뒤로도 나름대로 이곳저곳 쑤셔보며 사정을 알아봤지만, 다들 깜깜소식이더구려. 정림 사定林社 사저에서 목 빠지게 소식을 기다리고 계실 정안 대감을 생각 하면 하루라도 빨리 진상을 캐내고 싶었지만, 일이 여의치 못했소.

그러다 마침 좋은 기회가 찾아왔소. 도방 관리 가운데 나보다 먼저 과거에 급제한 사람이 있었소. 김민구金敏求란 사람이요. 감독관이지만 소임이 달라 우리 공방 출입은 거의 없었는데, 하루는 무슨 일인지 들렀소.

남해에서 내가 급제한 사실을 아는 사람은 거의 없소. 아는 치라도 오히려 업신여기는 빌미로 삼을 뿐이었지. 그는 그래도 등과자라 그런지 나를 보면 안부도 묻는 등 살갑게 대해주곤 했소. 그 날도 일부러 내가 일하는 공방까지 들러 나를 불러내더이다. 옳다구나 싶어 죽는 소리를 했소.

"공방 형편이 날이 갈수록 어려워지니 큰일이옵니다. 날은 추워지는데, 뒷산에 올라 땔감을 거둘 짬도 없습니다. 아침에 일어나면 추위로 사지가 오그라들어 운신하기도 힘든 판이지요."

잔정이 많은 사람이라 내 등을 다독거리며 염려해 주더이다.

"도감에도 칼바람이 부는데 여기야 말할 나위 있겠나. 고생 끝에 낙이 온다지 않는가. 돌아가거든 장작이며 음식을 좀 갖다 주라 이르겠네."

"신도에 있는 높은 분들도 이런 사정을 아셔야 할 텐데 말입니다. 소인이야 천한 몸이니 그러려니 하지만 감독관 나리는 무슨 고생이십니까."

"무슨 말인가? 자네도 어엿한 급제자 출신이 아닌가. 정안 대감이 은문恩門이니 대감을 따르는 것이야 이해하네만, 마음만 먹으면 각수 자리에서야 못 벗어날까. 왜 사서 고생을 하는지 난 도통 모르겠네."

"소인이 좋아서 하는 일인걸요. 헌데 오늘은 무슨 일로 예까지 행차하셨습니까?"

조금 주저하는 빛을 보이더니, 그래도 속내는 드러냅디다.

"음, 별일은 아니고. 자네는 여느 각수와는 다르니 귀띔해주지. 앞으로 경판들을 관음포로 옮길 일은 없어질 것 같네."

뜬금없는 소리였소. 남해에서 경판 판각이 끝나면 몇 부 인쇄하고 관음포로 옮겨 운반선에 실어 강화로 보내는 게 상례였소. 장경고藏經庫가 신도에 있으니 당연한 절차지요.

"그게 무슨 말씀입니까?"

그 경황에도 신도가 함락된 것이 아닌가 싶어 기겁했소. 야차 같은 몽고군들 손아귀에 신도가 떨어졌다면 백성들이 무사할 리 없을 터, 혹여나 집안사람들이 위해나 당하지 않을까 상상하니 오금이 저리더이다.

그가 코를 쿵쿵거리며 좌우를 살피더니 대답하더이다.

"당분간 경판을 신도로 보내지 않을 듯해. 아니 아예 신도에 있는 경판들도 남해로 내려 보낸다더군. 경판을 보관할 창고를 지으라는 명령이 하달되었다네. 대체 신도에선 무슨 일이 있는 겐가? 귀신이 곡할 노릇이네."

김민구는 시간을 지체할 수 없다며 자리를 떴소. 신도가 함락되지는 않은 모양이니 안심은 되었지만, 뜻밖의 소식은 납득이 되지 않았소.

그날 밤 대감을 찾아뵙고 알아낸 정황을 말씀드렸소. 대감도 경판 얘기에는 고개를 까우뚱하십디다.

"경판까지 남해로 내려온다면 대장도감이 이전한다는 풍문도 근거 없는 소리는 아닌가 보구나. 신도의 안전에 한계가 왔다는 말인가? 점점 모를 일이로구나."

불길한 예감이 고개를 쳐들었소.

"강화가 곧 무너질 것이라고 보십니까?"

골똘히 생각에 잠긴 대감은 내 물음은 귀에도 들리지 않았던가 보오. 손에 쥔 염주를 돌리며 염불을 외며 생각에 잠기셨소. 피가 머리 위로 치올랐지만, 나는 대감이 생각을 정리하실 때까지 기다렸소.

이윽고 대감께서 눈을 뜨더니 조용히 나를 응시하더이다. 그 눈빛이 무엇을 뜻하는지 가늠하느라 머리가 다 어지러웠소. 마침내 대감이 입을 여셨는데, 기대했던 대답과는 거리가 멀었소.

"동아, 잠깐 기다려라."

대감이 자리를 뜨시더니 작은 목곽을 들고 나오셨소. 그것을 앞으로 내밀며 말씀하셨소.

"잘 챙겨 둬라. 요긴하게 쓰일 날이 올지도 모르겠구나."

"무엇인지요?"

대감이 끌러보라는 눈짓을 보냈소. 조심조심 목곽을 열어보니 놀랍게도 안에 은병銀瓶이 가득한 게 아니오. 나는 하마터면 엉덩방아를 찧을 뻔했소.

"은병이지 않습니까? 이것을 왜 저에게……."

판각 사업을 순조롭게 진행하자면 비용이 많이 듭니다. 이 은병도 거기에 보탤 자금일 게요.

"대장경 판각에 원력을 보탠 단월檀越, 사찰이나 스님에게 물건을 베푸는 불교 신자들이 보내온 것이다. 판각에 필요할 때마다 내썼는데, 아무래도 나보다는 네가 지니고 있는 것이 안전할 듯하구나. 깊숙이 숨겨둬라."

대감은 주의사항을 몇 가지 이르시더니 그만 가보라더이다. 나는 엉겁결에 목곽을 품에 안고 움막으로 돌아왔소. 이 귀한 물건을 과연 내가 잘 간직할 수 있을까? 또 어디다 숨겨두어야 안전할까? 요긴하게 쓰일 날이 올 것이라는 대감의 말씀은 또 무슨 뜻일까? 자리에 들었지만 땅벌에게라도 쏘인 듯 정신은 말짱해지기만 했소.

그리운 당신.

남해에서의 하루하루가 점점 더 막막해지는구려.

5

우려했던 사태는 예상보다 훨씬 빨리 일어났소. 그 때문에 한 달 만에야 서한을 쓰게 되는구려.

정안 대감이 거처하는 정림사는 원래 대감의 사저였소. 불심이 깊은 대감은 평소에도 승려와 다름없는 생활을 했는데, 이로도 미흡했는지 사저를 내놓아 사찰로 꾸미고 고명한 스님도 초빙했지요. 대장경 판각에 도움을 받고자 일연선사一然禪師, 1206~1289를 모시는 일에 공을 들이고 계신데, 아직 성사되지 못해 안타까워하신다오. 대장경 판각에 들이는 대감의 정성과 노고는 나 같은 사람도 절로 고개가 숙여질 정도요.

어쨌거나 사달은 내가 목관 상자를 모처─장소를 밝히지 못하는 것을 용서하구려. 이 서한이 도방에 들어가면 큰일 나기 때문이요.─에 숨기고 얼마 지나지 않아 벌어졌소. 정림사는 우리가 작업하는 공방에서 지척 거리에 있소. 대감의 거처 주변에 공방들을 차렸으니 당연한 일이리다. 밤샘 작업을 마치고 단잠에 드려는데 정림사 쪽에서 떠들썩한 소리가 들려왔소. 뭔가 부서지는 소리며 말발굽 소리, 사람들의 웅성거림 등등 새벽의 정적을 깨는 소음에 다들 일어나 움막 밖으로 나왔지요. 처음에는 불이라도 났나 싶었구려.

그런데 그게 아니었소. 일군의 군사들이 정림사를 에워싸는 중이었소. 새벽 예불을 준비하던 승려들은 밖으로 내몰렸고, 지휘관으로 보이는 장교가 대감을 찾으라고 고래고래 고함을 지르고 있었소.

잠시 후 대감이 처소에서 나오셨소. 당황한 기색이셨지만, 곧 표정을 가다듬고 장교를 보며 호령했소.

"어인 소란이냐? 내가 누군지 몰라 하는 짓거린가?"

위엄을 담은 준엄한 목소리였지만, 장교의 서슬도 만만히 누그러들지 않았소.

"정안 대감은 어명을 받드시오."

어명이란 말에 대감의 기세도 꺾이고 말았지요. 정권의 꼭두각시 노릇을 하고 있다지만, 왕은 왕이었소. 대감은 잠시 기다리란 말을 남기고 안채로 들더니 의관을 정제하고 정림사 앞마당에 나와 무릎을 꿇었소. 그러자 장교가 붉은 비단에 펼쳐 어명을 읽기 시작했소.

"국자좨주 정안은 들으라. 대장경 판각 불사에 힘을 보태고자 남해로 내려가 사재를 털어 짐의 근심을 덜어주니, 그 마음이 아름답구나. 항상 공의 충심은 잊지 않고 있노라. 판각 불사가 회향을 앞두고 있는 이즈음 짐은 대장도감의 역량을 배가시키고자 용단을 내렸노라. 다음과 같이 지시하니 공은 한 치의 어긋남이 없이 거행하도록 하라.

공의 사저와 장원, 장원에 딸린 모든 재산과 노비 일체를 판각 불사가 회향될 때까지 조정에 귀속시키도록 하라. 판각에 종사하고 있는 공장이들과 공방의 운영은 남해에 있는 도방과 대장도감에 위임하도록 한다. 아울러 우마牛馬와 가축, 수레를 비롯한 모든 기물 역시 야별초夜別抄에 소속시키도록 하라. 모든 재화와 은병 역시 전액 현청에 납입시키고, 생계에 필요한 물품은 현청에 내역을 올려 지급받도록 하라.

이번 조치로 공의 운신에 불편함이 따를 터이니 짐의 마음도 편하지 않노라. 나라와 만백성을 위한 일이니, 마음의 동요를 일으켜서는 안 될 것이니라. 이 조처는 짐이 따로 명령할 때까지 유효하다."

왕명을 빙자한 약탈이나 다름없건만 대감은 미동도 않고 어명을 받듭디다. 실권도 없는 왕이 이런 무분별한 명령을 내렸을 리 없소. 보나마다 진양공이 정안 대감의 영향력을 제거하여 반발을 방지하겠다는 술책일 터요. 이런 폭압이 닥칠까 신도를 떠난 것인데, 진양공의 마수는 남해라고 해서 비껴가지 않았구려.

무엇보다 놀라운 일은 야별초가 남해까지 내려왔다는 사실이었소.

야별초는 진양공이 나라 안에 도둑이 들끓자 순찰을 돌게 할 목적으로 규합한 무리들이요. 명분은 도성과 지방의 안녕을 도모한다는 것이었지만, 진양공의 사병私兵이나 다름없는 조직이라오. 그들이 경계를 섰던 곳은 대개 진양공이나 추종자들의 저택이나 장원이었고, 그들이 거둬들인 세금은 국고가 아니라 진양공의 사고私庫에 충당되었지요.

이런 자들이 신도를 벗어나 남해 섬에까지 판도를 넓힌다는 것이 무슨 뜻이겠소. 적게는 남해를 진양공의 식읍으로 삼겠다는 심보이고, 크게 보면 대장경 판각의 공을 진양공 혼자 독차지하겠다는 욕심일 것이오.

어명을 들은 대감은 장교에게 물었소.

"지엄한 왕명을 어찌 거역하겠느냐. 날이 밝는 대로 집이며 장원, 모든 재물에 대한 문서를 소관 부처에 넘기겠다. 그러나 나 또한 몸을 눕힐 거처는 필요할 터, 폐하께서도 윤허하셨듯이 당장 필요한 집기를 챙겨 백련사로 옮기겠다. 이는 허락하겠는가?"

장교가 몹시 당황해 하더이다. 대감의 요구에 대한 응답은 자신의 권한 밖이었을 게 분명하지요. 장교가 말을 더듬거리며 대답했소.

"그것은 제가 왈가왈부할 영역이 아닙니다. 전령을 보내 회신을 받으면 회답하겠습니다."

얼마 뒤 현청에서 수장급 관리 몇몇이 말을 타고 왔소. 날은 훤히 밝았고, 공방의 일꾼들은 일터로 가야 했소. 그러나 공방의 주인이 갈리는 판인데 누군들 자리를 뜨고 싶겠소. 관리들이 한동안 수군거리더니 대감을 뵙더이다.

"전란 중의 어명은 시행을 한시라도 지체할 수 없는 일이오이다. 허나 전 재산을 헌납했는데 당장 머물 곳조차 없다면 이 또한 성은이라 할 수 없겠지요. 필요한 물품과 양식, 의복 등속은 백련사로 옮기도록 하시지요. 이에 따른 추인은 다시 받아 전해 드리겠습니다."

단출한 살림이라 해도 일손은 필요한지라 오늘 하루 공방의 신역은 중지하고 이사를 거들라 하더군요.

누대에 걸쳐 일군 재산을 맹랑하게 빼앗기고도 대감의 처신은 의연하셨소. 어쩌면 대감은 이런 봉변을 예상하고 있었는지도 모르겠소. 그래서 나더러 은병을 숨겨두라 지시한 게 아니겠소.

코앞에 있는 사학산이었지만, 백련사까지는 거리가 제법 되는 산길이오. 가마를 대령했으나 대감은 걸어가겠다며 사양했소. 소소한 짐이 빠져나오자 출동한 군사와 장교들은 더 이상 우리 일행의 동태에 관심을 보이지 않았소. 관리들이야 진즉에 자리를 떴지요. 대감은 이관에 필요한 문서 작성 서기로 나를 지명했소. 글을 읽으면서 문서 양식에 대해 아는 이는 나뿐이었던 게요.

그날 밤 나는 대감을 모시고 백련사 귀퉁이 방에 앉아 문서를 정리했소. 어차피 적법한 절차에 따른 이관이 아니었으니, 문서라고 해봐야 겉치레일 뿐이었소. 재물 목록을 작성하고 대감께서 수결을 하면 끝나는 일이었지요.

수결을 마치자 대감은 잠시 밖에 나가 동정을 살피라고 하셨소. 내가 다시 방 안으로 들어오니 대감께서 목소리를 낮추며 물으셨소.

"은병은 잘 감춰 두었느냐?"

"예. 아무도 발견하지 못할 곳에 숨겨 두었습니다."

"공방이나 움막 안은 아니겠지?"

"예. 아무래도 공방이나 움막은 사람 눈을 많이 타는 곳이라 피했습니다."

"잘 했다. 필요하면 내가 너를 찾을 터이니 당분간 이곳은 얼씬도 말거라."

"명심하겠사옵니다."

말을 마친 대감의 표정이 곧 어두워졌소.

"재물 목록에서 은병은 뺐다. 저들이 그것을 모를 리 없을 터, 내일 목록을 재출하면 분명 이에 대한 문의가 있을 게다. 은병을 수수한 문서가 따로 있진 않으니 모르는 일이라고 둘러는 대겠지만 순순히 받아들일지 걱정스럽구나. 나만 신문한다면 다행이겠는데, 네가 나와 은문문생恩門門生 사이인 것이야 저들도 알고 있을 터. 네게도 은병의 행방에 대해 추궁하려들 게다. 주리야 틀겠냐만, 그래도 마음 단단히 먹어라."

목록을 작성하면서 나도 이미 각오한 바였소.

"심려하지 마시옵소서. 혀가 잘려나가는 한이 있더라도 모른다 할 것이옵니다."

대감께서 안타까운 눈빛으로 나를 쳐다보셨소.

"네게 미안하기 그지없구나. 분명 내버려두진 않을 터인데. 자비로운 부처님께서 마냥 버려두겠느냐만. 나무아미타불 관세음보살!"

대감은 조용히 눈을 감으시더니 『반야심경』을 외셨소. 잠시 그 모습을 지켜보다 나는 조용히 방을 빠져나왔구려.

몹시 피로하오. 잠시 붓을 놓았다가 다시 쓰리다.

당신은 어찌 지내는지, 근심밖에 할 수 없는 지아비가 안부 전하오.

6

과연 다음날 재물 목록을 적은 문서를 들고 관아 관리들이 들이닥쳤소.

나는 공방에 있어 자세한 정황은 알지 못하오. 앞으로 대감과 내게 닥칠 일을 생각하니 일이 손에 잡히질 않았소. 관아의 혹독한 신문을 잘 견뎌낼지, 견뎌낸다 한들 그 고초는 언제 끝나려는지, 나 때문에 당신에게 피해는 없을지, 일을 해도 집중이 되지 않더이다.

해가 떨어져 공방을 나와 움막으로 가려는데, 군사 몇이 앞을 가로막았소.

"네가 최동이냐?"

칼을 찬 장교가 나서며 물었소. 노려보는 눈매가 날카로웠소.

"그러하옵니다."

"따라와라."

"무슨 일이신지요? 아직 공방 일이 끝나지 않았습니다."

장교가 어이없다는 표정으로 나를 흘겨보더이다.

"네 놈은 그리도 물정을 모르느냐? 정안 대감의 문생이면 심복이나 다름없을 터. 어제 올린 문서에 미비한 점이 있어 확인이 필요하니 군소리 말거라."

끌려간 곳은 현청에 있는 감옥이었소. 굵직한 통나무를 박고 칡넝쿨로 벽을 얽은 감옥은 내가 지내던 움막과 비슷했지만, 옥졸이 삼엄하게 경비를 서고 있어 살풍경했소. 잡범들이 갇힌 곳이 아닌 멀찍이 떨어진 독방이라 중죄인이 된 기분은 어쩔 수 없더이다.

하루를 꼬박 갇힌 뒤 다음 날 아침 불려나갔소. 현청 뜰에 아전들이 도열했고, 한다하는 벼슬아치들은 대청에 앉아 지긋한 눈길로 나를 바라보았소. 그들 가운데 김민구도 보였소. 딱한 표정을 보니 위안이 되더구려. 추위를 덜려고 피운 장작에서 불꽃이 튀어 바람에 휘날렸소.

도방 관리가 눈을 부라리며 내게 따져 물었소.

"이 재물 목록은 네가 작성한 것이렸다?"

대감께서 제출한 문서였소. 밤새 궁리한 대로 나는 모르쇠로 일관했소.

"그러하오나 소인은 정안 대감께서 부르시는 대로 옮겼을 뿐입니다."

도방 관리의 입에서 불호령이 떨어졌소.

"그런 말장난으로 죄를 모면할 수 있을 것 같더냐? 단월들이 정안 대감에게 은병을 시주했음은 세상 사람이 다 알고 있다. 그런데 문서에는 은병이 단 한 매도 기재되어 있지 않구나. 어찌 된 일이냐?"

"소인은 모르는 일이옵니다. 정안 대감에게 직접 문의하시면 될 일 아니온지요?"

발뺌을 하자 관리도 적잖이 당황하더이다. 그러나 곧 으름장을 놓았소.

"매질을 당하고야 실토하려는 게냐. 몸이 성하려거든 실정을 바른대로 대라."

매질 아니라 단근질이 떨어져도 나로서는 버티는 수밖에 없었소.

"나리. 소인은 그저 판각이나 하는 각수에 지나지 않습니다. 글을 조금 알아 대감을 도왔을 뿐 깊은 내막을 어찌 알겠습니까? 대감께서 남을 속일 어른이 아니시니 소인으로서는 대감의 말씀이 사실이라고 믿을 뿐입니다."

관리가 책상을 내려치며 펄쩍 뛰었소.

"가당찮다. 너는 정안 대감의 문생이지 않더냐? 대감이 속내를 털어놓을 자는 너뿐이다. 순순히 토설하지 않겠다는 게냐. 여봐라!"

옥사장의 매질이 시작되었소. 잘 여문 회초리가 등짝에 떨어지는데, 고통이 말할 수 없이 사무쳤소. 나는 비명을 지르며 끝까지 억울함을 호소했소.

"나리. 살려 주십시오. 소인은 부처님의 가피를 입어 나라와 백성을 구할 충심으로 남해에 왔을 뿐입니다. 소인은 아무 것도 모릅니다."

도방 관리는 매질과 회유를 거듭하면서 은병의 소재를 따져 물었소. 고통이 견디기 힘들었지요. 실토를 하게 되면 대감까지도 곤욕을 치를 것을 너무 잘 아는지라 죽을 각오로 버텼소.

그렇게 며칠 동안 나는 감옥과 현청 뜰을 오가며 혹독한 심문을 받았구려. 살점이 뜯겨나가고 온몸에 피멍이 돋아났지요. 찬바람이 휘감아 도는 감옥에서 혼자 거적을 덮어쓰고 끙끙 앓자니 이러다 목숨을 잃는 것이 아닐까 두렵기 짝이 없었소.

그러나 자복을 하면 은병도 사라지고 대감의 대장경 판각이라는 큰 꿈은 물거품이 되어 버립니다. 나 또한 나라의 재물을 은닉한 죄인이 되오. 그리 되면 매질이 아니라 국사범으로 처형을 당하리다. 그저 옥창으로 떠오른 달을 보며 부처님의 가호를 빌 뿐 다른 길은 아무 것도 없었소.

의원이 내 상처를 살피더니 도방에 보고를 올렸나 보오. 열흘 가까이 이어지던 문초가 중지되었소. 감옥에 누워 있는데 누가 나를 찾아왔소.

김민구였소. 그를 보니 사무쳤던 눈물이 하염없이 솟구쳤소. 만신창이가 된 내 몰골을 본 김민구가 눈길을 돌리며 말하더구려.

"자네, 이 무슨 횡액인가? 대감의 명령을 따랐다면 자넨 아무 죄가 없네. 지금이라도 늦지 않았으니 은병의 소재를 자복하게. 이러다 생목숨 잃겠구먼. 신도에 있는 식솔들도 생각해야지."

도방에서 나를 설득하려고 보낸 것이 틀림없었소. 나는 지푸라기라도 잡는 심정으로 그에게 호소했습니다.

"저도 제가 은병을 숨겼으면 좋겠습니다. 보도 듣도 못한 은병을 어디 있는 줄 알고 자복하겠습니까? 입으로만 할 수 있는 자복이 아니지 않습니까? 대감과 대질이라도 시켜 주십시오. 너무 억울해 차라리 혀를 물고 자진이라도 하고 싶은 심정입니다."

나는 입에 가득한 핏물을 토하며 바닥에 머리를 찧었다오. 이쯤 되자 김민구의 표정에도 변화가 나타났소.

"어허! 그런가? 나도 그런 귀한 물건을 대감이 남의 손에 맡기지는 않았을 것이라 말하긴 했지. 더구나 자네는 남해 공방에서도 알아주는 각수가 아닌가? 가뜩이나 솜씨 좋은 각수가 부족한데 자네 같은 사람에게 누명을 씌워 죽여서는 안 될 일이야. 조금만 더 견뎌보게."

그리하여 며칠 뒤 감옥에서 풀려났소. 이미 초죽음이 된 상태라 들것에 실려 공방으로 옮겨졌다오. 도방에서도 미안했는지 의원을 보내 치료해주었고, 공방 사람들도 미음을 끓여 먹이며 따뜻하게 돌봐주었소. 그제야 간신히 기력을 되찾을 수 있었다오. 지옥 문턱까지 갔다 되돌아온 심정이었소. 대감 휘하 공방 사람들이 죄다 끌려가 신문을 받았다는 말을 들으니 목숨이나마 건진 게 다행이다 싶었소.

정안 대감께서 움막으로 나를 찾아오셨소. 초췌하기 그지없는 모습입디다. 눈물이 그렁그렁한 눈으로 차마 입을 떼지 못하고 내 손만 어루만지시더구려. 나 또한 그간의 고초가 떠올라 뭐라 드릴 말이 없었지요.

"나 때문에 네가 모진 고초를 겪었구나. 이 죄업을 어떻게 갚아야 할꼬."

"대감께서 당한 수모에 비하겠습니까? 스승을 제대로 모시지 못한 제자를 용서해 주십시오."

"당치 않다. 네가 매질로 죽음의 문턱을 오가고 있는 줄 번연히 알고도 외면했으니, 내가 어찌 사람이라 하겠느냐? 너를 볼 면목이 없구나."

사람들의 눈이 있어 긴 시간 말은 나누지 못하고 대감은 돌아가셨소. 누워 대감을 배웅한 나는 그제야 안도의 한숨을 내쉬었지요. 엄청난 풍파가 휩쓸고 지나간 기분이었소.

7

거센 회오리바람이 세상을 휩쓸고 지나갔건만, 남해의 정세는 더욱 긴박하게 요동치고 있소. 야별초의 수는 눈에 띄게 늘어났고, 밤낮으로 판각 기일을 앞당기라는 성화가 소나기같이 몰아치고 있습니다. 남해 전체가 감옥 아닌 감옥이요. 관음포 앞 산허리에는 신도에서 오는 경판을 수장할 건물을 짓는 목공들의 망치 소리가 연일 울려 퍼지는구려. 첫 건물은 완성되었고, 두 번째 건물이 지어지는 중이라오.

이즈음 나는『종경록宗鏡錄』을 판각하는 작업을 하고 있소. 남해에 내려와 대장도감에서는『마하승기율摩訶僧祇律』과『십송율十誦律』등을 판각했고, 분사대장도감에서는『살파다비니비파사薩婆多毗尼毗婆沙』권2 와『법원주림法院珠臨』등도 판각했지만, 이『종경록』은 내겐 각별한 의미가 있다오.

송나라 때의 승려인 영명연수永明延壽, 904~975가 지은, 장장 1백 권에 이르는 이 책은 선교일치禪敎一致라는 이념 아래 지어졌다오. '마음'이라는 큰 명제를 내세우면서 선과 교가 다르지 않고 궁극에 이르기 위한 길임에는 같다는 생각을 펴고 있어요. 정안 대감이 권해 처음 읽게 된 책이라오. 집안에 큰 어려움이 닥쳤을 때나 과거 공부에 전념할 때 항상 이 책은 내게 큰 위안과 도움이 되었소.

각수가 원한다고 해서 경전을 임의로 선택할 수는 없답니다. 도감에서 정해준 대로 성심껏 판각할 뿐이오. 그런데 이 책의 판각을 맡게 되었으니, 내 마음이 얼마나 설렜겠소. 이 역시 부처님의 보살핌이 있었던 것이라 생각하오.

이왕 말이 나왔으니 '대장도감'과 '분사대장도감'에 대해서도 잠시 일러주리다.

이름이 둘이니 마치 도감이 둘 있는 것처럼 보이지만, 사실은 하나의 관청을 형편상 달리 부르는 것이라오. 남해에는 진양공 최우가 경영하는 공방과 정안 대감께서 운영하는 공방이 있소. 대장도감은 조정에 딸린 관청이지만, 실질적인 운영에는 진양공의 입김이 크게 작용하오. 처음에는 목판을 두고 진양공의 사재에서 비용이 충당되었으니 대장도감판이라 불러 무방했으나, 정안 대감이 남해에 내려와 공방을 연

뒤부터 다소 혼선이 빚어졌소. 성과를 보고할 때나 경전을 분담시킬 때 두 공방의 주인이 다르니 착오가 간간히 생겼던 것이요.

더구나 진양공은 정안 대감을 탐탁찮게 생각하고 있어 대감의 공방에서 올라오는 경판에 대해 트집을 잡기 좋아했지요. 대감보다는 자기 공방에서 판각된 경전이 더 우수하다는 것을 눈으로 확인하고 싶어 했소. 그래서 진양공이 정안 대감의 공방에서 판각되는 경전에는 '분사'라는 이름을 붙이라 지시했던 게요.

그런 진양공의 속내를 잘 아는 대장도감 관원들은 대감의 공방 성과가 미미하다는 것을 두드러지게 하려고 꼼수를 썼다오. 판각은 우리 분사 공방에 맡기면서도 판각에는 그 내용을 새기지 못하게 하는 게요. 이렇게 하면 저희 도감의 성과도 늘어날뿐더러 분사의 역할이 보잘것없다는 증명도 되는 셈이니 양수겸장이 아니고 뭐겠소. 전체 수량에서 대장도감판이 많은 것은 분명하지만, 분사대장도감판이 적은 까닭은 이런 내력이 있어서라오. 어명으로 대감의 공방이 조정에 귀속되기는 했으나 도감에서는 그간의 차별까지 없애기는 싫은지 계속 이런 방식으로 공방을 운영하고 있소.

앞에서 신도에 있는 대장도감 본사가 남해로 내려온다는 풍문이 돈다 했지요? 그것은 사실로 판명되었소. 가을이 지나고 겨울에 접어들자 신도에서 온 운반선들이 속속 남해에 닻을 내렸소. 거기에는 오랜 세월 뼈를 깎는 노력과 정성으로 새긴 경판들이 차곡차곡 실려 있더이다. 신도에 있던 대장도감 관원들도 적지 않게 동승해 있었소. 경판들이 한 장 한 장 새로 지은 경판고에 들어갈 때마다 우리 각수들은 깊은 감회에 젖어 삼배합장三拜合掌했지요.

진양공이 굳이 신도의 경판고를 버리고 남해로 경판을 옮기는 까닭은 여전히 오리무중이요. 신도위기설도 이유라며 소문은 돌지만, 운반선을 타고 온 군사들의 말을 들어보면 당장 몽고군의 움직임은 포착되지 않는 모양입디다. 남해가 신도보다 안전하긴 하지만, 굳이 그런 이유로 이런 성가신 일을 벌였을 것 같지는 않소.

명종 26년 병진년1196에 이의민을 죽이고 경성공景成公, 최충헌의 시호 정권을 잡은 이후 아들 진양공이 정권을 이어받아 지금까지 권력은 별 탈 없이 유지되고 있소. 몽고의 침입을 받아 강화도로 조정을 옮기긴 했지만, 전란 중에도 대장경 판각을 시도할 만큼 진양공의 권세는 안 정을 구가하고 있지요.

그런데 왜 진양공은 자신의 자랑거리인 대장경 경판들을 가까이 두 지 않고 이 먼 남해로 옮기려는 것인지 도무지 알 길이 없소. 몽고군이 강화를 함락시켰을 때를 대비하는 포석일 수도 있겠지요. 다급하게 신 도를 탈출해야 하는 위기 상황에서 저 방대한 경판을 옮길 여력은 없을 테니 말이요.

머지않아 새해가 밝아오는 이즈음 남해에는 불길하고 어두운 그림 자가 점점 짙게 깔려오고 있소. 허나 그 그림자의 정체가 뭔지 몰라 답 답하구려.

다시 소식 전하리다.

8

요즘 우리 공방에는 화방사花芳寺 스님들이 많이 오간다오. 정안 대 감께서 희사해 사찰로 만들었던 정림사가 강제 귀속된 이후부터요.

화방사는 정안 대감이 평소 때도 자주 참배한 사찰이었지만, 대감의 공방이 밀집한 대사 들판이 화방사와 가까워 더욱 돈독해졌지요. 정림 사 창건 때도 화방사 스님을 모시고자 했는데, 남해의 토착 세력과 대 감이 밀착할까 두려워 한 진양공이 손을 써 뜻대로 되지 않았었소.

그러다가 정림사가 귀속되자 정림사에 있던 스님들의 입장이 애매해지고 말았지 뭐요. 도방과 도감 관리들의 간섭이 심해지자 이를 견디지 못하고 스님들이 하나둘 떠나더니 결국 텅 비고 말았소. 그 소식을 들은 화방사 주지 스님께서 정림사를 화방사의 말사로 두겠다고 청을 넣었소. 이미 사학산 백련암도 말사 역할을 하고 있으니 정림사를 비워두느니 화방사에서 관리하겠다는 것이었소. 백련암에 감금되다시피 한 대감의 처지를 딱하게 여긴 주지 스님의 배려가 숨어 있었지요.

남해에는 불심이 깊은 사람들이 많이 사오. 비바람이 거센 바닷가인데다 왜구의 침입도 잦은 곳이어서, 그 환란을 부처님의 가피력으로 이겨내려는 정성 때문일 거요. 보광산普光山, 지금의 금산에 있는 보광사지금의 보리암가 기도 도량으로 명성이 높고, 망운산 북쪽 기슭에 있는 화방사는 규모로는 남해에서 으뜸이라오.

현청과 도방도 그 위광을 무시하지 못해 화방사 스님들이 정림사와 백련암에 무시로 출입하는 것은 눈감아 주고 말았소. 일이 이렇게 되자 대감도 백련암을 벗어나 정림사까지는 출입이 자유롭게 되었소. 나로서도 다행스런 결과였소.

화방사에는 불경에 조예가 깊고 덕이 높은 고승대덕이 많아 대장경 판각에 큰 도움을 주고 있소. 그런 스님들이 정림사까지 내려오자 현청이나 도방, 대장도감의 불심이 지극한 관리들도 자주 발걸음을 하게 되었지요. 자연스럽게 대감과 화방사 스님들, 불자 관리들이 한 자리에 모여 판각 일도 상의하고 시국에 대해 의견을 주고받는 일이 빈번해졌소.

그 관리 중에서도 김민구가 특히 열심이었소. 감옥에 갇혔을 때 그가 나를 적극 변호해주어 목숨을 건질 줄 아는지라 더욱 반가웠소. 나보다 연배가 꽤 위여서 사석에서 내가 백형伯兄이라 불렀더니, 그도 몹시 흡족해 하더이다.

그러던 어느 날이었소. 대감께서 정림사에 오셨다는 소식을 듣고 달려갔더니 백형도 함께 승방에 있더군요. 내가 밖에서 인사를 드렸는데, 두 분의 표정이 심상치 않았소.

"문을 닫고 들어오너라."

대감께서 목소리를 낮추며 나를 불렀소. 백형이 주변의 동정을 살피더니 옷깃을 여미고 앉더군요. 두 분의 동태가 심상치 않아 절로 긴장이 되더이다.

"대감, 무슨 일이오니까?"

백형이 먼저 말을 꺼냈소.

"화방사 주지 스님이 곧 오실 것이네. 그때 얘기하지."

대감 신변에 또 좋지 못한 일이 벌어졌나 싶어 목으로 침이 꿀꺽 넘어갔소. 눈에 가시 같은 대감이 못 마땅해 추방령이라도 내린 게 아닌가 싶더이다.

대감께서 손수 차를 끓이더니 우리들에게 돌리셨소. 잠자코 받아 몇 모금 마시는데, 밖에서 인기척이 들렸어요. 백형이 몸을 일으켜 밖을 살피더니 조용히 문을 열었소. 가사장삼을 입은 주지 스님이 계시더이다. 스님은 함께 온 행자승에게 몇 마디 귓속말로 이르고는 방으로 들어왔소. 나도 두어 번 뵌 적이 있는 스님이어서 일어나 합장으로 맞았지요. 대감께서 나를 인사시키셨소.

"이 사람은 최동이라 하는데, 지금은 공방에서 각수로 있습니다. 오래 전부터 내 문하에서 학문을 익히고 과거에도 급제했지요."

주지 스님이 반갑게 내 손을 잡더니 웃으며 말했소.

"아! 은병을 숨기느라 곤욕을 치른 처사님이로군요. 그때 큰 힘이 되지 못해 내내 미안했는데, 이제야 사죄하게 되는구려. 처사님의 용기와 인고가 보람 있는 결과로 이어질 것이니, 참으로 넓고 넓은 부처님의 은혜입니다."

나는 영문을 몰라 어리둥절한 표정으로 주지 스님을 바라보았지요.

대감이 내 표정을 읽으시고는 말을 덧붙이셨소.

"동아. 잘 들거라. 대장도감 본사가 남해로 이전하고 경판까지 남해로 옮기는 등 부산을 떨 때 다들 무슨 일인가 싶어 의아해 하지 않았느냐? 더구나 진양공의 정예병인 야별초 무리까지 남해에 들끓었으니, 큰 변고가 일어나지 않을까 내심 초조해하기도 했지.

내 오늘에야 그 까닭을 후련하게 알게 되었구나. 진양공이 나라와 백성을 안중에 두지 않은 줄은 진즉에 눈치 챘다만, 이렇게까지 흉측한 마심魔心을 품었을 줄이야."

나로서는 여전히 짐작이 가지 않은 말씀이셨소.

"진양공이 남해로 내려와 몽고군과 대적하겠다는 소식이옵니까?"

백형이 주먹을 불끈 쥐더니 대감의 말을 잇더이다.

"그렇다면 무슨 걱정이겠는가? 나도 도방의 낌새가 심상찮다 여겼지만 일이 어떻게 진전되는지는 알 길이 없었네. 도방과 야별초에서 긁어모은 재물을 금병金瓶과 은병으로 바꿔 땅에 묻어둔다는 소문을 듣고서야 가만있어서는 안 되겠다는 생각이 들더군.

마음을 터놓고 상의할 분으로는 정안 대감밖에 떠오르지 않아. 그래서 삼천 배를 올린다는 명분으로 잠시 휴가를 내 대감을 뵈었네. 그런데 대감께서 뜻밖의 말씀을 하시지 않은가? 화방사 주지 스님께서 신도의 기밀을 탐지하셨다는 것일세."

나는 뜸만 들이는 두 분의 말씀에 조갈증이 일 지경이었소. 백형 곁으로 몸을 바짝 붙이며 따지듯 물었소.

"무슨 기밀을요?"

주지 스님이 내 질문에 대답하듯 말씀하시더이다.

"진양공이 바다 건너 왜와 손잡을 작정이라고 합니다. 전등사傳燈寺에서 수행하던 소승의 제자가 와서 일러주었어요. 강화에서의 농성이 여의치 못할 경우 진양공은 왜의 군사들을 불러들여 몽고군을 격퇴할

흉계를 꾸미는 중이라는 게요."

머리카락이 곤두서는 소리였지요. 고려를 약탈할 기회만 노리고 있는 왜를 끌어들여 몽고군을 막는다니. 이는 승냥이 떼를 내치려고 이리 떼에게 문을 열어주는 짓이나 다름없는 만행이었소. 가뜩이나 몽고군의 침략으로 전국토가 신음하고 있는데, 왜의 군사들까지 들어와 숨통을 조인다면 우리 고려의 명맥은 여지없이 끊어질 것이요.

한편으로 의구심도 들었소. 몽고가 왜에 대해 야욕을 가진 것은 사실이긴 하오. 그러나 바다가 가로막고 있어 마수가 뻗칠 염려가 없는 왜가 이득이 되기는커녕 자칫 몽고의 역공을 당할 수 있는 자충수를 둘리 없다는 생각이 드는 게요.

"몽고가 왜에게 잠재적인 위협이긴 하지만 까닭 없이 진양공과 손을 잡을 리는 없지 않습니까?"

대감께서 대답했소.

"아무런 보상도 없는데, 왜가 군사를 움직일 리 없지. 진양공이 그 대가로 막대한 양의 금은보화와 함께 대장경을 가마쿠라막부鎌倉幕府에 넘길 심산인 게다. 막부의 수군이 고려로 들어와 몽고군을 공격하면 진양공도 군사를 움직여 협공을 하겠다는구나. 도대체 진양공은 생각이 있는 사람인지! 몽고군으로도 부족해 왜군까지 이 땅을 도륙하도록 만들겠다는 소리가 아니냐. 더구나 만백성의 피땀으로 판각한 대장경을 송두리째 왜에 넘기겠다니, 부처님의 도움으로 외적을 물리치겠다는 초심은 어디로 갔더란 말이냐!"

대감의 지적은 너무나 지당한 말씀이셨소. 정권을 지탱해 제 목숨 하나만 지키겠다는 진양공은 백성과 조정의 안위는 안전에도 없는 소인배이자 역적이었던 게요. 십수 년을 절치부심하며 새긴 대장경은 한 사람의 재산이 아니라 우리 고려의 보물인 게요. 이를 왜에게 넘겨 보신책을 삼겠다니. 도감에서 근자 들어 대장경 판각을 왜 그리도 서둘렀는지 그 까닭도 명약관화해졌소.

스스로의 힘으로 외적을 물리치지 못하면 결국 또 다른 외세에 핍박받는 것은 역사가 말해주는 자명한 사실이요. 어리석은 진양공은 우리 고려 백성들을 피에 굶주린 맹수들의 먹잇감으로 넘기겠다는구려.

"도저히 있을 수 없는 일이옵니다. 무슨 수를 써서라도 막아야 합니다."

백형이 내 말을 거들었소.

"당연하지. 관리들 가운데는 진양공의 위세에 눌려 불만을 가지고도 꿀 먹은 벙어리 행세를 하는 사람들이 적지 않아. 그자들도 진양공이 재물로 왜의 군사를 끌어들이고 대장경 경판까지 넘긴다는 사실을 알면 좌시하지는 않을 것일세. 대감, 소인이 당장 현청에 가서 사람들에게 진양공의 흉계를 알리겠사옵니다."

백형이 흥분을 감추지 못하자 대감께서 손을 들어 자리에 앉혔소.

"서두른다고 될 일이 아니요. 경거망동하다가는 손을 쓰기도 전에 야별초의 촉수에 걸려들게요. 주지 스님과 논의한 바 있으니 진정하구려. 스님의 말씀부터 들어봅시다."

주지 스님의 말씀을 여기 다 적을 수는 없겠소. 그 대강만 말하리다.

스님은 이 흉계를 널리 알려 공분하는 사람들을 집결시켜야 한다셨소. 화방사 승려들이 비교적 운신의 폭이 넓으니 마을마다 공방마다 다니며 믿음직한 사람을 골라 설득하고 동참을 이끌어내시겠다는구려. 그동안 대감은 요직에 있는 사람 가운데 생각이 바른 관리를 만나 대책을 숙의하고, 백형은 현장에서 일하는 관리들을 포섭하라는 것이었소. 그리고 내게는 공방의 각수며 공인들의 마음을 다잡아두라 이르셨소.

대감께서 나를 보시더니 말씀하시더이다.

"동아. 네가 숨겨둔 은병이 빛을 발할 때가 왔구나. 왜와의 교섭을 끊고 대장경이 바다를 건너는 일을 막자면 결국 힘으로 저들과 싸울 수밖에 없다. 야별초는 진양공의 숙위병宿衛兵이니 무슨 소리를 들어도 흔들리지 않을 게다. 무사히 대장경 판각을 마치고, 이를 온전히 우리의 보물로 지키자면 야별초와의 충돌은 피할 수 없는 일이다. 우리가 남해를 장악한다면 진양공은 팔 하나가 잘리는 것과 다름없을 터. 무기를 갖추고 식량을 마련하려면 비용이 들지 않을 수 없다. 대장경 판각을 위해 모은 은병이 이제 대장경을 지키는 일에 쓰이게 되었으니, 한편으로 애통하고 한편으로 다행이란 생각이다. 은병은 어디에 숨겼느냐?"

은병은 먼 곳에 숨겨져 있지 않았소. 바로 정림사 안에 있었으니 말이요. 나는 백형과 함께 승방을 나와 대웅전 건물로 들어갔소. 정림사에 모신 관음보살상 복장腹藏 안에 은병을 넣어 두었던 게요. 감히 부처님 배를 열자는 사람은 없으리란 것이 내 판단이었고, 그것은 정확했소.

은병이 든 목곽을 본 대감께서 내 지혜에 감탄하시더구려.

"허허! 내가 제자를 제대로 두었구나."

대감께서 목곽을 열어 주지 스님과 백형에게 은병을 필요한 만큼 나눠주셨소.

"김민구 이 사람은 관리로 있으니 무구武具와 식량을 장만하는 일이 쉽지 않을 겁니다. 스님께서 사람을 보내 구하시고, 언제라도 사용할 수 있도록 화방사에 갈무리해 두십시오. 저희들이 필요하면 기별을 드리겠습니다."

"이 나라와 부처님 말씀을 지키는 일입니다. 불구덩이 속인들 두렵겠습니까."

"저는 관리들과 병사들을 설득해 이번 거사에 동참하도록 만반의 준비를 갖추겠습니다."

대감께서 나를 보시더니 말씀하셨소.

"동이 너는 지난 번 혐의도 받고 있으니 앞에 나서지 않는 게 좋겠다. 또 진양공의 흉계야 어떻든 대장경 판각 성업은 중단되어서는 안될 일이다. 아무 내색도 말고 맡은 바 소임에만 충실하거라. 때가 되면 네가 해야 할 일을 알려주마."

이렇게 해서 그날 밤 회합은 끝이 났소. 다음에 만날 날짜를 정하고, 한 사람씩 승방을 나왔습니다.

움막으로 돌아오자 온몸이 물에 빠진 듯 깊은 피로감이 몰려왔소. 동료 각수들은 세상모르고 잠들어 있었소. 모두 뜻을 모아 몽고군에 대항해도 역부족인 판에 일신의 영달을 위해 나라를 팔겠다는 위인이 지도자라니, 분한 마음에 잠도 오지 않았소. 과연 우리 힘으로 진양공과 그 무리들의 흉수를 막아낼 수 있을지 그것도 걱정이었소.

그러나 이미 화살은 시위를 떠났소. 대감과 주지 스님, 백형께서 목숨을 걸고 나라와 대장경을 지키겠다는데 어찌 작은 힘이나마 아끼겠소. 성공을 해도 위태로울 것이고, 실패하면 죽음이 따를 뿐이오. 그러나 고려의 백성이 되어 살면서 이보다 장한 일이 또 어디 있으리까. 내 비록 다시는 당신과 민이, 어머님을 보지 못한다 해도 조금도 후회하지 않으리다.

그리운 당신.

함께 살면서 한시도 편하게 해 주지 못했는데, 다시 당신을 더욱 어려운 지경으로 몰아넣는구려. 대의를 위해 살신殺身하려는 나의 뜻을 헤아려주시오.

다시 만나지 못한다고 해도 부디 나를 잊지 마오.

날이 밝아오오.

내일을 위해 그만 잠을 청해야겠소.

9

긴 시간이 흘렀소.

그새 병오년이 저물고 정미년1247 새해가 밝았소. 대장경을 지키고자 하는 회합은 순조롭게 진행되어 마무리되었소. 무신 정권의 폭압에 억눌려 살던 사람들이 암암리에 결의를 다지고 하나둘 모여들더니 적지 않은 세력을 형성했소. 언제라도 대감의 명령만 떨어지면 야별초와 도방, 도감의 간교한 무리들을 남해에서 몰아낼 준비가 끝난 지 오래요.

나는 대감의 거사를 돕는 한편 대장경 판각도 소홀히 하지 않았소. 자칫 일이 여의치 못하게 되면 다시는 판각에 손을 댈 수 없으리라 생각하니, 잠잘 시간마저 아까웠소. 한 자 한 자 파 가는 목판에서 당신의 얼굴도 떠오르고 많이 컸을 민이의 재롱도 보이오. 잔주름이 더욱 굵어졌을 어머님의 웃는 모습이 보름달처럼 목판을 가득 채우는구려.

그리운 당신.

마침내 대감의 명령이 떨어졌소. 내일 새벽 동트기 전에 마을과 공방의 동지들이 무기를 들고 현청과 야별초 막사를 공격할 게요. 야음을 타고 기습하기에 적기이리라.

새벽이 오면 나는 각도刻刀 대신 창을 들고 대사 들판을 향해 달려나갈 것이요. 그곳이 죽음의 길이 될 지라도 나는 영광스럽게 그 길을 택하리다.

마지막 대장경 판각을 마쳤소. 『종경록』 권27 음의音義 부분이요.

정미세고려국분사남해대장도감개판
丁未歲高麗國分司南海大藏都監開板

판목 끝자락에 나는 떳떳하게 내 이름과 내가 판각을 한 장소의 이름을 새겨 넣었소. 나 한 사람의 명예를 밝히기 위해서가 아니오. 내일 의로운 거사에 동참할 모든 사람을 위해 대신 새기는 것이리라.

우리가 무엇을 위해 고귀한 목숨을 내놓았는지, 그리고 그 충정이 무엇이었는지, 지금은 사람들이 몰라준다 해도 역사는 우리들의 거룩한 희생을 알아주리다.

잘 있으시오.

이 서한이 당신 손에 닿기는 어렵겠구려.

우리들 모두에게 부처님의 가호가 함께 하기를……

고려대장경 판각지

지금까지 세계기록유산인 고려 팔만대장경은 강화도에서 대부분 판각되었고, 일부가 경남 남해군 일원에서 제작되었다는 것이 정설이었다. 그러나 남해군은 지난 2013년부터 그동안 남해 판각지로 알려진 고현면 일대를 발굴하고, 학자들에게 연구를 의뢰해 팔만대장경은 강화도가 아닌 남해에서 전량이 판각되었다는 일견 대담한 주장을 발표하게 되었다.

그 근거로 "대장경 각 권 끝의 간행 기록인 간기(刊記)을 모두 조사한 결과 대장경을 판각한 장소로 기록된 '대장도감(大藏都監)'과 '분사(分司) 대장도감'이 모두 동일 장소인 남해로 확인되었기 때문이었다. 또 발굴 조사 결과 상당량의 관련 유물들이 출토되어 이 학설에 더욱 신빙성을 부여하고 있다.

이 주장을 강력하게 제기한 학자는 남해에서 판각된 이유로 "판각 당시 육지는 몽고군 기마병이 휩쓸던 때라 섬에서 대장경을 판각해야 했고, 남해도는 지리산 나무를 물길을 따라 보내기 좋은 입지 조건을 갖췄기 때문"이라고 설명했다.

아직 이 학설은 학계의 전폭적인 지지를 받고 있지는 않지만, 앞으로 발굴과 연구가 지속적으로 이루어지면 더욱 구체적인 증거와 유물이 나올 것으로 기대된다. 우리 민족의 자랑스러운 문화유산인 팔만대장경이 어디에서 판각되었는지는 그리 중요한 문제는 아니다. 그러나 만약 사실이 기존의 주장이나 선입견 때문에 왜곡된다면 그것도 큰일일 것이다. 앞으로 더욱 많은 관심과 연구, 발굴에 심혈을 기울여야 할 것으로 보인다.

이 소설은 그런 그간의 주장과 결과를 바탕으로 가능하면 자료에 충실히 입각해 남해가 팔만대장경 판각의 성지임을 알리기 위해 쓰였다.

산책하는 사람들을 위한 풍경

오동뱅이 계곡과 아산마을에서

남해에 첫 태풍이 온다는 예보가 있었다. 허풍이 아니라는 듯 날씨가 꾸물꾸물한 아침에 읍내 거처에서 길을 나선다. 오전 9시가 조금 지난 때. 길가에 서서 잠깐 하늘을 올려본다. 흰 구름이 가득 했고, 낮게 깔린 먹구름은 성난 개가 컹컹 짖듯이 곳곳에서 흰 구름을 삼키고 있다. 아침답지 않게 사방이 어둑하다.

찌푸린 하늘 때문에 마음까지 스산하다. 간간히 부는 바람은 눅눅한 물기를 잔뜩 머금어 여름 아침의 열기를 씻어내지 못하고 어깨만 무겁게 짓누른다. 차라리 폭우라도 세차게 내려 쏴쏴 쏟아지는 빗소리라도 듣는다면 마음이 후련해질 것 같다.

오늘 내가 가보려고 나선 곳은 오동뱅이로 알려진, 삐죽삐죽한 바위 사이로 개울물이 콸콸 흐른다는 골짜기다. 남해 사람이라면 다 아는 곳이다. 그래서 풍문으로는 많이 들었지만, 정작 가볼 마음이 생기기는 이번이 처음이다. 멀어서도 아니고, 사람으로 시끌벅적해 경치 구경보다는 사람 구경이나 물리게 할까 저어해서도 아니었다. 워낙 익히 말을 들어서 벌써 다녀온 듯한 착각 때문이었다.

오동뱅이는 오래 전부터 유명했다. 250여 년 전 이곳 남해에 유배를 왔던 시인이 있었다. 호가 겸재謙齋였던 사람 박성원朴聖源은 막무가내로 기로소에 들어가겠다고 고집을 피우는 영조를 만류하다 화를 자초해 유배라는 된서리를 맞았다. 나중에 한양으로 돌아가 어린 나이의 정조_{당시는 세손이었지만}를 가르친 사람답게 학문에 조예가 깊었고, 시흥을 주체하지 못하는 시인이기도 했다. 남해에 머물렀던 17개월 동안 그는 삼백 편이 넘는 시를 남겼다.

그렇게 써내려간 시를 모아 박성원은 『남천록南遷錄』이란 이름으로 시집 한 권을 엮었다. 그 시집을 읽다가 나는 처음으로 오동뱅이를 알게 되었다. 정말 기이한 일이다. 지금 함께 숨 쉬며 사는 사람의 안내가 아니라 그렇게 아득한 옛 시절에 살던 사람의 글로 명승지를 소개받다니.

박성원이 오동뱅이를 찾은 날은 1745년 3월 24일이었다. 음력이었으니 5월 초순쯤이었겠다. 한창 봄이 무르익어 여름 초입으로 접어드는 시간이다. 무료하게 유배의 나날을 보내고 있는데, 남해에서 알게 된 지인 몇몇이 찾아와 나들이를 권했다. 망운산 아래 오동뱅이라 불리는, 물과 바위가 아름다운 계곡이 있다는 것이다. 그래서 벗들과 손을 맞잡고 오동뱅이를 다녀왔다.

다음 날 벗들이 다시 모였다. 다들 천석泉石이 어우러진 오동뱅이가 자아내는 시흥에 홀려 어김없이 시를 지어 내놓았다. 그 가운데 한 수를 골라 박성원은 차운을 하여 자신의 감상을 시에 담았다. 그 시에 이미 오동뱅이는 오롯하게 살아 있었다.

南州佳境說梧桐	남쪽 고을에서 아름다운 곳으로 오동뱅이를 말하는데
暫許冠童六七同	잠시 젊은 벗들 예닐곱과 함께 노닐다 왔었네.
穿壑溪聲聯步外	골짜기를 울리는 개울물소리가 발걸음 밖으로 이어지고
望雲山色獨看中	망운산자락 고운 산빛을 그 속에서 홀로 보았었지.
奚囊拾得吟邊物	비단 주머니에는 풍경을 노래한 시를 써서 담았고

輕袂携來浴後風　가벼운 소매 깃 속으로 마음을 씻은 바람을 품어왔네.
咫尺仙源猶阻我　눈앞에 신선 고장을 두고도 나는 외려 못 갔더니
一春消息爾能通　봄날의 흐드러진 소식을 오동뱅이가 다 토해내는구나.

　이 시만 읽고도 나는 오동뱅이를 다녀온 사람이 되었다. 눈이 아리게 푸른 망운산과 후련하게 가슴을 씻어내는 시원한 바람, 귓전을 타고 맑게 구르는 시냇물 소리. 오동뱅이만 다녀와도 신선의 고장이라 불리는 남해의 봄날 한 철의 소식을 물리도록 맛볼 수 있다고 그는 감탄했다. 그래서일까? 남해의 벗들에게 물어 오동뱅이를 알게 되고도 어쩐 일인지 발길이 그곳으로 향하지는 않게 되었다.

　후텁지근한 계절풍이 불고 태풍이 섬을 윽박지르겠다며 험하게 다가오는 오늘 나는 문득 그곳에 가고 싶은 충동에 사로잡힌다. 오늘같이 날씨도 기분도 답답할 때 횡하니 다녀와서 마음을 녹이기에 오동뱅이 말고 떠오르는 곳은 없었다.

　오동뱅이는 남해읍 오동마을을 가로지르는 계곡과 개울을 두고 일컫는 이름이다. 남해읍과 고현면, 서면에 걸쳐 넓게 산록이 펼쳐진, 해발 786미터의 위용을 뽐내는 산이 망운산이다. 오동뱅이는 망운산의 수많은 협곡 가운데 동쪽으로 터진 골짜기 한켠을 차지하고 있다. 오동뱅이를 타고 흐르던 개울은 읍내 북쪽을 훑고 강진만 바다에서 제 모습을 감춘다.

　오동뱅이 가는 길은 멀지 않다. 읍내를 관통하는 화전로를 따라 북쪽으로 걷다 오래된 느티나무가 서 있는 유림동 사거리에 닿으면 왼편 오동로로 길을 꺾으면 된다. 여유가 있으면 오른쪽 길로 조금 내려가 남광정南光亭을 들러 봐도 좋다. 그곳에 오르면 멀리 망운산부터 오동뱅이와 넓게 트인 들판, 푸른 강진만을 한눈에 둘러볼 수 있었다. 지금은 키 높은 집들이 가로막아 풍경은 끊겨 버렸지만.

언제 비가 쏟아질지 모르는 아침, 오동뱅이를 탐승하는 첫 걸음을 옮긴다. 몇 걸음 걷지도 않았는데 계곡이 아니라 큰 저수지가 난데없이 길을 막아 당황스럽다. 둑 앞으로 이어진 도로를 지나가면 오동뱅이라는데, 길은 저수지 때문에 계곡으로 들어서지 못하고 멀찍이 떨어져 있다.

어디까지 올라가야 오동뱅이 절경을 볼 수 있을까? 걸음을 재촉해도 망운산만 가까워질 뿐 기암괴석과 시냇물 소리가 눈과 귀를 즐겁게 한다는 계곡이 보이지 않아 은근히 실망스럽다.

오동로가 끝나고 망운로가 왼편으로 시작되는 지점은 세 갈래 길이다. 망운로 쪽으로 다리가 보이니 그곳이 오동뱅이 골짜기인가 보다. 그러나 나는 산기슭 쪽으로 방향을 잡았다. 두리번거리며 올라가노라니 나무들 사이로 언뜻언뜻 개울 자락이 보이고 바위들도 눈에 띤다. 그 너머로 다리가 보인다.

다리 위에서 나는 처음으로 오동뱅이를 만났다. 크고 작은 바위를 개울물이 송사리처럼 비껴가며 흐르는데, 수량이 풍성했더라면 하는 아쉬움이 있다. 기대가 컸던 탓일까? 그 옛날 시심으로 들떴던 박성원이 본 미끈한 오동뱅이는 아니었다. 콘크리트로 만든 다리와 농수로만 없다면 명불허전 그 절경 오동뱅이였을 것이라고 짐작한다.

다시 다리 하나를 더 건너 올라가니 위쪽에 또 저수지 둑이 눈에 들어온다. 저렇게 물길을 다 막아버렸으니 어떻게 오동뱅이가 원래 모습을 간직할 수 있겠나. 저수지 덕분에 가뭄 걱정 없이 농사를 짓는 줄 번연히 알면서도 서운한 마음을 달랠 수는 없었다. 그나마 잠시잠시 옛 자태를 잃지 않은 바위며 개울물 소리가 섭섭함을 달래준다. 장마가 지고 수량이 풍부해지면 참 모습이 완연하게 드러나리라. 문득 비 기운을 잔뜩 머금은 먹구름이 반갑다.

계곡을 더 오르지 못하고 나는 발길을 돌린다. 자연도 흐르는 세월

앞에 무력하다고 생각하니 다리에 힘이 다 빠져 버렸다. 되짚어 봐도 안쓰럽기는 매한가지지만 세월 앞에서도 바래지지 않고 꿋꿋하게 제 모습을 지키는 오동뱅이의 흔적이 시나브로 눈에 띄어 걸음을 멈춘다.

복원될 수 없는 아름다움을 목격할 때 우리는 슬퍼진다. 가슴 한 구석이 달아난 듯한 상실감을 안고 망운로로 갈라지는 길목까지 내려온다. 오던 길로 가려니 뭔가 아쉬워 망운로 쪽으로 방향을 틀었다. 다리를 건너고 정자가 세워진 야트막한 언덕을 넘었다. 비가 곧 내리려는지 바람이 조금 빨라졌고, 빨라진 만큼 상쾌한 기운이 목덜미의 땀을 닦아낸다. 묘하게도 기분이 야릇해진다. 얄궂은 일은 달아나고 뭔가 신명날 일이 다가올 듯한 예감으로 가슴이 띈다.

아니나 다를까. 골목을 꺾어 돌아 나오자 오동마을 안길에서는 볼 수 없었던 풍경이 펼쳐진다. 완만하게 경사진 들녘이 도화지처럼 환하게 시야에 들어왔다. 망운산 산자락에 반쯤 걸린 구름의 추임새로 정취는 더욱 살아난다. 길을 가운데 두고 집들이 옹달샘처럼 적당히 떨어져 마주 보거나 어깨를 두르고 있다. 구도를 잘 잡아 그린 수채화 그림 같아 정경이 오래 간직된다.

대대로 사람이 살아 묵은 체취를 풍기는, 색이 곱게 바랜 집이 있는가 하면, 서양풍의 벽돌담과 붉은 기와로 지붕을 올린 상큼한 집도 눈에 띈다. 머쓱할 것 같은 그들의 공존이 흠 없는 조화를 빚어내고 있다.

나도 모르게 발걸음이 느려진다. 원형을 잃은 오동뱅이가 안타까워 주눅 들었던 마음은 어느새 눈 녹듯 사라졌다. 뙤약볕 아래 타들어가던 갈증에 허덕이다 차가운 샘물로 목을 축였을 때 온몸을 휘감는 짜릿한 청량감이 등줄기를 타고 번진다.

집과 집 사이에는 모내기를 마친 파릇파릇한 모들이 바람을 맞아 어깨춤을 춘다. 굽이치는 길과 들판과 산에서, 나는 복숭아꽃이 만발한 무릉도원을 만나고 있었다. 번잡한 읍내가 멀지 않은 이곳이 별유천지

비인간의 풍광을 간직하고 있다. 망운산과 봉강산이 양편에서 입시하고 있는데도 이곳은 넓다. 막혔던 혈관이 열리듯 마음이 차분해진다.

산책을 하면서 나는 자연의 섭리를 깨닫는다. 인간은 이기적이라 멋대로 오동뱅이를 뜯어고쳤다. 그러자 자연은 여봐란 듯이 또 다른 오동뱅이를 빚어냈다. 그러니 실망은 부질없다.

옛날처럼 오늘도 매력적인 오동뱅이는 여전하다. 오동마을 길을 따라 둘러본 오동뱅이의 모습에 감질났다면 완만한 고갯길을 따라 느릿느릿 이 들길을 산보해보자. 자연이 새롭게 써내려간 오동뱅이, 신산한 세상살이에 지쳐 산책길을 나선 사람들을 위해 자연이 선물한 또 하나의 오동뱅이를 넉넉하게 품에 안자. 환한 웃음이 절로 나오리라.

아산마을을 지나 읍내로 들어서자 어느새 정오다. 아침에 나섰던 거처가 보이더니 기다렸다는 듯 빗줄기가 구름과 공기를 가르며 시원하게 쏟아진다. 나는 우산도 펴지 않고 날랜 걸음으로 비 오는 거리를 소년처럼 달렸다.

오동뱅이 계곡과 아산마을 들길을 산책하는 일은 하루를 미소 짓게 만드는 신명나는 놀이터다.

오동뱅이 계곡과 아산마을

아산(牙山)마을은 남해군 남해읍 망운산 끝자락에 있는 산촌마을이다. 서쪽에서 동쪽으로 갈수록 고도가 낮아지는 지형이며 산지 계곡을 따라 논과 밭을 경작하고 있다. 자연마을로는 아산마을과 불건덕마을, 오동뱅이 마을이 있다. 아산 마을은 뒷산의 모양새가 어금니처럼 생겼다 하여 붙여졌다. 마을 주변은 대개 농경지지만, 지금은 제법 모양새를 갖춘 최신 가옥들이 곳곳에 지어져 있어 그런대로 운치가 있다. 불건덕 마을은 황토가 많다 하여 이런 이름이 붙었다. 그리고 오동뱅이 마을은 예로부터 오동나무가 많아 이렇게 불렸다.

오동뱅이는 마을 이름이면서 이 일대의 빼어난 경관을 일컫는 말이기도 하다. 이곳은 아주 오래 전부터 한여름이면 시원한 바람과 맑은 개울물로 유명했다. 계곡물을 따라 가지각색의 자연석들이 물길을 굽이치게 만들어 개울물 흐르는 소리가 한여름 더위를 말끔히 가시게 했다고 한다. 그래서 남해에 사는 사람들뿐만 아니라 멀리서 유배 온 시인묵객들도 이곳에 들러 마음의 근심을 바람과 물길에 흘려보내곤 했다.

지금은 아름다운 풍광이 예전만큼 남아 있지는 않다. 상류와 하류에 저수지가 생겨 물줄기가 많이 옅어졌고, 개발하는 과정에서 경관이 훼손되기도 했다. 그러나 여전히 바람과 물줄기는 바라지지 않아 천천히 산책하기에 좋다. 읍내에서 가까워 계곡을 따라 상류 저수지까지 갔다가 내려와 아산마을을 지나 돌아오면 넉넉잡아 두 시간 정도 걸린다.

봄날의 기도

금산 보리암에서

1

새벽이 오려면 아직 이른 시간. 부지런한 산새 몇 마리가 나뭇가지를 오가며 어서 해가 뜨라고 지저귀고 있었다. 인시寅時, 새벽 3시~5시에 맞춰 시작되는 새벽 예불이 진즉에 끝났는데도 이른 봄의 해는 한껏 게으름을 부리는 중이었다. 삼라만상이 사바세계의 번뇌를 멀찍이 물려놓고 잠든 시각. 인적이 끊긴 산사의 적막은 더욱 깊었다. 스님들도 불목하니들도 공양주 보살들도 다들 곤한 새벽잠에 들어 달게 코를 골았다.

보광사普光寺, 보리암의 옛 이름에서도 후미진 요사 채에서 잠을 자던 난주蘭珠는 자신도 모르게 눈이 떠졌다. 낙숫물 떨어지는 소리인 듯도 하다가 갓 백일이 지난 갓난아이의 칭얼거림 같기도 한 소리가 그녀의 귀를 연신 간지럽힌 탓이었다. 소리는 처음에는 귓전을 맴돌더니 목젖을 타고 시나브로 몸 안으로 울려들었다. 난주는 온몸으로 소리의 울림을 느끼며 가볍게 몸을 떨었다. 소리 속에 뭔가 뜨겁고 안타까운 기운이 있어 뼛속까지 스며드는 기분이었다.

가뭄이 길어져 불자들마다 근심이 많다고 했다. 단비가 내린다면 그도 좋을 일이었다. 남해 섬은 산지가 많은 지형이지만, 언덕과 산골 사이 틈새마다 논과 밭이 촘촘히 들어서 있기도 했다. 물이 귀한 이곳에 제때 비가 내리지 않으면 씨앗을 뿌린들 쑥쑥 자랄 기약은 없었다. 혼인한 지 다섯 해가 지났는데 아이가 들어서지 않아 수심이 그득했던 어느 아낙의 얼굴도 떠올랐다. 아낙의 애끊는 기도에 감동한 부처님이 옥동자라도 점지한 징후일까? 자신도 혼례를 치를 나이를 넘긴 지 얼마 되지 않은 처지라 난주의 마음속에 볼이 발그레한 귀염둥이 아가의 얼굴이 떠올랐다.

반쯤 꿈결에 젖어 몸을 일으킨 난주는 그런 몽롱한 상념에서 벗어나지 못했다. 함께 잠을 잔 미조댁은 어디를 갔는지 자리에 없었다. 이부자리를 개지 않은 것으로 보아 공양간 일을 보러간 것 같지는 않았다. 손바닥으로 얼굴을 몇 번 씻어내니 조금 정신이 들었다. 이제 소리는 부리 단단한 새가 두터운 그루터기를 쪼는 듯이 들렸다. 아주 단단한 무언가가 갈려나가고 쓸려나갈 때 날 법한 반향이 이어졌다. 어제까지만 해도 이런 소리는 듣지 못했다.

쪽문을 열고 밖을 내다보았다. 어둠은 희끄무레했지만 코앞을 분간하기도 힘들었다. 아주 저 멀리 바다 한가운데서 밤새 고기를 잡던 어선들의 불빛이 희미했는데, 이 높은 보광산금산의 옛 이름 봉우리까지 밝히기에는 어림도 없었다. 새벽바람이 제법 차가웠다. 옷깃 사이로 바람이 파고들자 오글오글 소름이 돋았다. 다시 문을 닫은 난주는 횃대에 걸어둔 웃옷을 걸어 입었다.

외인外人의 눈길이 잦은 한낮에 보광전 주변은 얼씬도 말라는 주지 스님의 엄명이 있었다. 그렇다고 아침이나 저녁이면 발걸음을 들여놔도 괜찮다는 말씀은 아니었다. 무신들을 업신여기다 문신들이 된통 치도곤을 당한 이후 시국은 아직도 흉흉했다. 산 아래에는 관아의 군사들이 아예 진을 치고 틀어 앉았다. 무신들의 칼날을 피해 지방 곳곳으로 달아난 문신의 잔존 세력은 시세를 뒤집을 기회만 엿보고 있었다. 벌써 몇 차례 소요가 있었다는 이야기도 들었다. 국록의 반 토막도 얻어먹지 못한 문사들까지도 무신의 눈에는 모두 철천지원수였다. 며칠 전 무슨 소식이 떠도는지 관아의 아전이 이곳 보광사로 날듯이 달려왔다.

"뗏목 몇 척이 바다를 넘어 노량 해변을 떠다니고 있다 하네예. 필시 문신의 잔당들이 관군의 눈을 피해 입도入島한 것이 아닌가 하요. 거동이 수상한 자들을 보면 지체 말고 관아로 기별하시다. 스님, 그저 난세에는 꽁무니 빼고 있는 게 상책이오."

그렇게 아전이 승려들을 불러놓고 으름장을 놓고 떠나자, 포구의 경비를 맡은 별장別將들이 뒤이어 병사 몇을 데리고 들어오더니 인상을 구기며 소리쳤다.

"스님들 말이오. 행여 육지에서 온 문신 잔당들과 내통할 생각일랑 하지들 마소. 우리가 눈 뜬 장님도 아니요 앞뒤 분간도 못 하는 벅시도 아닌기라예. 허튼 수작이 내 눈에 뜨이면 그날로 아작 날 테니, 잘 새겨 들으시소마."

별장은 차마 사찰 경내까지 병장기를 들이지 못했다. 대신 산 중턱 평지에 장막을 치더니 병사를 배치하고 절을 오가는 사람들의 행색을 살폈다. 관아 아전과 포구 별장들까지 들이닥쳐 들쑤시는 것으로 보아 뭔가 사달이 나기는 난 것 같았다.

그때 난주는 외딴 요사채에 있어 아전이나 별장들의 눈에 띄지는 않았지만, 나중에 급보를 전해 듣고 두려움과 설렘이 함께 일었다. 육지 끝을 지나 섬에까지 숨어들었는데, 여기서마저 안전하지 못하다면 이제 바다에 빠져죽는 일밖에 남지 않았다. 인면수심人面獸心이 두렵지 않은 일부 무신들은 문신들의 처자식이 손아귀에 들어오면 무작정 겁탈부터 하거나 첩으로 삼아 농락한다는 소문이 자자했다. 그런 치욕을 당할 순 없었다.

그러나 한편으로 아버지가 난주의 거처를 확인해 딸을 찾으러 온 것은 아닐까 싶기도 했다. 지난 경인년庚寅年, 1170 가을에 터진 무신들의 정변 때 난병들이 들이닥치자 아버지는 미처 차비도 갖추지 못하고 남쪽으로 달아났다. 아버지는 그리 높은 벼슬아치도 아니었고, 무신들과 사이가 나쁜 편도 아니었다. 그러나 문관의 관모冠帽를 쓴 사람이라면 씨를 남기지 말라는 명령에 눈이 먼 병졸들이 이런 사정을 알 리 없었다. 집안을 샅샅이 뒤졌지만 아버지가 보이지 않자 병졸들은 어머니를 쥐 잡듯 들볶았다. 다행히 뒤늦게 당도한 장교 가운데 어머니를 알아본 사람이 있어 큰 화를 면하기는 했지만, 더 이상 개경에 머물 수는 없었다. 요행에 기대기는 한 번이면 족했다.

본가로 돌아가면서 어머니는 외동딸인 난주를 행랑아범과 함께 머나먼 남쪽 섬 남해로 보냈다. 아버지와 보광사의 주지 스님이 평소 친분이 돈독한데다 시우詩友로 각별한 사이여서 딸을 잠시 맡기기에 좋으리라는 심산이었다. 어머니가 서툰 한문으로 몇 자 적은 서한을 난주의 품에 갈무리며 세상이 잠잠해질 때까지 몸 성히 숨어있으라고 신신당부했다. 그리고는 난주는 밤길을 도와 한 달여가 걸려 남해 섬으로 들어왔고, 주지 스님을 뵈었다.

"난주가 많이 컸구나. 전번에 봤을 때는 아직 아이 티가 가시지 않았더니……. 어른들 탓에 네가 고생이 자심하구나. 나무아미타불."

주지 스님은 난주를 멀찍이 떨어진 요사채에서 지내도록 손을 썼다. 행랑아범은 난주가 무사히 안착한 것을 보더니 바로 어머니가 가 계신 외가로 떠났다.

"아가씨, 여기 주지 스님과 주인어른은 문경지교刎頸之交를 맺은 사이라 해도 과한 말이 아닙니다. 혹여 주인어른께서도 사세가 여의치 못하면 이곳으로 피신차 오실지도 모릅지요. 그러니 경거망동 마시고 꼼짝 말고 계세요."

그렇게 이르고 헤어진 것이 지난 가을이더니 어느새 겨울을 나고 새

봄이 기지개를 켤 때가 왔다. 그러나 그 사이 행랑아범이나 어머니, 아버지 누구에게도 소식 한 장 없었다. 아무도 개성의 근황을 알려주는 이 없었다. 주지 스님도 나름대로 인편을 보내기는 한 모양인데, 어머니는 별 탈이 없는 듯하나 아버지의 안위는 오리무중이라며 고개를 흔드셨다. 그저 새벽 몰래 불전에 들어 관세음보살께 부모님의 무사안녕을 기원하면서 머리를 조아리는 것이 난주가 할 수 있는 일이었다.

근자에 누군가 이 섬으로 잠입했다면 아버지도 일행에 섞여 있을지 몰랐다.

2

남해 보광산은 지천으로 바위가 많아 멀리 바다에서 보면 푸르던 산 위로 하얀 구름이 덮인 것처럼 보였다. 난바다로 고기잡이를 떠난 배들은 세존도를 지나 수평선 위로 흰 띠를 두른 보광산 머리가 보이면 무사히 귀환했음을 알고 안도의 한숨을 내쉬곤 했다. 어부들은 이 산에 해수관세음보살이 머물면서 자신들의 생명을 보살펴주고 풍어를 기약해준다고 믿었다.

때문에 세상의 부정한 물건들이 이 산에 들어오는 것을 무엇보다 싫어했다. 하물며 무장한 군인들이 산을 뒤지면서 사람을 잡아들이겠다는 데는 치를 떨었다. 무인들의 비위를 거스르면 출어도 어려울뿐더러 불순분자들과 연통하는 패거리로 찍혀 삶의 터전에서 쫓겨날까 두려워 모른 체할 뿐이었다. 문벌 귀족들이 득세했던 예전이나 무신들이 그 자리를 차지한 지금이나 세상살이가 각박하고 수탈이 득달같기는 매한가지였다. 게다가 무신들은 그동안 문신 귀족들에게 들러붙어 단물을 빨아 먹던 무리들을 색출하겠다고 시도 때도 없이 민가를 들이닥치는 통에 사람들을 혼비백산하게 만들었다.

"승냥이 떼가 물러가니 이리 떼들 세상을 만났구나."

아는 사람들끼리 뒷골목에 모였을 때 서로 눈치를 보며 투덜대는 소리였다. 지난해 난리가 일어나기 전에 아버지도 그런 말씀을 하셨다.

"문신들이 무인들을 얕잡아보는 것이 도를 넘어섰구나. 붓과 칼은 서로 조화를 이루며 세 발 솥의 한 다리가 되어야 하는 법인 것을. 어느 다리라도 하나가 없다면 어찌 솥이 온전히 제 구실을 하겠느냐."

이제 막 관직에 오른 하급 문신들이 관등이 높은 무반의 장수들을 하대하거나 심지어 모욕을 준다면서 아버지는 그릇된 세태를 개탄하셨다. 그랬는데, 아버지의 한숨이 흩어지기도 전에 무인들이 칼을 빼 들었다. 그들의 반란과 그에 뒤따른 무자비한 살육은 어쩌면 문신들이 스스로 불러들인 재앙이었다. 생각이 깊지 못한 난주가 보기에도 문신들의 오만함은 유달랐다.

공양간일을 거드는 미조댁이 병졸들의 횡포에 몸서리를 칠 때 난주는 고개를 끄덕이면서도 함께 장단을 맞출 수 없는 것도 그 때문이었다. 그래도 어제는 누가 끌려갔다는 둥 낯선 이가 해협을 건너다 잡혔다는 둥 하는 말을 들을 때마다 아버지의 얼굴이 떠올라 가슴이 철렁 내려앉곤 했다. 부처님 전에 올리는 기도가 효험이 있어 부모님 모두 무사하기만 바랄 뿐이었다.

오늘 새벽 바위를 모질게 갉아내는 듯한 소리를 듣고 두 가슴이 방망이질한 것도 까닭이 없는 일은 아니었다. 산 아래에서 점점 사무치게 들려오는 소리는 결코 빗소리도 아이의 울음소리도 아니었다. 다시 자리에 누웠지만 벌써 잠은 십 리 밖으로 달아난 뒤였다. 주지 스님은 법당 쪽으로는 범접하지 말라고 하셨지만 소리의 정체를 알지 못하면 동이 틀 때까지 마음이 편치 않을 것 같았다. 기어이 난주는 옷고름을 잡아매고 소리가 나는 골짜기를 거슬러 내려갔다.

아직 어둠이 가시지 않은 바위틈을 조심조심 가르면서 내딛는데 발길마다 호기심 많은 새들을 하나둘 모여들었다. 불공을 드리거나 공양을 마친 뒤 남은 음식들을 난주가 숲속에 뿌려주었던 지라 새들은 그녀가 보이면 또 먹이를 주는 줄 알고 무람없이 따랐다. 난주의 머리와 어깨 위를 스스럼없이 오가는 새 떼를 보며 빈손인 처지라 공연히 미안한 마음이 들었다.

법당을 왼편에 두고 내려가노라면 길이 두 갈래로 갈라졌다. 위로 가면 화엄봉이고 아래로 가면 쌍홍문과 음성굴이었다. 소리는 쌍홍문 쪽에서 들려왔다.

"어쩌면 저렇게 쉬지도 않고 울릴까?"

난주가 새들을 바라보면서 혼잣말로 중얼거렸다.

쌍홍문까지 내려가는 돌길은 가팔랐고 새벽안개가 눈앞을 가렸다. 희뿌연 게 보이면 바위려니 여기며 난주는 조심조심 발을 움직였다. 이제 소리는 바로 귀 옆에서 울리는 것처럼 가까워졌다. 몸을 재게 놀리고 긴장이 되다보니 이마에 땀까지 송골송골 맺혔다.

장막처럼 폭이 넓고 긴 바위를 지나자 갑자기 앞이 밝아졌다. 서너 길 저쪽에 웬 사내 하나가 등을 보인 채 바위를 쪼고 있는 게 보였다. 정을 움켜쥐고 망치로 정의 머리를 칠 때마다 바위와 정 사이에서 불꽃이 튀었다. 촛불 두어 개가 사내의 눈짐작을 도와주고 있었다. 머리를 두건으로 질끈 동여맸고 웃통을 벗어던져 땀에 젖은 어깨와 등이 불빛을 받아 번들거렸다. 못 볼 것을 본 난주는 놀란 마음을 가누려고 뒷걸음질을 치다 그만 발을 헛디뎠다. 절로 비명이 튀어나왔다.

"아이고, 어머니!"

난주의 외침은 골짜기를 타고 메아리쳤고, 사내의 정은 얼어붙었다. 사내가 힐끗 뒤를 돌아보았다.

"뉘시오?"

목소리를 들었으니 여자인 줄이야 눈치 챘겠지만, 어두워 사람 구분은 안 되는 모양이었다. 눈을 가늘게 뜨고 난주가 쓰러진 바위 틈새를 훑어보았다. 발목이 삐었는지 찌릿한 통증이 다리를 타고 올라왔다. 엉덩방아를 찧은 엉덩이가 아픈 것은 창피함이 앞서 신음을 더할 엄두도 나지 않았다. 난주는 곤경부터 면할 요량으로 오던 길을 돌아 올라가려고 했다. 그러나 삔 다리에 힘을 주니 불화살이라도 맞은 듯 오금이 저려왔다. 입술을 꽉 깨물었다. 자칫하면 신분이 들통 날 상황이었다. 이미 저쪽에서 인기척은 느꼈겠지만, 누군지 알기 전에 자리를 떠야 했다. 그러나 마음만 급했지 몸은 옴짝달싹할 수 없었다.

사내가 횃불을 들고 그녀에게 다가왔다. 굳센 손에는 망치가 여전히 들려 있었다. 불을 들이댔다. 난주는 엉겁결에 얼굴을 가렸다.

"못 보던 여자로군. 이 시간에 여긴 무슨 일이요? 불공이라도 드리러 왔나?"

난주도 손가락 사이로 사내의 얼굴을 살폈다. 땀에 젖은 얼굴이 큼지막했다. 코가 크고 눈이 둥근데다 입술이 두터워 한눈에 보아도 힘깨나 쓸 사내처럼 보였다.

"그, 그렇소. 새벽에 이상한 소리가 들리기에 따라와 보던 길이요. 가서 그쪽 일이나 보시구려. 나는 올라가리다."

그러나 사내는 벌써 난주의 꼼수를 다 알아채고 있었다.

"허참! 그 다리로 어딜 올라간단 말인가. 해질녘에나 법당에 닿겠구먼. 내 팔을 잡으시오."

망치를 저쪽 일터로 던지더니 손을 내밀었다. 깜짝 놀란 난주가 손길을 피하려다 다시 몸이 기우뚱했다. 경황 중에 다리에 힘을 주었더니 다시 무지막지한 고통이 밀려왔다. 난주의 얼굴이 일그러졌다.

"아따, 고집은. 삔 발목부터 다스려야 산을 오르든 법당을 가든 할 거 아닌가? 안 잡아먹을 테니 어서 팔을 잡으소. 이러다 남들이 보면 오해하기 딱 십상일세."

그 말에 정신이 번뜩 들었다. 새벽 어름이긴 해도 여기는 보광사로 오르는 길목이었다. 순찰 도는 병사들 눈에 뜨일 수도 있었다. 그들의 안중에 그녀는 이곳에 없는 사람이었다. 자리를 뜨는 것이 상수였다. 난주는 팔을 내밀어 사내의 손을 잡았다. 벽조목劈棗木이라도 부술 만큼 악력이 대단했다.

"살살 잡아요! 팔 부러지겠네!"

저도 모르게 말이 앙칼져졌다. 사내가 히힛거리며 웃었다.

"뉘 집 여식인지 강단 한 번 대차네. 손목을 잡지 않으면 업어 드리리까? 그럼 엉덩이를 만져야 하는데, 낄낄!"

이 말에 난주가 몸서리를 쳤다.

결국 몸을 반쯤 기댄 채 난주는 사내의 움막으로 들어갔다. 거적으로 만든 문을 내리고 촛불을 몇 개 더 밝히니 안이 제법 환해졌다. 움막 안은 짐승이 사는 우리나 다름없었다. 사내들이 풍기는 역한 냄새가 코를 찔렀다. 통나무를 건성으로 베어 만든 의자와 탁자가 한가운데를 차지했고, 구석 한편에 잠잘 때 쓰는 이부자리가 대충 개긴 채 굴러다녔을 뿐 세간이랄 게 아무 것도 없었다. 쇠나 나무로 만든 연장들이 바위벽에 가지런히 걸려 있었다. 공연히 심술이 났다.

"뭘로 내 발목을 다스린다는 게요?"

사내가 이부자리를 들추더니 밑에서 뭔가 가죽 주머니를 꺼냈다. 끈으로 묶은 주둥이를 풀자 안에서 바늘 몇 개가 나왔다. 옷이나 천을 꿰맬 때 쓰기에는 굵어보였다. 무엇을 할지 짐작이 갔다.

"침을 쓸 줄 아는 의원으로는 안 보이오. 동티라도 날까 두렵소. 그냥 올라가 찜질이나 하리다."

사내는 대꾸도 않고 난주를 통나무 의자에 주저앉혔다. 그리고 치마를 걷더니 절뚝이던 발목을 들어 제 무릎 위에 올렸다. 허연 종아리가 다 드러났다.

"피부가 희고 곱구려. 남해 여자는 아니구먼. 주지 스님이 말씀하신 그 선비님의 여식인가?"

사내가 하얀 이를 드러내며 웃었다.

난주의 얼굴을 벌게졌다. 벌써 정체가 드러나고 말았다. 주지 스님이 아무에게나 저를 밝히진 않으셨겠지만, 이런 천둥벌거숭이의 무엇을 믿고 말을 꺼냈을꼬?

"걱정 마시구려. 내 몸은 가벼워도 입은 무겁소. 자 다리부터 고치고 봅시다."

사내가 다리를 몇 차례 주무르자 꿍 하고 뭉쳤던 통증이 가뭇없이 사라졌다. 이어 침을 뽑더니 다리를 둘러 몇 군데 시침했다. 침 끝이 꽤 깊이 박혔는데도 아픔은 느껴지지 않았다. 외려 몸이 나른해지면서 힘이 쭉 빠져나갔다. 새삼 졸음이 몰려왔다. 난주는 안 된다고 속으로 안달하면서도 그만 잠에 빠져들었다.

3

"난 성삼쁘三이라 하오. 석공이지. 이래 뵈도 남녘땅에서는 꽤 알아주는 명장이요. 히힛!"

난주가 혼곤한 잠에서 깨어났을 때는 해가 중천에 걸렸다가 스멀스멀 기울기 시작할 무렵이었다. 움막에서 해가 보일 리 없지만, 사내가 알려준 바로는 그랬다.

"절에는 여기 있다고 일러두었으니 걱정 붙들어 매시구려. 이곳은 석불石佛 빚는 정소淨所라 속인이든 병졸이든 감히 눈길도 제대로 주지 못하지. 저물 때쯤 한 번 더 침을 맞으면 운신에는 지장이 없을게요."

사내가 덮고 잔 이불이 몸을 덮고 있었다. 불결하기보다는 벼룩이라도 옮은 것처럼 몸이 근질거려 옆으로 팽개치고 두 팔로 몸을 꼭 감쌌다. 발목을 꼼지락거려보았다. 조금 욱신거렸지만 거짓말처럼 통증은 가셨다.

"여기서 기거하는가 보오?" 기껏 물을 수 있는 말이었다. "세간이라고는 아무 것도 없는데 잘도 사시네?"

사내가 부스스한 머리를 뒤로 쓸어 넘겼다.

"장돌뱅이 주제에 세간 따윈 다 성가신 물건이지. 석공의 생명은 연장과 기술, 그리고 경험이 있을 뿐이오. 사람보다 돌이 더 정이 많거든. 쪼아낸 대로 갈아낸 대로 어김없이 제 모습을 드러내는 게 돌이지. 돌은 거짓말을 않는다오."

사내가 요령이 아득한 말을 주절거리더니 연장 몇 개를 꺼내 자리에서 일어났다.

"어쨌거나 발을 고쳐줘서 고맙네요."

빈 인사라도 해야 할 것 같아 말을 하며 고개를 살짝 끄덕였다.

"인사는 주지 스님에게나 하시오. 스님은 시도 잘 쓰시지만 사실 숨은 의승醫僧이라오. 이곳 보광산은 바위가 많고 산세가 험해 참배하는 사람들이 자주 다친답니다. 그래서 의술을 배우셨다지요. 어깨 너머로 익힌 건데 오늘 요긴하게 써 먹는구먼. 히힛!"

사내는 거적을 올리더니 훌쩍 나가버렸다. 말끝마다 붙는 '히힛'거리는 소리가 귀에 거슬렸다. 그 웃음 속에 사내와 세상과의 거리가 느껴졌다. 다시 돌을 쪼는 소리가 울려왔다. 소리에는 묘한 높낮이가 느껴져 마치 색다른 음악을 듣는 기분이었다. 정정 울리는 소리에 귀를 기울이노라니 다시 졸음이 인사를 했다.

사내가 난주를 깨웠을 때는 날이 어둑해지고 난 뒤였다. 사내는 침을 가죽 주머니에 넣고 있었다.

"업어 가도 모를 만큼 자기에 그냥 침을 놓았소. 한번 움직여보시오."

신기하게도 욱신거림은 완전히 가셔나갔다. 새벽 때의 통증이 마치

꿈 속 일인 듯했다. 난주가 발목을 주무르면서 고개를 갸우뚱거리는데, 사내가 대접 하나를 내밀었다.

"사슴 고기로 만든 죽이오. 구운 넓적다리 고기라면 질색을 할 것 같아 만들었소. 힘줄이 굳어지는 데 도움이 되리다."

그렇게 난주는 이부자리로 다리를 가린 채 죽을 홀짝거렸다.

"낮에 얼핏 들었는데" 빈 대접을 옆으로 치우면서 난주가 물었다. "무슨 석불을 빚는다는 게요?"

사내의 얼굴 위로 자부심이 샘솟았다. 사내는 돌 이야기만 나오면 신이 나는 모양이었다.

"주지 스님의 평생 염원이라오. 여기 보광산은 해수관세음보살님이 머물러 계신 성소聖所지 않소. 남해 사람들 이래저래 큰 가피력 덕을 보고 살지. 그런데도 경배할 보살상 하나 없는 게 그리 안타까웠나 보오. 그래서 늘 저 바다가 훤히 내려다보이는 곳에 석불 한 좌를 모셔야지 했는데, 이제야 재물이 마련되었나 봅디다. 얼마 전에 지리산에서 일 보던 나를 부르지 않겠소. 좋은 돌이 들어왔으니 석불 조성을 시작하라는 게요. 입고 재워주기는 하시겠다니, 도리가 있나 보따리를 싸들고 왔지 뭐, 히힛. 한 번 보시려오?"

이번의 웃음은 그리 귀에 거슬리지 않았다. 사내가 뒤편에 둔 바랑을 뒤척이더니 종이 한 장을 꺼내 펼쳤다. 촛불을 당겨왔다. 종이가 활짝 열리자 붓으로 그려진 관세음보살상의 전신상이 날렵하게 드러났다. 고작 종이 위에 몇 가닥 선으로 드러난 자태지만 난주의 어설픈 눈에도 신령함과 영험함이 촛농처럼 뚝뚝 떨어졌다.

"관세음보살님이 눈앞에 계신 것 같네요."

저도 모르게 감탄이 입에서 새어나왔다.

"그렇지요? 히힛! 내 재주가 얼마나 감당할까 걱정이지만 기도와 정성을 더한다면 이뤄질 거요. 뭐 부처님도 도와주시겠지. 제 몸통 근사하게 다듬어 드리겠다는데 설마 나 몰라라 하시겠소. 히힛!"

그러더니 사내가 손가락으로 입을 가리더니 난주에게로 몸을 기울였다. 촛불이 땀을 비춰 얼굴이 번들거렸다. 난주는 급히 몸을 움츠렸다. 그의 눈빛이 예사롭지 않았다. 사내가 자신을 품는다면 거절하지 못할 것 같아 두려워졌다.

그러나 진지했던 사내의 얼굴은 곧 해맑게 풀렸다.

"저기 법당 아래 벼랑 끝에 있는 삼층석탑 보셨소?"

난주는 대꾸도 못 하고 고개만 끄덕였다.

"그 석탑도 기실 내가 조성한 거라오. 놀랐지?"

뭐가 놀랄 소식인지 알 수 없었지만, 난주는 다시 그 기세에 눌려 고개를 끄덕였다. 이번에는 사내가 크게 웃음을 흩뿌렸다.

"하하하! 농담이오. 그 석탑은 내가 태어나기 훨씬 전부터 거기 있었지. 아마 주지 스님도 태어나기 전일 거요. 태조고려 태조 왕건께서 창업하는 데 부처님의 공덕이 컸다 하여 국공國工을 시켜 세웠다는데, 그건 아닌 듯해. 태조께서 세운 석탑치곤 덩치가 좀 작잖아. 그렇게 생각지 않소?"

실없는 농담을 따라 고개를 끄덕거리다 보니 자기만 바보가 된 기분이었다. 난주의 표정이 샐쭉 토라졌다.

"사람이 참 실없다."

사내도 멋쩍게 웃으며 머리를 긁었다.

"그만 올라갑시다. 주지 스님도 걱정하십디다."

4

난주는 그때부터 짬이 날 때마다 성삼의 공방을 찾았다. 불당 출입이 여의치 못한 탓도 있었지만, 무엇보다 석불을 조성하는 모습을 보고 싶었다. 시방세계 중생들의 간난을 이겨내도록 도와주고 소원을 이뤄 주신다는 관세음보살이 성삼의 손끝에서 빚어지는 광경은 난주에게도 경이로운 일이었다. 참으로 공덕이 큰 불사였다. 석불의 크기가 작지 않아 하루아침에 전모를 볼 수는 없었다. 그러나 성삼의 정에서 불꽃이 튈 때마다 부처는 조금씩 바위 속에 숨긴 고귀한 모습을 드러냈다.

"아니, 그것 말고 그 옆에 것."

사람들의 관심을 끌지 않도록 난주는 공방에 오면 성삼의 옷으로 갈 아입었다. 이마에는 두건을 둘러맸고, 헐렁하게 품을 줄여 옷을 입었다. 멀리서 보면 성삼의 일을 돕는 수하 공장으로 보였다. 지나가던 병졸들도 의심 없이 격려의 말을 던졌다.

"어이, 두 사람 일하는 게 보기 좋구먼. 부처님 잘 만드시게나."

성삼은 일부러 크게 몸짓을 하며 시선을 자신에게로 끌었다. 눈썰미가 나쁘지 않은 난주는 성삼을 돕는 일에도 조금씩 수완을 발휘했다. 물론 아직은 석재의 위치와 쓰임새에 따라 써야 할 연장의 미세한 차이를 알지 못해 엉뚱한 도구를 건네거나 먹줄이 빗나가는 경우는 종종 일어났다.

성삼은 일에 있어서는 실수를 용납하지 않았다. 기왕 하는 일이면 최선을 다하고, 최선을 다할 바엔 정확하게 하자는 것이 그의 믿음이었다. 연신 성삼에게서 타박을 당하거나 꾸지람을 먹으니 난주도 맥이 빠졌다.

"오라비는 뱃속에서부터 석공 일 알고 나왔나? 하면서 느는 게 일인 걸 그리 매몰차게 트집을 잡아."

그렇게 응석을 부리면 성삼은 정색을 하며 말했다.

"돌은 쌀가루로 만든 반죽이 아니야. 잘못 다뤄 틀이 어긋나면 버리고 다시 쪼아야 해. 또 돌은 흉기가 될 수도 있어. 아귀가 안 맞아 삐끗해 무너지기라도 하면 목숨이 열 개라도 버티지 못해. 손가락이 바스러지거나 손목이 찢기는 일도 비일비재하거든. 한 마디로 돌과의 싸움이야. 한눈팔거나 방심하면 진다는 말씀이지.”

이 말에 난주가 입술을 비죽이며 대거리했다.

“언제는 정도 많고 거짓말도 안 하는 게 돌이라더니, 흥!”

성삼도 지지 않았다.

“잘 다룰 때나 그렇단 말이지. 아무한테나 잘 해주는 건 아니라고. 나처럼!”

마지막 말이 너무 우스워 난주는 허리를 잡고 깔깔거렸다.

“오라비는 정말 못 말리는 팔불출이라니까.”

이렇게 아옹다옹 다퉈가면서도 성삼은 돌 속에서 부처를 건져내는 희열로, 난주는 돌 일을 배워가는 쏠쏠함으로 석불을 빚는 일에 몰두했다. 그렇게 시간이 흘러가면서 성삼이 빚는 석불은 차츰 큰 윤곽을 세상에 드러냈다.

그러나 어느 날인가부터 성삼의 손놀림이 무뎌지기 시작했다. 가을을 지나 겨울을 목전에 둔 때였으리라. 이유 없이 짜증을 내는가 싶더니 연장을 내팽개치고 이부자리에 드러누워 하루를 허비하기도 했다. 심지어 아무 말도 없이 마을로 내려가 잔뜩 술에 취해 올라오기도 했다. 왜 그러느냐고 물으면 대답은 않고 버럭 소리부터 질렀다. 난주를 보는 눈길에서는 찬바람이 쌩쌩 불었다. 자신이 일 배우는 게 더뎌 골이 났나 싶기도 했지만, 그거야 어제오늘의 일이 아니었다.

영문 모를 봉변을 당한 난주도 화가 나 며칠 동안 공방으로의 발길을 뚝 끊어버렸다. 미안하면 찾아와 고개를 숙이려니 했는데, 시간이 흘러도 코빼기도 보이지 않았다. 잔뜩 약이 오른 난주가 팔소매를 걷어붙이고 공방으로 내려갔다.

성삼은 여전히 움막 안에서 빈둥거리며 놀고 있었다. 아니 얼굴빛을 보니 논다기보다는 뭔가 응어리진 욕구가 해소되지 못해 잔뜩 심사가 뒤틀린 표정이었다. 며칠 동안 석불의 공정도 진척이 없어 한자리에서 맴돌고 있었다.

난주를 흘낏 보더니 눈길을 반대편으로 돌려버렸다. 이미 작정하고 나온 터였다. 난주는 대찬 걸음걸이로 성삼에게 다가가 이부자리를 홱 걷어냈다.

"왜 이러는 거야, 귀찮게! 너 때문에 못 살겠다."

성삼이 난주를 노려보며 밉살스럽게 말했다. 그 눈매가 더욱 화를 돋우었다.

"오라비, 지금 뭐 하는 거야. 사바세계 중생을 한 품에 끌어안는 부처님을 빚어내겠다더니, 고작 이불이나 싸고 앉아 신세타령이나 하는 거야?"

"이게 신세타령으로 보이냐?"

한동안 두 사람 사이에 눈싸움이 펼쳐졌다. 아무 말도 않고 난주를 위 아래로 훑어보던 성삼의 눈빛이 갑자기 유순해졌다. 눈꺼풀이 아래로 처지더니 어울리지 않게 긴 한숨을 쉬었다.

"관두자. 네가 뭘 알겠니."

완전히 무시하는 말투였다.

"말이나 해야 아는지 모르는지 알 거 아냐? 왜 그래? 세 살 난 어린애도 아니고."

성삼의 눈에 다시 힘이 들어갔다. 하지만 그 힘은 매서움이 아니라 뭔가를 결심했을 때의 뚝심이었다. 작심한 듯 성삼의 말문은 봇물처럼 터져 나왔다.

"나라고 이 일이 중요한지 모르고 있는 줄 알아? 지금까지 아무도 보여주지 못한 대작을 남길 거야. 보광산도 안 보이고 내가 세운 석불만 눈에 들어올 걸. 그걸 위해 불국사에 가서 석굴암 대불도 보고 왔어. 완전히 날 압도하더구나. 정말 어마어마했어. 숨을 쉬기도 어렵더

라. 그런 대불을 뛰어넘는 석불을 내 손으로 꼭 빚어내고 말거야. 그런데 말이야. 그런데 넌 내가 석불 조성을 어디까지 하다 멈췄는지 기억하니?"

난주는 잠깐 움막 밖을 쳐다보았다. 거적에 가려 석재가 보이지 않았지만, 눈감고도 진척 정도는 어림할 수 있었다.

"어깨선 부분이잖아."

"그렇지 어깨선 부분이지······."

그러더니 다시 말문을 닫았다. 마치 빚어내다 중단한 석불의 모습이 보이기라도 하는 듯 움막의 거적을 뚫어져라 바라볼 뿐이었다. 침묵이 길어지자 난주는 조급증이 일었다.

"어깨선이 뭐 어쨌다는 거야?"

난주가 다그치자 성삼의 얼굴 위로 곤혹스런 표정이 드러났다. 그의 시선이 움막 안을 한 바퀴 빙 돌았다. 그리고 눈길이 멈춘 곳은 난주의 얼굴 아래쪽이었다. 낡고 냄새 나는 남정네의 옷가지를 걸친 난주가 성삼의 눈길을 따라 자신의 몸을 더듬었다. 성삼의 시선이 고정된 곳이 자신의 젖가슴과 목 사이임을 깨닫자 갑자기 얼굴이 화끈 달아올랐다. 저도 모르게 두 손이 가슴 위로 올라왔다.

"지금 무슨 생각하는 거야!"

성삼이 씁쓸한 표정을 지으며 말했다.

"네 벗은 몸을 상상하고 있어. 네 어깨선이 어떨지 궁금해 하고 있지."

난주의 얼굴이 파르르 떨렸다.

"부처님 상을 새기겠다는 사람이 고작 그런 음란한 생각에 빠져 있는 거야?"

성삼이 고개를 저으며 맥 빠진 목소리로 말했다.

"난, 난 지금까지 한 번도 여인의 목덜미 선이 어떻게 흘러내리는지 본 적이 없어. 그래서 어떻게 관세음보살의 어깨선을 새겨야 할지 모르겠는거야.”

난주는 그가 무슨 말을 하려는지 감을 잡았다. 그러나 곧 의문에 사로잡혔다.

“그럼 지금까지 보살상을 조성해본 적이 한 번도 없었다는 거야?”

“아니, 수십 개도 넘게 조성했지.”

“그럼, 그때는 어떻게 보살의 어깨선을 새겼는데?”

성삼의 대답은 단순해서 싱거웠다.

“상상해서.”

“그럼, 이번에도 상상해서 새기면 되겠네.”

성삼이 세차게 고개를 저었다.

“아니야. 이번은 그렇게 넘어갈 수 없어. 전번의 불상들에는 내 혼신의 정념을 쏟아붓지 않았어. 그러나 이번은 달라. 처음으로 득의의 완벽한 불상을 만들려는 거야. 난 이 불상에 사람들이 와서 기도하면 꼭 한 가지 소원은 이뤄지는 영험함을 담고 싶어. 그러려면 실물과 완전히 일치가 되어야 해. 왜냐고? 사람의 소원을 이루는 데 도움을 주는 보살상이 사람의 몸을 그대로 닮지 않는다면 영험이 없을 것이기 때문이지. 부처와 사람이 혼연일체가 되는, 그래서 소원이 실현되는 그 지점에 닿기 위해서는 둘 사이를 이어주는 단단한 끈 같은 것이 있어야 해. 난 그게 생생한 육체라고 믿어. 허리와 엉덩이는 가사 자락이 휘감으니 실물을 볼 필요가 없지만, 어깨는 맨살이 그대로 드러나는 곳이야. 맨살을 새기려면 맨살을 봐야 해. 그것도 가장 순결한 처녀의 맨살을……”

난주는 갑자기 혼란스러워졌다. 세상의 사부대중들을 어둠에서 밝게 이끌어낼 부처의 자태를 거짓 없이 실현하겠다는 성삼의 뜻은 십분 공감하고도 남았다. 그러나 거기에 꼭 실물이라는 대상이 매개되어야

만 하는 것일까? 신성한 불상을 조각하면서 육욕의 원천을 보아야 한다니 직접 불상을 조각해본 적이 없는, 아니 나무 한 그루 그려본 적이 없는 난주로서는 도저히 답을 찾을 수 없는 질문이었다.

성삼은 마지막 말을 끝맺지 못하더니 고개를 떨어뜨리고 바닥만 쳐다보았다. 그 눈빛에는 간절함이 묻어 있었다. 누구나 원하는 소원 한 가지를 이뤄주는 존재를 만들겠다는 집념과 간구懇求가 절절하게 묻어 나왔다.

"그래서, 그 처녀의 맨살을 찾아 그렇게 밖으로 쏘다녔던 거야?"

성삼이 쓸쓸한 표정으로 고개를 끄덕였다.

"그러고도 못 찾았단 말이야?"

이번에는 아예 고개도 끄덕이지 않았다. 한동안 성삼의 넋 나간 얼굴을 응시하던 난주가 고개를 돌렸다. 그리고는 결심이 묻어나는 목소리로 물었다.

"내 몸이라면 가능할까?"

성삼의 몸이 뻣뻣하게 굳어졌다.

5

겨울이 자나고 봄이 왔다.

보광사에 새로 조성된 해수관음보살상에 영험의 기운을 채워 넣을 점안식點眼式 행사가 코앞까지 다가왔다. 연화좌대蓮花座臺와 하체, 상체, 두상으로 나뉘어져 완성된 보살상은 아직 성삼의 공방 안에 머물러 있었다. 이 육중한 돌덩어리를 바다가 한눈에 바라보이는 장소까지 옮길 인부와 기구들이 도착하면 성삼의 필생의 심혈이 이룩해낸 불상의 전모가 불당 앞에서 위용을 드러낼 것이다. 석상은 큰 장막 안에 들어 있어 밖에서는 전혀 그 모습을 볼 길이 없었다. 지금까지 불상의 전

모를 본 외인은 성삼과 난주를 빼고 오직 주지 스님뿐이었다.

"역시 내 눈이 그르지 않았구나. 성삼이, 자네가 원만하게 회향할 줄 내 알았지."

주지 스님이 따로 서 있는 석불의 조각들을 살피면서 떨리는 목소리로 말했다. 맵시 있게 흘러내리는 불상의 표면에 감도는 윤기와 온기를 느끼면서 주지 스님이 두 눈을 부드럽게 감았다. 성삼의 얼굴에는 여전히 긴장감이 감돌았고, 난주는 두 손을 모은 채 다소곳이 제 발등만 살폈다.

"부처님께서 자네에게 큰 힘을 주신 것이야. 한량없는 가피력이 아니고서야 이런 명품이 세상에 모습을 드러낼 까닭이 없지, 암!"

주지 스님이 만면에 미소를 지으며 성삼의 어깨를 쓰다듬었다.

그때였다. 누군가의 경황없는 발걸음이 장막 밖에 이르더니 다급한 목소리가 장막 안의 고즈넉한 공기를 갈랐다.

"큰스님, 큰스님! 큰일 났습니다. 빨리 나와 보십시오."

상좌승이었다. 주지 스님의 얼굴에 살짝 주름이 잡혔다.

"웬 호들갑이냐? 경사스런 일을 앞두고 조바심을 쳐서는 안 된다. 동티라도 나면 어쩌려고."

장막이 펄럭거리자 주지 스님이 급히 몸을 돌려 목소리가 들리는 쪽으로 큰 걸음을 옮겼다. 덩달아 난주와 성삼도 주지 스님의 뒤를 따랐다. 장막 밖에서 본 상좌승의 얼굴은 공포와 경악에 휩싸여 있었다. 주지 스님도 이상한 낌새를 눈치 챘는지 표정이 더욱 엄숙해졌다.

"공방 쪽으로는 걸음을 들이지 말라고 이르지 않았느냐? 때가 되면 어련히 거룩한 성체聖體를 나토지 않으실까봐 이리 수선이더냐."

상좌승이 황급하게 합장을 올리며 머리를 숙이더니 여전히 떨리는 목소리로 주지 스님께 다가왔다.

"큰스님. 지금 보광전 앞에 관아의 병사들이 떼 지어 몰려와 있사옵니다. 당장 큰스님과 여기, 여기 난주 보살을 대령하라고 난리가 아니 옵니다."

벼락이라도 맞은 듯 주지 스님의 몸이 휘청거렸다. 얼굴이 하얗게 질려 난주를 돌아보았다. 난주의 얼굴에서도 핏기가 사라졌다.

"나와 난주를? 아니 그들이 난주를 어떻게 알고?"

상좌승이 세차게 팔을 양편으로 휘저으며 대답했다.

"소승도 난주라니 누굴 말하느냐고 반문했사오나, 그 자들은 이미 다 알고 온 듯합니다. 좌사간을 지내다 달아난 정鄭 아무개의 여식 난주가 이곳에 은신하고 있는 것을 속이겠느냐고 살쾡이마냥 호령하지 않겠습니까? 당장이라도 법당 안을 뒤집어엎을 기세이옵니다."

대답을 듣는 주지 스님의 얼굴은 점점 파랗게 질려갔다. 성삼은 자신도 모르게 난주의 손을 꽉 쥐었다. 난주의 손은 불덩이처럼 뜨거웠고, 강풍에 흔들리는 버드나무처럼 떨렸다.

"뭔가 변고가 나도 단단히 난 모양이로구나. 나와 같이 올라가자." 주지 스님이 상좌승을 앞세우더니 눈길을 난주와 성삼 두 사람에게로 돌렸다. "너희들 둘은 꼼짝 말고 여기에 있어라. 저들이 아마 넘겨짚고 엄포를 놓는 것일 게다."

성삼이 두 눈을 부릅뜬 채 주지 스님을 보며 고개를 끄덕였다. 몇 걸음 돌계단을 올라가던 주지 스님이 생각이 바뀐 듯 다시 두 사람을 내려다보았다.

"아니다. 만사불여튼튼이다. 성삼이, 자네는 보광산 산세라면 손금을 보듯 알 터. 당장 난주를 사람들 발길이 닿지 않을 곳으로 피신시키게. 곧 날이 어두워질 테니 병사들도 쉽사리 산까지 뒤지지 못할 게야."

성삼이 다시 고개를 끄덕이고는 난주의 손을 잡더니 움막 안으로 끌었다. 그러나 난주는 성삼의 손길을 뿌리치고 한 걸음 앞으로 나왔다. 꼭 다문 입술 사이로 결연한 의지가 스며나왔다. 잠깐 성삼을 돌아보던 난주가 주지 스님을 올려다보며 말했다.

"아닙니다, 주지 스님. 저들이 소녀 이름을 들먹이고 아버님 신병까지 알아냈다면 일시적인 눈가림으로 모면할 수는 없을 거예요. 더구나 지금은 해수관음보살상의 점안식이라는 경사를 앞두고 있는 때입니다. 저 때문에 스님이나 사찰에 재앙이 미친다면 그 회한을 어떻게 감당하겠습니까? 소녀도 따라 올라가겠사옵니다. 저만 잡혀간다면 아무 일도 없을 것이옵니다."

주지 스님의 얼굴이 무섭게 굳어졌다.

"부처님은 벌레 한 마리라도 형옥의 길로 보내지 말라고 하셨다. 그게 부처님께서 말씀하신 자비가 아니더냐. 엉뚱한 생각 말고 어서 성삼이 뒤를 따라라. 저쪽 일은 내가 알아서 수습할 테니."

주지 스님이 눈짓을 보내자 성삼이 지체 않고 난주의 허리를 한 팔로 휘감았다. 또 한 팔로 난주의 입을 틀어막았다. 난주가 성삼의 우악스런 손길 안에서 버둥거렸다. 난주가 옴짝달싹 못 하게 된 것을 확인한 주지 스님이 다시 발걸음을 돌렸다.

움막 안으로 난주를 끌고 간 성삼이 부릅뜬 눈으로 난주를 쏘아보며 말했다. 팔이 뒤로 꺾이고 입이 막힌 난주가 몸부림쳤다.

"네가 소리를 지르지 않겠다면 결박을 풀어줄 거야. 그럴 테지? 네가 소리를 지르면 병사들이 들이닥칠 수도 있어."

처음에는 완강하게 몸을 비틀던 난주가 그 말에 몸이 축 쳐졌다. 잠시 생각에 잠기더니 이윽고 고개를 힘없이 끄덕였다. 입이 손아귀를 벗어나자 몇 번 거칠게 숨을 몰아쉬었다. 성삼은 옆에서 그녀가 숨을 고를 때까지 말없이 기다렸다. 그러나 숨결을 되찾자 난주는 주먹을 쥐고 성삼의 가슴팍을 사정없이 내리쳤다.

"왜 날 말린 거야? 나 때문에 스님이나 사찰 사람들이 다치면 어쩌려고."

성삼은 난주의 주먹세례를 피하지 않고 맞으면서 입을 열었다.

"너를 찾아내지 못하면 아무도 다치는 사람은 없어. 주지 스님의 말씀도 뜻이 거기에 있는 거라고. 그러니 빨리 여길 떠야 해. 병사들이 언제 들이닥칠지 몰라."

이제 자수하기에는 늦었다. 벌써 주지 스님은 그럴듯한 말로 난주의 존재를 부정하고 있을 것이다. 과연 그 변명이 얼마나 통할지 미심쩍었지만, 지금 그녀가 나타나 주지 스님의 말을 거짓으로 만들 수는 없었다.

급한 대로 짐을 꾸린 두 사람은 저녁 어스름을 은폐물 삼아 보광사와는 반대편 산길로 향했다. 흔들바위와 코끼리바위, 돼지바위를 지나 상사바위 쪽을 길을 잡았다. 이 지역은 바위가 이어지고 깎아지른 절벽이 어깨를 나란히 하고 있어 길을 잘 알지 못하면 찾아들기 어려운 곳이었다. 성삼은 그 길 중간쯤에서 수풀 속으로 방향을 바꾸었다. 바위 틈새로 잡목들이 우거져 있어, 그 너머로 작은 암굴이 있는 줄은 아무도 몰랐다.

겨우내 바싹 마른 낙엽과 마른 잔가지를 훑어왔다. 바닥에 까니 잠시 지낼 만한 공간이 생겼다.

암굴에서 나와 바위를 타고 몇 걸음 위로 오르면 사방의 조망이 한눈에 들어왔다. 보광사와 상사바위로 이어지는 길이 양편으로 멀리까지 내다보여 사람들의 움직임을 한자리에서 간파할 수 있었다. 게다가 암굴 뒤로 다시 작은 통로가 숨어 있어 만약의 경우 몸을 피하기에도 제격이었다. 봄날이라 해가 저무니 금방 날이 쌀쌀해졌다. 허름한 이부자리 한 채도 가져오지 못했다. 모닥불이라도 피워보고 싶었지만 언감생심 잡힐 각오가 아니라면 꿈도 꿀 수 없었다. 바위 안이라 바람은 피했지만 서늘한 기운은 더 매서워졌다. 난주가 두 팔로 온몸을 감싸며 암굴 안으로 파고들었다. 그 모습을 보면서 성삼은 밖으로 나왔다.

"여기 있어. 좀 살펴보고 올 테니까."

성삼은 암굴 바위 위로 올라가 사방의 동정을 살폈다. 이미 날이 어두워져 먼 곳은 고사하고 바로 앞 산길조차 희미하게 보였다. 희뿌연 하늘을 등지고 상사바위의 검은 몸체가 저만치 있었다. 머슴 돌쇠가 과부인 주인마님을 사랑해 병이 들었는데, 도저히 사랑이 실현될 기미가 없자 연모의 정을 견디지 못하고 이곳 바위에 올라와 뛰어내리려고 했다는 그 바위였다. 그러나 돌쇠가 몸을 던지기 직전 돌쇠의 속내를 잘 알던 주인마님이 달려와 그의 사랑을 받아주었다는 전설이 전해지고 있었다.

고려 제일의 석공으로 자부하는 성삼이지만 신분은 미천하기 짝이 없는 그였다. 이런 난리가 아니라면 어엿한 관리의 딸인 난주가 외딴 섬까지 내려올 리 없었다. 또 해수관음상 조성이 아니었다면 두 사람의 인연이 이어질 수도 없었다. 그런데 지금 두 사람의 인연이 엄청난 시련에 직면했다. 문인 관리의 딸이 잡히면 어떤 참상을 당하는지 성삼도 귀동냥으로 들은 적이 있었다. 난주를 그렇게 떠나보낼 수는 없었다. 그렇게 다짐하면서 팔에 힘을 주지만, 자신이 할 수 있는 일이 많지 않다는 사실에 몸이 부르르 떨렸다. 무력감으로 자신의 몰골이 너무나 싫어졌다. 난주의 손을 잡고 남해 바다를 헤엄쳐 세존도까지 치달려가고 싶었다.

그렇게 남해 보광산의 밤은 깊어져 갔다.

6

성삼의 공방 앞에 병사 몇몇이 얼쩡거리고 있었다. 그의 행방을 찾으려고 온 모양인데, 감히 석불이 있는 안까지 들어오지 못하고 동정을 살피는 중이었다. 성삼은 길을 에둘러 돌아 뒤편 바위 틈새를 잡고 공방 안으로 들어왔다. 관세음보살은 무슨 일 있냐는 듯이 눈을 감은 채 깊은 명상에 잠겨 있었다. 세상의 환란을 외면하는 듯해 공연히 성삼의 마음속에 부아가 끓었다.

"형님들 무슨 일이 났습니까?"

머리를 부스스하게 흩트리고 성삼이 공방 장막을 걷어 올리며 밖으로 나갔다. 병사들이 등을 돌려 그를 보더니 눈을 휘둥그레 떴다.

"자네가 석공 성삼인가?"

그 중 눈이 날카롭게 찢어진 병사 하나가 창을 옮겨 잡으며 물었다.

"그렇습니다. 석불 마지막 다듬질을 하느라 밤새고 지금 일어났지요. 아이고! 형님네들. 그 무기는 좀 치우세요. 부처님께서 노여워하십니다."

성삼이 장막 안을 가리키며 머리 양편으로 손가락을 세우자 병사들도 찔끔했다. 헛기침을 하면서 무기들을 등 뒤로 감추었다.

"우린들 이러고 싶어 이러나. 웃전에서 반도叛徒의 무리들을 잡아들이라고 성화니 하는 수 없이 올라왔지. 결단코 부처님 노엽게 해드릴 생각은 없다네. 그런데 자네 혹시 난주란 계집 본 적이 있나?"

겉으로 실실 웃고 있지만 속으로 가슴이 뜨끔 저려왔다.

"난주요? 글쎄요. 이따금 절에서 끼니를 날라주던 계집애는 있었는데, 이름은 못 들어 봤어요. 부정 탈까봐 저기 돌계단에 놔두고 가라고 했으니 어디 말 섞을 처지가 아니었죠."

병사가 믿는지 못 믿는지 고개를 끄덕였다.

"하긴 영험한 석불을 조성하는 석공이 계집의 살 냄새를 맡으면 곤란하지."

"그런데 그 난주가 뭔가 하는 계집애가 뭔 잘못이라도 저질렀나요?"

"잘못이 있다면 시대를 잘못 타고난 게 죄지. 그 아비가 조정에서 높은 문관으로 있었던가봐. 재작년 난리 때 부모와 딸애가 함께 달아난 모양인데, 부인은 본가에서 잡혔는데 아비는 거처가 확실치 않다더군. 그 딸도 한동안 행적이 묘연했는데, 얼마 전에 여기 보광사에 그 계집과 비슷한 행색의 처자가 지낸다는 기별이 접수되었지. 거기서 일하는 미조댁인가 하는 여자가 해수관음상이 마무리된다고 자랑하던 끝에 개성에서 온 젊은 처자가 있어 큰 도움이 되었다고 입을 싸게 놀린 모양이더란 말씀이지. 그 소리가 관원의 귀에 들어가 결국 붙잡아 족쳐 보니 술술 다 불더구먼. 이름이 난주란 애가 재작년 가을부터 머물렀고, 아비가 누군지는 모르나 개경에서 왔다는 게야."

"그래서 그 계집애는 잡았나요?"

"아니. 별장 나리께서 주지 스님을 문초하셨는데, 그런 아이가 온 것은 사실이나 며칠 전부터 보이지 않아 절에서도 수소문 중이라고 하셨다네. 내가 보기에도 빤한 거짓말인데, 주지 스님 법력이 워낙 높으신 분이라 별장 나리도 차마 관아로 압송하지 못하고 법당에 가둬둔 채 추궁을 하는가봐. 어딘가 숨어 있다면 결국 잡히겠지. 이 험한 산세에 여자 몸으로 뛰어야 벼룩 아니겠나."

병사들은 속내는 장막을 들추고 뒤져보고 싶은 마음이 없진 않았지만, 후환이 무서워 주저하다 그냥 돌아갔다. 성삼이 자신은 괜찮으니 들어와 살펴보라고 시치미를 떼자 얼굴이 허예지면서 손을 젓더니 등을 보였다. 돌길을 따라 멀어지는 그들을 보며 성삼의 얼굴은 더욱 착잡해져 갔다.

끼니를 때울 음식을 챙겨 암굴로 돌아오자 난주는 암굴 밖까지 나와 있었다. 밝은 대낮이라 멀리서도 사람 모습은 선명했다. 성삼은 급히 난주의 허리를 잡고 암굴 속으로 들어갔다.

"주지 스님은 괜찮으셔?"

하루밤새 난주의 얼굴도 많이 초췌해졌다. 둘러대 안심을 시키고 싶었지만, 그것이 능사는 아닐 것 같아 성삼은 사실을 그대로 전했다. 사정을 다 들은 난주의 얼굴이 더욱 창백해졌다.

"나 때문이야. 처음부터 자수했다면 이런 일은 없었을 텐데."

그러나 성삼의 생각은 달랐다.

"그랬다고 해도 달라질 건 없었을 거야. 네 정상이 참작되었을 리도 없고, 절이나 주지 스님도 너를 숨겨준 죄를 모면하긴 어려웠겠지. 지금으로 최상책은 네가 잡히지 않는 것뿐이야. 아무리 악랄한 별장이라도 당사자인 너의 신원을 확보하지 못하면 처벌에는 한계가 있을 수밖에 없어. 주지 스님께서 너를 애써 숨기려고 하신 것도 그 때문일 거야."

말이 끝나기 무섭게 난주가 자리에서 일어났다.

"아냐. 더 이상 스님께 폐를 끼칠 순 없어. 어머니도 잡히셨다잖아. 내가 자수해야 모든 게 해결돼."

성삼이 따라 일어나면서 난주의 손을 억세게 잡아당겼다.

"바보 같은 짓 하지 마. 너마저 잡혀가면 네 어머니를 도울 수 있는 사람은 아무도 없게 돼. 이 재앙이 끝날 때까지 넌 네 몸을 온전히 보전해야 해. 지금 끌려가면 노비밖에 더 되겠니? 그게 네 어머니와 아버지가 바라는 일이라고 생각해?"

난주의 눈시울이 부르르 떨렸지만, 곧 볏 집단이 허물어지듯 털썩 주저앉았다.

"내 몸 하나 지킨다고 무슨 도움이 되겠어."

두 손으로 얼굴을 감싸면서 난주가 소리 죽여 울었다. 그런 난주를 물끄러미 바라보던 성삼이 어깨에 손을 얹으며 위로하듯 말했다.

"네가 이 산에서 빠져나가는 게 급선무야. 관아에서 병사들이 더 올라오면 정말 오도 가도 못하게 돼."

"산을 내려간들 갈 곳이 어디 있다고. 아는 사람도 없는 데다 여긴 섬이야."

"내게 방법이 있어. 날이 저물 때까지 여기 있다가 어둠이 깊어지면 산 뒷길로 탈출하자. 벽련碧蓮에 가면 내게 석공 일을 가르쳐 주신 스승님이 살고 계셔. 스승님은 돌도 잘 다루시지만 뱃일에도 뛰어나신 분이야. 스승님 댁에 잠시 숨어 있다가 풍랑이 몰아칠 때를 기다리자고. 널 잡아들이려고 다들 올빼미 눈을 하고 있겠지만 풍랑이 거세지면 당연히 수군水軍들의 경계는 느슨해질 거야. 그때 빠져나가는 거지."

여전히 난주의 얼굴에는 주저하는 빛이 거둬지지 않았다.

"정말 스님께 아무 탈이 없을까?"

성삼이 난주의 손을 굳세게 쥐었다.

"스님은 법력이 높은 분이셔. 아무리 막 가는 군사라도 함부로 대하진 못해. 오히려 네가 나서면 스님은 더 곤경에 빠져. 스님을 해칠 빌미를 네가 주면 안 돼. 내가 언제 틀린 말 하던? 나만 믿고 따라와."

결국 난주는 성삼의 뜻을 따르기로 했다. 과연 성삼의 말대로 해가 중천을 넘어 앵강만으로 기울 쯤 관아에서 보낸 증원군이 산 능선을 타고 올라오기 시작했다. 저녁 때 일단의 수색병들이 상사바위까지 진출했다가 돌아갔다.

해가 완전히 저물고 사방에 짙은 어둠이 내리자 두 사람은 조용히 성삼만이 아는 샛길을 타고 산을 돌아 내려갔다. 그리고 해안을 따라 이어진 숲을 기다시피 지나 벽련까지 닿았다. 마을에서도 제법 으슥한 곳에 있는 어느 집에 이르렀다. 먼저 성삼이 들어갔고, 잠시 후 집에서 두 사람이 나왔다.

두 사람을 따라 난주마저 집안으로 들어가자 마을은 원래 그랬듯이 깊은 침묵에 휩싸였다.

7

열흘 가까이 남해 섬은 개미집을 들쑤신 듯 시끄러웠다. 보광산을 이 잡듯 뒤져도 난주의 흔적조차 찾지 못하자 수색 범위가 인근 마을까지 확대되었다. 별장들의 지휘를 받은 병사들이 수시로 마을을 급습했다.

"누군가 뒷배를 봐주는 자가 있는 게 분명하다. 난주란 계집은 반드시 사로잡아야 한다. 우리 무신정권을 뒤엎으려는 반란을 획책하고 있는 무리의 책사策士가 이년의 아비란 소문이 있다. 놈을 끌어내려면 딸년만한 미끼가 없지."

벽련에서 해안을 따라 한참 떨어진 곳 후미진 데 있는 움막에 숨어 있던 난주에게 더 큰 불행한 소식이 전해졌다. 문초를 받던 어머니가 딸의 은신처를 추궁 받던 중에 혀를 물고 자진했다는 것이었다. 하늘이 무너질 소식을 접하고도 난주는 주먹으로 땅을 칠 뿐 소리 내어 울지 못했다.

"이젠 네가 꼭 살아서 이 섬을 빠져나갈 다른 이유가 생긴 거야. 어떻게 하든 아버지를 만나 어머니의 원수를 갚아야지."

성삼은 난주의 마음을 다잡고자 목소리에 힘을 주었다. 그리고 마침내 기다리던 풍랑의 조짐이 나타났다.

새벽부터 음산한 먹구름이 남쪽에서 몰려왔다. 그리고 아침이 되어도 해는 보이지 않았다. 대신 낮게 깔린 구름만 흉흉한 바람소리를 타고 춤을 추듯 뒤흔들렸다. 바다의 물결은 시간이 갈수록 거칠어졌고, 파도는 해안을 잡아먹을 듯 아가리를 벌리고 두 팔을 휘저으며 달려들었다. 거센 빗발이 세상을 쓸어버릴 듯 퍼부었고, 번개와 천둥까지 일어 바다는 악귀의 괴성으로 가득 찼다. 가까운 바다를 오가던 수군의 돛배들은 진즉에 자취를 감추었다.

밤톨만큼 남아 있던 낮 기운까지 사라질 즈음 성삼이 난주의 움막에 나타났다.

"떠나기 가장 좋을 때가 왔어. 지금 바다엔 물고기 한 마리 얼씬 대지 않을 거야."

움막 밖으로 나온 난주는 끔찍하게 변한 세상의 풍경을 보고 얼굴이 굳어졌다.

"이 지경인데 배가 뜰 수 있겠어?"

"걱정 마. 스승님은 아무리 파도가 하늘까지 치올라도 그 틈새를 찾아 빠져나가신다고. 여기서 배를 타고 앵강만을 벗어나 큰 바다를 가로지르면 여수현麗水縣이야. 거기에 너를 데려갈 사람이 기다리고 있어. 그 사람만 따라가면 무사할 거야. 어쩌면 네 아버지와도 연락을 닿을 수도 있겠지."

성삼은 신바람이 나서 떠들었지만 난주의 얼굴에서 근심은 지워지지 않았다.

"내가 떠난다고 모든 일이 없었던 게 될까? 주지 스님은 무사하신 거야? 내가 사라지면 더욱 스님을 괴롭힐 텐데. 그리고 오라빈들 가만두겠어? 그런 게 뻔히 눈에 보이는데 어떻게 내가 마음 편히 여길 떠날까?"

성삼이 난주의 두 어깨를 잡고 눈가에 가벼운 웃음기를 띠며 말했다.

"이미 엎질러진 물이야. 너 하나라도 무사할 수 있다면 고마운 일이지. 떠나더라도 이곳 남해를 잊지 말아줘. 이곳 사람들, 주지 스님, 그리고 보광산과 보광사까지, 영원히 소중한 추억으로 네 맘속에 간직해야 해."

빗줄기에 헝클어진 머릿결을 쓸어 올리며 난주가 불안한 얼굴로 성삼을 바라보았다.

"왜 그런 이상한 소리를 해. 마치 다신 못 볼 사람처럼 말하네. 해수관세음보살상이 세워지면 다시 찾아올 거야. 오라비가 정성을 다해 만든 거잖아."

성삼은 입을 꾹 다물고 고개를 끄덕였다.

"그래. 그때가 되면 이 지독한 세상도 다시 평안을 되찾겠지. 네가 돌아올 날만 기다릴게."

난주도 함께 고개를 끄덕이며 말했다.

"그래. 해수관세음보살은 사람마다 소원 하나는 꼭 들어주신댔지? 아직까지 소원을 빌지 못했지만 지금 그 소원을 빌 거야."

난주는 빗줄기 속 너머 있을 보광산을 바라보며 두 손을 모았다. 그리고 웃으며 성삼을 돌아보았다.

"난 관음보살께서 내 소원을 이뤄주실 거라 믿어."

성삼은 소원이 무엇인지 물어보지 않았다. 묻지 않아도 난주의 소원은 성삼의 마음속에서 큰 울림으로 메아리쳤다.

험악한 파도를 뚫고 난주와 스승을 태운 배는 해안을 떠나 어둠 속으로 사라졌다. 아득히 흔적마저 보이지 않을 때까지 성삼은 비를 맞으며 한자리에 서 있었다. 풍랑이 더욱 거세져 집채만 한 파도가 들이칠 때서야 성삼은 자리를 떴다.

8

그런 일이 있고 몇 해가 지났다. 남해 섬에 다시 봄이 왔다. 봄날의 따스함이 섬을 이불처럼 감쌌고, 보광산은 더욱 푸르게 물들어갔다. 새들이 보금자리를 나와 나뭇잎 새를 오가며 즐겁게 지저귀었다.

보광산에도, 보광사에도, 잠시 평온이 찾아왔다. 풍파는 아직 사람들 사이를 매섭게 할퀴고 있었지만, 자연은 봄날의 아름다움과 넉넉함을 잊지 않고 세상에 알려 주었다. 보광사 주변에도 봄꽃들이 흐드러지게 피었다. 오래 전 주지 스님은 개경으로 압송되어 떠났고 해수관음보살상도 해체된 채 산골짜기 바위로 돌아갔지만 스님의 독경 소리는 여전했다. 바람 따라 풍경 소리가 잔잔히 울려 퍼졌다. 그리고 어디선가 가볍게 울리는 정 소리가 있었다.

간성각看星閣과 보광전普光殿 사이로 산신각山神閣으로 오르는 작은 돌계단이 있는 모퉁이에서 들리는 소리였다. 한 동자승이 처음 듣는 소리에 의아해 하며 조심조심 걸음을 옮겼다.

보광전 오른편을 도니 웬 젊은 남자가 얼굴을 큰 바위로 향한 채 열심히 정으로 무언가를 쪼고 있었다. 한동안 멍하니 정 치는 소리를 듣던 동자승이 나지막한 소리로 남자를 불렀다.

"거사님. 지금 뭘 하고 계시나요?"

소곤거리듯 가녀리게 울리는 소리에 부지런히 정을 내리치던 손이 멈추었다. 그리고 남자가 천천히 고개를 돌렸다. 절에 온 지 얼마 되지 않은 동자승이라 당연히 낯선 인물이었다. 그러나 남자의 눈매는 서글서글했고, 땀이 흘러내리는 입가로 환한 미소가 걸려 있었다. 정과 망치를 내리면서 남자가 조용히 대답했다.

"이 바위가 너무 허전해 보여서요. 부처님과 산신님의 가피를 받은 바위에 아름다운 그림이라도 새겨지면 좋겠다는 생각이 들었습니다. 그래서 서툰 솜씨지만 제 마음과 정성을 담고 있는 중이지요."

덩치가 우람한 어른이 자기 같은 조그만 동자승에게 존댓말을 쓰는 게 신기했다. 문득 이 남자가 바위에 무엇을 새기는지 궁금해졌다.

"그러시구나. 제가 좀 봐도 되나요?"

남자가 흐뭇한 얼굴로 고개를 끄덕였다.

"그럼요. 마침 얼추 새기는 일이 끝났습니다. 한번 보실랍니까?"

남자가 몸을 옆으로 물렀다. 그러자 바위 위에 새겨진 고운 무늬가 드러났다. 큰 연꽃이 피어 있었고, 양편으로 두 마리 나비가 훨훨 날고 있었다.

"아! 연꽃과 나비네. 예쁘네요. 당장 날아갈 것 같아요."

동자승이 두 눈을 동그랗게 뜨며 손뼉을 쳤다. 남자도 만족스러운 듯 두 손을 쓱쓱 문질렀다. 한참 동안 연꽃과 나비를 살피던 동자승이 남자를 돌아보며 말했다.

"제게 글공부를 가르치던 스님께서 하신 말씀이 떠오르네요. 옛날 중국에 장주莊周란 사람이 살았는데, 그분의 책 속에 보면 꿈속의 나비는 바로 생시의 사람이라는 거예요. 이 나비는 꿈속의 나비인가요? 생시의 사람인가요?"

머쓱한 얼굴로 남자는 동자승과 나비를 번갈아 보았다. 몇 번 눈을 꿈적이던 남자가 씩 웃으며 대답했다.

"그걸 저 같은 속인이 어찌 알겠습니까. 하지만 굳이 정하라면 꿈속의 나비보다는 생시의 사람이라고 믿고 싶습니다. 그게 제 마음이었으니까요. 나비 하나는 멀리 바다를 건너 뭍으로 날아간 사람이고, 또 한 놈은 여기 남해 섬에서 살고 있는 사람이지요."

이번에는 동자승이 말귀가 낯설어 눈을 끔벅였다. 한참 궁리를 하던 동자승이 되물었다.

"바다를 두고 가뭇없이 헤어진 두 나비네요. 아니 사람인가? 그럼 두 나비, 아니 사람은 다신 못 만나는 건가요?"

남자가 여전히 웃음을 머금은 채 가볍게 고개를 저었다.

"웬걸요. 해마다 봄이 되면 어김없이 꽃이 피듯 나비도 틀림없이 만나게 되겠지요. 다시 못 만난다면 너무 가엽지 않을까요, 스님."

동자승은 무슨 뜻인지 몰라 고개를 거두고 연꽃과 나비가 새겨진 바위만 골똘히 바라보았다. 대답보다 동자승의 호기심에 찬 눈길이 마음에 든 남자도 여전히 웃으며 바위를 응시했다.

두 사람의 마음속에서 나비는 바위를 박차고 나와 남해 섬과 남해

바다를 훨훨 날아 구름도 닿지 않고 바람도 닿지 않는 곳을 향해 날갯짓 하고 있었다. 그것은 참으로 아름다운 모습이었다.

보리암

보리암은 경남 남해군 상주면 상주리 금산 남쪽 봉우리 아래 있는 사찰인데, 대한불교조계종 제13교구 본사인 쌍계사의 말사다. 683년(신문왕 3) 원효 스님이 이곳에 초당을 짓고 수도하면서 관세음보살을 친견한 뒤 산 이름을 보광산, 초암의 이름을 보광사라 지었다고 한다. 조선시대에는 이성계가 이곳에서 백일기도를 하고 조선왕조를 연 것에 감사하는 뜻에서 1660년(현종 1) 왕이 절을 왕실의 원당으로 삼고 산 이름을 금산, 절 이름을 보리암이라고 바꾸었다. 전국 3대 기도처의 하나로, 양양 낙산사의 홍련암과 강화군 보문사와 함께 우리나라 3대 관세음보살 성지로 꼽힌다.

현존하는 건물로 보광전, 간성각, 산신각, 범종각, 요사채 등이 있고, 문화재로는 보리암전 삼층석탑(경남유형문화재 74) 등이 있다. 이외에 큰 대나무 조각을 배경으로 좌정하고 있는 향나무 관세음보살상이 있으며, 그 왼쪽에는 남순동자, 오른쪽에는 해상용왕이 있다. 일설에 따르면 이 관세음보살상은 수로왕의 부인 허황옥이 인도에서 가져온 것이라고 한다.

오월의 여심女心

길현미술관에서

1

봄이 왔다.

겨우내 움츠렸던 산과 들, 바다가 다시 힘을 내야겠다는 듯 기지개를 펴기 시작한다. 앵강만에서 불어오는 바람에서 겨울의 매서운 기운보다 살갑고 훈훈한 온기가 느껴진다. 잎이 다 져 을씨년스러웠던 은행나무는 파란 빛깔 옷을 갈아입을 차비에 열중이다. 대나무를 엮어세운 남해 지킴이의 어깨 위로도 따스한 햇살이 푸른 이끼처럼 내려앉는다.

동네 멍멍이 한 놈이 운동장을 어슬렁거리더니 고개를 쳐들고 지킴이의 얼굴을 신기한 듯 둘러본다. 꼬리를 치는 품이 그리 낯설지 않다는 표정이다. 작업장 겸용으로 쓰는 1층 사무실 창가에서 길현 관장은 지킴이 주변을 맴돌면서 응석을 부리는 멍멍이의 재롱을 실웃음을 지으며 바라본다.

남해 지킴이는 몇 해 전 남해바다미술제를 열었을 때 최평곤 형이 출품했던 작품이다. 미술제가 끝난 뒤 회수하지 않고 이곳에 머물면서 남해와 바다를 지키는 파수꾼이 되라며 남겨두고 갔다. 먼 옛날 남해바다를 호령했던 이순신 장군의 늠름하고 올곧은 기상을 형상화한 지킴이는 이제 미술관의 명물이 되었다.

"아이를 품에 안은 어머니 모양샌 걸. 하늘에서 본 남해가 저렇다며?"

"선생님한테 혼나 풀이 죽은 꼬맹이 학생 아냐? 여기가 전엔 초등학교였다던데?"

"무슨 소리! 내가 보기엔 큰 새 한 마리가 날개를 접고 있는 거야. 왜 대나무겠어? 새 둥지를 상징한다고!"

오는 사람마다 지킴이에 대한 첫 인상이 한결같진 않다. 씩씩한 무인상武人像으로 봐주는 사람이 오히려 드물다. 김평곤 형이 들으면 섭섭하다 할진 몰라도 길현 관장의 귀에는 그런 평들이 기분 좋게 들린다. 해석의 다양함. 그것이 바로 예술만이 누릴 수 있는 축복이 아니겠는가. 다양해야 사연이 머물 여백도 넉넉해진다.

길현 관장은 눈을 돌려 사무실 안쪽에 놓인 색이 다소 바랜 유화 작품을 응시한다. 100호 크기의 꽤 규모가 있는 그림이다. 캔버스를 둘러싼 액자는 칠이 벗겨져 부석하다. 먼지와 얼룩을 닦아내 흐릿했던 화면은 거의 원색을 되찾았지만, 액자는 새 것으로 바꿔야 할 것 같다.

'누가 그린 것이고, 저 여인은 누굴까?'

그림 속에는 책상에 앉아 다소곳이 눈을 내리깔고 있는 여자의 모습이 담겨 있다. 고개를 숙이고 있어 나이가 딱히 가늠되진 않는다. 긴 머릿결과 뺨에 흐르는 홍조, 분홍빛이 감도는 꽃무늬 원피스 차림으로 볼 때 젊은 여성으로 짐작된다. 화면의 왼쪽 상단에서 빛이 쏟아져 들어오고 있다. 배경을 그려놓지 않아 여인은 마치 흰 구름 위를 날고 있는 듯 보이기도 한다. 우연히 발견한 그림에 길현 관장은 이상한 흥미와 애착을 느끼고 있다. 길현 관장의 시선은 다시 창문 너머 멀리 하늘로 향한다.

봄이 오자 미술관에서 운영하는 프로그램도 새 단장을 해야겠다고 다짐했다.

미술관을 개관하고 난 뒤부터 군민들을 위한 몇 가지 프로그램을 기획했는데, 적지 않은 사람들이 호응해 주었다. 학생들을 위한 '토요미술학교'라든가 지역민들을 대상으로 한 '함박웃음 그림만나기' 교실 등에는 꾸준히 수강생들이 찾아왔다.

인물 데생이나 풍경을 스케치하면서 어린 학생들은 미술연필을 놀려 대상을 하얀 도화지에 재현하는 일이 경이로운지 가볍게 탄성을 질렀다. 진흙을 주물러 물고기를 빚어내고 닭이나 소 같은 살아 있는 물상들이 다시 태어날 때 나이든 동네 어르신들은 서로 제 작품이 으뜸이라며 다투다가 껄껄 웃었다. 노인의 거칠고 검게 탄 얼굴에 자글자글 피어오른 주름살도 그때는 말끔하게 가셨다.

제대로 된 미술관 하나 없는 남해에서 군민들이 미술 작품을 접하기란 쉽지 않다. 그래서 기획하게 된 것이 '남해바다미술제'였다. 군청의 지원을 받아 회화 작품들과 설치미술품들을 미술관 실내와 넓은 마당에 전시했다.

평면성이 한계인 회화는 부담 없이 감상하기에는 좋지만 작품이 난해해지면 경험이 부족한 사람의 경우 위화감을 느낄 수도 있었다. 반면에 입체성이 중시되는 설치 미술은 공간을 채우기 때문에 보는 이의 흥미를 일깨우면서 즉흥적인 느낌을 말하게 해주는 장점이 있었다. 길현 관장은 회화와 설치미술품들을 적당히 안배해 군민들이 다양한 미술 세계를 접하도록 유도했다. 꽤 보람이 있는 미술제였는데, 여러 가지 사정 때문에 두 차례 열리고는 중단되었다. 이후부터 '바다미술대회'로 내용과 규모를 줄여 명맥을 이었지만, 아무래도 미술제와는 호응이나 분위기가 사뭇 달랐다. 뭔가 새로운 시도를 준비해야 했다.

봄맞이 프로그램으로 무엇이 좋을까 고민하다 미술관 내 학습 공간과 전시 공간을 정리해야겠다는 생각이 떠올랐다.

폐교된 학교 건물과 운동장을 활용한 미술관은 개관 때부터 리모델링 없이 원형을 그대로 이용했다. 미술관으로 개조하려면 비용이 적지 않게 들었고, 옛 학교의 풍광을 그대로 살리는 것도 소박하면서 빈티지한 멋을 주리라 판단한 탓이었다. 그러다 보니 작은 소모임을 꾸리기에는 효과적이었지만 장소가 협소하다는 아쉬움은 남았다. 공간을 넓힐 수는 없으니 공간을 장식하는 소품들을 바꾸면 어떨까 하는 데 생각이 닿았던 것이다.

학교가 문을 닫으면서 어지간한 비품들은 교육지원청에서 회수해갔다. 어차피 버려야 할 잡동사니들만 교실 한 곳을 창고 삼아 채워 넣었다. 미술관을 연 뒤 길현 관장도 창고가 된 교실은 들여다본 적이 없었다. 그 창고 안에 무엇이 있을지 궁금해졌다. 뜻밖에 소품으로 쓸 만한 물건들이 나올지도 몰랐다.

창고 문을 열자 난방용으로 쓰던 난로며 양동이, 주전자, 다리가 부러진 교탁, 찢어진 지도나 괘도걸이, 빛바랜 커튼과 낡은 교과서, 참고서며 학습지도안 등이 어지럽게 널려 있었다. 아무리 뒤적거려도 소품거리는 눈에 띄지 않았다. 역시 세상엔 공짜란 없나보다 하고 포기할 즈음 거미줄로 어지러운 구석 자리에서 찾아낸 것이 지금 길현 관장의 눈앞에 있는 유화 작품이었다.

앞면이 벽에 붙어 있어 처음에는 시간표나 공지사항을 적어둔 게시판인 줄 알았다. 그러나 그림쟁이의 육감이랄까, 어딘가 외면하기 어려운 무게감이 느껴졌다. 거미줄을 걷어내고 먼지를 마셔가며 교실 밖으로 끄집어냈다. 그리고 정면을 보자 그것이 누군가를 그린 그림임을 알았다. 오래된 동굴 벽에서 원시인들이 그려놓은 암벽화를 발견한 기분이었다.

2

그림의 윤곽이 차츰 살아나면서 길현 관장은 미궁에 빠진 사건의 진상을 추적하는 탐정이 되었다. 그림에는 제목도 화가의 이름도 없었다. 아주 잘 그린 그림은 아니었지만, 젊은 여성의 차분하면서도 수줍은 듯한 표정이 묘하게 가슴을 설레게 만들었다. 그림 속 여성은 학창 시절 짝사랑했던 국어 선생님을 연상시켰고, 젊은 날 처음 만났던 아내의 모습 같기도 했다. 생소한 얼굴인데도 까닭 없이 낯이 익었다.

길현 관장은 이 그림의 출처를 밝혀보기로 작정했다.

교육지원청에 문의해 봤지만, 아무런 정보도 얻지 못했다. 그런 창고가 있는지조차 모르고 있었다. 당연히 비품 대장 따위가 있을 리 만무했다. 나중에 한꺼번에 폐기하려고 쟁여둔 모양인데, 미처 처분하지 못해 미안하다는 말만 듣고 돌아왔다. 공식적인 루트로 그림의 정체를 찾을 길은 막혔다.

폐교되기 직전까지 학교에 근무한 교사들을 수소문했다. 몇몇 분들과 연락이 닿았지만, 그림에 대한 기억을 정확하게 간직한 사람은 없었다.

"그래, 본 듯도 합니다. 어떤 선생님이 조회 때 그 그림 치우자고 항의한 적이 있었죠, 아마. 성인 여자 그림이라서 초등학교 학생들에게 좋을 게 없다나 뭐라나 하면서. 참! 그 그림이 아직도 있습니까?"

이곳이 초임 발령이었던 그는 혀를 차며 당시를 회상했다. 그림 속의 여인은 젊어 보였어도 가슴과 둔부 쪽을 다소 실팍하게 묘사해 어딘지 육감적인 느낌을 주긴 했다. 모델이 그랬는지 그린 사람의 의도였는지는 모르겠지만, 그림은 절제와 욕망이 함께 숨 쉬고 있었다.

"누가 그렸는지는 모르십니까?"

"글쎄요. 그림도 가물가물한데 화가를 어떻게 알겠습니까? 한 가지 기억나는 건 그 그림을 가져온 분이 교장선생님이셨을 거예요. 덕분에 없애지는 못하고 정문 출입구에서 교무실인가 비품실로 옮겨 걸었나 했죠?"

교장 선생은 폐교가 되자 다른 학교로 옮겼는데, 안타깝게도 얼마 뒤 사고로 세상을 떠났다. 교장 사모님은 전혀 아는 게 없었다. 가장 확실한 정보원이 사라진 셈이었다.

일이 이쯤 되자 더 알아볼 여지도 없어졌다. 포기해야 하나 떨떠름 해 할 때 생각지도 않은 출구가 나타났다. 프로그램을 수강하던 마을 노인장 한 분이 미술관을 들렀는데, 웬 그림이냐며 물었다. 사정을 설명하니 이 학교에서 일하던 영감이 마을에 사니 물어보라는 것이었다. 연로한 분이었는데도 기억력은 뚜렷했다.

"그래, 기억하고말고. 언젠가 교장 선생님이 진주에 회의를 다녀오셨는데, 저 그림을 들고 오셨지 뭐요. 버리려고 하는 걸 괜찮아 보여 가져왔다는 거였소. 참 오지랖도 넓은 분이었지! 그림이 화사하다며 복도에 걸어 두었는데, 야하다나 어쨌다나 하며 한때 좀 시끄러웠어. 학교가 없어지면서 교장 선생님이 가져가신 줄 알았더니 저게 계속 처박혀 있었던 거요?"

진주라니. 너무 막연했다. 하지만 회의였다면 관공서였을 것이다.

"회의가 어디서 열렸는지 모르십니까?"

"글쎄. 내가 관여한 일도 아니었고……. 흠, 그래 맞아! 회의가 아니라 동창 모임이었던 것 같구먼. 오후에 가셨다가 다음 날 아침에 돌아오셨거든. 그러니 어디 술집이나 음식점 아니었을까?"

다시 벽에 부딪혔다. 궁리 끝에 떠오른 것이 '동창 모임'이었다. 교장 선생의 이력을 확인해보았다. 교장 선생은 진주 출신이었고, 학교도 진주에서 다녔다. 진주교대를 졸업한 뒤 경남 일대에서 계속 교직에 있었는데, 이곳 교장을 거쳐 타 지역에서 교장으로 봉직하다 사고로 순직했다.

진주교대 동창회에 문의해보니 기수별 동창회도 있었다. 동창회 명부를 뒤져 교장 선생의 동기 몇 사람의 연락처를 알아냈다. 여기저기로 전화기 버튼을 눌러대면서 길현 관장은 내가 지금 뭔 짓거릴 하고 있나 속으로 끌끌거렸다.

"아, 그래. 그해 동창회가 맞지 싶네. 교대 근처 식당에서 모였는데, 그 친구하고 내가 좀 일찍 왔지. 기왕 온 김에 시간도 있으니 모교나 한번 들러 보자더군. 졸업한 지 몇 십 년이 지난 때니까 아는 사람이라곤 아무도 없었지. 공부하던 도서관에나 가보자는데, 옛 건물도 헐리고 신축 도서관이 들어섰대. 그때 도서관 구조 변경이 있었는지 이런저런 물건들이 건물 한 구석에 부려지는 거요. 다 버릴 거라더군.

그런데 이 친구 골동품에 관심이 있었나, 그 쓰레기 더미를 뒤척대는 거야. 별짓 다 한다며 핀잔을 주는데, 거기서 널찍한 나무를 하나를 꺼내더구먼. 뒤집어보니 그림이었어. 뽀얗게 묻은 먼지를 대충 털어내니 웬 여자 그림이었소. 무슨 바람이 불었는지 그걸 가져가겠다지 않겠나? 제 키만 한 그림을 난데없이 들고 가겠다니 어이가 없었지, 원. 눈에 뭐가 씌었는지, 기어이 진주 제 본가까지 둘러메고 가더군. 일찍 죽으려고 사람이 그렇게 별났나? 좋은 친구였는데……."

옛 추억이 떠올랐는지 동창되는 분은 끝자락에 목소리가 촉촉하게 젖어들었다. 그림은 죽은 교장 선생과도 직접적인 연고가 없었다. 다시 일이 막연하게 됐다.

3

진주교대라도 찾아가 문의해 볼까 하던 차에 안 좋은 일이 터졌다. 하동에 사시는 아버지가 병원에 입원했던 것이다. 연락을 받고 깜짝 놀라 그 길로 차를 몰고 병원으로 달려갔다. 별생각이 다 들었다.

길현 관장의 아버지는 도예가다. 젊은 시절에는 의욕을 주체하지 못하고 갖가지 도자기들을 굽더니 나이가 들자 오직 한 가지 찻잔에만 매달렸다. 수익이나 판로 따위는 무관심했고, 차의 향기와 맛을 가장 잘 우려내는 다완茶碗 빚기에만 골몰했다. 이거다 싶으면 자신만의 세계에 침잠해 외골수로 빠져 드는 기질은 나이가 들어서도 여전했다. 원하는 흙을 찾느라 경기도 곤지암부터 담양이며 경주까지 전국을 누비고 다녔다. 그러다 하동 흙이 좋다는 소문을 듣더니 기어이 짐 보따리를 다시 쌌다.

아버지는 가마의 형태부터 화력이 좋은 장작 고르기에 이르기까지 자신의 손이 닿지 않으면 직성이 풀리지 않았다. 그러니 흙에 대한 애착은 말할 나위도 없었다. 점성이 알맞은지 보려고 흙을 씹어 먹는 일도 예사였다.

다행히 아버지의 용태는 염려했던 것만큼 심각하진 않았다. 아버지 일을 거들던 김씨의 이야기가 어처구니없었다. 진흙이 나오는 흙 벼랑을 기어올라 직접 손으로 질감을 확인해야겠다고 우겼다는 것이었다. 퍼낸 뒤 따져 봐도 되지 않느냐고 막았지만 막무가내로 올라가다 미끄러져 굴렀다며 제 잘못인 듯 김씨가 머리를 조아렸다.

체온계를 입에 문 아버지는 길현은 쳐다보지도 않고 병실 천장만 뚫어져라 쏘아보았다. 그런 식으로 아버지는 길현에게 무언의 불만을 토해내는 중이었다.

아버지는 길현이 자신의 뒤를 잇기를 바랐다. 기왕 미대에 들어갔고 조소를 전공할 요량이면 도예 쪽으로 길을 잡는 게 어떠냐는 것이었다. 아버지에게 도예는 가업家業이었다. 그런 아버지의 바람을 모르지 않았지만, 길현은 아버지일지언정 남의 길을 답습하고 싶진 않았다.

찻잔이든 도자기든 길현은 형체에 고착되어 버린 오브제에는 홍미가 없었다. 그는 사물의 원형을 그려내고 싶었다. 그런 욕망이 그를 대상이 아니라 대상이 남긴 그림자, 얼룩이며 자국을 추적하는 방향으로 화업畫業을 몰고 갔다. 대상의 이데아는 정면이 아니라 이면裏面에 있다는 것이 그의 믿음이었다. 시선이 바뀔 때 본질은 드러났다. 길현이 그린 작품을 본 아버지의 평은 냉정했다.

"그림을 무슨 장난으로 아는 게냐? 이게 어디서 배운 붓놀림이야?"

네모와 세모, 동그라미 등등의 도형을 무작위로 그려 놓은 그림을 흘낏 보고 한 마디 쏘아 붙이더니 뒤도 돌아보지 않았다. 아버지는 길현의 의도와 화폭에 구현된 내면을 이해 못 할 사람이 아니었다. 자신의 뜻과 어긋나는 길을 가는 길현이 성에 차지 않을 뿐이었다. 길현은 굳이 항변하지 않았다.

"김씨 아저씨에게도 흙의 장단점쯤 가려낼 만한 안목은 있으실 텐데, 꼭 벼랑을 올라가셔야 했습니까?"

추궁까지는 아니었지만 아버지의 과용過勇이 걱정스러워 볼멘 목소리가 자신도 모르게 묻어 나왔다. 누군가 제동을 걸지 않으면 같은 사고는 또 일어날 게 뻔했다. 그런 아버지의 고집은 좋게 말하면 장인 정신이었지만, 나쁘게 보면 타인에 대한 불신이었다.

"흙을 직접 캐본 적이나 있고 하는 소리냐? 기껏해야 미술상이 던져주는 찰흙이나 쓰겠지."

여전히 체온계를 입에 물고 웅얼거리듯 아버지가 대꾸했다. 길현에게도 켕기는 구석이 있어 속이 언짢아졌다. 대화는 그것으로 끊겼다.

멀뚱히 앉아있기도 뭐해 화장실을 다녀온다며 병실을 나왔다. 찬바람을 쐬고 들어갔더니 아버지는 길현의 핸드폰을 들고 뭔가를 응시하고 있었다.

"주세요. 뭐 보실 게 있다고."

길현의 퉁명스런 말에는 아랑 곳 않고 아버지는 핸드폰 화면을 골똘히 주시했다. 이윽고 눈을 뗀 아버지의 표정이 이상야릇했다. 그것은 만족감도 아니었고, 불쾌감도 아니었다.

"이거 네가 그린 거냐?"

화면을 길현 쪽으로 돌리는데, 예의 주인을 알 수 없는 그림 사진이 나왔다. 도움이 될까 싶어 찍어둔 사진을 용케 찾아낸 모양이었다. 길었던 여정을 한 마디로 요약할 말이 당장 떠오르지 않았다.

"그렇다면 어쩌시려고요?"

아버지가 코웃음을 쳤다.

"누굴 속이려고. 네 놈이 이렇게 그릴 리 없지. 붓놀림이 달라도 한참 다르구나."

무시하는 듯한 말투에 공연히 부아가 돋았다.

"제 붓놀림을 언제 유심히 보신 적이나 있습니까?"

아버지는 이미 길현의 속내를 훤히 들여다보고 있었다.

"붓놀림은 천성이야. 멋대로 바꾸려 든다고 달라지는 게 아니지. 누구 그림이냐?"

서울서 몇 차례 전시회를 열었을 때 아버지도 화랑에 왔었다. 건성으로 훑어보고 갔다고 여겼는데, 길현의 화필 움직임을 머릿속에 박아둔 게 분명했다.

어쨌거나 아버지는 환자였다. 더 실랑이를 벌이고 싶지 않았다.

"미술관 창고를 뒤지다 찾아낸 겁니다. 화가가 누군지 궁금해 알아보려고 찍어둔 거예요."

아버지가 비웃듯 씩 웃었다.

"떡 봐도 대단찮은 그림 같구나. 아마추어거나 막 입문한 사람일 거다. 하지만 대성할 자질은 엿보이는군. 붓놀림이 편안해."

아버지가 길현의 본심을 정확하게 찔렀다. 그랬다. 창고에서 뜬금없이 튀어나온 그림은 길현이 보기에도 화력이 무르익은 사람의 솜씨는 아니었다. 그러나 그린 사람의 자질과 마음 자세까지 숨기지는 못했다.

이 그림이 길현의 눈길을 끌었던 것은 화가의 따뜻한 시선과 그 시선을 감싸고 있는 뜨거움이었다. 그것이 그림에 대한 열정인지 대상에 대한 호감인지는 알 수 없었다. 그러나 그림에는 대상, 즉 사람에 대한 진지한 탐구심과 말로 표현하지 못했던 애정이 진솔하게 묻어 있었다. 사물에 대한 애정을 꾸밈없이 화폭에 드러낼 수 있었던 사람이 누구인지 길현은 궁금했었다.

"찻잔만 굽고 계신 줄 알았더니 그림도 제법 보시네요."

길현이 쓴웃음을 흘리며 말했다.

"까마귀 눈이나 까치눈이나 눈은 다 눈인 게다."

아버지는 여전히 발톱을 세웠다. 길현은 조금 피곤해졌다.

"그렇게 눈이 좋으시다니, 그 눈치로 그림 주인도 한번 찾아주시죠."

"흠! 그러마."

아버지는 다시 화면을 얼굴 가까이 댔다. 화면을 확대해 보기도 하고, 돌려보기도 하면서 뭔가를 알아내려는 몸짓을 이어갔다. 그래본들 그림 어디에도 단서는 없을 터였다.

아버지가 지쳤는지 핸드폰을 그에게로 휙 던졌다.

"내가 점쟁이도 아니고 어찌 주인까지 맞출까? 하지만 붓놀림이 눈에 익어. 어디선가 본 듯한 느낌이야."

길현은 속웃음을 지었다. 자식에게 지기 싫은 마음에 요령도 서지 않은 변명을 아버지는 늘어놓고 있었다. 그러나 더 이상 아버지를 물고 늘어질 생각은 없었다. 핸드폰을 챙겨 넣자 길현은 자리에서 일어났다.

"그만 가보겠습니다. 몸조리 잘 하시고요. 기억나시면 연락 주시든가요."

아버지는 손짓 한 번으로 길현을 몰아내더니 다시 입에 체온계를 꽂았다. 그래도 독설은 잊지 않았다.

"병원비 낼 생각이라면 꿈도 꾸지 말거라."

4

미술관으로 돌아왔더니 달갑잖은 소식이 길현을 기다리고 있었다. 우편함을 열어보는데, 올해부터 군청의 운영비 지원이 삭감될 것이라는 공문이 쌤통이라는 표정으로 그를 반겼다. 진즉에 구두로 전달받기는 했지만 설마 했었다. 자력갱생하든지 미술관 규모를 줄이든지 결단을 내야 할 상황이 닥치고야 말았다. 머릿속에 날파리가 한 마리 들어간 듯 이명이 들어찼다.

수업료를 내라면 과연 몇이나 선뜻 수긍할까? 또 내겠다고 한들 일부 반발은 감수해야 했다.

한동안 길현은 미술관을 살릴 방 안을 찾느라 허둥거렸다. 예술재단에 지방문화 발전 지원금을 신청하는 일부터 지역 독지가로부터 후원금을 받아보는 방 안까지 손이 미치는 일이라면 뭐든 나서보았다. 고맙게도 길현의 진심을 아는 지역 유지들이 십시일반 돕겠다고 나섰다. 미술 수업을 들었던 동네 어르신들과 학부모들도 적극 앞장섰다. 그러나 미술관이 지속적으로 운영되자면 예술재단의 지원금 신청이 성사되어야 했다. 갈 길이 멀었다.

신청서는 접수되었고, 마을 어르신들과의 대책 모임도 끝마쳤다. 인정은 넉넉했지만 주머니 사정이 그리 좋지만은 않은 동네 분들은 안타까운 표정과 위안의 말을 남겨두고 집으로 돌아갔다.

멀리 바다에서 저녁 어스름이 다가오고 있었다. 아직은 이른 봄인데다 뒤편 호구산 산록이 높아 해는 일찍 저물었다. 커피를 내려 한 잔가득 찻잔에 채우고 길현은 소파에 몸을 묻었다. 지는 해처럼 미술관의 앞날도 밝아 보이지 않았다. 학교에서 돌아온 아내가 물끄러미 그를 바라보다 이층으로 올라갔다.

저편으로 작업을 하다 멈춘 작품이 보였다. 어둠에 젖어 윤곽이 흐릿했다. 서울에 있는 화랑 주인이 전시회 준비는 잘 돼 가냐며 하루가 멀다 하고 성화를 부렸지만, 진척은 더디기만 했다.

복도 벽 쪽에 걸어둔 주인 모를 그림은 버림받은 고아처럼 처량했다. 고개 숙인 여인의 얼굴에도 근심이 서려 있는 듯했다. 커피가 유난히 쓰게 느껴졌다.

진한 커피가 담긴 찻잔은 아버지의 작품이었다. 객지에서 지내는 아버지를 챙기느라 아내가 가끔 하동 공방을 들렀다. 그때 받아온 찻잔이었다. 아버지의 염원이 서렸는지 찻잔은 커피를 오래 두어도 따뜻함을 유지했다. 길현은 찻잔으로 눈길을 낮추었다. 투박하지만 정갈한 멋이 살아 있어 기품을 느끼게 만드는 찻잔이었다. 아버지가 붓으로 쓴 글자가 찻잔 몸통에 새겨져 있었다.

'忍耐인내'

참고 또 참아라.

참는 것이 인因이라면 거기에 따른 과果는 무엇인지, 아버지는 알려주지 않았다. 그것이 예술에 몸을 맡긴 사람의 숙명일지도 모른다는 생각이 스쳐 지나갔다. 예술가는 '인'을 추구할 뿐 '과'는 자신의 몫이 아니었다. 세속적인 부와 영광을 추구했다면 예술은 오래 전에 사라졌을 것이다. 길현은 뭔가 해답을 얻은 기분이 들었다.

마저 남은 커피를 마시고 소파에서 일어났다. 작업은 채광이 좋은 낮에 해야 했다. 올라가 책이나 읽다가 잠들고 싶었다.

그때 작업대 위에 얹어두었던 핸드폰이 부르르 몸을 떨었다. 아버지였다. 병원을 찾고 며칠이 지났는지 가물가물했다.

"퇴원은 하셨어요?"

인사치레로 물었는데, 아버지는 외면했다.

"찾았다!"

생뚱맞은 목소리였지만 우렁차게 들렸다. 그래서 이상한 기대감이 솟았다.

"뭘요?"

"그림 주인 말이다. 어쩐지 눈에 익더라니."

5

노인의 얼굴에는 지친 기색이 완연했다. 무거운 짐을 지고 사막을 건너는 긴 여행을 막 끝낸 낙타의 눈빛이었다. 실내를 두리번거리며 조급해했다. 어디를 봐도 그림을 가까이 두고 사는 사람의 외모는 아니었다. 아버지가 과연 제대로 본 것인지 의심이 일었다.

"지난해 여름 초입이던가 공방 뒤편 산을 깎아내고 아파트 단지를 조성하는 공사가 벌어지더구나. 단지라 봤자 몇 동 되진 않지만, 넓은 땅 다 놔두고 멀쩡한 산을 도려내다니, 미친 짓이지. 여하간 그 공사판에서 일하는 잡역부들 숙소가 공방 뒤에 들어섰는데, 노동자에 대한 편견은 없다만, 아무래도 거친 삶을 살아온 사람들이 공방 앞을 얼쩡대니 성가시긴 하더군. 아니나 다를까, 밤에 술에 취해 노상방뇨를 하지 않나 공방을 밤 고양이처럼 기웃대질 않나 신경이 곤두서게 만들지 뭐냐.

하루는 늙수그레한 인부 한 사람이 들어오더니 전시해둔 찻잔을 흘 낏흘낏 훔쳐보는 게야. 눈빛은 선해 보여 모른 체 했는데, 그림은 전시하지 않냐는 둥 물감이나 미술용품도 파냐는 둥 물어오는 게야. 여긴 도예 공방이라 그런 건 없다고 쏘아붙이니까 뜨끔했는지 얌전히 물러가더군. 너무 매정했나 싶어 찝찝하던 차에 며칠 뒤에 다시 오더니 다기 세트를 사는 게야. 제값을 받으면 그 사람 형편에 생심을 내지 못할 것 같아 싸게 불렀지. 군말 없이 호주머닐 뒤지더군. 여기저기서 꼬깃꼬깃 감추어둔 돈을 꺼내 값을 치르는데, 뭔가 애틋함 같은 게 묻어 있었어.

그래서 공방 안으로 불러 차 한잔 대접했다. 이런저런 얘기 끝에—그리 말수가 많은 치는 아니었지.—자신도 젊었을 때 그림을 좀 그렸다더라. 사정이 생겨 노가다로 반평생을 보냈는데, 요즘 자꾸 그림이 눈에 밟힌다는 게야. 그 사람 말로는 수구초심首丘初心이라더군. 죽기 전에 어디든 자기 마음을 풀어놔야 여한 없이 눈을 감을 수 있겠다는데, 그 마음이 내게도 와 닿더구나. 그래서 자리는 내줄 테니 짬이 나면 여기서 그림을 그려도 된다고 했지. 그 기뻐하는 얼굴이라니, 원!

그 뒤로 비가 오거나 일감이 뜸해지면 곧잘 오더구나. 연필하고 스케치북을 쥐어줬지. 수준도 볼 겸 정물화를 그려보라 했는데, 고분고분 말은 잘 듣더구나. 그런데 솜씨가 영 아니질 않겠냐. 역시나 한때 기분으로 소일거리나 삼으려는 축인가 싶었지. 내가 아무 소리도 안 하니까 저도 눈칠 챘는지, 자기는 이런 그림을 그리고 싶은 게 아니라잖냐.

그래 그리고 싶은 게 있으면 그려보라 했지. 그랬더니 마음으로는 그릴 게 분명히 보이는데, 이게 잘 안 그려진다지 뭐냐. 그 심정도 이해는 가더구나. 그래서 뭐라도 한 가닥 짚이는 게 있으면 그걸 그리라 했지. 한동안 눈을 감고 집중하더니 연필로 뭔갈 그리는데, 웬 젊은 여자의 얼굴이더라. 아주 오래 전에 잊혔던 기억을 퍼 올리듯 안간힘을 쓰더라. 응어리가 터질 때가 오려니 생각하고 내버려뒀는데, 하루는 연필 말고 물감으로 그리고 싶다는 게야. 용구를 주문해주면 자기가 돈을 내겠다잖냐. 그래서 예전에 네가 버리고 간 유화 물감이며 이젤, 캔버스를 꺼내 내줬다. 나머지 소소한 용품들은 주문했고.

역시 그리는 건 여자였어. 얼굴 기억은 아득했는지 주로 긴 생머리가 돋보이게 그리는 게야. 계중에 완성한 작품은 하나도 없었지만, 그래도 집념 하나는 대단하더구먼. 화구가 손에 익숙해졌는지 붓놀림이 점점 편안해지더구나. 그렇게 몇 달이 지났나? 공사판에서 더 할 일이 없어 다른 일거리를 찾아 간다며 인사차 들리더라. 호기심에라도 잡아 두고는 싶은데, 내가 그럴 입장은 아니지 않냐? 그래 나중에 시간 있으면 들리고 그림도 계속 그리라고 격려했는데, 그게 작년 일이었어.

그 후 까맣게 잊고 있다가 전번에 네 핸드폰에서 그 그림을 본 게다. 처음엔 연결이 되지 않았는데, 나중에 퇴원하고 공방에 와서 곰곰이 되씹어보니 그 붓놀림이 떠오르는 게야. 어딘가 연락처를 적어두긴 했는데, 그걸 찾느라 또 며칠 허비했지 뭐냐. 다행히 전화번호는 그대로더구나. 자초지종을 설명하니 젊은 시절 그 비슷한 그림을 그린 적이 있다는데, 자세한 말은 안 하더군. 네 전화번호를 일러 뒀으니 연락 오거든 한번 만나봐라."

그래서 노인과 대면하게 되었다. 옷은 남루했지만 말끔하게 세탁해서 나름대로 예의를 갖추려고 애쓴 흔적이 엿보였다. 굳은살이 밴 두 손은 작업모를 꽉 움켜쥐고 있었다. 이 사람에게 그림을 보여줘야 할지 갈피가 잡히지 않았다.

불안하게 주변을 두리번거리던 노인이 먼저 말을 꺼냈다.

"춘부장께서 말씀하시기를 선생님이 제 그림을 가지고 계시다더군요. 혹시…… 혹시라도 보여주실 수 있을런지요?"

거절하면 어쩌나 하는 불안감으로 얼룩진 목소리였다. 길현은 서성거리던 마음을 걷어 들였다. 저 그림을 그렸든 아니든 이 노인에게 그림을 볼 자격은 있어 보였다. 궁금한 점이 한두 가지가 아니었지만, 다 접어두기로 했다.

교실 구석으로 가 뒤집어 세워둔 그림을 돌려 노인에게 보여주었다.

노인이 그림 앞으로 다가갔다.

노인은 한참동안 아무 말 없이 그림만 주시했다. 아득한 기억의 샘물을, 말라버린 샘물을 길어 올리듯 노인은 눈 한 번 깜빡이지 않고 그림에서 눈을 떼지 않았다. 그리고 마침내 노인의 눈에서 굵은 눈물방울이 주르륵 흘러내렸다. 다리에 힘이 풀리면서 노인이 주저앉았다.

"순영이, 순영이가 맞네요. 맞습니다. 제가 교대에 다닐 때 그렸던 순영입니다. 오십 년이 지나서야 다시 보다니, 이게 꿈은 아니겠죠?"

감정이 복받쳤는지 노인은 작업모를 쥔 손을 얼굴로 가져가 오열을 참아냈다. 노인의 두 어깨가 불규칙하게 들썩거렸다.

"아시는 분이셨습니까?"

노인은 대꾸 없이 고개만 주억거렸다. 더 이상 말은 필요 없었다. 길현은 노인의 회한이 다 풀리기를 묵묵히 기다렸다. 그 시간은 해가 호구산을 완전히 넘어갈 때까지 이어졌다.

노인에게 찻잔을 건넸다. 받아드는 노인의 손이 가늘게 떨렸다.

"어떻게 이 그림을⋯⋯."

"미술관 창고를 정리하다 우연히 발견했습니다. 진주교대 도서관에 걸려 있다 철거된 모양인데, 이 학교에서 교장으로 봉직하던 분이 가져 오셨나 봅니다."

뜻을 아는지 모르는지 노인은 연신 고개를 끄덕였다. 눈길이 길현보다는 그림 쪽에 더 오래 머물렀다.

"2학년 봄엔가 그린 그림입니다. 순영이는 일 년 후배였습니다. 조용하고 얌전한 아이였는데, 얼굴도 곱고 심성도 착해 연정을 품은 친구가 한둘이 아니었죠. 그때 제가 그림에 취미가 있었습니다. 대학미전이 열렸는데, 미술반 담당 교수가 저더러 출품해 보라더군요. 객기에 못할 게 뭐 있겠나 싶어 선뜻 좋다고 했습니다. 뭘 그릴까 고민하다 순영이를 그려야겠다고 결심했죠. 부탁하니까 자기도 좋다더군요.

그때 참 좋았어요. 같이 자전거를 타고 촉석루에도 가고, 도시락도 까먹으면서 얘기도 나누고 그림도 그렸습니다. 별 시답잖은 제 농담에도 깔깔거리며 웃어주었죠. 지금 생각하면 참 행복한 시절이었습니다.

그림을 거의 마무리할 무렵 부친의 사업이 부도가 났습니다. 아버지는 빚쟁이에 쫓겨 피신했고, 어머니도 충격에 쓰러지셔서 외아들인 제가 뒷수습을 도맡아야 했습니다. 한 해만 더 버티면 발령을 받을 수 있었지만, 그러기엔 집안이 너무 만신창이가 되어 버렸습니다. 부산으로 와 정신없이 뒤치다꺼리를 하고 나니 그해도 훌쩍 지났고, 저는 무단결석으로 제적 처리되고 말았지요. 서둘러 군대를 다녀오고 제대하니 할 수 있는 일이 많지 않았습니다. 군대에서 만난 선임이 함께 일하자기에, 그때부터 닥치는 대로 일거리를 찾아 떠돌았습니다.

순영이를 잊은 적은 한 번도 없었습니다. 가슴에 심장의 고동소리처럼 남아 저를 버티게 해 주었어요. 졸업하고 교사가 되었을 텐데, 꾀죄죄한 몰골로 나타나기는 싫었습니다. 언젠가 성공하면 찾겠다 한 세월이 오십 년이라니……."

노인은 미술관에서 하룻밤 묵었다. 소주잔을 기울이는 노인에게 길현이 물었다.

"그분, 정순영 씨를 만나보고 싶으십니까?"

노인이 허탈한 웃음을 흘렸다.

"반백 년이 지났습니다. 이미 헝클어진 인연인 걸요."

"그러니 더 홀가분하지 않겠습니까? 서로 뭘 바라거나 기대할 것도 없으니까요."

노인의 얼굴로 두려운 기색이 스쳐 지나갔다.

"과분한 일입니다. 이 그림을 다시 본 것만으로도 전 만족합니다."

길현은 바래버린 두 사람의 인연이 이렇게 끝나도록 내버려두고 싶지 않았다. 정순영 씨도 지금은 인생의 황혼에 서서 여생을 보내고 있을 터였다. 평생을 가슴속에 자신을 안고 산 남자가 있다는 사실은 알지도 못하리라. 이렇게 문을 닫아 버린다면 두 사람 모두에게 못할 노릇이란 생각이 들었다.

"정순영 씨 고향이 어딘지는 아십니까?"

교대 학적부나 동창회 명부를 열람하면 신상을 모를 리 없었다. 하지만 길현은 이 일을 감성적으로 마무리하고 싶었다.

그 물음에 박성배 씨의 얼굴에 한 가닥 반가운 눈빛을 떠올랐다.

"인연이란 게 신기하죠. 순영이 고향이 여기 남해였습니다. 창선면 수산리로 알고 있는데, 아직까지 살고 있진 않겠죠."

객지 사람인 길현도 알만한 곳이었다. 밤늦은 시간 아버지에게 전화해 노인의 일을 전해주었다. 사연을 다 듣고도 아버지는 아무 말도 꺼내지 않았다.

"다른 소식이 있으면 알리거라."

그 말 한 마디를 남기고 아버지는 전화를 끊었다.

길현은 자신의 탐정 노릇이 이제 막바지에 이르렀음을 느꼈다.

6

부탁을 하자 처음에는 심드렁하던 아내는 곧 보물찾기에 나선 학생처럼 들떴다. 그동안 아내는 일이 어떻게 진행되는지 알지 못했다. 아침저녁 학교로 출퇴근하는 아내에게는 그녀대로 바쁜 삶이 있었다. 길현이 그림의 주인을 찾는 행각은 주로 낮 시간대에 이뤄졌고, 자신이 미술관 운영에는 전념하지 않고 엉뚱한 일에 재미를 붙인 것을 안다면 그리 달가워하지 않을 터였다. 그래서 굳이 아내가 눈치 챌 만한 언질은 삼갔다.

아내를 처음 만났을 때 그녀는 서울서 공립학교 미술교사로 근무하고 있었다. 길현이 별다른 불편 없이 작품 활동을 할 수 있었던 데는 아내의 뒷바라지가 크게 도움이 되었다. 아내 또한 실력을 인정받는 화가였지만, 아직 미개척 분야에서 입지를 다지려는 길현의 뜻을 이해해 주었다. 경제적인 문제는 아내의 몫으로 미뤄 놓았기에 길현은 안심하고 자신의 예술 세계를 추구할 수 있었다. 그 덕분에 길현의 활동 범위는 넓어졌고, 차츰 미술계 쪽에서 주목받는 중진 작가로 기반을 다져 나갔다.

그런 그가 느닷없이 서울 생활을 접고 남해로 내려가겠다고 선언하자 내색은 하지 않았지만 아내는 심적으로 큰 혼란을 겪었다.

"거기서 뭘 하겠다는 거예요?"

"뭘 하긴. 그림을 그려야지. 사람들과 소통도 하고."

길현이 들어도 궁색한 변명이었다.

"여기서도 잘 그렸잖아요? 서울엔 사람이 없어요? 굳이……."

더 말을 잇지는 않았지만 무슨 말을 하고 싶은지는 들어볼 필요도 없었다. 길현은 자신의 심경을 당당하게 토로하지 못하는 자신에게 화가 났다.

그 즈음 길현은 자신의 활동에 한계를 느끼는 중이었다. 창작은 화가의 개성을 표출하는 표현 행위여야 하는데, 이름이 알려지면서 생각지도 못한 장애가 눈앞에 나타났다. 인맥이나 연줄에 얽매여 서로 추켜세우고 밀어주는 식의 담합이 차츰 자신을 옥죄는 철조망처럼 느껴졌다. 예술계의 뿌리 깊은 관행이나 병폐를 견뎌내고 외면하기에 길현의 촉수는 너무 예리했다. 마음을 터놓고 얘기할 사람들은 줄어들었고, 이해관계에 따라 반응과 비평을 조절해야 하는 줄다리기에 그는 조금씩 지쳐갔다. 새로운 돌파구를 모색해야 할 때임을 절감했다.

그런 차에 남해군에서 폐교를 활용한 지역 문화 활성화 프로그램에 참여할 의사가 없냐는 제안이 들어왔다. 참신하면서 명망 있는 화가를 물색하던 군청과 감옥 같은 관계망에서 벗어나 숨 돌릴 출구를 찾고 있던 길현의 갈증이 맞아 떨어졌다. 변화된 환경에서 잠시 걸음을 멈추고 자신을 되돌아 볼 수 있는 좋은 기회였다. 그 자리에서 받아들이고 싶었지만, 남해는 서울서 아득히 먼 곳이었다. 하동에 아버지가 있었지만, 가족 전체가 대이동을 해야 하는 중대한 사안이었다. 나들이를 가는 기분으로 움직일 수는 없었다.

길현의 고집을 잘 아는 아내는 그의 뜻을 받아들였다. 어쩌면 길현이 느끼고 있던 갈등의 낌새를 아내도 어렴풋이나마 짐작했는지 몰랐다. 아내 역시 촉감이 남다른 화가였다.

아내는 남해군으로 전근 신청을 했다. 근무 여건이 대도시보다 열악한 지역의 특성이 작용해 전근 절차는 신속하게 이뤄졌다.

"서울 생활도 이것으로 아듀adieu인가 봐요."

이삿짐을 싸면서 아내는 서운한 듯 텅 빈 집을 둘러봤다. 서울로 다시 복귀할 기약은 사실상 없었다.

다행히 아내와 아이는 남해에서의 생활에 잘 적응했다. 근무지로 발령이 난 물건중학교는 학생 수라야 50명도 안 되는 미니 학교였지만 가족 같은 분위기가 아내의 낯선 타지 생활에 힘을 불어넣는 활력소가 되었다. 아내는 물건마을의 아름다운 풍경과 시골 사람들의 농사짓는 모습 등을 화폭에 담는 데 재미를 붙였다. 길현의 미술관 프로그램에도 자발적으로 참여해 큰 도움이 되었다. 아이도 새로 사귄 친구들과 탈 없이 어울렸다.

박성배 노인의 사연과 그가 그린 그림을 보여주자 아내는 두 눈을 동그랗게 뜨고 놀란 표정을 감추지 못했다. 아내는 신입생을 맞은 교사의 심정으로 그림을 출석부를 점검하듯 살폈다.

"어머나, 그런 순애보가 우리 시대에도 남아 있군요. 당신은 멋대가리 하나 없는데."

남해는 공간은 넓어도 사람들 사이의 밀도는 전복죽처럼 끈끈했다. 정순영 씨의 이력을 적어 출근하더니 볼이 발개지도록 들떠 퇴근했다.

"우리 학교 국어선생님 한 분이 수산리에서 출퇴근하더라고요. 여쭤 보니까 한번 찾아보시겠대요. 그곳이 고향이라니 뭘 더 바라겠어요. 연배로 보면 교직에 있다 해도 정년한 지 꽤 됐을 테고, 퇴직했다면 남편 따라 대도시로 갔을지도 모르겠네. 하지만 고향이 거기라면 분명 연락이 닿는 분이 있긴 할 거예요."

'남편'이라는 말을 듣자 길현은 조금 꺼림칙해졌다. 그로서는 순수한 의도였지만, 자칫 정순영 씨의 가정에 분란을 일으키는 지렛대가 될 수도 있었다. 문득 오십 년이란 시간의 간극에 대해 자신이 너무 무심 했다는 생각이 들었다.

박성배 노인의 얼굴에도 불안한 그림자가 드리워졌다.

"선생님, 순영이에게 폐가 되진 않을까요?"

노인의 입에서 차마 그만두자는 말은 떨어지지 않았지만, 오도 가도 못하는 심정은 표정에 그대로 드러났다.

"그냥 알아만 보는 일인데 별일 있겠습니까? 옛날 후배 만난다고 편 안하게 생각하세요."

박성배 노인에게 하는 말이지만 길현 자신도 그렇게 치부하고 싶 었다.

늦은 저녁을 먹을 무렵 아내의 핸드폰이 울렸다. 발신자를 확인하자 아내의 얼굴이 드러나게 상기되었다.

"국어선생님이세요. 벌써 알아내셨나?"

아내가 몇 번 목소리를 추스르더니 반가운 표정으로 전화를 받았다.

"예, 선생님. 저예요."

한동안 상대방의 발신만 이어졌다. 아내는 고개를 끄덕이거나 간단 히 응답만 반복하면서 상대방의 전언에 귀를 기울였다. 그런데 밝던 아내의 표정이 조금씩 어두워지더니 나중에는 아예 창백해졌다. 뭔가 단단히 질책을 받는 기색이었다. 공연한 일을 벌여 아내까지 난처한 지경으로 몰고 갔다는 자책이 들지 않을 수 없었다.

마침내 상대의 이야기가 끝난 모양이었다.

"예. 알겠습니다. 저 때문에 너무 애를 쓰셨네요. 고맙습니다. 내일 뵐게요."

통화를 끊은 아내가 핸드폰을 식탁 위에 내려놓았다. 아내는 식탁에 앉은 우리들을 바로 쳐다보지 못하고 우물쭈물했다. 조바심이 일었다.

"뭐라는데? 연락이 닿지 않는대?"

길현의 언성이 자신이 듣기에도 이상할 만큼 높아졌다. 우리를 둘러보는 아내의 눈초리가 아래로 축 쳐졌다.

"미안해요. 그리 좋은 소식은 아니네요."

박성배 노인이 고개를 푹 떨구었다.

7

토요일 아침.

길현과 아내, 박성배 노인, 아버지, 아버지의 공방 일꾼 김씨, 그리고 초로의 중년 남자까지 여섯 명이 창선면에 있는 여봉산 산길을 걷고 있었다. 구릉지가 북쪽 편이어서 해가 잘 들지 않는 곳이 많았다. 앞장서서 길을 올라가던 초로의 남자가 허리를 펴더니 길현 일행을 돌아보았다.

"보기보단 힘든 산길이죠? 고모님이 여기가 머물기 편하겠다며 고집을 피워 터를 잡았습니다. 이제 다 와 갑니다. 저 기슭만 넘으면 보일 겁니다."

길현은 이마에 맺힌 땀을 닦았다. 아내가 길게 숨을 내쉬었고, 아버지는 꼿꼿한 자세를 바꾸지 않았다. 박성배 노인은 고개를 숙인 채 산 길만 내려다보았다. 그늘진 작업모 아래 노인의 얼굴은 수심으로 젖어 있었다. 김씨의 등에 얹힌 포장된 큰 액자가 불안하게 휘청거렸다.

등성이를 돌자 정순영 씨가 혼자 사는 집이 나타났다. 기둥도 없고 지붕도 없는 한갓진 집이었지만, 따뜻한 봄 오월의 온기를 품고 핀 붉고 노란 꽃들이 주변을 아름답게 장식해 주었다. 집 문패에는 이렇게 적혀 있었다.

'교사 정순영, 여기 잠들다.'

박성배 노인은 차마 무덤을 볼 수 없었는지 고개를 동대만 쪽으로 돌려버렸다. 잔잔한 물결 위로 배 몇 척이 물살을 가르며 흘러가고 있었다.

"고모님은 졸업하고 얼마 뒤 교사 발령을 받았습니다. 워낙 조용한 분이시긴 했지만, 졸업한 뒤로는 더욱 말수가 줄어들었죠. 몇 년 뒤 집안 어른 중매로 결혼을 했는데, 오래 가지는 못했습니다. 애도 없었고요. 그 뒤로 고모님은 평생 홀몸으로 사셨습니다. 명예퇴직인가요? 좀 일찍 교직에서 물러난 뒤 고향으로 내려와 사셨지요. 원래 건강한 몸은 아니셨는데, 어느 날 산책을 나갔다가 소나기를 맞더니 그만 쓰러지시고 말았습니다. 돌아가시면서 무덤은 꼭 이곳에 쓰라고 하시더군요. 햇볕도 잘 들지 않는 북향에 무덤이라니, 집안에서도 말이 많았지만 고인의 뜻을 저버릴 순 없었습니다. 고모님이 왜 평생 홀로 사셨는지 궁금했는데, 이제야 까닭을 알게 되었네요."

중년 남자가 박성배 노인을 보며 웃었다. 어느새 노인의 시선은 아득한 북쪽 하늘로 향해 있었다. 그 너머에 무엇이 있는지 노인은 시선을 떼지 못했다.

"여기서 쭉 가면 진주겠군요. 교대가 있는 곳……."

노인의 독백은 많은 것을 암시했다. 잠시 노인의 등을 지켜보다 길현은 김씨에게 눈짓을 보냈다. 기다렸다는 듯 김씨가 등에 졌던 짐을 내려 무덤 앞 비석에 놓았다. 길현이 박성배 노인에게 다가갔다.

"선생님, 그림을 보여드려야지 않겠습니까? 이분도 오십 년 만의 재회일 텐데요."

그제야 노인은 눈물진 얼굴을 닦으며 돌아섰다. 무덤 앞에 말없이 고개를 숙이고 있더니, 이윽고 얼굴을 들었다. 그리고 조심스럽게 포장을 뜯었다. 들풀 속에서 정순영 씨의 젊은 날의 초상이 모습을 드러냈다.

"순영아, 순영아……."

노인은 더 말을 잇지 못하고 그림을 어루만졌다. 그림 속 숙인 얼굴 위로 화답하듯 웃음이 머무는 것처럼 보였다. 나비 두 마리가 날아와 그림 속 긴 머릿결 위에 사뿐히 앉았다.

나비를 보던 길현은 가슴이 울컥거려 눈길을 하늘로 돌렸다. 구름 한 점 없이 청명한 하늘이었다. 그 하늘이 두 사람의 재회를 지켜보는 중이었다.

박성배 노인이 그린 그림의 이름은 「오월의 여심」이었다.

길현미술관

　길현미술관은 남해군 이동면 남서대로 198-1번지에 있는데, 예전에는 성남초등학교 부지였다. 폐교된 것을 화가인 길현 선생이 군청과 협의하여 미술관으로 바꿔 개관했다. 관장인 길현 선생과 그의 가족들이 미술관에서 살고 있다.

　미술관은 운동장이나 학교 건물들을 허물지 않고 그대로 살려 가공하지 않은 자연 그대로의 모습을 간직하고자 애썼다. 그래서 찾아가보면 미술관이라기보다는 미술이 함께 살아 있는 아득하고 편안한 휴식 공간이란 느낌을 강하게 준다.

　멀리 앵강만 바다가 보이고, 뒤로는 호구산의 푸른 숲이 드리워져 있어 언제 찾아가도 옛 고향집을 가는 설렘을 맛볼 수 있다. 지금은 중단되었지만 운동장은 야외 캠핑장으로도 쓰여 더욱 사람들의 발길을 끌었는데, 조만간 다시 개장한다니 연락을 해보고 찾아도 좋을 것이다.

　미술관에서는 동네 주민들의 정서 함양과 친목 도모를 위해 다양한 미술 체험 프로그램을 운영하고 있다. 도자기 빚어 만들기와 도자기 그림 그리기, 팝아트 초상화, 냅킨 아트, 테라코타, 대나무 솟대 만들기 등 연중 다양한 행사들이 펼쳐진다.

　입장료는 없으며, 다음 카페(http://cafe.daum.net/artkilhyun)도 운영하고 있어, 들어가 보면 미술관의 다채로운 행사와 최신 정보까지 받아볼 수 있다. 운동장이 넓어 주차하는 데는 아무 문제도 없다. 연락처는 055-862-9708이다.

책을 내면서

남해는 다양한 전통과 문화가 살아 있는 고장이면서 삶의 향기와 활력이 함께 숨 쉬고 있는 고장이다. 이런 아름다운 고장에서 나는 3년 째 살고 있다. 2012년 가을이 시작될 무렵 서포 김만중의 남해 유배 생활을 소재로 한 소설 『남해는 잠들지 않는다』가 제3회 김만중문학상에 당선되면서 나는 남해로 삶의 터전을 옮겼다.

내게 큰 상을 준 고장, 다정다감한 품성과 활기찬 풍경이 공존하는 남해는 누구에게나 그렇겠지만 내게는 고향과 같은 곳이다. 글 쓰는 사람으로서 그 고마운 마음을 조금이라도 갚을 방법이 무엇일까 고민했다. 그러다가 이 고장의 아름다운 자연과 역사, 사람들의 모습을 엮어 이야기를 만들어 알리는 것도 한 방편이 되리라는 데 마음이 닿았다. 그리하여 그때부터 남해의 곳곳을 다니면서 이야기가 떠오를 때마다 한 편씩 쓴 것이 이제 25편의 글들로 모여졌다. 마침 올해 초에 경남문화예술진흥원에서 공모한 문학작품 출간 지원금까지 받을 수 있어 책으로 출간하는 일에 용기를 낼 수 있었다.

이 책을 내기까지 여러 모로 도움을 주신 분들이 많다.

먼저 어려운 형편에서도 책을 선뜻 내준 '도서출판 문'의 김흥국 사장님과 부족한 글을 책답게 만들어준 박현정 편집장님, 황효은 선생님 등 편집진 여러분들께 감사의 말을 올린다. 어려울 때마다 도움을 준 그분들의 은혜는 항상 마음에 새기면서 살아가겠다.

또 작품을 쓸 때마다 내 글을 읽고 격려와 조언을 아끼지 않은 작가 김인배 선생님과 진주교대의 송희복 선배, 동국대학교의 장영우 선배, 함께 글쓰기에 대해 고민하면서 좋은 글을 찾아 이야기를 나누었던 '남해산문창작반' 회원 여러분들께도 고개 숙여 고맙다는 말을 전한다.

3년 동안 한 달에 한 번씩 만나 다양한 책들을 읽으면서 글이 지닌 웅숭깊은 세계를 함께 나누었던 '남해독서모임, 아름다운 사람들' 여러분들께도 인사를 하지 않을 수 없다. 그분들 가운데도 김동규 선생님과 이재원 선생님, 박종현 선생님 세 분이 내게 전해준 따뜻한 마음은 글을 쓰는 데 큰 힘이 되었다.

글을 쓰면서 남해에 관한 자료를 열람할 수 있도록 배려해준 남해도서관과 남해화전도서관의 관계자 여러분들께도 감사의 인사를 올린다. 그리고 남해에서 형제 이상의 우의를 나누고 있는 우리 '플라타너스' 회원들, 김점열 님과 이범철 님, 김성일 님, 정훈 님, 최완필 님에게도 이 책이 우리들 인연의 의미 있는 결실이 되기를 바란다.

그리고 빼놓을 수 없는 사람이라면 이번 학기 대학원 수업을 같이 한 진주교대 국어과 대학원 수강생 여러분들이다. 남다른 개성을 지닌 편재호 선생님을 비롯해, 강민지, 김선화, 나옥주, 류은경, 박순현, 서소혜, 이귀애, 최지인 선생님들에게도 많은 빚을 졌다. 전체 원고를 다 읽는 수고를 마다 않고 적절한 지적을 해주어서 책이 윤기를 가지는 데 크게 도움이 되었다.

마지막으로 가족들에 대한 고마움을 잊을 수 없다. 못난 자식 때문에 늘 노심초사하는 어머니와 다들 힘차게 살고 있는 세 동생들, 그리고 어려움 속에서도 꿋꿋하고 밝게 공부하는 두 딸 견지와 은지가 있어 글을 쓰면서 살아가는 데 좌절하지 않을 수 있었다.

그밖에도 많은 분들이 계시다. 나중에 책이 나오면 찾아뵙고 감사의 인사를 드리겠다.

이 책이 남해에서 사는 군민들이나 남해에 대한 즐거운 추억을 가진 사람들, 또 남해의 맑은 바람을 쐬고 싶어 눈길을 모으는 사람들에게 두루 읽혀 남해가 진정한 '보물섬'임을 알아 자랑하고 기억하면서 찾아와 남해의 참 모습을 되새기는 데 도움이 된다면 더 바랄 것이 없겠다.

2015년 12월 남해에서 쓴다.

지은이 **임종욱**

1962년 경북 예천에서 태어났다. 동국대학교 국어국문학과를 졸업하고, 같은 대학원에서
『운곡 원천석의 시문학 연구』로 박사학위를 받았다. 동국대학교와 추계예술대학교, 한성
대학교, 청주대학교 등에서 강의했고, 현재는 진주교육대학교에서 강의하고 있다. 2012년
장편소설 『남해는 잠들지 않는다』로 제3회 김만중문학상 대상을 수상했고, 이후 남해에
내려와 연구와 창작을 병행하고 있다.

저서에 『운곡 원천석과 그의 문학』과 『고려시대 문학의 연구』, 『한국 한문학의 이론과 양
상』, 『우리 고승들의 禪詩 세계』, 『여말선초 한문학의 동향과 불교 한문학의 진폭』, 『여왕
의 시대』, 『미로 속에서 광장 찾기』, 『조선시대 불교 공간과 한문학의 자장』 등이 있다.
편저로 『고사성어큰사전』과 『한국역대인명사전』, 『중국역대인명사전』, 『중국불교인명사
전』, 『중국문학비평용어사전』 등이 있고, 번역한 책으로는 『화담집』과 『초의선집』, 『촌은
집』, 『자암집』, 『서포집』, 『남천록』, 『남해금석문총람』 등이 있다.
출간한 소설로는 『소정묘 파일』을 비롯해 『황진이는 죽지 않는다』, 『1870 열하』, 『이상은
왜?』, 『남해는 잠들지 않는다』, 『불멸의 대다라』 등이 있다.

테마소설집

남해, 바다가 준 선물

2015년 12월 31일 초판 1쇄 발행

지은이 임종욱
발행자 김흥국
펴낸곳 도서출판 **|문** (등록 제2013-000026호)

주 소 경기도 파주시 회동길 337-15 보고사 2층
전 화 031-955-9797(대표), 02-929-0804(편집부), 02-922-2246(영업부)
팩 스 02-922-6990
ISBN 979-11-86167-17-5 03810
정 가 15,000원

이 도서의 국립중앙도서관 출판예정도서목록(CIP)은 서지정보유통지원시스템 홈페이지
(http://seoji.nl.go.kr)와 국가자료공동목록시스템(http://www.nl.go.kr/kolisnet)
에서 이용하실 수 있습니다.(CIP제어번호: CIP2015035457)

이 책은 경남문화예술진흥원과 경상남도, 한국문화예술위원회의 출간비 지원을 받아 발간되었습니다.